UN SAUVETEUR POUR KHLOE

SAUVETAGE À EAGLE POINT
TOME 7

SUSAN STOKER

DU MÊME AUTEUR

Autres livres de Susan Stoker

Sauvetage à Eagle Point

Un sauveteur pour Lilly

Un sauveteur pour Elsie

Un sauveteur pour Bristol

Un sauveteur pour Caryn

Un sauveteur pour Finley

Un sauveteur pour Heather

Un sauveteur pour Khloe

Le Fruit du Hasard

Le Protecteur

L'Aristocrate (1 Juin)

Le Héros (11 Août)

Le Bûcheron (1 Décembre)

Le Refuge

Un soutien pour Alaska

Un soutien pour Henley

Un soutien pour Reese

Un soutien pour Cora

Un soutien pour Lara

Un soutien pour Maisy (1 Oct)

Un soutien pour Ryleigh

Forces Très Spéciales : Alliance

Un protecteur pour Remi (2 Juillet)

Un protecteur pour Wren (5 Nov)

Un protecteur pour Josie (4 Mar)

Un protecteur pour Maggie

Un protecteur pour Addison

Un protecteur pour Kelli

Un protecteur pour Bree

Silverstone

Pour la confiance de Skylar

Pour la confiance de Taylor

Pour la confiance de Molly

Pour la confiance de Cassidy

Delta Force Deux

Un refuge pour Gillian

Un refuge pour Kinley

Un refuge pour Aspen

Un refuge pour Jayme

Un refuge pour Riley

Un refuge pour Devyn

Un refuge pour Ember

Un refuge pour Sierra

Hawaï : Soldats d'élite

Un paradis pour Élodie

Un paradis pour Lexie

Un paradis pour Kenna

Un paradis pour Monica

Un paradis pour Carly

Un paradis pour Ashlyn

Un paradis pour Jodelle

Mercenaires Rebelles

Un Défenseur pour Allye

Un Défenseur pour Chloé

Un Défenseur pour Morgan

Un Défenseur pour Harlow

Un Défenseur pour Everly

Un Défenseur pour Zara

Un Défenseur pour Raven

Ace Sécurité

Au Secours de Grace

Au Secours d'Alexis

Au Secours de Bailey

Au Secours de Felicity

Au Secours de Sarah

Forces Très Spéciales Series

Un Protecteur Pour Caroline

Un Protecteur Pour Alabama

Un Protecteur Pour Fiona

Un Mari Pour Caroline

Un Protecteur Pour Summer

Un Protecteur Pour Cheyenne

Un Protecteur Pour Jessyka

Un Protecteur Pour Julie

Un Protecteur Pour Melody

Un Protecteur pour l'avenir

Un Protecteur Pour Les Enfants de Alabama

Un Protecteur Pour Kiera

Un Protecteur Pour Dakota

Forces Très Spéciales : L'Héritage

Un Sanctuaire pour Caite

Un Sanctuaire pour Brenae

Un Sanctuaire pour Sidney

Un Sanctuaire pour Piper

Un Sanctuaire pour Zoey

Un Sanctuaire pour Avery

Un Sanctuaire pour Kalee

Un Sanctuaire pour Jane

Delta Force Heroes Series

Un héros pour Rayne

Un héros pour Emily

Un héros pour Harley

Un mari pour Emily

Un héros pour Kassie

Un héros pour Bryn

Un héros pour Casey

Un héros pour Wendy

Un héros pour Mary

Un héros pour Macie

Un héros pour Sadie

Un héros pour Annie

<u>Autre</u>

Un moment suspendu : Recueil de nouvelles

<u>AUDIO</u>

Un paradis pour Élodie

CHAPITRE UN

Raiden Walker observa avec incrédulité la femme qui avait chamboulé sa vie. Ce n'était pas la même personne qu'il avait embauchée pour travailler avec lui à la bibliothèque publique de Fallport. Cette fille-là était complètement différente. Si ça n'avait pas été son chien, son Duke adoré, qui était actuellement en danger, il aurait probablement pris Khloe Moore à part et aurait insisté pour qu'elle lui dise qui elle était réellement.

Mais alors que la vie de Duke était en *jeu* et que Khloe faisait actuellement tout ce qui était en son pouvoir pour le sauver, Raid restait en retrait et observait.

Trente minutes plus tôt, elle avait fait irruption dans son bureau et lui avait demandé d'appeler Simon, le chef de la police de Fallport et le docteur Snow. Puis elle avait roulé comme une folle jusqu'à la clinique vétérinaire. Le docteur Ziegler, le vétérinaire, n'était pas en ville, mais cela n'avait pas ralenti Khloe pour autant.

Elle voulait que le chef de la police soit présent afin de ne pas avoir d'ennuis après s'être introduite dans la clinique vétérinaire et visiblement, le docteur Snow était là pour l'assister lors de l'opération.

Duke souffrait de dilatation-torsion. La DGSV, dilatation gastrique et syndrome de volvulus se produisait lorsque l'estomac d'un chien, généralement les races à poitrine profonde comme le limier, se tordait sur lui-même à 180 degrés ou presque. Une fois tordu, l'estomac se remplissait de fluides et de gaz et se dilatait. À cause de cette torsion, le chien ne pouvait pas vomir car l'entrée de l'estomac était bloquée et son contenu ne pouvait pas non plus sortir par les intestins. Les vaisseaux sanguins pouvaient se rompre et provoquer une hémorragie. L'énorme estomac appuyait sur le diaphragme, ce qui rendait la respiration difficile.

Raid entendit également Khloe expliquer au docteur Snow que l'estomac pouvait aussi exercer une pression sur la veine cave caudale, une veine large qui acheminait le sang vers le cœur, ce qui pouvait provoquer une crise cardiaque chez l'animal.

Raiden savait que plus l'estomac restait tordu longtemps, plus les dégâts étaient importants. Si l'on n'intervenait pas, le tissu de l'estomac se rompait et l'animal pouvait mourir. L'idée de perdre Duke lui était inimaginable.

Certes, Raiden savait qu'un jour son fidèle compagnon mourrait, mais pour lui, ce ne serait pas avant des années. Il n'était pas prêt à perdre un autre chien avant que ce ne soit son heure.

Repoussant ces souvenirs d'une autre époque et d'un autre chien, Raiden se força à se concentrer sur le moment présent.

— Raid ! J'ai besoin de toi, viens ! aboya Khloe.

Il était resté en retrait, laissant assez d'espace à Khloe pour qu'elle travaille. Mais dès qu'elle le lui ordonna, il se précipita vers elle, à côté de la table haute. Duke était allongé sur le côté, haletant, complètement mal en point.

— Il faut que tu le calmes pendant que je tente d'effectuer une trocarisation gastrique. Il se détendra davantage si tu le touches et que tu lui parles.

Raid ne savait pas ce qu'était une trocarisation, mais il ne discuta pas. Il se dirigea immédiatement vers la tête de Duke et s'accroupit pour regarder le limier droit dans les yeux.

— Salut mon pote. Tout va bien. Je sais que ça fait mal, mais Khloe va tout arranger. Accroche-toi.

Il continua de parler doucement à Duke tout en observant Khloe s'activer. Elle rasa rapidement une zone de poils sur la jambe de Duke puis y inséra un cathéter. Elle avait fouillé l'armoire à pharmacie du docteur Ziegler un peu plus tôt – sous l'œil attentif de Simon – et désormais, elle lui administrait du fentanyl et des médicaments pour soulager sa douleur et l'empêcher de faire une crise. Elle saisit ensuite une aiguille de gros calibre et l'introduisit dans l'estomac de Duke pour tenter de chasser l'air qui s'y était accumulé.

Tandis que Raiden la regardait faire, le ventre de Duke dégonfla de façon visible. Khloe poussa un soupir de soulagement, puis leva les yeux vers Raiden.

— Il n'est pas encore sorti d'affaire, il faut que je l'opère.

Raid acquiesça sans hésiter. Lorsqu'il observa les yeux noisette de Khloe, il n'y vit rien d'autre qu'une confiance en ses propres capacités. Elle était stressée et elle s'inquiétait pour Duke, mais en voyant son assurance et en comprenant qu'elle était certaine de pouvoir gérer cette crise, Raid se détendit un peu plus.

— OK, dit-il simplement.

Khloe le regarda longuement avant de lui demander :

— Tu ne remets pas en question mes compétences ?

— Tu peux le sauver ? demanda Raid.

— Oui.

— Alors non, je ne vais pas te poser des questions inutiles qui te feraient perdre du temps et t'empêcheraient de faire ce qu'il faut pour sauver mon chien. Visiblement, tu sais ce que tu fais. Mais ça ne veut pas dire qu'on n'en parlera pas plus tard.

Khloe grimaça, mais acquiesça.

L'admiration qu'il éprouvait pour elle s'accentua un peu plus. Khloe et lui avaient une relation compliquée. Elle était la femme la plus frustrante qu'il ait jamais rencontrée. Dès que Raiden pensait commencer à la connaître, elle disait ou faisait quelque chose qui remettait en question tout ce qu'il croyait savoir. Il la jugeait aussi régulièrement et était bien plus dur avec elle qu'avec n'importe qui.

En vérité... elle le mettait dans tous ses états, bien plus que n'importe quelle femme. Il avait envie qu'elle lui parle. Qu'elle lui dise ce qui la tracassait, car il était évident qu'elle portait un sacré poids sur ses épaules. Mais dès l'instant où ils s'étaient rencontrés, elle avait refusé qu'il renforce leur lien. Elle avait insisté pour le tenir à distance.

Pour la première fois, Raiden eut le sentiment d'avoir la *vraie* Khloe en face de lui... et il devait reconnaître que ça lui plaisait. Ici, elle était forte et pleine d'assurance. Pas étonnant qu'elle n'ait jamais paru très à l'aise en travaillant à la bibliothèque. Elle avait l'habitude d'interagir avec des animaux et non des humains.

Toutes les fois où il l'avait vue avec Duke et les chatons qu'elle avait sauvés et tous les autres animaux qu'elle avait rencontrés lui parurent soudain plus logiques.

Oui, Khloe et lui allaient avoir besoin de s'asseoir et de parler à cœur ouvert... mais d'abord, elle devait sauver la vie de Duke.

Il perçut une agitation vers la porte et Raid se crispa. Il se leva et fit un pas sur le côté, se positionnant entre Khloe et la personne qui tentait de passer devant Simon pour entrer dans la petite salle d'opération.

Cela lui parut instinctif de vouloir protéger Khloe de quiconque et de tout ce qui pourrait vouloir lui faire du mal. Mais la femme qu'il avait appris à connaître au cours des derniers mois n'était pas du genre à se laisser faire. Elle le dépassa et se dirigea vers la porte.

— Je suis désolé, Khloe, elle a insisté pour te parler, s'excusa Simon en poussant la porte.

— Je m'appelle Afton, je travaille comme assistante-vétérinaire pour le cabinet, expliqua la femme.

Elle faisait environ un mètre soixante-dix, avait relevé ses cheveux noirs en un chignon pour dégager son visage et portait une blouse bleu clair.

— C'est moi qui assiste le docteur Ziegler pour les opérations chirurgicales. J'habite de l'autre côté de la rue, donc c'est mon travail de surveiller les animaux qui dorment sur place après les interventions. Je savais qu'il devait s'absenter encore quelques jours, alors quand j'ai vu toutes les voitures devant j'ai voulu voir ce qu'il se passait.

Elle s'arrêta lorsqu'elle vit la table d'examen.

— Oh non... c'est Duke ? Qu'est-ce qu'il se passe ? Je peux vous aider ?

Khloe observa la femme un long moment.

— Oui, il fait une DGSV.

— Mince ! Vous l'avez pris en charge assez tôt ? demanda-t-elle.

— Oui, même s'il faut que je l'opère tout de suite pour avoir une chance de le sauver.

L'assistante-vétérinaire redressa les épaules.

— Laissez-moi vous aider.

— Oui, laisse-la t'aider, répéta le docteur Snow. Ma spécialité ce sont les humains, pas les chiens.

Khloe le regarda.

— Je suis sûre que tu seras très bien, lui dit-elle avant de se tourner à nouveau vers Afton. Ziegler va être furieux que je sois entrée par effraction. Si tu restes m'aider, je ne serais pas surprise que tu perdes ton travail.

Afton haussa les épaules.

— C'est un con, dit-elle fermement. J'ai déjà essayé de trouver autre chose. Techniquement, il est bon dans son travail, mais il n'a aucune compassion pour les animaux qu'il soigne. Il est plus intéressé par l'argent qu'il peut gagner que par les soins qu'il apporte aux animaux. Il a quand même fermé le cabinet pendant deux semaines pour pouvoir participer à une chasse en boîte. Vous savez, lorsqu'un ours ou un élan est confiné dans une zone et chassé par des touristes ? C'est dégoûtant et pourtant, il avait hâte d'y aller. Il n'a même pas essayé de faire venir quelqu'un pour le remplacer au cabinet. Quand je lui ai demandé ce que les habitants étaient censés faire si jamais il y avait une urgence avec leur animal durant son absence, il a simplement haussé les épaules en disant qu'ils devraient se rendre chez un vétérinaire d'urgence à Christianburg.

Khloe prit un air renfrogné.

— J'aurais aimé pouvoir dire que ça me surprend, mais ce n'est pas le cas. Si tu as envie de rester pour m'aider, j'apprécierai. Mais je comprendrai aussi que tu fasses demi-tour et que tu t'en ailles et on pourra toutes les deux faire comme si tu n'étais jamais venue et que tu n'étais au courant de rien.

— Je vais aller me changer, dit Afton en tournant les talons pour emprunter le couloir.

Khloe retourna auprès de Duke. Raid vit que les yeux du limier étaient partiellement fermés. Les analgésiques avaient fait leur effet, et avec le relâchement de la pression dans son ventre, il était désormais somnolent.

— Tu peux sortir et rester avec Simon maintenant, lui dit Khloe.

— Je reste.

— Non, rétorqua Khloe. Écoute, je sais que tu es inquiet, mais je gère. Il vaut mieux que tu ne voies pas ça. Je t'appellerai quand j'aurai terminé. Tu pourras revenir quand il sera en train de se rétablir.

Raid eut envie de protester. Mais la détermination inébranlable qu'il lut dans les yeux de Khloe lui fit comprendre qu'il n'obtiendrait pas ce qu'il voulait. Et puis... il lui faisait confiance.

Il était sur le point d'accepter, mais son hésitation dut lui faire croire qu'il allait protester.

— Je sais que c'est perturbant pour toi et j'en suis désolée. Si je n'ai pas dit que j'étais vétérinaire, c'est parce que j'ai mes raisons. Mais je suis qualifiée. J'ai gardé ma licence à jour, je me suis tenue au courant des nouvelles procédures et j'ai suivi la formation continue requise. Je n'ai jamais perdu un chien à cause d'une DGSV et ça ne va pas commencer maintenant.

— Je te fais confiance.

Raid ne comprenait peut-être pas pourquoi Khloe était à Fallport et pourquoi elle était assistante-bibliothécaire au lieu de vétérinaire, mais il était persuadé qu'elle ferait tout ce qu'elle pourrait pour aider Duke. Si elle n'avait pas été là, il se serait probablement écoulé plusieurs heures avant que Raiden ne s'aperçoive que quelque chose n'allait pas. Il aurait alors dû se rendre chez le vétérinaire le plus proche, ce qui lui aurait fait perdre *encore* plus de temps.

Sa réponse dut surprendre Khloe car il perçut sa réaction. Elle cligna rapidement des yeux et inspira brutalement.

— Merci, dit-elle.

— Je vais m'assurer que personne ne te dérange durant l'opération, lui dit-il. Si tu as besoin de quoi que ce soit, n'importe quoi, dis-le-moi et je te l'apporterai.

— Je pense que ça ira. Maintenant que Afton est là pour m'aider et que j'ai tout le matériel dont j'ai besoin, ça devrait aller. Mais je préfère te prévenir, Raymond ne va *vraiment* pas apprécier que je me sois introduite dans sa clinique.

— Sans blague, dit Raid. On s'occupera de ça une fois que Duke sera guéri.

Elle acquiesça.

— Oui. Il faut que j'aille me préparer.

Raiden ne put s'empêcher de faire un pas vers Khloe. Elle ne battit pas en retraite. Il passa une main autour de sa nuque. Il faisait presque quarante-cinq centimètres de plus que la femme fascinante qui se tenait devant lui, sa tête n'arrivant qu'au niveau de son torse. Il baissa les yeux vers elle durant un instant... puis fit ce dont il rêvait depuis des mois.

Il se pencha et l'embrassa.

Ce fut un baiser rapide. Il effleura à peine ses lèvres des siennes. Mais même ce simple contact lui provoqua un choc électrique le long de ses extrémités, chatouillant ses orteils et ses doigts.

Khloe le regarda avec de grands yeux. Ses cheveux châtain clair étaient tirés en arrière en un chignon bas à la base de son cou et il sentit les mèches douces contre ses doigts.

Elle agrippa son avant-bras en clignant lentement des yeux. Se demandant probablement ce qu'il fichait en prenant de telles libertés.

Toute sa vie, Raiden s'était senti à part. Il était trop grand. Ses oreilles étaient trop pointues. Il était trop geek. Ses cheveux roux et sa peau pâle se démarquaient. Même lorsqu'il était un membre de l'équipe des maîtres-chiens garde-côtes, il ne s'intégrait pas avec ses collègues, même s'il était aussi doué que les autres.

Il était extrêmement difficile de se qualifier pour ce poste prestigieux et Raid avait travaillé très dur pour exceller. La confiance qu'un chien devait avoir en son maître n'était pas facile à gagner et Raid avait détesté chaque seconde où il avait dû mettre son chien en danger, même si c'était ce à quoi l'animal avait été entraîné depuis sa naissance.

Il n'y avait qu'un coéquipier qui était aussi attaché à son chien que Raid l'était au sien... et ils avaient tous les deux payé un lourd tribut lorsque ces liens avaient été rompus de la pire façon possible.

Secouant mentalement la tête, refusant de s'embarquer là-dedans, Raid relâcha le cou de Khloe. Il était impossible qu'une femme comme elle ait envie d'être avec lui. Il était trop... bizarre. Trop fermé. Et ils ne s'entendaient pas vraiment depuis qu'il l'avait embauchée. Elle lui avait clairement fait comprendre qu'elle avait besoin de garder une certaine distance.

Reculant d'un pas, Raiden se força à détourner le regard. Il savait qu'il rougissait. Avec sa peau blanche, il lui était impossible de cacher sa gêne. Il n'aurait pas dû l'embrasser. Il ne regrettait *pas* ce baiser, et les quelques secondes où ses lèvres avaient été contre les siennes étaient déjà ancrées dans son cerveau. Mais il *regrettait* d'avoir fait quelque chose qui risquait de changer les choses entre eux.

Mais de qui se moquait-il ? Khloe était une vétérinaire expérimentée qui travaillait désormais dans une bibliothèque et qui se tenait presque toujours à l'écart. Il lui paraissait évident qu'elle se cachait à Fallport pour une raison qui lui était inconnue. Et maintenant que son secret était révélé, elle allait probablement partir... ce qui allait *clairement* changer les choses entre eux.

Avec tout cela en tête, Raid espéra qu'à cause de tout ce chaos, elle finirait par oublier son baiser inopportun.

Il se pencha vers Duke et dit :

— Accroche-toi mon pote. Je te verrai à ton réveil.

Puis il hocha la tête en direction de Khloe et partit vers la porte.

* * *

Khloe avait les yeux rivés sur le dos de Raiden tandis qu'il quittait la petite salle d'opération. Elle avait des choses à faire. Une opération à préparer. Mais tout ce qu'elle pouvait faire pour le moment, c'était de contrôler son rythme cardiaque et fixer du regard l'homme qu'elle avait tenté d'ignorer ces derniers mois.

Sa vie était compliquée. Bien trop compliquée pour envisager d'entamer une relation. Fallport lui avait semblé être l'endroit idéal où se cacher durant le procès d'Alan Mather. Sauf que plus elle y restait, plus elle adorait cette petite ville... et ses habitants.

Elle avait essayé de garder ses distances. Elle avait essayé de ne pas se faire d'amis. Mais cela lui avait paru impossible avec Lilly, Elsie, Bristol, Caryn, Finley et maintenant Heather. Les femmes qu'elle avait rencontrées étaient toutes incroyables. Leurs personnalités étaient si différentes et pourtant, lorsqu'elles avaient toutes vécu ces terribles épreuves, elles s'étaient battues jusqu'au bout. Elles étaient fortes, bien plus fortes que Khloe.

Lorsque sa vie était partie en vrille, elle s'était enfuie. Elle s'était cachée.

Maintenant que le procès d'Alan était terminé et qu'il avait été condamné, elle pouvait aller où elle voulait.

Elle avait un entrepôt plein d'affaires qu'elle pouvait déballer. Mais au lieu de reprendre sa vie en main, elle avait hésité. Elle n'avait pas passé toutes ces années à étudier pour être assistante-bibliothécaire dans une petite ville, pourtant, elle n'avait rien fait pour retrouver sa vie d'avant.

Jusqu'à présent.

Son secret était dévoilé, mais Khloe ne le regrettait pas. Elle n'aurait jamais pu laisser Duke mourir d'une DGSV tout en sachant qu'elle pouvait le sauver. Mais elle allait désormais devoir en payer le prix. Ses amies allaient apprendre qu'elle leur avait menti depuis le début. Alan risquait même d'apprendre où elle était... elle savait qu'il attendait qu'elle se remette à travailler en tant que vétérinaire. Sans compter que Raymond Ziegler allait être furieux qu'elle se soit introduite dans sa clinique en son absence.

Et puis il y avait Raiden. Elle ne savait absolument pas comment les conséquences de ses actes allaient affecter leur relation. Elle s'était attendue à ce qu'il soit en colère contre elle, furieux qu'elle ait menti sur son identité. Mais au lieu de ça, il semblait... curieux. Et il semblait accepter le fait qu'elle ait gardé ses secrets aussi facilement. Elle avait le sentiment que si Raid avait vraiment été en colère contre elle, elle aurait pu le sentir.

Ce baiser n'avait pas vraiment l'air de dire : *Je suis furieux contre toi.*

Mais quand même, rien n'était simple dans la vie. Khloe l'avait appris à ses dépens.

Elle devrait payer le prix de ses mensonges une fois qu'elle aurait sauvé la vie de Duke. Raid avait dit qu'ils devraient parler, et elle redoutait ce moment de tout son être. Mais si elle avait dû à nouveau prendre cette décision, elle aurait fait exactement la même chose. Duke ne méritait pas de mourir. Pas quand elle pouvait le sauver. Et puis, Fallport avait besoin du limier. Il avait retrouvé de nombreuses personnes disparues au fil des ans. Certes, Raiden pourrait toujours dresser un autre chien, mais en attendant, combien de personnes souffriraient sans la truffe de Duke pour les retrouver ?

Khloe regarda par la petite lucarne de la porte tandis que Raiden parlait avec Simon. Elle était contente que le chef de la police soit présent. Cela ne changeait rien au fait qu'elle avait enfreint la loi. Raymond voudrait certainement porter plainte pour effraction ainsi que tout ce qui lui passerait par la tête, mais la présence de Simon, et le fait d'avoir obtenu son accord pour s'introduire dans le cabinet la rassurait. Ces accusations ne seraient probablement pas retenues.

D'après la mine renfrognée de Raiden, la conversation qu'elle observait semblait sérieuse. Il ne correspondait pas aux standards de beauté. Ses cheveux et sa barbe rousse le distinguaient de ses amis, mais cela lui plaisait secrètement. Il était plus grand que tous ceux avec lesquels elle avait envisagé de sortir auparavant. Du haut de son mètre soixante, elle faisait quasiment quarante-cinq centimètres de moins que lui. Il la surplombait littéralement de sa hauteur. Elle avait déjà entendu l'une des autres filles dire qu'il faisait plus de deux mètres. Il était plus grand que toux ceux qu'il rencontrait, mais elle voyait bien qu'il n'aimait pas se faire remarquer et qu'il n'avait pas beaucoup confiance en lui... ce qui lui paraissait ridicule.

Qui se souciait de sa taille ? Et de ses oreilles un peu décollées ? Il était clairement en forme à force de courir après Duke dans les bois. Elle l'avait déjà vu torse nu une fois et cet aperçu de ses tablettes de chocolat parfaites et de ces muscles en V qui pointaient vers son entrejambe était resté à jamais gravé dans son esprit.

Mais plus important que son apparence physique, Raid était surtout doux avec les enfants et les animaux et était prêt à faire n'importe quoi pour ses amis... et lorsque Khloe le surprenait sans ses chaussures en train de caresser Duke avec ses chaussettes quand il se croyait seul, elle fondait.

Plus Khloe passait de temps avec Raid, plus elle l'appréciait... et plus elle essayait de le tenir à distance.

Elle souhaitait désespérément se confier à quelqu'un. Mais elle n'avait jamais voulu accabler Raid avec ses problèmes et toutes ses amies avaient déjà assez souffert comme ça. Alan Mather ne resterait pas éternellement en prison et elle était certaine que lorsqu'il sortirait, il viendrait s'en prendre à elle. Il n'allait certainement pas la laisser continuer sa vie tranquillement.

Il valait mieux pour tout le monde – elle, ses amies, et Raiden – qu'elle sauve la vie de Duke, puis se tire de Fallport.

Mais ce baiser... elle ne savait absolument pas pourquoi il l'avait embrassée ou ce que cela signifiait.

Ce n'était pas le moment d'y penser. Elle avait un animal à sauver.

Khloe tourna le dos à la porte et s'avança jusqu'au limier. Elle vérifia ses signes vitaux et après s'être assurée qu'il était stable, elle se dirigea vers les vestiaires à côté de la salle d'opération. Le docteur Snow et Afton étaient en train de terminer de se préparer lorsqu'elle entra.

Tout en se lavant les mains et les bras, elle se remémora la procédure à suivre. Elle se souciait toujours de tous les animaux qu'elle opérait, mais Duke était différent. Il était clairement comme son chien, ce qui était fou, puisque ce n'était absolument pas le cas. Si elle ne parvenait pas à le sauver, elle risquait d'en souffrir. Sans compter qu'elle savait à quel point Raid serait dévasté si Duke décédait.

Elle espérait que son estomac n'était pas trop endommagé, mais elle était persuadée d'avoir détecté les signes de ballonnement suffisamment tôt pour que Duke s'en sorte. Elle devait vérifier sa rate, surveiller le rythme cardiaque et, si nécessaire, retirer les parties abîmées de l'estomac. Ensuite, elle devrait procéder à une gastropexie, c'est-à-dire fixer l'estomac à la paroi abdominale pour l'empêcher de se tordre à l'avenir.

Après l'opération, Duke devrait être surveillé de près pour détecter les arythmies cardiaques, les problèmes de motilité de l'estomac, les douleurs, les infections, les pneumonies par aspiration et même les défaillances d'organes multiples. En l'absence d'assistant-vétérinaire, c'était à elle qu'incomberait cette tâche, mais ça ne la dérangeait pas.

Prenant une grande inspiration, elle tendit les bras devant elle et se tourna vers ses assistants :

— Prêts ? demanda-t-elle.

Afton s'avança vers elle pour l'aider à se sécher les mains avec une serviette stérile, puis à enfiler une blouse et des gants. Inspirant à nouveau, elle les guida jusqu'à la salle d'opération. Il était temps de sauver une vie.

CHAPITRE DEUX

Raid faisait les cent pas depuis une heure. Il ne pouvait pas s'en empêcher. À chaque fois qu'il s'asseyait et tentait de se détendre, l'anxiété coulait dans ses veines, l'empêchant de rester tranquille. Il était stressé pour Duke, certes, mais il se repassait également en boucle toutes les conversations que Khloe et lui avaient eues, essayant de comprendre quels indices il avait raté concernant qui elle était vraiment.

Il n'aurait pas dû être surpris qu'elle soit vétérinaire. Il avait toujours su qu'elle était bien trop qualifiée pour être assistante-bibliothécaire dans une petite ville. Il l'avait senti jusque dans sa moelle. Sans parler du fait qu'elle était renfermée sur elle-même et qu'elle évitait les gens le plus souvent possible.

Raid avait un peu honte d'avouer, même à lui-même, que bien qu'il ait toujours soupçonné que Khloe avait des problèmes... il n'avait jamais voulu s'en mêler, peu importe qu'il soit attiré par elle ou non. Il avait enfin une vie confortable. Il avait des amis, son travail, son chien... et personne n'essayait de le tuer, de lui mentir ou de lui filer entre les doigts.

Parfois, sa vie en tant que garde-côte lui paraissait très lointaine et il avait l'impression que c'était hier qu'il traquait les dealers de drogue et autres criminels. Lorsque ses pensées menaçaient de se replonger dans l'incident qui l'avait fait mettre fin à cette carrière qu'il avait aimée, Raiden pensait avec force à la femme derrière cette porte devant lui qui était en train de sauver son chien.

Khloe était distante. Elle l'était depuis qu'il la connaissait. Mais il avait aussi entrevu une personne complètement différente. Une personne compatissante, prête à tout pour ses amis, même si elle se retenait volontairement de se rapprocher de Lilly, Finley et des autres. Maintenant que l'un de ses secrets avait été révélé au grand jour, Raid se demandait ce qu'elle cachait d'autre. Pourquoi elle s'était sentie obligée de cacher sa profession, pourquoi elle ne pouvait pas se faire d'amis ?

Tournant la tête, Raid regarda à travers la vitre de la porte opposée, celle qui donnait sur le hall de réception du cabinet du docteur Ziegler.

Celui-ci s'était rapidement rempli de personnes qui s'inquiétaient pour Duke... et pour lui. Chaque membre de l'équipe de Recherche et de Sauvetage d'Eagle Point était présent avec leurs compagnes.

Heather et Tal avaient amené leur nouvelle fille adoptive, Marissa, et le fils d'Elsie et Zeke, Tony, était en train de la distraire en lui lisant un livre. Mais il n'y avait pas que ses amis qui étaient présents. Edna, le vieux Grogan, Whitney, Karen du restaurant, Art, Otto et Silas et même Davis Woolford, un sans-abri local, ils étaient tous dans la salle. Il y avait également des gens que Raid ne connaissait que de vue... il ne savait pas comment ils s'appelaient. Les gens de Fallport qu'il avait rencontrés grâce à son travail à la bibliothèque ou que l'équipe de Recherche et de Sauvetage – et Duke – avaient secourus.

Simon était toujours là. Tout comme Miguel, l'un de ses adjoints. Ils avaient tenté de faire partir les gens, car après tout, Khloe et lui étaient entrés par *effraction*... mais personne ne bougeait. Si Khloe espérait restait discrète après s'être introduite dans la clinique, elle allait être déçue. Le parking était plein, ce qui poussait de *plus en plus* de personnes à venir voir ce qu'il se passait. Voilà ce que c'était que de vivre dans une petite ville.

Il n'y avait aucune chance de cacher cela à Raymond Ziegler. Raid savait que le vétérinaire n'allait pas être content.

Mais ce qu'allait ressentir le vétérinaire était le cadet de ses soucis. Grâce à Khloe, Duke allait survivre. Si elle n'avait pas été là, si elle n'avait pas été ce qu'elle était – visiblement une assistante-bibliothécaire/vétérinaire secrète – si elle n'avait pas choisi de s'introduire dans la clinique, Duke ne s'en serait peut-être pas sorti.

— Comment ça va ? lui demanda doucement Ethan en entrant dans le long couloir.

Raid faisait toujours les cent pas devant la salle d'opération.

— Ça va, dit-il.

— OK. Arrête les conneries et dis-moi comment tu vas *réellement*, le sermonna Ethan.

Raid s'arrêta et prit une grande inspiration avant de se tourner vers son ami.

— J'ai extrêmement peur de perdre un autre chien avant qu'il ne soit réellement temps pour lui de partir. Je me demande ce que Khloe a pu nous cacher d'autre. Pourquoi elle a emménagé à Fallport. Pourquoi elle a soudain pris ces deux semaines de congé pour rentrer chez elle il n'y a pas si longtemps, sans préciser ce qu'elle appelait *chez elle*. Et je suis bouleversé par le soutien de tout le monde.

Ethan s'approcha de lui et posa la main sur son épaule.

— Duke est coriace. Et d'après ce que je comprends, Khloe n'a pas perdu de temps pour l'amener ici.

— Non, effectivement, dit Raid à son ami. Si elle n'avait pas reconnu les symptômes de la DGSV et si elle n'avait pas été – apparemment – une vétérinaire compétente, son pronostic serait actuellement bien pire.

Ethan acquiesça et serra l'épaule de Raid avant de le relâcher.

— Je pense que pour le moment il faut que tu te laisses aller plutôt que de te torturer en pensant à des choses sur lesquelles tu n'as aucun contrôle. Une fois que Khloe aura terminé, que Duke sera sur la voie de la guérison et qu'on aura limité les dégâts avec Ziegler, tu pourras essayer d'obtenir des réponses à tes questions.

Raid savait qu'Ethan avait raison, mais il ne pouvait pas s'empêcher de penser à cette nouvelle Khloe. Toutes sortes de scénarios catastrophes lui passaient par la tête. Et si elle fuyait son ex violent ? Et si elle était mariée ? Et si elle était sous protection de témoins ? Il avait du mal à trouver de bonnes raisons pour qu'elle tourne le dos à un métier qu'elle aimait visiblement pour vivre à Fallport en tant que bibliothécaire.

Prenant une grande inspiration, Raid fit de son mieux pour repousser toutes ces questions. Chaque chose en son temps. Comme le disait Ethan, il devait d'abord s'assurer que Duke se remette de l'opération. Puis il s'occuperait de lui jusqu'à ce qu'il soit remis sur pied, et de Ziegler et des répercussions après que Khloe s'était introduite dans la clinique.

— Comment tu vas, toi ? demanda Raid à son ami, souhaitant parler d'autre chose que lui. Comment va Lilly ?

— On va bien. Je ne vais pas te mentir, perdre notre bébé a vraiment été un coup dur. Pour tous les deux. Mais on va mieux.

Raid acquiesça.

— Tant mieux. Si vous avez besoin de quoi que ce soit, vous n'avez qu'à demander.

— Je sais et je t'en remercie. Ce qui nous aide le plus, c'est de reprendre notre vie en main. Et non de ressasser, tu vois ? On n'oubliera jamais, mais on ne peut pas non plus se complaire dans notre chagrin. Le travail nous aide tous les deux. Tu sais ce qui aide aussi ?

— Quoi ?

— Nous laisser t'aider. On adore tous Duke. Ça ne va pas être facile de le garder tranquille pour qu'il puisse guérir. Je suis sûr que vous n'allez pas vouloir le laisser seul, du moins pendant un certain temps. Alors, appelez-nous. Lilly et moi on serait très heureux de venir le garder. Tout comme les autres.

Raid sourit à Ethan.

— Ça marche. Merci.

Il savait qu'il était chanceux. Il pouvait amener Duke à la bibliothèque avec lui lorsqu'il travaillait et même si le chien adorait son maître, ses amis le gâtaient et le traitaient comme un roi lorsque Raid ne pouvait pas être avec lui.

— Du coup... Rocky a déjà appelé l'un de ses contacts pour obtenir du matériel et remplacer le cadre de la porte. Je ne sais pas s'il pourra le faire avant que Ziegler ne revienne de sa fausse activité de chasse débile, mais il va faire ce qu'il peut pour que ce soit possible.

— Merci, j'apprécie.

Ethan balaya la gratitude de Raid d'un geste de la main.

— Khloe a bien fait de s'assurer que Simon soit là lorsqu'elle est entrée.

Raid hocha la tête. Effectivement. Avoir le chef de la police à ses côtés signifiait presque qu'elle avait son accord. Donc si Ziegler tentait de porter plainte, ce ne serait pas très fructueux.

— Elle tient absolument à payer pour tout le matériel qu'elle utilise.

— Peu importe, dit Ethan en haussant les épaules. Ce ne sera pas un problème. Finley a déjà lancé une collecte de fonds en ligne pour couvrir les coûts de l'opération de Duke.

Raid leva les yeux vers lui.

— C'est vrai ?

— Oui. Et elle a déjà récolté deux mille dollars de dons.

Raid faillit s'étouffer.

— Ça ne fait que deux heures que Duke a commencé à gonfler.

— Oui, répéta Ethan avec un sourire. Je crois qu'il faut qu'on se rende à l'évidence, Duke est bien le membre préféré de l'équipe de Recherche et de Sauvetage d'Eagle Point, dit-il avant de redevenir sérieux. Tu penses que Ziegler va poser problème à Khloe ? Ils ne s'entendent pas vraiment.

Non, effectivement. Et son extrême aversion pour le seul vétérinaire de Fallport aurait dû être un autre signal d'alarme pour Raiden. Khloe avait toujours pris les méthodes de travail de Ziegler très personnellement. Elle en savait plus que le commun des mortels sur la façon dont un vétérinaire devait gérer son cabinet.

Il haussa les épaules.

— J'aimerais te dire que non... mais je pense qu'on sait tous les deux qu'il va être furieux.

— Oui. Eh bien garde un œil sur elle. La dernière chose dont elle a besoin, c'est qu'il lui mette le grappin dessus et lui fasse une scène en ville. On la surveillera tous aussi quand tu ne seras pas dans les parages. Tu sais, juste pour qu'elle sache qu'elle a notre soutien.

Raid prit une grande inspiration et ferma les yeux en faisant de son mieux pour maîtriser ses émotions. Il avait les meilleurs amis du monde. Lorsqu'il était en service actif, il avait parfois l'impression d'être une île. Que lui et son chien étaient livrés à eux-mêmes. Mais à Fallport, il avait trouvé ce qu'il avait toujours désiré... une famille. Un groupe d'amis prêts à tout laisser tomber pour lui venir en aide de toutes les façons possibles.

— Merci, dit-il tardivement en ouvrant les yeux.

— Écoute, je ne t'ai jamais rien dit depuis qu'on se connaît. Je ne sais pas ce que tu fais de ton temps libre... mais je sais que la plupart du temps, tu quittes la bibliothèque pour aller chez toi et tu n'en ressors que le lendemain matin.

Mais tu es l'un des nôtres, Raid. On te soutient tout comme tu nous soutiens. On aimerait tous te voir un peu plus souvent.

Raid déglutit avec difficulté. Il avait toujours été à part. Enfant, personne ne l'invitait aux soirées pyjama et il n'avait pas d'amis au lycée. Ses amis avaient toujours été sur Internet. Il adorait la camaraderie avec ses coéquipiers au travail, et il acceptait les invitations occasionnelles pour un événement ou un autre. Mais il avait tellement pris l'habitude d'être solitaire qu'il ne s'était jamais dit que ceux-ci voudraient passer plus de temps avec lui.

— Ça me plairait bien aussi, dit-il doucement.

Ethan sourit.

— Même s'il va falloir que tu t'habitues au chaos. Nos femmes sont très animées quand on se retrouve tous ensemble désormais. Sans compter Tony, Marissa et les enfants qui vont naître.

Son ami était loin de se douter que Raid en rêvait. Se retrouver au milieu d'un groupe de personnes turbulentes qui s'intéressaient sincèrement les unes aux autres après une vie de solitude lui semblait génial.

— Raid ?

En entendant la voix de Khloe, il se retourna si vite que cela aurait pu paraître comique avec n'importe qui d'autre.

— Comment il va ? Est-ce qu'il va bien ?

— Il va bien. Il a survécu à l'opération sans aucune complication. Afton est en train de le recoudre.

— Ah oui ? Je veux dire, tu ne devrais pas plutôt t'en occuper toi-même ?

Khloe sourit, mais Raid vit qu'elle était fatiguée.

— Elle est douée. Très douée. J'ai l'impression qu'elle en fait beaucoup plus ici que la plupart des assistants-vétérinaires à cause de la paresse de Ziegler. Enfin bref, j'y retourne pour m'assurer que tout est terminé, mais je voulais te prévenir dès que possible que tout s'était bien passé. Tout ira bien pour lui, Raiden.

Raid eut l'impression qu'un poids énorme venait d'être enlevé de ses épaules. Il n'avait pas pu sauver son dernier chien, mais il n'avait pas perdu Duke. Il regarda Khloe et fit de son mieux pour s'assurer qu'elle entende la gratitude et le soulagement dans sa voix.

— Merci.

— De rien.

— Quand est-ce que je pourrai le voir ?

— Dès qu'on l'aura recousu et amené en salle de réveil.

— Il va rester ici ? demanda Raid.

Khloe fronça le nez.

— Ce n'est pas idéal. Plus on reste ici, plus il y a des chances que Ziegler s'en aperçoive. Mais je ne veux pas le déplacer tout de suite. Le docteur Snow a dit que l'on pourrait utiliser l'une des chambres de sa clinique une fois que Duke sera plus stable.

— Hum, Khloe, intervint Ethan. Je pense qu'il est inévitable que Ziegler l'apprenne. Le parking n'a jamais été aussi rempli qu'aujourd'hui.

Elle écarquilla les yeux.

— Ah bon ?

— Oui. Tout le monde est là. Et quand je dis tout le monde, je veux dire tout le monde. Sans oublier que les réseaux sociaux ont aussi fait leur travail.

— Merde, marmonna-t-elle.

— Tout va bien, la rassura Raid.

— Il va être furieux, dit-elle.

— Oui. Mais est-ce que tu en as vraiment quelque chose à faire ? demanda-t-il.

Khloe réfléchit à sa question un long moment. C'était l'une des choses qu'il aimait le plus chez elle. Elle ne se précipitait pas pour parler. Elle réfléchissait soigneusement à ce qu'elle voulait dire et à comment répondre aux questions. Même si ces questions étaient posées par un enfant de cinq ans, elle les traitait avec autant d'importance que si quelqu'un lui avait demandé d'expliquer le sens de la vie.

— Non, dit-elle. Mais si je dois avoir affaire à lui, ça peut perturber Duke et je n'en ai pas envie. Sans compter qu'il pourrait passer sa colère sur les animaux qu'on lui amène. Il pourrait aussi se montrer désagréable avec son personnel... surtout envers Afton puisqu'elle m'a aidée.

— On s'occupera de lui en temps voulu, lui dit Raid. Ça ne sert à rien de se faire du souci à ce sujet pour le moment.

— Tu as raison. Bref, Duke va bien. Je viens te chercher tout à l'heure.

— Parfait. Et, Khloe ?

Elle s'arrêta net.

— Oui ?

— Pour info... je me fiche que tu n'aies dit à personne que tu étais vétérinaire. Je me fiche de la raison pour laquelle tu es ici à Fallport. Actuellement, tout ce qui m'importe c'est que Duke aille bien et que tu sois en sécurité.

Raid savait que ce n'était pas vraiment le moment ni l'endroit pour une déclaration aussi dramatique, mais il ne put s'empêcher de le lui dire. Khloe et lui avaient beaucoup de choses à se dire, mais il ne voulait pas que sa réaction, un peu plus tôt lorsqu'elle lui avait avoué qu'elle était vétérinaire, lui pèse.

Elle écarquilla à nouveau ses yeux noisette. Elle avait les joues rouges, probablement à cause de la chaleur qui émanait des lumières de la salle d'opération. Elle avait coincé ses cheveux sous un bonnet chirurgical, mais quelques mèches s'en étaient échappées. Elle paraissait fatiguée et stressée, mais Raiden n'avait jamais vu une femme aussi belle de sa vie.

Il réalisa soudain qu'il n'était pas contrarié qu'elle ait gardé tous ses gros secrets pour elle. Elle avait ses raisons. Il en était certain. Il y avait eu des moments par le passé où elle lui avait paru méfiante. Même effrayée. Il voulait connaître son histoire, mais il voulait surtout qu'elle soit à l'aise avec lui.

Toutes les fois où il avait été dur avec elle, brusque ou impoli, qu'il s'était disputé avec elle à propos de choses stupides, lui paraissaient soudain logiques. C'était parce qu'il *l'aimait* bien. L'admirait même. Et il n'avait pas su comment lui plaire autant qu'elle lui plaisait.

Ce qui l'avait évidemment irrité et l'avait rendu encore moins sûr de lui. En conséquence, il avait fait ce qu'il avait pu pour la tenir à distance.

Mais tout ça, c'était fini. Il en avait assez. Cette fille manifestement très instruite avait plus de facettes qu'il ne l'avait imaginé. Il ne l'avait pas moins estimée lorsqu'il pensait encore qu'elle n'était qu'une simple assistante-bibliothécaire. Mais désormais, il avait envie de connaître Khloe la vétérinaire.

Khloe ne répondit pas verbalement à sa déclaration et hocha simplement la tête avant de fermer la porte derrière elle en repartant s'occuper de Duke.

— Il faut que tu y ailles doucement, l'avertit Ethan.

Raid se tourna vers lui tandis qu'il continuait de parler.

— Une personne ne vient pas emménager dans une ville comme Fallport, en restant solitaire et en faisant de son *mieux* pour ne pas s'attacher aux gens si elle ne traîne pas de lourds bagages.

— Comme nous tous, non ? rétorqua Raid.

— Tout ce que je dis... c'est que tu dois être prudent. On a tous retenu la leçon avec ce qui est arrivé à Lilly, Caryn, Elsie, Finley, Bristol et Heather.

— Tu penses que je devrais faire quoi ? La licencier ? Lui tourner le dos parce qu'elle pourrait être en danger ou fuir quelque chose ? demanda Raiden, irrité face à l'avertissement de son ami.

— Non, dit Ethan qui parut réellement choqué. Non, c'est à toi que je demande d'être prudent, répéta-t-il. La vie peut rapidement devenir incontrôlable et effrayante, du moins pour nous autres. Ce que je ne voudrais surtout pas, c'est qu'un élément de son passé devienne incontrôlable ou effrayant *pour elle*.

Ils se regardèrent un long moment avant que Raid ne détourne le regard.

— C'est noté, dit-il à son ami.

Mais il était hors de question qu'il tourne le dos à cette fille. Il était redevable envers Khloe. Très redevable. Elle avait sauvé la vie de son meilleur ami. Il lui offrirait tout ce dont elle aurait besoin... qu'elle le lui demande ou non.

Mais s'il devait être honnête avec lui-même, ce n'était pas seulement par gratitude qu'il voulait en savoir plus sur elle. Dès l'instant où il l'avait rencontrée, il avait été attiré par elle. Il avait juste été trop peureux pour faire quoi que ce soit. Il avait laissé le côté piquant de Khloe le convaincre que ce qu'il se passait n'était pas son problème. Mais maintenant qu'il était *certain* qu'elle cachait quelque chose, quelque chose d'assez important, il en avait fini avec ça.

— OK. Sur ce, je vais aller prévenir tout le monde que Duke a survécu à l'opération et voir si je ne peux pas en faire partir quelques-uns. Si tu as besoin de quoi que ce soit, tu m'appelles. Je serai furieux si tu ne le fais pas.

— Ça marche, le rassura Raid.

— Tiens-moi au courant de l'état de Duke et je transmettrai les infos à tout le monde, comme ça tu n'auras rien d'autre à faire que de gâter ce chien.

— Merci.

— Et d'ailleurs, les filles parlaient d'organiser une fête pour le retour de Duke quand je les ai quittées tout à l'heure... alors tu devrais réfléchir à ce que tu voudrais faire. Chez toi, à la bibliothèque, sur la place, pour que tous les habitants puissent participer. *Ou* si tu n'as pas du tout envie de faire ça. Tiens-moi au courant.

— Mon Dieu, dit Raid en secouant la tête et levant les yeux au ciel.

— Duke et toi êtes bien plus aimés que tu ne le crois, dit Ethan avec un sourire. Il est temps que tu t'en rendes compte.

Ethan le tapota dans le dos, puis longea le couloir jusqu'à la porte qui menait à la salle d'attente. Lorsqu'il l'ouvrit, Raid entendit toutes les voix, mais il n'était pas encore prêt à voir tout le monde. Il appréciait qu'ils soient venus, mais il lui faudrait plus qu'une conversation avec Ethan pour être à l'aise à l'idée d'être le centre d'attention.

Il lui était extrêmement difficile de rester dans le couloir et de ne pas aller voir si Khloe avait besoin d'aide.

Mais elle avait le docteur Snow et Afton à ses côtés. Ils allaient installer Duke à l'arrière du cabinet et elle viendrait le chercher dès qu'elle le pourrait.

Il ne savait pas s'il était plus impatient de voir Khloe ou son chien.

* * *

Khloe était toute stimulée. Cela faisait tellement longtemps qu'elle n'avait pas été en salle d'opération et elle avait l'impression de rentrer à la maison. Elle détestait la raison de sa présence ici, évidemment. Elle ne supportait pas qu'un animal souffre. Mais le fait de savoir qu'elle avait les compétences nécessaires pour aider Duke à survivre lui faisait un bien fou.

Elle s'était dit, après tout ce qu'il s'était passé, qu'elle pourrait dire adieu à son scalpel pour toujours. Qu'elle pourrait trouver une autre carrière et être très heureuse. Mais elle s'était menti à elle-même. Elle adorait Fallport et appréciait passer du temps dans la bibliothèque et aider les gens à trouver des livres qui les intéressaient. Mais elle était née pour être vétérinaire.

Tout lui plaisait dans ce travail... à part peut-être les propriétaires abusifs qui lui amenaient leurs animaux en lui demandant de les *guérir* alors que c'était eux qui les avaient bousillés dès le départ.

Elle avait beau essayer de se dire le contraire, elle n'était pas prête à renoncer à son rêve de toujours. Il y avait un entrepôt de stockage, rempli d'équipements de son ancienne clinique qui contredisait ses plans. Elle n'était pas prête à faire quelque chose d'autre de sa vie. Elle aurait pu tout vendre. Remplir son compte épargne. Mais au lieu de ça, elle avait tout emballé avec soin... juste au cas où.

Et désormais, après avoir sauvé la vie de Duke, Khloe était plus que jamais certaine qu'elle ne pourrait jamais renoncer à sa carrière de vétérinaire.

Elle n'avait aucune idée de la suite. Elle n'avait pas vraiment envisagé de mentir à ses nouveaux amis, mais elle n'avait pas vraiment trouvé de moment opportun pour leur avouer qu'elle était en réalité une vétérinaire de renom. Et qu'elle vivait à Fallport car l'un de ses anciens clients avait tenté de la tuer lorsqu'elle n'avait pas pu sauver la chienne qu'il avait amenée dans sa clinique, à moitié morte à cause d'un horrible passage à tabac.

C'était presque un soulagement pour elle que ses secrets soient enfin révélés. C'était épuisant de faire semblant d'être quelqu'un qu'elle n'était pas. Khloe ne savait pas si elle resterait à Fallport ni même en Virginie, mais elle en avait assez de se cacher. De ses amis. D'Alan Mather. D'elle-même.

— Vous voulez que je reste ? lui demanda Afton une fois qu'ils avaient installé Duke.

Khloe n'avait pas envie de le placer dans un chenil après tout ce qu'il avait enduré, alors elle avait installé une petite paillasse sur le sol avec de vieilles couvertures et des serviettes.

L'intraveineuse de Duke était accrochée aux barreaux métalliques des niches derrière lui. Il s'était réveillé brièvement après avoir été installé, et Khloe était convaincue qu'il ne souffrait pas grâce aux médicaments injectés dans ses veines.

— Non, mais merci, dit Khloe à l'assistante-vétérinaire.

Le docteur Snow était rentré chez lui quelques minutes plus tôt, après s'être assuré qu'elle avait tout ce dont elle avait besoin et l'avoir rassurée en lui disant qu'il reviendrait dans la matinée pour prendre de ses nouvelles et de celles de Duke.

— Vous êtes sûre ? J'ai l'habitude, vous savez. Normalement, je reste dans les parages après une opération aussi lourde que celle-ci. Comme je n'habite pas loin, ça ne me dérange pas.

— Je n'ai pas vu de lits pour les gardes de nuit, dit Khloe en s'accroupissant pour s'asseoir à côté de Duke.

C'était plus une question qu'une affirmation.

— De lits ? Il y a des cliniques qui ont des lits pour les gardes de nuit ?

En voyant son air perplexe, Khloe fut furieuse contre Ziegler.

— Oui. Du moins dans les bonnes cliniques.

Afton haussa les épaules.

— Non. Il n'y a pas de lits ici.

Khloe n'aurait pas dû être surprise, mais elle l'était quand même.

— Ce n'est pas grave. Je vais rester. Je veux pouvoir le surveiller attentivement.

— OK, mais si vous avez besoin de moi, je vous laisse mon numéro. Je serais ravie de revenir vous aider si vous le souhaitez.

— Merci.

— Le docteur Ziegler n'est pas censé revenir avant trois jours.

— D'accord. J'espère que Duke sera assez en forme d'ici là pour être transféré à la clinique du docteur Snow. Et, Afton ?

— Oui ?

— Tu n 'as pas à t'inquiéter que je dise à qui que ce soit que tu m'as assistée pour l'opération.

La jeune femme lui fit un petit sourire.

— Ce n'est pas grave. Il va l'apprendre de toute façon. J'ai essayé de trouver le courage de donner ma démission, en espérant d'abord trouver un autre emploi... là, ça me donnera juste le coup de pouce dont j'ai besoin. C'est probablement présomptueux, mais si vous décidez un jour d'ouvrir votre propre clinique, j'aimerais bien avoir l'occasion de postuler pour travailler avec vous.

Khloe cligna des yeux de surprise.

— Oh... hum, je n'y ai pas vraiment pensé. Cette histoire avec Duke m'est un peu tombée dessus comme ça.

— Vous êtes une très bonne vétérinaire, Khloe... euh, docteure Moore. Fallport a besoin de gens comme vous. Quelqu'un qui se soucie des animaux qu'il prend en charge. Tout ce que le docteur Ziegler voit, ce sont des billets de dollars. Je sais que je ne devrais pas parler de mon patron comme ça, mais ce n'est pas comme si c'était un secret. Les gens continuent de venir ici car il est la seule option, à moins qu'ils ne soient prêts à rouler plus de trente minutes.

— Moi c'est Khloe, pas docteure Moore, dit-elle à Afton, sans trop savoir quoi dire.

— D'accord. Est-ce que je pourrais passer voir Duke une fois qu'il aura été transféré au cabinet du docteur Snow, si ça ne vous dérange pas ?

— Bien sûr.

— Merci. Bon... eh bien, j'imagine qu'on se recroisera.

— Oui. Et, Afton ?

— Oui ?

— Ne laisse pas Ziegler te faire chier. Tu es une super assistante. Et si effectivement un jour j'ouvre à nouveau un cabinet vétérinaire, tu seras la première personne que j'aurai envie d'embaucher.

La jeune femme lui fit un immense sourire.

— Génial. Merci. Je vais dire à Raiden que vous avez terminé et qu'il peut venir vous voir. À bientôt.

Elle s'en alla, toujours aussi souriante et Khloe n'eut que quelques secondes pour réfléchir à leur conversation avant que Raid n'arrive. Il avait dû attendre derrière la porte jusqu'à ce qu'on lui donne le feu vert pour y aller. Elle ne pouvait pas lui en vouloir.

— Ça va ? demanda-t-il doucement en marchant vers elle.

Khloe acquiesça, reculant un peu lorsqu'il s'agenouilla sur le sol à côté de Duke. Il tendit une main large pour caresser la tête du limier. Il parcourut son corps du regard, de sa tête à sa queue, remarquant les bandages et les endroits où Khloe avait dû raser son pelage pour y voir plus clair et poser les intraveineuses.

Raid se pencha ensuite, lui embrassa la tête et chuchota quelque chose à l'oreille du chien. C'était trop. Tout avait telle-ment changé dans sa vie et le fait de voir Raiden se préoccuper de son chien comme ça lui fit monter les larmes aux yeux.

Elle n'avait pas réalisé à quel point elle avait été stressée jusqu'à cet instant précis. Elle adorait Duke. Ce chien était un vrai clown, il bavait sans cesse et était un sacré pisteur. Il aimait profondément Raiden, était totalement dévoué à son humain et cette dévotion était tout aussi réciproque.

Khloe était fatiguée, son dos lui faisait mal, sa jambe palpi-tait de douleur et cela faisait très longtemps qu'elle n'avait pas été dans une salle d'opération. Elle s'était servie de muscles qu'elle n'avait pas utilisés depuis qu'elle avait fermé son cabinet.

Évidemment, Raid choisit ce moment pour lever les yeux vers elle et il la surprit en train de pleurer.

Ses larmes ne semblèrent même pas le perturber. Il s'assit sur le sol, dos au mur et l'attira dans ses bras.

Khloe resta choquée un instant. Il ne lui avait pas demandé

la permission et ne lui avait pas laissé le choix. Mais honnêtement, c'était exactement ce dont elle avait besoin. Cela faisait
tellement longtemps qu'on ne l'avait pas touchée. Qu'on ne lui
avait pas fait de câlins.

Elle s'allongea contre le torse de Raid, les bras enroulés
devant elle et elle regarda Duke dormir. Son souffle était
normal et régulier et de temps en temps, l'une de ses pattes
tressaillait.

— Merci de l'avoir sauvé, dit doucement Raid.

Elle attendit que les questions débutent. Mais comme il ne
dit rien de plus, Khloe leva la tête et observa les yeux verts de
Raid. Ses cheveux et sa barbe rousse étaient ébouriffés et il
avait des cernes sous les yeux. Ses habits étaient froissés et
alors qu'elle était blottie contre lui elle entendit son estomac
gronder. Il avait été là tout le long, comme elle. Il n'avait peut-
être pas été dans la salle d'opération mais il était resté quand
même, refusant de partir. Il était le genre de propriétaire qu'elle
souhaitait pour chaque animal. Mais elle était malheureusement bien consciente du nombre de maîtres peu aimables et
même cruels qui existaient.

— C'est tout ce que tu as à dire ? lâcha-t-elle.

Raid acquiesça.

— Pour le moment, oui.

Cela n'augurait rien de bon pour Khloe, mais elle était
encore tellement soulagée qu'elle acquiesça simplement et
baissa la tête pour l'appuyer à nouveau contre son torse.

— Tu peux m'en dire plus sur l'opération ? Et ce qu'il faut
qu'on surveille désormais ? Je sais que tu as déjà parlé de tout
ça avant l'opération, mais je ne me souviens plus de ce que tu
as dit. Désolé.

— Tu avais d'autres choses à penser, dit-elle en haussant les
épaules.

C'était agréable d'être comme ça avec lui. Bientôt, elle

devrait répondre aux questions de Raid concernant sa vie, mais pour le moment, elle allait profiter du calme.

— Il a eu de la chance. L'estomac n'était pas trop endommagé quand je l'ai ouvert pour l'examiner. Lorsqu'il s'écoule trop de temps entre le moment où le ventre se tord et celui où l'animal est opéré, je ne peux vraiment rien faire. L'estomac ne peut pas être réparé une fois qu'il est trop abîmé. J'ai vérifié sa rate et elle avait l'air en bon état. Elle était un peu endommagée mais je n'ai pas eu à l'enlever. J'ai effectué une gastropexie... c'est-à-dire que j'ai collé l'estomac à la paroi du corps pour qu'il ne puisse plus se retourner. Il y a toujours dix pour cent de chances que ça recommence, mais c'est bien mieux que si je ne l'avais pas fait. Son cœur est costaud. Je n'ai pas remarqué d'arythmie durant l'opération, mais je vais continuer de le surveiller pour m'assurer que son cœur bat normalement. Il a plusieurs points de suture dans la couche fibreuse de la paroi corporelle, dans les tissus sous-cutanés, puis j'ai enfoui les autres sous la couche sous-cutanée, principalement pour qu'il n'y ait pas de points de suture ou d'agrafes à retirer plus tard.

— Je ne sais pas ce que ça veut dire, mais... ça à l'air positif, dit Raid.

— Désolée, je n'ai plus l'habitude d'expliquer ce que j'ai fait durant une opération.

— C'est pas grave. Qu'est-ce qu'on fait maintenant ?

— On va devoir surveiller son incision pour s'assurer qu'elle ne s'infecte pas. Je veux le garder sous perfusion et sous analgésiques pendant encore au moins deux jours. C'était une opération lourde et je ne veux pas qu'il soit gêné. Il a besoin d'antibiotiques, mais pour le moment je les lui administre par intraveineuse. Est-ce qu'il prend facilement les cachets ?

Raid se mit à rire et le son vibra en elle.

— S'ils sont recouverts de fromage ou de beurre de cacahuète, il ne bronche pas.

Khloe sourit contre lui.

— Oui, c'est vraiment un limier motivé par la nourriture. Bon, une fois qu'on aura enlevé l'intraveineuse, il faudra qu'il prenne des antibiotiques pendant un moment. Je dirais que d'ici trois jours tu devrais pouvoir le ramener à la maison et lui faire progressivement manger de la nourriture molle en petites quantités fréquentes. Tant qu'il sera ici et à la clinique du docteur Snow, il n'aura ni nourriture ni eau et je vérifierai qu'il ne fasse pas d'arythmies, de pneumonie par aspiration, qu'il ne souffre pas et ne fasse pas d'infection.

Raid hocha la tête au-dessus d'elle et Khloe sentit sa barbe s'accrocher à ses mèches de cheveux.

— Est-ce que ça ira pour lui si tu dors un peu ? demanda Raid.

— Oui. Il est costaud, Raid. Je te le promets. Mais je ne suis pas fatiguée.

Évidemment, dès que les mots franchirent ses lèvres, elle bailla à s'en décrocher la mâchoire.

Raiden s'esclaffa.

— Oui, je vois ça. Ferme les yeux, Khloe. Je veillerai sur vous deux. Quand tu te réveilleras, j'irai roupiller à mon tour pendant que tu le surveilles.

Elle eut envie de protester. De lui dire que ça ne la dérangeait pas de rester éveillée pour s'assurer que Duke allait bien. Mais être dans ses bras était agréable. Très agréable. Et l'opération l'avait plus épuisée qu'elle ne voulait l'admettre.

— OK, mais seulement pour une heure ou deux. Ensuite, il faut que j'ausculte Duke.

— D'accord.

Lorsqu'elle tenta de se relever et qu'il ne fit rien pour la relâcher, Khloe leva la tête et le regarda.

— Tu veux bien me lâcher il faut que j'aille m'allonger.

— Non.

Elle attendit qu'il en dise plus, mais il n'ajouta rien d'autre. Seulement non.

Les lèvres de Khloe tressautèrent.

— D'accord.

Si elle n'avait pas été aussi fatiguée tout à coup, elle aurait protesté, insisté pour qu'il la relâche. Mais en vérité, elle était bien là où elle était. Il était impossible de savoir comment Raid réagirait à la discussion qu'elle savait imminente. Si c'était sa seule chance d'être proche de lui comme ça, elle n'allait pas la laisser s'échapper.

Il lui était difficile d'avouer à quel point Raid l'intriguait. Ça avait toujours été le cas d'ailleurs. Dès le premier entretien qu'elle avait passé avec lui à la bibliothèque, elle s'était sentie comme une mouche prise dans la toile d'une araignée. Il était tellement contradictoire. Sérieux et réticent avec les gens. Loufoque avec Duke pour lequel il n'avait pas honte de montrer son affection. Il était l'un des hommes les plus intelligents qu'elle connaisse, mais il ne faisait pas étalage de ses capacités. Il était beau et musclé et pourtant, il ne flirtait pas avec elle. Khloe n'était pas sûre qu'il sache flirter. Il lui avait toujours paru si peu sûr de lui. Il devait quand même être conscient de sa beauté, non ?

Une beauté qui n'était certes, pas classique, mais Khloe n'avait jamais été attirée par les types banals.

— Arrête de réfléchir, Khloe. Dors, dit fermement Raiden, mais avec une pointe d'humour dans la voix.

— On t'a déjà dit que t'étais très autoritaire ? demanda-t-elle en fermant les yeux.

— Non.

— Eh bien tu l'es.

— Seulement avec toi, parce que tu ne fais jamais ce que je te demande.

Elle sourit. Il ne mentait pas. Ils avaient passé de nombreuses après-midi à se prendre la tête dans la bibliothèque lorsqu'il réalisait qu'elle n'avait pas fait ce qu'il lui avait demandé. Ce n'était pas qu'elle essayait délibérément de lui désobéir, mais la plupart du temps, elle trouvait d'autres choses plus importantes... ou plus intéressantes à faire.

— Réveille-moi dans une heure, lui rappela-t-elle.

— Oui.

Habituellement, Khloe mettait des heures à s'endormir. Chaque craquement dans son appartement, chaque voiture qui passait, chaque petit bruit lui faisait se demander si c'était Alan qui venait mettre ses menaces à exécution, pour, comme il l'avait dit, la faire souffrir pour le restant de ses jours. Mais là, blottie dans les bras de Raid sur le carrelage froid de la clinique vétérinaire de Raymond Ziegler, elle plongea dans un sommeil sans rêve, dès l'instant où ses yeux se fermèrent.

CHAPITRE TROIS

Raid serrait Khloe contre lui pendant qu'elle dormait. Il gardait un œil sur Duke, comptant ses respirations au fur et à mesure que sa poitrine montait et descendait. Il n'arrêtait pas d'imaginer ce qui pourrait mal tourner. Il serait plus que cruel pour Duke d'avoir survécu à l'opération pour être ensuite victime d'une crise cardiaque durant sa guérison.

Mais Khloe n'avait pas paru très inquiète, alors il se força à rester calme. Cela ne l'empêcha pas de se rapprocher de Duke pour autant. C'était un miracle qu'il n'ait pas réveillé Khloe en se levant, mais quelques secondes après l'avoir rassurée en lui disant qu'il la réveillerait dans une heure, elle était devenue un poids mort dans ses bras.

Se sentant mieux maintenant qu'il pouvait toucher Duke, Raid s'autorisa à se détendre un peu. Un bras autour de Khloe, la tenant contre lui et une main sur Duke, il ferma les yeux et appuya la tête contre le mur derrière lui.

Les prochains jours allaient être chaotiques. Raid en était certain. Il espérait juste qu'ils pourraient quitter la clinique avant que Ziegler ne revienne. Le type allait péter les plombs en apprenant tout ce qu'il s'était passé. C'était vraiment un con.

Il était censé être heureux que Khloe ait pu sauver Duke, mais Raid était certain que ce ne serait pas le cas. Le fait que Rocky remplace le cadre de la porte aiderait sans doute, mais Raid se doutait que cela n'apaiserait en rien la colère du vétérinaire qui percevrait probablement cela comme une menace envers son rôle privilégié au sein de Fallport.

Il se focalisa à nouveau sur la femme dans ses bras. Au cours de l'année écoulée, il avait parfois eu l'impression de la connaître assez bien, malgré ses efforts pour le tenir à distance, mais cette journée lui avait prouvé le contraire. Il ne la connaissait pas du tout. Certains hommes auraient pu être vexés qu'elle ait menti à tout le monde, mais pas lui. Il n'avait pas non plus été un livre ouvert.

Il avait été un introverti toute sa vie. S'ouvrir n'était pas facile pour Raid. Mais en se trouvant dans la position inverse – se demandant quels autres secrets gardait Khloe au-delà du fait qu'elle était vétérinaire – l'avait amené à réfléchir à son propre passé. À toutes ces choses qu'il n'avait jamais partagées avec personne.

Il n'avait jamais évoqué les événements qui l'avaient poussé à quitter son travail de garde-côte et à accepter l'offre d'Ethan en venant à Fallport. Mais désormais, il ne pouvait s'empêcher d'y penser. Il ne pouvait s'empêcher de penser à Finn « Tonka » Matlick. Tonka avait été son ami le plus proche dans la Garde côtière. Son seul ami, en fait. Leurs chiens, Steel et Dagger, étaient eux aussi des amis. Ils travaillaient tous très bien ensemble et cela n'avait jamais dérangé Tonka que Raid ne parle pas beaucoup. Il se fichait qu'il ne soit pas du genre à aimer sortir avec les autres durant leur temps libre.

Leur dernière mission avait débuté de façon très habituelle. Ils patrouillaient au large de la Virginie à la recherche de quelque chose de suspect. Lorsqu'ils avaient repéré une petite vedette, ils avaient décidé de monter à bord pour vérifier s'il y avait des substances illégales.

Raid frissonnait lorsqu'il repensait à ce qu'il s'était passé ensuite.

Ils étaient montés à bord de la vedette et étaient tombés dans une embuscade tendue par Pablo Garcia. Raid avait été frappé au niveau de la tête et on lui avait tiré une balle. Il avait été chanceux de ne pas se vider de son sang sur ce bateau. Mais c'était Tonka et leurs coéquipiers canins qui avaient le plus souffert ce jour-là. Raid avait eu la chance d'être inconscient durant les événements qui avaient suivi. Tonka, en revanche, non. Il avait été témoin de toutes les choses ignobles qu'avait commises Garcia. En conséquence, il souffrait d'un grave syndrome de stress post-traumatique.

Raid était triste pour son ami. Il haïssait beaucoup de choses concernant cette mission. Il n'avait pas pu dire au revoir à Dagger. Il n'avait pas pu le réconforter dans ses derniers instants. Il ne supportait pas que Tonka soit obligé de revivre ce qu'il avait vu. Et il détestait clairement Pablo Garcia. Sa seule consolation était qu'il pourrissait désormais en prison.

En repensant à ses propres secrets, il baissa les yeux vers Khloe. Elle était tellement petite à côté de lui. Toute sa vie on l'avait traité de géant. Les gens l'arrêtaient dans la rue pour lui demander quelle taille il faisait. Il avait entendu toutes les blagues que l'on faisait sur lui et il les détestait.

Mais Khloe n'avait jamais fait la moindre remarque sur sa taille. Ni sur ses oreilles. Ou ses cheveux roux. Ce n'était pas pour autant qu'ils ne s'envoyaient pas des piques sur d'autres sujets. Elle n'avait jamais eu peur de lui tenir tête... ce qui lui plaisait. Il se rendait compte qu'il appréciait leurs chamailleries.

Mais ça, ça lui plaisait encore plus.

De la tenir comme ça.

De la garder en sécurité pendant qu'elle était vulnérable.

Elle avait sauvé Duke. Il le savait. Sans elle, il aurait encore perdu un meilleur ami bien trop tôt.

Il serra involontairement les bras et Khloe remua. Raid se força à se détendre et à son grand soulagement, Khloe n'ouvrit pas les yeux.

Il soupira lourdement. Les sentiments qu'il éprouvait pour cette femme étaient complexes. Il était son patron. Il n'était pas convaincu qu'elle l'appréciait tant que ça. Et maintenant que son secret de vétérinaire était révélé, il se demandait si elle quitterait Fallport.

Les choses entre eux étaient pour le moins compliquées.

Raid ne savait pas encore quoi dire à Khloe lorsqu'elle se réveilla par elle-même une heure plus tard. Elle remua contre lui et s'assit lentement, clignant des yeux d'un air endormi.

Elle avait les cheveux ébouriffés à cause de sa journée mouvementée et elle avait la marque des plis de sa chemise sur la joue. Raid réalisa qu'il n'avait jamais été aussi attiré par Khloe qu'il l'était actuellement. Froissée. Endormie. Et elle avait baissé sa garde.

— Hé, dit-il, réalisant une fois que les mots avaient franchi ses lèvres à quel point cela paraissait nul de la saluer ainsi.

Mais Khloe ne sembla pas remarquer sa gêne.

— Salut, répondit-elle. J'ai dormi combien de temps ?

— Pas longtemps. Peut-être une heure et demie.

Elle gémit et s'étira et Raid fit de son mieux pour ne pas regarder sa poitrine à ce moment-là. Khloe avait un corps tonique et agile... avec des seins un peu plus gros que ce qui aurait dû être proportionnel à sa petite silhouette. Il avait clairement remarqué – et apprécié – ses attributs féminins, mais il ne s'était jamais attardé dessus par le passé. Mais après l'avoir eu collée contre son torse pendant une heure et maintenant qu'elle s'étirait devant ses yeux, il ne pouvait pas s'empêcher de l'apprécier un peu plus.

— Je tuerais pour une tasse de café du Broyeur, marmonna-t-elle avant de se tourner vers Duke. Comment il va ?

— Bien, d'après moi. Il ne s'est pas réveillé. Ses inspirations sont d'environ seize par minutes.

— Très bien, c'est normal.

Khloe se rapprocha un peu plus de Duke et vérifia son rythme cardiaque avant d'examiner le bandage sous son ventre. Elle étudia sa perfusion et sembla satisfaite, car elle acquiesça et s'assit à côté du chien en regardant Raid.

— Je suis sûre que tu as envie de discuter.

Raid haussa les épaules.

— Non ? demanda-t-elle en haussant un sourcil de façon sceptique.

— Il se fait tard. Je suis fatigué. Mon chien est en voie de guérison. Honnêtement, je n'ai qu'une envie c'est de rester assis ici et d'apprécier le calme avant la tempête.

— Le calme avant la tempête ? demanda Khloe en penchant la tête sur le côté.

— Oui. Avant qu'on ne déplace Duke. Que tous nos amis ne viennent lui rendre visite. Qu'on s'occupe de Ziegler. Que je ne sois obligé de répondre aux questions des habitants de Fallport dès que je sors de chez moi. Que je gère les envies de Duke avec la nourriture en fonction de ce qui est le mieux pour lui. Que j'essaie de le garder au calme pendant qu'il guérit. Le travail. Que je trouve la meilleure façon de t'aider à résoudre ce qui te préoccupe... Être assis ici dans ce silence relatif sera probablement l'instant le moins stressant que j'aurai à vivre avant un moment.

— Rien ne me préoccupe, dit Khloe avec obstination en se focalisant sur ces mots en particulier.

Raid ne put s'empêcher de retrousser les lèvres. Il ferma les yeux et pencha la tête contre le mur derrière lui.

— D'accord, dit-il.

— Je vais bien. Très bien. Super bien, même.

Son sourire s'élargit.

— Oui. Et c'est pour ça que tu vis ici à Fallport et que tu

travailles à la bibliothèque alors que c'était évident que tu n'avais pas mis les pieds dans une bibliothèque depuis un bon moment. Pourquoi tu as menti sur ton expérience et ta profession ? Est-ce que tu t'appelles vraiment Khloe ?

— Oui ! dit-elle sur un ton défensif.

Raid ouvrit les yeux et la regarda. Elle était assise bien droite, les jambes croisées, une main posée sur la grosse patte de Duke, celle qui était la plus proche d'elle. Elle était mignonne, toute froissée et sur la défensive. Il se demanda pourquoi il faisait exprès de toujours la provoquer. Sans doute parce qu'il l'avait dans la peau. Et parce qu'il l'aimait comme ça. Lorsqu'il lisait l'émotion dans ses yeux et qu'elle lui jetait un regard noir. Il préférait ça à l'inquiétude qu'il percevait souvent chez elle. Inconsciemment, peut-être avait-il fait de son mieux pour l'aider à oublier ses problèmes.

Plus il la fixait du regard, plus elle s'agitait et elle finit par soupirer avant de baisser les yeux vers ses genoux.

— OK, très bien. Je m'appelle vraiment Khloe. Par contre, mon nom de famille ce n'est pas Moore.

Même cette simple information suffit à rassurer Raid. Elle le laissait faire un pas vers elle sans qu'il n'ait à forcer. Au moins un tout petit peu. Comme il ne répondit pas, elle leva les yeux vers lui.

— Tu ne comptes pas me demander ce que c'est ?

— Non, dit Raid avec paresse. Je sais ce que c'est que d'avoir des secrets. Des choses qu'on ne voudrait pas que les autres sachent. Pour le bien de tout le monde, le leur *et* le tien. Je veux que tu me dises quand tu sens que tu peux me faire confiance. Et tu *peux* me faire confiance, Khloe.

Plusieurs secondes s'écoulèrent avant qu'elle ne réponde :

— Je sais.

— Tant mieux. Comment va ta jambe ?

Khloe cligna des yeux.

— Ça va.

— Je te pose la question parce que tu es restée debout plus longtemps que d'habitude. J'ai vu qu'il y avait un réfrigérateur dans une salle de pause au bout du couloir. Je peux aller te chercher de la glace si tu as besoin.

— Non, ça va. J'avoue que c'est un peu douloureux, mais ça va. Les changements de pression barométrique l'affectent plus que le fait d'être à côté d'une table d'opération.

— OK, mais si tu as besoin de quelque chose, dis-le-moi.

Elle le regarda longuement.

— Quoi ? demanda-t-il.

— C'est juste que... t'es bizarre.

— Pourquoi bizarre ?

— Je ne sais pas. J'ai l'habitude que tu sois agacé contre moi. Que tu soulignes tout ce que je fais mal. Que tu me donnes des ordres. Ce... *gentil* Raid, je n'arrive pas à m'y habituer.

— Arrête, je ne suis pas si horrible que ça, dit-il.

Khloe haussa à nouveau les sourcils dans sa direction et Raid ne put s'empêcher de rire.

— OK. Je suis peut-être un peu perfectionniste quand il s'agit du travail.

— C'est un euphémisme, marmonna-t-elle.

— Et toi non, peut-être ? rétorqua-t-il. Si les rôles étaient inversés et que j'étais assistant-vétérinaire dans ton cabinet tu n'attendrais pas de moi que je fasse tout parfaitement ?

Un petit sourire lui étira les lèvres.

— OK, j'ai peut-être eu une réputation de dure à cuire par le passé.

Raid lui rendit son sourire.

— J'imagine bien, oui. Mais je parie que tes employés t'adoraient.

Son sourire s'estompa légèrement et elle haussa les épaules.

Raid s'en voulut mentalement d'avoir évoqué ce qui était

manifestement des souvenirs doux et amers pour elle. Il changea de sujet.

— Bon... quand est-ce que tu penses que ce sera possible de transférer Duke chez le docteur Snow ?

Il avait bien fait de demander car elle se lança dans une longue explication concernant ce qu'elle comptait faire pour le rétablissement du chien, comment ils le transporteraient et à quoi s'attendre lorsque le limier se réveillerait.

Au bout d'un moment, Raid se leva et alla chercher d'autres couvertures et serviettes qu'ils utilisèrent comme oreillers. Ils se relayèrent toute la nuit, faisant des petites siestes à tour de rôle tout en surveillant leur patient. Lorsque le soleil commença à se lever dehors, Raid réalisa que même s'il n'avait pas passé la meilleure nuit de sa vie, il se sentait étonnamment bien.

Duke s'était réveillé plusieurs fois et même s'il était un peu sonné, il semblait heureux de voir ses deux humains préférés.

— Je pourrais tuer pour une douche, un café et des vêtements de rechange, dit Khloe.

— Dis-moi ce dont tu as besoin et je demanderai à Caryn et Drew d'aller te le chercher, lui dit Raid.

— Hein ?

— Dis-moi ce que tu veux comme café et quelles affaires tu voudrais récupérer dans ton appartement et je demanderai à Caryn et Drew de te les apporter.

— Je t'ai entendu, mais je ne comprends pas pourquoi tu leur demanderais d'aller me chercher un truc.

— Parce qu'ils sont ici. Ils sont restés dehors une bonne partie de la nuit.

— *Quoi* ? Mais pourquoi ?

— Parce qu'on est ici et qu'ils se faisaient du souci pour Duke et nous. Sans compter que j'ai demandé à Drew si ça ne le dérangeait pas de rester et de garder un œil sur Ziegler au cas où.

— Il n'est pas censé revenir avant plusieurs jours.

— Oui, mais je suis sûr qu'à ce stade, il est déjà au courant que l'on s'est introduits dans sa clinique et il ne va pas être content. Si c'était moi, je voudrais vite revenir ici pour savoir ce qu'il se passe. Je suppose que c'est trop lui demander que d'être soulagé qu'un animal ait été sauvé. Il va être furieux qu'on soit entrés par effraction.

— *Nous* ne sommes pas entrés par effraction. C'est *moi* qui l'ai fait, dit fermement Khloe.

— Oui, OK, c'est juste de la sémantique quoi, dit Raiden haussant les épaules.

— Ils ont vraiment passé la nuit dehors ? demanda-t-elle en fronçant les sourcils.

— Oui. Et Rocky et Bristol vont bientôt prendre la relève. Je suis sûr que les autres reviendront aussi tôt ou tard. Ils nous laisseront faire une pause pour aller prendre une douche si on le veut et ils veulent voir Duke de leurs propres yeux aussi.

— Je ne... c'est... Raid, c'est fou.

— Pourquoi ?

Elle le regarda comme si question la déroutait.

— Parce que !

— Tu n'as jamais vu de propriétaires désespérés s'assurer que leurs animaux allaient bien ? Qui débarquaient dès l'ouverture pour pouvoir rendre visite à leurs bébés à fourrure ? Qui t'ont suppliée de pouvoir dormir à côté des niches de leurs animaux blessés ?

— Si bien sûr. Mais...

Sa voix se brisa.

— Mais tu n'as jamais eu le genre d'amis qui faisaient ça pour *toi*, conclut Raid.

— Je n'ai pas vraiment été super amicale envers eux, reconnut-elle d'une voix douce. J'ai essayé de les tenir à distance. Je ne voulais pas qu'ils soient impliqués dans mes problèmes.

Raid sentit son estomac se nouer en entendant ces mots. Il

ne savait pas ce qu'étaient ces *problèmes*, mais avec cette simple phrase il comprit qu'ils étaient aussi sérieux que ce qu'il craignait. Et il fut encore plus déterminé à faire ce qu'il pouvait pour l'aider.

— Ils savent reconnaître les gens bien. Et toi, Khloe, quel que soit ton nom de famille, tu es quelqu'un de bien.

Elle prit une grande inspiration et expira lentement, refusant de croiser son regard.

— Tu veux un café ? lui demanda-t-il doucement.

— Un grand moka double doppio sans matière grasse ni crème. S'il te plaît.

Raid écarquilla les yeux.

— Un double doppio ? Ça fait quatre expressos.

— Je sais. Je pense que je vais avoir besoin de beaucoup de caféine aujourd'hui après la nuit qu'on vient de passer et comme ça je pourrai m'occuper de Ziegler sans commettre un meurtre si jamais il débarque.

Raid s'esclaffa.

— D'accord. C'est probablement une bonne idée, dit-il avant de sortir son téléphone pour tapoter sur l'écran tandis qu'il envoyait un texto à Drew. Et de quelles affaires tu as besoin ?

— Un jean et un tee-shirt ça suffira.

Il sourit.

— Et des sous-vêtements ?

Il adora la voir rougir.

— Ben oui, dit-elle en levant les yeux au ciel.

Il souriait encore lorsqu'il envoya le texto à Drew.

— Je suppose qu'ils vont avoir besoin de ma clé pour entrer chez moi. Je crois qu'une seule entrée par effraction ça suffit largement pour cette semaine.

— Khloe, on est à Fallport ici, ce n'est pas une grosse ville. Ils parleront à la gérante de l'appartement pour qu'elle les laisse entrer. Ne t'inquiète pas trop.

Mais elle ne lâcha pas l'affaire.

— Ah donc tu penses que Diedre va simplement les laisser entrer parce qu'ils le demandent gentiment ?

— Oui, répondit Raid. Mais ne va pas t'imaginer qu'elle se laisse marcher sur les pieds ou qu'elle laisserait entrer *n'importe qui*. Je suis sûr que, comme la plupart des habitants de cette ville, elle sait ce qu'il s'est passé hier. Ils seront forcément au courant que tu as absolument voulu aider Duke et que tu étais prête à contrarier Ziegler pour y parvenir. Les gens sont heureux que l'équipe de Recherche et de Sauvetage d'Eagle Point soit là et ils savent que Duke est très utile. Alors comme il s'agit de toi et qu'elle sait que tu es capable, mais aussi *déterminée* à aider, elle acceptera d'ouvrir ton appartement à Drew et Caryn pour qu'ils puissent te prendre des habits de rechange. Mais ne t'inquiète pas, je suis sûr qu'elle restera là pendant que Caryn s'occupera de récupérer tes affaires juste pour s'assurer que rien de fâcheux ne se passe pendant qu'ils sont chez toi. Ils ne resteront que quelques minutes et Diedre s'assurera que ta porte est bien fermée à clé lorsqu'ils partiront.

— On dirait que tu la connais bien.

Raid ne put s'empêcher de se réjouir de cette pointe de jalousie qu'il percevait dans sa voix. Mais il s'empressa de la rassurer, car il n'avait pas du tout envie que Khloe le prenne pour un séducteur, ou pire, qu'elle croie que la gérante de son appartement lui plaisait.

— C'est une femme sympathique dont le père s'est perdu en venant lui rendre visite il y a quelques années. Il était venu pour Thanksgiving et a voulu faire une petite balade avant le repas. Quatre heures plus tard, Duke l'a retrouvé à cinq kilomètres du sentier, frigorifié et désorienté. Dire qu'elle est fan de nous serait un euphémisme. Et je vais me répéter mais, on est à Fallport ici. C'est difficile de ne pas bien connaître les gens quand on habite ici depuis longtemps.

— Oh, dit Khloe.

— Oui, oh. Bon, qu'est-ce que je peux faire pour t'aider avec Duke ce matin ?

Et c'est ainsi que tout redevint plus professionnel entre eux. Mais Raid ne s'inquiétait pas de ce retour en arrière. Sa relation avec Khloe avait changé de façon irrévocable au cours des quatorze dernières heures. D'une manière générale, il n'aimait pas beaucoup cette première phase où l'on apprenait à se connaître, que ce soit en amitié ou en amour. Mais avec Khloe, il trouvait cela très excitant.

Il n'avait aucune idée de ce que l'avenir leur réservait à tous les deux, mais pour l'instant, il allait apprécier d'apprendre à la connaître ... et peut-être que s'il était chanceux, elle aurait également envie d'apprendre à connaître le vrai Raiden en retour.

CHAPITRE QUATRE

Khloe était déstabilisée. Cette journée lui avait paru surréaliste. Elle était passée de vivre dans l'ombre à être sous le feu des projecteurs. D'autant plus qu'apparemment, elle n'avait jamais réellement vécu dans l'ombre. Du moins, pas autant que ce qu'elle avait cru.

Aujourd'hui, elle avait parlé à plus de gens qu'elle ne l'avait fait depuis qu'elle vivait à Fallport. Pas seulement aux membres de l'équipe de Raid et leurs compagnes, mais aussi à des habitants de la ville. La cloche au-dessus de la porte d'entrée de la clinique de Ziegler avait sonné toute la journée. Des gens qu'elle avait seulement rencontrés une fois à la bibliothèque s'arrêtaient sans cesse pour prendre des nouvelles de Duke, mais aussi d'elle et de Raid. Ils exprimaient leur inquiétude, souhaitaient le rétablissement de Duke... et lui demandaient de façon peu subtile si elle envisageait d'ouvrir sa propre clinique à Fallport.

Honnêtement, Khloe n'y avait pas beaucoup réfléchi. Mais chaque récit sur la froideur ou le manque de professionnalisme du docteur Ziegler face à un animal en détresse – et sur le fait qu'il était souvent fermé et indisponible en cas d'urgence – la faisait réfléchir sur l'avenir.

Mais avant d'envisager sérieusement de rester à Fallport pour de bon, elle devait d'abord s'occuper de son passé. Elle devait s'assurer qu'elle ne mettrait pas la ville en danger.

C'était sa plus grande crainte... qu'Alan Mather essaie de faire du mal à ceux qu'elle aimait. C'était la raison pour laquelle elle s'était enfuie. Mais maintenant qu'il était derrière les barreaux, peut-être qu'elle pourrait reprendre sa vie en main.

Le café que Caryn lui avait apporté l'avait vraiment réveillé et les remarques sur la quantité de caféine qu'elle ingérait avec sa boisson sucrée ne la dérangeaient même pas. Quand on plaisantait en lui disant qu'une perfusion de caféine pure serait tout aussi efficace, cela la faisait sourire. Les vêtements que Caryn lui avait rapportés lui firent encore plus de bien que le café. Khloe se sentait toujours mieux avec des vêtements propres.

Duke s'en sortait remarquablement bien, probablement parce qu'il était déjà en forme avant l'incident. Elle n'avait aucune preuve scientifique pour appuyer ses propos, mais d'après son expérience, les animaux qui n'étaient pas en surpoids et faisaient régulièrement de l'exercice semblaient se rétablir plus rapidement après une intervention chirurgicale importante.

La salle d'attente était encore pleine de gens venus soutenir Raid et Duke lorsque le scénario qu'elle redoutait se produisit. Le docteur Ziegler rentra plus tôt que prévu de ses vacances pour comprendre ce qu'il se passait dans sa clinique.

Elle l'entendit hurler depuis la pièce du fond où elle préparait Duke à être transporté et son cœur se serra. Elle aurait vraiment espéré être partie le temps qu'il revienne. Duke s'en sortait tellement bien qu'elle avait décidé de le transférer à la clinique du docteur Snow un jour plus tôt. Mais visiblement, ça n'était pas assez rapide.

— Respire profondément, Khloe, dit Raid à côté d'elle.

Sa présence l'aidait beaucoup à rester calme. Ce n'était pas qu'elle avait peur de ce vétérinaire, mais après ce qu'il s'était passé avec Alan, elle se méfiait beaucoup plus des hommes en colère.

— Il ne pourra rien te faire avec tous ces témoins, continua-t-il.

— Je sais. Mais c'est pour plus tard, quand tout le monde sera parti, que je m'inquiète, dit-elle sans réfléchir.

Ce ne fut que lorsqu'elle sentit la main de Raid dans le bas de son dos et sa chaleur à côté d'elle qu'elle réalisa ce qu'elle venait de dire. Raid n'était pas idiot. À vrai dire, c'était l'une des personnes les plus intelligentes qu'elle connaissait. Il parviendrait à lire entre les lignes et comprendre qu'elle faisait référence à un événement de son passé.

— Il ne touchera pas à un seul de tes cheveux et personne d'autre ne le fera d'ailleurs, dit-il d'une voix qu'elle ne lui avait jamais connue.

Elle était grave et menaçante... et étonnamment, cette colère sous-jacente qu'elle percevait ne lui fit pas peur. Car elle était clairement provoquée par l'idée que quelqu'un puisse lui faire du mal. En fait, c'était... réconfortant.

Elle avait toujours été indépendante. Avant de mourir, son papa lui avait appris à ne jamais se laisser faire, il lui avait appris à se protéger. Mais même avec tout cet entraînement, Alan avait quand même réussi à l'atteindre.

Oui, avoir Raid à ses côtés, c'était réconfortant.

— Je sais, dit-elle en essayant de paraître plus confiante qu'elle ne l'était.

— Je suis sincère, insista Raid. Ziegler peut être aussi furieux qu'il le veut. Il peut hurler et s'agiter, mais s'il essaie de lever la main sur toi, il est foutu. Je lui ferai clairement comprendre, tout comme chacun de mes coéquipiers, qu'il n'a pas le droit de t'approcher. Point.

Khloe acquiesça, mais elle savait qu'il était impossible que Raid et ses amis puissent la protéger en permanence tous les jours. Si Ziegler était suffisamment énervé, s'il voulait vraiment lui faire du mal, il parviendrait à le faire tôt ou tard. Tout comme Alan l'avait fait.

— Tu ne me crois pas, dit Raid.

Khloe aurait dû être effrayée de constater qu'il pouvait si bien lire dans ses pensées, mais pour le moment ce n'était pas le cas.

— Tu ne peux pas être tout le temps avec moi.

— Tu as raison. Je ne le peux pas. Mais ça ne veut pas dire qu'on ne va pas lui faire comprendre que se frotter à toi est la pire décision qu'il pourrait prendre de sa vie.

— D'accord. Est-ce qu'on peut y aller pour en finir ? demanda Khloe qui ne voulait pas imaginer que quelqu'un puisse à nouveau lui faire du mal.

Raid ne répondit pas, mais il se pencha en avant, caressa Duke tout en lui expliquant qu'il reviendrait vite et qu'il ne devait pas s'inquiéter avant d'avancer vers la porte. Au lieu de l'ouvrir et d'attendre qu'elle le rejoigne, il s'en alla, la laissant derrière lui.

Khloe resta perplexe, car Raid n'était pas du genre à être impoli. En réalité, elle ne se souvenait même pas de la dernière fois où Raid ne lui avait pas tenu la porte ni à aucune des femmes de leur cercle d'amis. Mais elle comprit un peu mieux lorsqu'il se retourna dans le couloir alors qu'ils se dirigeaient vers la salle d'attente et qu'il lui dit :

— Reste derrière moi.

Habituellement, sa remarque l'aurait agacée. Elle n'aurait pas supporté cet autoritarisme. Mais à vrai dire, actuellement elle était juste soulagée. La présence imposante de Raid entre elle et Ziegler ne lui déplairait pas vraiment.

Lorsqu'ils entrèrent enfin dans la salle d'attente, Khloe observa tous les visages. Elle savait que les gens avaient fait des allers-retours toute la matinée, mais il devait y avoir au moins une quinzaine de personnes. Elle n'en connaissait même pas la moitié.

— Toi ! hurla Raymond Ziegler, faisant sursauter Khloe.

Elle sentit du mouvement derrière elle et se retourna pour voir Lilly et Heather dans son dos. La présence d'Heather était surprenante. Il n'y a pas si longtemps, elle vivait encore dans les bois, cherchant à fuir les hommes qui l'avaient kidnappée et maltraitée pendant des années. Son soutien et sa force, face à un homme visiblement très en colère, comptaient beaucoup pour Khloe.

Ethan et Tal encadrèrent Raid tandis qu'ils faisaient face à un Ziegler furieux.

— Qu'est-ce que t'as foutu avec ma clinique putain ?! fulmina-t-il.

— Je n'ai rien fait, lui dit Khloe en se frayant un chemin entre Ethan et Raid pour se tenir à côté de ce dernier, plutôt que derrière lui.

— Arrête de raconter des conneries ! Tu as cassé ma porte ! Tu t'es servie de mes médicaments. De mon matériel. Sans ma permission. C'est contraire à la loi !

— Je vous rembourserai chaque coton et chaque goutte des médicaments que j'ai utilisés, l'informa Khloe.

— T'as intérêt oui ! aboya Ziegler. Une fois que j'aurai pu faire un inventaire complet, je t'enverrai une facture.

— Non, dit calmement Khloe. Vous allez surfacturer, comme vous le faites avec tous vos clients. Je vous rembourserai ce que j'ai utilisé pour sauver la vie de Duke, mais pas un centime de plus.

Le visage de Ziegler rougit un peu plus, si c'était même possible. Il portait un ensemble militaire et il était évident qu'il était revenu directement de l'endroit où il avait chassé pour pouvoir confronter Kate. Comme il ne s'était pas rasé pendant quelques jours, une fine barbe recouvrait sa mâchoire et son visage et ses mains étaient sales. Il avait la cinquantaine et de l'embonpoint, mais du haut de son mètre quatre-vingt-dix, il était encore un peu intimidant.

Tandis qu'elle l'observait, elle vit qu'il serrait les poings et Khloe lutta pour ne pas battre en retraite face à ce signe de colère visible.

— Je vais te coller un procès aux fesses ! pesta Ziegler.

— Pour quoi exactement ? demanda Ethan, se joignant à la conversation.

— Pour être entrée par effraction. Pour avoir utilisé mon équipement sans ma permission. Pour avoir mis en péril mon gagne-pain.

— Premièrement le chef de la police était là et c'est *lui* qui est entré par effraction et qui a informé l'entreprise de votre alarme de ce qu'il se passait, expliqua Tal. Deuxièmement, Khloe a seulement utilisé ce dont elle avait besoin pour sauver la vie de Duke. Et troisièmement, en quoi ce qu'elle a fait peut avoir des répercussions pour vous ? En quoi cela menace votre clinique ?

— Parce que !

Khloe eut envie de rire. Elle n'avait rien fait pour nuire à son cabinet. Du moins, pas plus que lui. Il était juste vexé et détestait que quelqu'un d'autre que lui ait pu intervenir et sauver la situation. Il aimait être le seul vétérinaire de la ville et en profitait de façon cruelle. Il refusait d'intervenir en dehors de ses heures de travail lorsque quelqu'un avait une urgence avec son animal. Il fermait pile à 17 heures, ne travaillait pas les week-ends et n'avait pas de permanence téléphonique pour les urgences. Les clients devaient attendre qu'il ouvre le matin ou le lundi ou alors se rendre au cabinet vétérinaire d'urgence le plus proche. Le fait qu'elle soit prête à se donner tant de mal pour sauver la vie de Duke n'était pas passé inaperçu à Fallport, surtout si l'on se fiait au nombre de personnes qui la suppliaient d'ouvrir sa propre clinique.

En y réfléchissant, Khloe réalisa que Ziegler n'avait pas tort. Le fait qu'elle se soit autant surpassée pour le limier avait *probablement* nui à ses affaires.

— J'ai vu la photo que vous avez postée sur vos réseaux sociaux hier, dit un homme dans la salle d'attente en s'adressant à Ziegler.

Khloe se souvint qu'il s'appelait Jim. Elle ne le connaissait pas, ne savait pas ce qu'il faisait dans la vie, ni s'il était proche de l'équipe de Recherche et de Sauvetage d'Eagle Point, ni même s'il avait des animaux. Mais au ton de sa voix, il était évident que son commentaire n'était pas vraiment élogieux.

— Oui ? Et alors ? dit Ziegler.

— Ses bois devaient faire... quoi ? Deux mètres de large ? Ce qui fait que cet élan aurait environ dix ans, non ?

— Je suppose.

— Il n'y a pas beaucoup d'élans par ici. Où vous êtes allés pour chasser ? J'imagine que ce n'était pas très loin puisqu'hier vous chassiez et qu'aujourd'hui vous êtes ici.

Raymond ne répondit pas et se contenta de lancer un regard noir à Jim.

Puis quelqu'un d'autre prit la parole. Cette fois-ci, c'était une femme.

— Moi aussi j'ai vu cette photo. Et j'ai fait des recherches sur la société dont le logo figurait sur le camion au fond. Ils amènent des animaux dans leur ferme pour que des gens les chassent... si on peut encore parler de chasse. Les chasseurs comme vous *achètent* un animal et il est relâché sur leur propriété clôturée pour que vous puissiez aller l'abattre facilement, puisque les animaux ne peuvent pas s'échapper. C'est antisportif et *répugnant*, conclut-elle d'un ton acerbe.

— Molly a raison. Ils amènent des grizzlis, des élans, des

cerfs, des cochons... parfois même des kangourous. C'est affreux, dit une autre femme.

Claire quelque chose. Khloe la reconnut car elle l'avait déjà vue à la bibliothèque.

— Ce n'est pas ce que vous croyez, protesta Raymond, encore plus en colère.

— Ah bon ? Vous avez payé combien pour cet élan ? demanda Jim en croisant les bras sur sa poitrine. Et qu'est-il arrivé à l'animal une fois que vous l'avez abattu et que vous avez pris ces photos débiles ?

— Je suis certain que la viande a été utilisée à bon escient, marmonna Raymond, désormais rouge cramoisi.

La plupart des gens dans la salle d'attente levèrent les yeux au ciel.

— Et puis, ce que je fais durant mon temps libre ne vous regarde pas, fulmina Raymond. Tout ce qui compte, c'est que je m'occupe de Rover et Frisky et de tous les autres animaux que les gens me confient.

— C'est partiellement vrai, dit un autre homme. Mais lorsque l'argent que nous vous donnons pour prendre soin des boules de poils de nos familles sert à payer la traque illégale et immorale d'un animal qui a été amené pour une chasse en boîte, *là* ça nous regarde.

— Exactement ! dit Molly. Et mademoiselle Khloe ici présente est intervenue sans hésiter pour aider Duke. Elle se fichait que ce soit en dehors des heures de travail et elle n'a pas insisté pour que l'opération soit réglée *avant* de commencer. Elle a fait ce qu'il fallait. Et d'après ce que j'ai entendu, elle n'a même pas demandé d'argent. Tout ce qui l'importait, c'était de sauver la vie du chien. À quand remonte la dernière fois où vous avez pratiqué une intervention sans avoir été payé au préalable ?

Raymond était tellement rouge que Khloe craignait honnêtement qu'il ne fasse une crise cardiaque.

Durant toute cette conversation désagréable, Raid n'avait pas dit un mot. Il était resté à ses côtés. Il n'avait pas bougé, les bras croisés sur sa poitrine tout en fronçant les sourcils. Il était intimidant, même pour Khloe, et il était à côté d'elle.

Mais lorsque Raymond s'avança vers elle, tout changea. Très rapidement.

Il poussa Khloe derrière lui d'un seul bras et plaqua son poing contre le sternum de Ziegler de l'autre quand celui-ci s'approcha un peu trop.

— Recule, gronda-t-il.

— Vous m'avez frappé ! s'exclama Raymond. Tout le monde ici en est témoin ! Cet homme m'a cogné ! Vous aussi je vais vous coller un procès au cul !

— Il ne vous a pas frappé, dit le deuxième homme qui s'était exprimé, en levant les yeux au ciel.

— Si ! Il a levé la main sur moi ! insista Raymond.

— Parce que vous avez menacé Khloe, dit Jim.

— C'est faux ! cria Raymond.

— D'où je viens, quand tu t'avances comme ça vers elle les poings serrés, c'est clairement une menace, l'informa Ethan.

Khloe frissonna devant le regard plein de haine que lui lança le vétérinaire.

— Tu vas me le payer. Je vais m'en assurer.

— *Ça,* c'est clairement une menace, dit Jim avant d'afficher un rictus. Et tout le monde ici en est témoin.

— Et d'ailleurs, s'il lui arrive quoi que ce soit, ce ne sera pas difficile de trouver le coupable, dit Molly. Il est vraiment temps pour moi de trouver un nouveau vétérinaire, ajouta-t-elle avec dédain.

— Bonne chance. Il n'y a pas beaucoup d'autres vétérinaires dans le coin, dit Raymond. Et Muffy est pourrie gâtée de toute façon.

— Elle s'appelle *Fluffy* et on s'en fiche qu'elle soit pourrie gâtée. Je préfèrerais faire une heure de route pour trouver un nouveau vétérinaire plutôt que de vous voir poser vos mains sur elle à nouveau, lui dit Molly.

— Comme si j'avais besoin de votre argent, murmura Raymond sans réfléchir.

— Vous avez raison. Vous n'en avez pas besoin. Et vous n'avez pas besoin du mien non plus, ajouta Claire.

Un par un, les gens de la salle d'attente acquiescèrent.

— Pas très malin, ça, dit Tal avec un rictus en secouant la tête.

— Je veux que tout le monde sorte d'ici ! *Tout de suite*, ordonna Raymond entre ses dents serrées.

Khloe n'avait jamais été aussi heureuse que son patient se porte aussi bien.

— On était en train de partir quand vous arriviez de toute façon, l'informa-t-elle.

— Et ne crois pas que tu vas emporter mon matériel avec toi, ricana Raymond.

— Pff, je n'en ai pas du tout l'intention, dit-elle.

— Allez, viens, on va préparer Duke, dit Lilly en posant une main sur le bras de Khloe.

Khloe n'avait qu'une envie, c'était d'échapper à la présence de Raymond, mais elle se sentait quand même un peu mal pour lui. Même si c'était un con, ça ne devait pas être très agréable d'apprendre durant ses vacances qu'on était entré dans sa clinique par effraction. Même si le coupable était un autre vétérinaire.

— Écoutez... je suis désolée, lui dit Khloe, essayant d'être au-dessus de tout ça. Je *vais* vous rembourser le matériel que j'ai utilisé.

— T'as pas intérêt à m'arnaquer, dit Raymond.

Elle sentit son envie d'être juste vaciller, mais elle hocha la tête.

— Je ne le ferai pas. Je suis parfaitement consciente du coût de tout ce que j'ai utilisé.

— La porte sera réparée ce soir, dit Ethan à Ziegler. Rocky va passer dans un moment pour la réparer.

— Tant mieux, dit Raymond qui ne voulait pas dire merci.

— Quel con, dit Claire, sans être vraiment discrète.

— Je vous l'ai déjà dit, tout le monde dehors ! La clinique est fermée. Ce n'est pas un lieu de rencontre ici ! aboya Raymond.

Un par un, les gens qui avaient été témoins de cette rencontre désagréable sortirent, ne laissant qu'Ethan, Lilly, Tal, Heather, Raid et Khloe. Et Raymond, bien sûr.

— Vous vous croyez intouchables, dit-il, le ton plein de haine. Désolé de vous l'apprendre, mais vous ne l'êtes pas. Même si vous menez tous les habitants de cette foutue ville par le bout du nez parce qu'ils pensent que vous êtes inoffensifs, un jour ils verront vos vrais visages. Croyez-moi.

Khloe ne put que secouer la tête. Cet homme était en plein déni. Les trois hommes qui étaient là faisaient partie des meilleures personnes qu'elle avait rencontrées dans sa vie. Ils n'avaient pas une once de méchanceté en eux. Rien de ce que Raymond pourrait dire ou faire ne changerait cela. Ethan et le reste de l'équipe RES d'Eagle Point avaient aidé trop de gens – des touristes et habitants de la région – pour que Ziegler puisse faire changer d'avis qui que ce soit. Elle avait le sentiment que plus il essaierait de dénigrer leur réputation, plus ça allait lui revenir en pleine figure.

— Vous avez dix minutes pour partir d'ici, les menaça-t-il.

Khloe eut envie de lui demander : « Sinon quoi ? » mais elle s'abstint. Il pouvait appeler la police, mais comme Simon était fermement de leur côté, ainsi que tous ses adjoints, ils ne feraient pas grand-chose selon elle. Mais comme elle était très mal à l'aise en présence de Raymond, elle tourna les talons et se dirigea vers la porte qui donnait sur les salles du fond sans dire un mot de plus.

Heather et Lilly restèrent à ses côtés et une fois qu'elles

furent dans la pièce où Duke se reposait confortablement, elles laissèrent toutes échapper un long soupir.

— Cet homme est horrible, dit Heather.

Elle n'avait rien dit pendant qu'ils étaient dans la salle d'attente, mais ces quatre mots résumaient parfaitement leur avis à toutes.

— Complètement, acquiesça Lilly. Mais tu as vu comment Raid s'est immédiatement interposé quand Ziegler a fait un pas vers toi ? demanda-t-elle à Khloe.

Elle acquiesça.

— Il est protecteur, dit doucement Heather. Il t'aime bien.

— Oui, dit Lilly en souriant. Il était temps.

— Attendez, attendez, attendez. Ce n'est pas ce que vous croyez, protesta Khloe.

— Mouais, mouais, dit Lilly dont le sourire s'élargissait.

— Non, sérieusement. Il est protecteur envers *toutes* les femmes. Je l'ai bien vu à la bibliothèque. Et aussi quand il est sur la piste avec Duke.

— Là c'est différent, lui dit Heather. C'est le regard qu'il a avec toi.

Khloe jeta un coup d'œil à la fille timide à côté d'elle.

Heather haussa les épaules.

— Je sais que je ne suis pas la plus expérimentée et que je suis la dernière personne qui devrait faire des commentaires sur la relation de quelqu'un d'autre. Mais je la reconnais parce que c'est la même lueur que celle que je lis dans les yeux de Tal quand il *me* regarde. Dès le premier jour où je me suis réveillée dans cette grotte et qu'il était assis dehors, en train de me fixer, j'ai lu les mêmes émotions dans ses yeux que dans ceux de Raid à l'instant.

Khloe voulait encore protester. Mais surtout, elle n'avait pas envie de dire à Heather qu'elle avait tort. Cette fille était encore en train de prendre ses marques et de s'acclimater après son horrible expérience.

Et puis… elle avait vu le regard de Raid tout à l'heure. Elle l'avait ignoré, mais elle ne pouvait pas nier le soulagement qu'elle avait éprouvé lorsqu'il s'était placé devant elle pour empêcher Raymond de s'approcher.

— Bref, ça n'a pas d'importance. Il me reste huit minutes pour préparer Duke et le faire sortir d'ici, dit Khloe d'un ton détaché.

Elle s'apprêta à s'accroupir à côté de Duke lorsque Lilly l'arrêta en posant une main sur son bras.

— Tu peux nous parler, dit-elle doucement. On ne va pas te juger. Tu as des amis ici, Khloe. Heather, Elsie, Bristol, Caryn, Finley et moi. Si tu as besoin de parler, on est là.

Khloe ravala sa salive pour contenir l'émotion qui montait en elle.

— Je sais, parvint-elle à répondre au bout d'un moment.

— Tant mieux. Parce qu'on va vouloir tout savoir sur ton métier de vétérinaire et comment tu as atterri ici à Fallport, dit Lilly avec un sourire compatissant.

— Ce n'est pas très intéressant, répondit Khloe.

Lilly s'esclaffa. Réellement.

— Mais bien sûr.

— Tout comme moi quand je raconte comment j'ai fini par vivre dans la forêt, ce n'est pas intéressant, plaisanta Heather.

Khloe dut redoubler d'efforts pour ne pas éclater de rire. De tous les membres du groupe, l'histoire d'Heather était probablement la plus traumatisante et la plus déchirante.

— Bon d'accord, c'est assez intéressant, mais il faut vraiment que je fasse sortir Duke d'ici avant que Ziegler ne débarque pour le traîner dehors.

— Il devra d'abord me passer sur le corps, marmonna Lilly.

— Qu'est-ce que je peux faire pour aider ? demanda Heather.

Khloe était contente que l'interrogatoire soit terminé… pour le moment. Elle savait qu'à un moment donné elle devrait parler à ses amies. Mais bizarrement, maintenant qu'elle ne comptait plus donner sa langue au chat – et oui elle avait fait exprès pour le jeu de mots – au sujet de son statut de vétérinaire, cela ne lui semblait plus aussi intimidant ou effrayant d'envisager de raconter à tout le monde ce qu'elle avait vécu.

En se concentrant sur la tâche à accomplir, Khloe décida de ne pas s'inquiéter du futur. Ce qui devait arriver arriverait. Elle l'avait appris à ses dépens. Mais c'était aussi un peu plus facile de mettre ses soucis de côté en ayant de si bons amis autour d'elle.

Il fallut plus de temps que les dix minutes que Ziegler leur avait accordé pour que Duke soit prêt à être déplacé. Brock avait amené sa Ford Ranger pour qu'ils puissent mettre le limier dans l'espace ouvert du pick-up. Il avait même mis un matelas gonflable à l'arrière pour que le chien puisse s'y allonger. Khloe et Raiden montèrent à l'arrière avec Duke, tandis que Simon, phares allumés, ouvrait la voie vers la place. Ils ne roulaient qu'à cinq kilomètres à l'heure, si bien que le froid ne gênait ni Duke ni ceux qui étaient assis avec lui en plein air.

C'était une véritable procession qui se dirigeait vers la clinique du docteur Snow. On aurait presque dit une mini-parade alors qu'ils contournaient la place pour se rendre à l'arrière de la clinique. Avec toutes les personnes présentes pour les aider, il ne fallut que quelques minutes pour que Duke soit installé en toute sécurité dans une salle de soins du petit centre médical.

Khloe fut surprise lorsque Afton arriva en lui expliquant qu'elle était ici pour surveiller Duke pour que tout le monde puisse faire une pause. Si quelqu'un d'autre que l'assistante-vétérinaire lui avait demandé de rentrer chez elle prendre une douche et de manger un morceau, Khloe aurait refusé. Mais elle avait vu le talent de cette fille de ses propres yeux et lui faisait confiance. Elle n'avait pas menti lorsqu'elle avait dit à la jeune femme qu'elle l'engagerait sans hésiter.

Après avoir donné quelques dernières consignes à Afton concernant Duke, Khloe se retrouva blottie contre Raid tandis qu'il l'escortait hors du cabinet. Il n'avait pas non plus protesté en quittant Duke pour un moment et avait dit à Khloe que si elle faisait confiance à Afton pour prendre soin de lui, il faisait de même.

Ils se tenaient dans la petite salle d'attente du docteur Snow lorsque Finley se mit à rire.

— Qu'est-ce qui te fait rire ? demanda Elsie.

— Vous vous souvenez du type qui se tenait dans l'angle de la salle d'attente quand Ziegler pétait les plombs ? dit Finley.

Khloe secoua la tête. À part les gens qui s'opposaient à Ziegler, elle n'avait pas vraiment fait attention aux autres.

— Ce n'était pas Rory ? Le conducteur du chasse-neige qui a aidé tout le monde à venir au mariage de Lilly et Ethan ? demanda Elsie.

— Si, c'est lui. Il vient de publier une vidéo sur le réseau social de Fallport, dit Finley.

Elle brandit son téléphone pour que tout le monde dans la pièce puisse voir. Raymond Ziegler essayait de défendre la chasse à laquelle il avait participé et la vidéo se poursuivait. On l'entendait dire qu'il n'avait pas besoin de leur argent et on le voyait menacer l'équipe de RES.

— Il est foutu, dit Elsie avec un petit sourire.

— Personne ne voudra plus faire appel à ses services après avoir vu ça, acquiesça Zeke en passant un bras autour de sa femme.

Une fois de plus, l'envie d'ouvrir sa propre clinique provoqua une étincelle dans le ventre de Khloe. Elsie avait raison. Lorsque les gens verraient son mépris et son dédain pour les habitants de Fallport, et après ses remarques désobligeantes sur l'équipe de Recherche et de Sauvetage d'Eagle Point – des hommes qui se rendaient volontairement dans la forêt par tous les temps et à toutes les heures de la journée simplement pour aider les autres – il allait très certainement perdre des clients.

Ce qui permettrait à un nouveau vétérinaire de démarcher facilement des clients.

— Aussi drôle que cela puisse être et même si je pense qu'il mérite que tout le monde soit au courant de ses agissements et de ses paroles... il ne va pas être content quand il va découvrir ces images, remarqua Tal.

Khloe fronça les sourcils. Tal n'avait pas tort. Ce n'était pas elle qui avait posté cette vidéo. Elle n'avait rien à voir avec ça. Mais l'inquiétude l'envahit à nouveau.

— Comme si j'avais besoin de ça, marmonna-t-elle. Encore quelqu'un qui en a après moi.

La pièce devint silencieuse – et lorsqu'elle leva les yeux, Khloe réalisa que tout le monde la regardait. Merde. Elle avait recommencé. Elle avait ouvert la bouche et dit ce qu'il ne fallait pas au mauvais moment.

— Khloe, commença Brock en fronçant les sourcils.

— Non, dit fermement Raid en secouant la tête.

— Non quoi ? répéta Brock.

— On ne va pas faire ça maintenant. Khloe est épuisée. Elle a besoin de prendre une douche et de manger pour absorber toute la caféine qui coule dans ses veines après avoir bu ce café ce matin.

— Mais s'il faut qu'on surveille quelqu'un d'autre que Ziegler, il faut qu'on connaisse les détails, dit Zeke d'un ton calme.

— Personne ne va interroger Khloe. Elle parlera quand elle sera prête. Et si elle ne l'est jamais, eh bien ce sera comme ça. En attendant, on garde un œil sur Ziegler et on s'assure qu'il ne fait rien de stupide.

Khloe ne savait pas ce qu'elle avait fait pour mériter une telle loyauté de la part de Raiden. Elle s'était plutôt comportée comme une garce depuis qu'ils s'étaient rencontrés. Elle n'avait pas voulu l'être, mais elle avait essayé de se protéger pour ne pas trop s'attacher à Raiden et ses amis. Visiblement, ça n'avait pas marché. Elle ne pouvait plus s'imaginer sans lui ou les autres. Surtout en cas de crise comme celle qu'ils avaient vécue ces dernières vingt-quatre heures avec Duke. Tout le monde s'était mobilisé pour l'aider. Ils s'étaient révélés être le genre d'amis qu'elle avait toujours voulu avoir et qu'elle n'avait jamais eus. Et elle les avait trouvés alors qu'elle ne cherchait même pas à le faire.

— OK. On peut faire ça, dit Zeke.

— Je vais en parler aux autres, ajouta Brock.

— L'opération Bouclier Khloe commence maintenant, acquiesça Tal. Elle n'ira nulle part sans être surveillée.

— Attendez une seconde, commença Khloe, mais Raid lui coupa la parole.

— On se tient au courant, dit-il à ses amis.

— J'ai un gâteau à préparer, lui dit Finley, mais je pourrai passer plus tard pour te tenir compagnie quand tu seras avec Duke.

— Je pourrai aussi amener Tony. Il va vouloir s'assurer que Duke va bien, dit Elsie.

— Je ne suis pas sûre d'être d'une grande aide, surtout quand tu as déjà Afton et tous les autres à tes côtés, mais ça me ferait plaisir de faire tout ce que je peux pour aider Duke si tu en as besoin, dit Heather en se portant volontaire.

— Merci à tous. Mais je crois que ça va aller. Pour le moment, Duke a besoin de rester au calme. Peut-être qu'une fois qu'il sera rentré chez lui vous pourrez vous arranger avec Raid pour vous relayer et rester avec lui à la bibliothèque ou à la maison.

Tout le monde acquiesça immédiatement.

— Et je pense qu'on aura bientôt besoin d'une soirée entre filles, dit Elsie avec fermeté.

Khloe n'en était pas certaine, mais elle voyait bien que Elsie et les autres n'en démordraient pas. Et comme elle avait droit à un peu de répit avant de réfléchir à comment raconter son passé à ses amis, de façon à ce qu'ils ne lui en veuillent pas ou qu'ils ne soient pas furieux qu'elle ne leur ait pas déjà raconté ce qui lui était arrivé, elle hocha la tête.

Tout le monde la serra fort dans ses bras avant de partir. Après avoir échangé quelques mots avec Afton, s'être assurée qu'elle allait bien et après avoir remercié à nouveau le docteur Snow pour laisser Duke passer quelques jours dans sa clinique, Khloe laissa Raid la guider dehors.

Mais au lieu de retourner vers son appartement à elle, il s'éloigna de la ville en direction de la petite maison qui lui appartenait.

— Raiden ? Je veux retourner à mon appartement.

— Non.

Khloe fronça les sourcils. Il venait vraiment de lui dire *non*, là ?

— Tu ne peux pas me kidnapper. Je veux rentrer chez moi.

Il eut le culot de rire. Bizarrement, ces dernières heures, elle avait oublié à quel point il pouvait être agaçant.

— Ce n'est pas drôle, dit-elle fermement.

— Non, tu as raison, ce n'est pas drôle, dit-il en se dégrisant. Tu es épuisée parce que tu as passé la nuit à t'occuper de mon chien, que tu as opéré d'urgence et à qui tu as sauvé la vie. Tu as dormi à même le sol. Tu n'as quasiment rien mangé. Tu as dû gérer Ziegler qui était furieux contre toi, ce qui t'a ébranlée plus que tu ne veux l'admettre. Tu es également en train de réaliser à quel point tu es importante pour nos amis et je *sais* que c'est ce que tu as essayé d'éviter depuis le jour où tu as accepté le poste à la bibliothèque. De plus, Caryn m'a dit que tu n'avais pas grand-chose à manger dans ton frigo et… oui je lui ai demandé de fouiller un peu et de me faire un rapport. Alors je t'emmène chez moi où je peux m'assurer que tu mangeras quelque chose de sain et que tu pourras bénéficier d'un sommeil interrompu. Je suis certain que des gens bien intentionnés, mais curieux, passeront chez toi pour des commérages. Chez moi, tu pourras te reposer. Et après la remarque que tu as faite tout à l'heure à la clinique... si tu crois que je vais te lâcher du regard tant que les menaces de Ziegler ne sont pas écartées tout en sachant que visiblement, *d'autres* personnes te menacent aussi, tu perds la tête.

Khloe soupira. Elle appréciait presque tout ce qu'il venait de dire. Mais pas la dernière partie... elle savait qu'il était protecteur mais n'avait pas réalisé à quel point.

— Je peux me défendre toute seule.

— Je sais, dit-il sans aucune hésitation. Ça fait un moment que tu le fais. Mais tu n'as plus besoin de le faire toute seule.

— Et si j'en ai envie ?

Il se retourna vers elle, ses yeux verts se plantant dans les siens.

— C'est le cas ?

Elle avait le *oui* sur le bout de la langue. Elle était prête à lui dire qu'elle ne voulait pas qu'il s'implique. Mais elle n'y arrivait pas. Elle était fatiguée. Complètement épuisée. C'était éreintant de se demander quand et si quelqu'un l'attendait à chaque angle pour la harceler et peut-être même terminer ce qu'Alan avait tenté par le passé.

Raid ne la força pas à répondre. Il se focalisa à nouveau sur la route.

La gratitude l'envahit. Il ne rendrait pas son acceptation plus difficile qu'elle ne l'était déjà. Khloe soupira de soulagement tout en fermant les yeux. Elle avait toujours l'impression de porter le poids du monde sur ses épaules, mais pour le moment, la charge lui paraissait un peu moins lourde.

Elle ouvrit les yeux lorsqu'elle sentit le véhicule ralentir. Raid s'engageait dans l'allée de graviers qui menait à sa maison. Elle était déjà passée devant chez lui auparavant et avait immédiatement adoré les lieux. La maison était peinte en bleu marine et possédait un porche à l'entrée qui continuait sur le côté. Un garage indépendant se trouvait à proximité, mais Khloe ne pouvait détacher son regard du fauteuil suspendu du porche d'entrée. Elle avait toujours voulu en avoir un. Elle s'imaginait s'y asseoir pour se détendre après une longue journée.

— J'ai encore quelques travaux à faire, lui dit-il, mais le plus important est fait.

— Et c'est quoi le plus important ? ne put-elle s'empêcher de demander.

— J'ai clôturé trois hectares à l'arrière pour que Duke puisse courir et se promener sans que je m'inquiète de le voir s'éloigner. Les limiers ont tendance à suivre leur nez sur des kilomètres et des kilomètres, puis à lever les yeux et à se demander où ils sont.

Il n'avait pas tort.

— Ça a dû te coûter cher d'installer toute cette clôture, dit Khloe.

— Oui. Mais c'était important alors j'ai trouvé un moyen de le faire.

Encore une preuve que Raiden était un type bien.

— Quoi d'autre ?

— Une jolie cuisine. Une douche pour laquelle je n'ai pas besoin de m'accroupir pour être sous le jet et une chambre assez grande pour un lit king-size, comme ça je ne me sens pas à l'étroit.

Pour Khloe, ça ressemblait beaucoup au paradis. Et ce n'était pas surprenant qu'un homme aussi grand que Raid ait envie d'être à l'aise dans sa propre maison.

— J'ai deux chambres d'amis et deux autres salles de bains dans lesquelles tu peux te doucher, l'une d'entre elles a une salle de bains attenante. Ne te presse pas, on a le temps avant que tu n'aies à nouveau envie d'aller voir Duke.

— Comme si tu n'avais pas envie d'aller le voir toi-même, dit Khloe.

Raid sourit.

— Je plaide coupable. Ça va me faire bizarre d'être à la maison sans Duke. Bon allez, viens. Je vais nous préparer quelque chose à manger pendant que tu te laves.

— Tu n'as pas envie de prendre une douche aussi ?

— Si, mais mon ventre m'indique que pour le moment c'est plus important de manger.

— Argh, c'est tellement typique des mecs, se plaignit-elle à moitié.

— Eh oui, acquiesça-t-il sans aucune hésitation tout en éteignant le moteur.

Ils descendirent et se retrouvèrent à l'avant de la voiture. Il s'était garé pile devant la maison et non dans le garage et elle le suivit, empruntant les marches qui menaient au porche.

— Dis-moi que ce fauteuil suspendu est aussi confortable qu'il en a l'air, dit-elle tandis qu'il déverrouillait la porte.

— Je ne sais pas. Je ne me suis jamais assis dedans.

— Quoi ? dit Khloe, perplexe. Mais c'est terrible !

— Ce n'est pas mon truc. Mais tu peux l'essayer et me dire ce que tu en penses, dit-il en poussant la porte et en lui faisant signe d'entrer devant lui.

Khloe se souvint comment il l'avait précédée dans la salle d'attente de la clinique de Ziegler. Il s'était mis entre elle et le danger qui les guettait. Raiden était plus profond qu'il n'y paraissait et Khloe était soudain curieuse d'en apprendre plus sur lui.

Sa maison était étonnamment propre. Bizarrement, elle s'était attendue à voir de la vaisselle sale, du bric-à-brac sur la table basse et un chaos général. À la bibliothèque, son bureau était *complètement* en désordre. Pas sale, mais il y avait des piles de papiers et de livres de partout ainsi que sa précieuse tasse à café qui était toujours présente et Khloe supposait qu'elle n'avait pas été lavée correctement depuis des années. Mais d'après l'aperçu rapide auquel elle eut droit tandis qu'il la guidait à travers la pièce principale, après la cuisine et jusqu'à une chambre d'amis avec une salle de bains attenante, la maison était impeccable.

Raid n'entra pas dans la chambre, mais se tint devant la porte à la place, ne voulant visiblement pas la mettre mal à l'aise.

— Prends ton temps dans la douche. Un poulet marinara, ça te va ?

Khloe cligna des yeux.

— Sérieux ?

— Oui, pourquoi ? T'es allergique au poulet ?

— Quoi ? Non. Ça existe, ça ?

Raid haussa les épaules.

— Bien sûr. Les gens peuvent être allergiques à tout et n'importe quoi de nos jours.

— Pas moi. Mais je m'attendais plutôt à un sandwich ou des œufs brouillés.

Raid eut un rictus.

— Pourquoi, parce que je suis un mec ?

Khloe fronça le nez. Vu comme ça, elle paraissait sexiste.

— Hum, oui ?

Il se mit à rire.

— Je n'ai pas un répertoire inépuisable de plats que je sais cuisiner, mais mon Instant Pot[1] me facilite beaucoup les choses. Je vais commencer à préparer notre repas. Je le répète mais j'ai un super chauffe-eau, alors prend le temps que tu veux. On pourra tous les deux se reposer un peu après le repas.

Sur ce, Raid lui fit un petit signe du menton puis ferma la porte et la laissa prendre sa douche.

Khloe n'aurait pas pu dire combien de temps elle resta plantée là, fixant la porte du regard. Elle s'était habituée au Raiden qu'elle voyait au travail. Bourru, distant, concentré sur les tâches à accomplir... et un homme qui ne semblait jamais satisfait de ce qu'elle faisait.

Elle avait du mal à s'habituer à cet homme, généreux, attentionné, presque séducteur. Elle finit par sortir de sa torpeur et se dirigea vers la salle de bains. Elle trouva des serviettes propres dans la petite armoire à linge, des brosses à dents et du dentifrice supplémentaire dans un tiroir, du savon, du shampoing, de l'après-shampoing et même un chauffe-serviettes. Elle avait l'impression que Raiden était plutôt solitaire et qu'il n'avait pas beaucoup d'amis en dehors de l'équipe de Recherche et de Sauvetage. Mais elle se trompait peut-être, si l'on en jugeait par l'accueil évident qu'il réservait à ses invités.

Trente minutes plus tard, Khloe émergea de la chambre d'amis. Elle avait pris son temps dans la douche et se sentait cent fois mieux. Même si la caféine qu'elle avait ingurgitée plus tôt s'était définitivement dissipée. La journée d'hier et la nuit qu'elle avait passée commençaient à la rattraper. Elle avait faim, certes, mais l'idée de s'allonger sur un lit confortable pour faire une sieste était encore plus attrayante.

Lorsqu'elle entra dans la pièce principale, elle resta un moment à observer Raid sans qu'il ne s'en rende compte. Il semblait très à l'aise dans sa cuisine. Il avait changé de haut et portait désormais un jogging gris.

Khloe n'avait jamais compris pourquoi les femmes adoraient les hommes en survêtement... jusqu'à présent. Le tissu moulait les jambes de Raid comme une seconde peau. Ses cuisses étaient musclées et ses pieds nus qui dépassaient rendaient le tout encore plus intime. Mais c'était la façon dont le jogging mettait en valeur son entrejambe qui fit rougir Khloe. C'était idiot. Il était complètement couvert, mais elle ne pouvait pas détourner le regard de la bosse sous son pantalon. Il était évident que son sexe était très bien proportionné pour quelqu'un de sa taille.

Puis il se retourna et Khloe enfonça les ongles dans la

paume de sa main. Mon Dieu, ses fesses étaient tout aussi impressionnantes.

Comment se faisait-il qu'elle n'ait jamais remarqué que Raiden Walker était parfaitement bâti jusqu'à présent ?

Probablement parce que lorsqu'elle était arrivée à Fallport, elle était traumatisée et faisait de son mieux pour rester discrète. De plus, Raiden était son patron et elle avait besoin de son travail. Elle avait besoin d'un endroit pour récupérer et se cacher.

Mais au fil des mois, alors que sa peur se transformait en colère car sa vie avait été bouleversée par un événement dont elle n'était pas responsable, Khloe s'était à contrecœur –et secrètement – reconnu une attirance pour Raid. Une attirance qu'elle avait essayé d'étouffer depuis.

Maintenant qu'elle était chez lui, qu'elle s'était retrouvée nue dans sa douche – enfin, pas sa douche, mais presque – et qu'il était habillé de façon décontractée tout en lui préparant quelque chose à manger, tous les sentiments que Khloe avait essayé de refouler, remontaient à la surface. La rendant nerveuse. Et agitée. Gênée.

Faisant de son mieux pour ne pas fixer du regard son sweat-shirt qu'il remplissait parfaitement, Khloe se racla la gorge en avançant vers la grande et jolie cuisine et essaya de faire comme si rien n'avait changé entre eux au cours des dernières vingt-quatre heures.

Mais elle savait qu'elle se mentait à elle-même. Tout avait changé. Et elle avait le sentiment qu'il était impossible que Raiden et elle puissent revenir en arrière.

CHAPITRE CINQ

Dès l'instant où Khloe entra dans la pièce, Raid sut qu'elle était là. Il avait comme un sixième sens qui lui permettait sans cesse de savoir où elle était à chaque fois qu'il était près d'elle. Dans la bibliothèque, il savait quand elle avait quitté son bureau pour aider des clients à trouver un livre. Il savait quand elle allait déjeuner et quand elle revenait. Il savait quand elle partait pour la journée... tout cela sans la voir. Il ne comprenait pas pourquoi il était autant lié à cette femme, mais ça ne le dérangeait pas vraiment.

Il dut redoubler d'efforts pour faire comme s'il ne savait pas qu'elle était là. Sa colonne vertébrale le picota lorsqu'il sentit son regard sur lui tandis qu'il terminait de préparer le repas. Raid ne savait absolument pas à quoi elle pensait. Si elle aimait ce qu'elle voyait lorsqu'elle le regardait ou si elle se demandait pourquoi il était si gentil avec elle.

Ce n'était pas comme s'il avait *essayé* d'être désagréable en sa présence. Mais il y avait quelque chose chez elle qui le déstabilisait. Depuis qu'il avait compris qu'elle gardait des secrets, il se demandait si, inconsciemment, il ne l'avait pas poussé à bout dans l'espoir qu'elle s'emporte et s'en prenne à lui, laissant peut-être échapper quelque chose.

Mais il ne s'était pas attendu à apprendre l'un de ses secrets comme il l'avait fait. Raid était encore abasourdi de découvrir que Khloe était vétérinaire. Et il n'avait jamais été aussi soulagé et reconnaissant qu'aujourd'hui. Duke était en vie grâce à elle. Prendre soin d'elle était la seule façon qu'il avait de la remercier. Il voulait s'excuser d'avoir été un con. Pour toutes les fois où il s'était énervé contre elle. Mais c'était plus que ça et Raid le savait. Il voulait apprendre à mieux la connaître. Elle lui cachait encore des choses, des secrets plus lourds que le fait de mentir sur sa profession, si l'on en croyait son lapsus de tout à l'heure. Il lui faudrait du temps pour qu'elle lui fasse confiance, mais Raid voulait vraiment y arriver.

Mais d'abord, il devait la nourrir et s'assurer qu'elle se repose. Ensuite, il verrait quoi faire pour briser sa dure carapace. Il savait que si elle se confiait, il devrait faire de même. Et pour la première fois depuis des années, cette idée ne l'angoissa pas.

Lorsqu'elle se racla la gorge, Raid se retourna et lui fit un petit sourire.

— Tu arrives pile au bon moment, lui dit-il. Le poulet est quasiment prêt.

— Je peux t'aider ?

— Tu peux prendre des assiettes dans cette armoire, proposa Raid en lui désignant une porte à sa droite.

Sans un mot, elle se dirigea vers l'endroit qu'il avait indiqué et saisit deux assiettes. En moins de cinq minutes, ils se retrouvèrent assis autour de sa petite table avec des assiettes de marinara et de polenta fumantes devant eux.

Ils mangèrent en silence pendant quelques minutes avant que Khloe ne dise :

— C'est délicieux.

— Merci.

— Non vraiment, c'est *très* bon. Merci beaucoup.

— Tu aurais dû voir les premiers repas que j'ai essayés avec le Instant Pot. C'était un désastre.

— Eh ben on a du mal à y croire en dégustant ce plat, dit-elle.

Son compliment lui fit du bien. À vrai dire, être assis à sa table avec elle était agréable.

— Je crois que c'est la première fois que je m'assois ici pour manger, avoua-t-il.

Khloe le fixa du regard.

— Quoi ? Mais pourquoi ?

Raid regretta immédiatement sa remarque impulsive.

— Non rien. Oublie ce que j'ai dit.

— Non mais sérieusement Raid. Pourquoi ?

Il haussa les épaules aussi nonchalamment que possible.

— Je n'ai pas l'habitude de recevoir des gens. C'est plus facile de manger debout dans la cuisine ou assis sur le canapé tout en regardant la télévision.

Ou en bas, au sous-sol où il passait la majeure partie de son temps libre, mais il ne comptait pas aborder ce sujet. Ce qu'il faisait au quotidien ne risquait certainement pas d'impressionner une fille comme Khloe.

— Comment ça, tu ne reçois pas souvent ? demanda-t-elle. Tu as une salle de bains remplie d'articles de toilette pour tes invités. Et deux chambres en plus de la chambre principale.

— J'imagine que c'est juste quelque chose que je tiens de ma mère. Elle ramenait toujours les petits échantillons gratuits des chambres d'hôtel et les mettait dans des paniers dans nos salles de bains, à la maison, au cas où un invité ait besoin de quelque chose.

— Je suis sûre qu'elle adore te voir perpétuer sa tradition, dit Khloe avec un sourire.

Raid haussa les épaules.

— Elle n'est jamais venue ici.

— Oh. Elle est décédée ?

— Non. Mon père et elle vivent dans l'Iowa. Ils sont à la retraite et ils n'aiment pas voyager. Je ne les ai pas vus depuis au moins huit ans.

Khloe écarquilla les yeux.

— Ah bon ?

Soudain sur la défensive, il répondit de façon un peu trop sèche.

— Ce n'est pas grave. Je les appelle encore de temps en temps mais ils ont leur vie et moi la mienne. Ils n'étaient pas contents quand j'ai quitté la Garde côtière, surtout mon père. J'étais tellement introverti enfant qu'il pensait qu'en entrant dans l'armée je deviendrais enfin un *homme viril*. Ils ont tous les deux été déçus.

À sa grande surprise, Khloe tendit la main et la posa sur son avant-bras.

Il fut tellement étonné qu'il se figea, sa fourchette en l'air. La sensation de sa main sur sa peau lui provoqua des fourmis dans la colonne vertébrale.

— Je suis désolée. Je ne te jugeais pas. Et ils passent à côté de quelque chose, Raiden. Tu es un homme bien. Et le fait de ne plus être dans l'armée ne te rend pas moins ni plus viril. Tu es l'un des hommes les plus virils que j'aie jamais rencontrés.

Raid ne savait absolument pas ce que ça voulait dire, mais ses mots lui firent quand même chaud au cœur.

— Merci, dit-il doucement.

Khloe retira sa main et Raid lutta pour ne pas la saisir et la remettre sur son bras. Il avait tellement peu de contacts peau à peau au quotidien qu'il n'avait même pas réalisé à quel point cela lui avait manqué.

— Ma mère est décédée quand j'étais à l'école primaire. C'était dur, mais mon père était là et il a fait tout son possible pour compenser son absence, dit Khloe avant de sourire faiblement. Quand j'étais adolescente, il m'a emmenée voir une femme qui travaillait dans un salon d'esthétique pour qu'elle puisse m'apprendre à me maquiller et à me coiffer. Quand il était question de rencontrer mes petits copains, il se comportait vraiment comme le père typique et il m'a toujours soutenue dans tout ce que je voulais faire.

— Il a l'air super.

— Il l'était, oui.

Était. Merde.

— Il est mort il y a environ cinq ans. Il a eu une crise cardiaque. On ne savait même pas qu'il avait des problèmes cardiaques. Pour moi, il était en pleine forme. C'était horrible.

— J'imagine, dit doucement Raid.

— Enfin bref, dit Khloe d'un ton plus léger. Je suis toujours aussi surprise que tu n'aies pas beaucoup mangé à cette table. Et Ethan et les gars ? Ils ne sont pas venus chez toi ?

Raid haussa les épaules.

— Généralement, on se retrouve chez eux.

— Donc non. C'est fou ça, Raid. Cette maison est géniale ! Tu as un jardin clôturé et je parie que tu as une super terrasse aussi, je me trompe ?

Non, elle ne se trompait pas. Raid haussa les épaules.

Khloe eut un rictus.

— Évidemment que tu en as une. Pourquoi ils ne sont toujours pas venus ici ?

Il aurait aimé qu'elle change de sujet. Il était mal à l'aise désormais.

— Ils ne sont juste jamais venus, c'est tout. Ce n'est pas que je ne veux pas qu'ils viennent ici, c'est juste que je ne suis pas du genre à organiser des fêtes ou des rencontres.

Khloe le regarda un long moment, puis acquiesça.

— Oui, je vois ça.

Raid eut envie de lui demander ce qu'elle voulait dire par là, mais il était trop peureux.

— Je n'ai pas fait beaucoup de rencontres à Norfolk non

plus. Après le travail, j'étais trop fatiguée et c'était plus facile de rentrer à la maison et de me faire un bol de céréales ou autres pour le dîner avant de m'écrouler plutôt que d'essayer de développer des amitiés avec les connaissances que j'avais.

— Norfolk, dit Raid, pensif.

Depuis qu'il connaissait cette fille assise à côté de lui, il n'avait jamais su d'où elle venait avant qu'elle arrive à Fallport. Il lui avait posé la question une fois et elle s'était montrée très évasive sur le sujet, lui demandant si elle était obligée de lui dire pour garder son travail.

— Oui, dit-elle doucement sans croiser son regard. Je sais qu'il y a beaucoup de choses que je ne t'ai pas dites sur mon passé et...

— Ce n'est pas grave l'interrompit Raid, qui ne voulait pas qu'elle se sente obligée de lui raconter.

Ils mangèrent en silence pendant encore une minute ou deux avant qu'elle n'ajoute :

— Je voulais juste te dire que je comprends. Je suis moi-même introvertie. J'aime passer du temps seule. Lire. Regarder la télé. Ou rester simplement assise dans une pièce calme et m'imprégner du silence. Ici tes amis t'apprécient pour ce que tu es, Raiden, pas parce que tu les invites à des fêtes ou autre.

— Tant mieux, marmonna Raid.

Khloe se mit à glousser et Raid la regarda d'un air surpris. L'avait-il déjà entendue être aussi insouciante ? Il n'en était pas sûr.

— Mince. Je deviens un peu trop brutale, dit-elle avec un petit sourire. Quand je commence à rire pour rien c'est vraiment le signe que j'ai besoin de dormir.

Raid retint cette information. Il avait envie de connaître chaque nuance de Khloe. En regardant son assiette, il fut ravi de constater qu'elle avait mangé tout ce qu'il lui avait donné. Pour lui, elle était toute petite et ça ne le dérangerait pas qu'elle s'épaississe un peu, mais elle dirait sans doute qu'elle n'était pas d'accord et qu'elle avait quelques kilos en trop. Ce n'était pas le cas. Elle avait des courbes là où il fallait.

— Tu en veux encore ? demanda-t-il.

Elle s'esclaffa à nouveau.

— Non, je suis rassasiée.

— D'accord, tu n'as qu'à aller t'allonger dans la chambre d'amis. Je vais m'occuper de tout ranger.

— Non je ferais mieux de t'aider.

— Pourquoi ?

— Parce que. Tu as cuisiné. C'est à moi de ranger. C'est plus juste.

Raid secoua la tête.

— Non, je m'en occupe.

— OK. Merci. Ça ne te dérange pas si je dors plutôt sur le canapé du salon ?

— Non, bien sûr. Je peux te demander pourquoi ?

Khloe haussa les épaules et refusa de croiser son regard.

— Je trouve juste que le canapé a l'air très confortable.

Raid se doutait qu'il y avait autre chose qui expliquait sa réticence quant à la chambre d'amis, mais il n'insista pas.

— Il l'est. Je me suis endormi dessus plus de fois que je ne pourrais les compter.

Elle lui fit un sourire reconnaissant, puis se leva. Il la regarda se diriger vers le canapé et s'y asseoir. Puis sa tête disparut de son champ de vision et elle s'étendit sur les coussins. Il ne la voyait plus mais souriait en sachant qu'elle était là.

Une fois qu'il eut terminé de ranger leurs assiettes dans le lave-vaisselle et de nettoyer le Instant Pot, Raid ne put s'empêcher de se rendre dans l'autre pièce. Il aurait pu se rendre dans sa chambre pour faire la sieste, mais il était hors de question qu'il laisse passer l'occasion de dormir à côté de Khloe. Même si *à côté* voulait dire dans le fauteuil inclinable près du canapé.

Son premier aperçu de Khloe fut un choc. Pas parce qu'elle était là, mais parce qu'on aurait dit quelqu'un de complètement différent maintenant qu'elle était endormie. Elle avait baissé sa garde et paraissait terriblement vulnérable.

Elle était allongée sur le côté et ses cheveux étaient tout ébouriffés autour de sa tête. En la voyant ainsi, les yeux fermés, le côté protecteur de Raid s'accentua. Pendant des mois, il l'avait forcée à être méfiante et ne lui avait donné aucune raison de penser qu'il l'appréciait ou même qu'il l'aimait. Il en avait fini avec ça. Elle avait sauvé la vie de Duke, et cela comptait beaucoup pour lui. La moindre des choses, c'était d'arrêter de se comporter comme un con avec elle.

Raid s'assit dans son fauteuil et leva les pieds sans pour autant quitter Khloe du regard. Il savait ce qu'il était et ce qu'il n'était pas et il n'était pas le genre d'homme qui attirait les femmes. Il était en paix avec cela depuis bien longtemps. Les surnoms qu'on lui donnait à l'école résonnaient encore dans sa tête.

L'elfe.

Le bizarre.

Le petit orphelin Arnold[1].

Le taré.

Il les avait tous entendus. Et la vérité, c'était que oui, il avait les oreilles *pointues*. Oui, il *était* bizarre. Il avait les cheveux roux et avait toujours été un petit intello. À l'époque, les enfants n'avaient rien dit qui n'était pas vrai. Il n'avait pas réalisé, jusqu'à ce qu'il arrive au lycée, qu'en étant qui il était, les filles n'étaient pas intéressées. Elles voulaient les sportifs. Les idiots blonds ou bruns qui étaient beaux mais qui n'avaient pas la moyenne en histoire ou en maths sans tricher.

Alors Raid était toujours resté en retrait. Il trouvait cela plus simple d'être ami avec des chiens plutôt que des personnes et il avait continué comme ça jusqu'à l'âge adulte. Il avait rencontré quelques filles au fil des ans, mais il n'avait jamais eu de relation sérieuse sur le long terme.

Pour la première fois de sa vie, Raid se demandait ce que ça ferait de rentrer chez lui pour retrouver quelqu'un comme Khloe. D'avoir une femme qui lui sourirait comme elle le faisait en lui demandant comment s'était passée sa journée. Il aimait bien préparer à manger pour quelqu'un d'autre que lui. Il aimait prendre soin de Khloe tout en s'assurant que tous ses besoins soient comblés. Cependant, il était probable qu'il ait déjà grillé toutes ses chances en cherchant toujours le conflit et en la forçant à rester sur ses gardes en permanence.

Il ferait ce qu'il pourrait pour réparer leur relation. Peut-être qu'au moins, ils pourraient être amis.

Raid ferma les yeux et soupira. Évidemment, la seule femme qui l'intéressait, alors que ça ne lui était pas arrivé depuis longtemps, était non seulement son employée, mais aussi celle qu'il avait cherché à agacer et à contrarier pendant des mois.

Juste avant que le sommeil ne l'appelle, Raid réalisa qu'il avait beaucoup de chance. S'il n'avait pas embauché Khloe il y a plusieurs mois, il aurait probablement perdu son meilleur ami. Il avait un toit au-dessus de sa tête, vivait dans une ville qui l'acceptait tel qu'il était, même s'ils ne le connaissaient pas vraiment. Il avait des amis qui se plieraient en quatre pour l'aider et il avait survécu à des situations assez dangereuses lorsqu'il était garde-côte. La vie n'était jamais garantie. Le sort qui nous était réservé dès la naissance était aléatoire. On ne pouvait pas choisir ses parents ni le pays dans lequel on naissait, mais on pouvait choisir comment affronter les obstacles que la vie nous envoyait. Et il avait fait de son mieux pour prendre ces obstacles et faire avec. Pour transformer sa mauvaise fortune en quelque chose de bien.

La dernière chose qu'il entendit avant de s'endormir fut le doux ronflement de Khloe. Le fait de savoir qu'elle était là et qu'il n'était pas seul était très agréable.

* * *

Alan Mather était assis avec ses deux frères dans le parloir de la prison d'État, près de Norfolk. Il préférait de loin la prison du comté où il avait séjourné en attendant son procès. Il y avait moins de monde, la nourriture était meilleure et il avait un peu plus de liberté. Sans compter que les autres hommes avec lesquels il était incarcéré ici étaient bien plus méchants que dans la prison du comté.

C'était nul d'être ici.

Et tout était de la faute de cette salope.

Elle avait tué sa chienne, puis l'avait ensuite *accusé* d'être responsable de l'état dans lequel elle se trouvait.

Khloe Watts devait mourir.

C'était vraiment dommage qu'il se soit planté lorsqu'il l'avait renversée. Il avait eu l'intention de lui fracasser le crâne, mais il n'avait fait que blesser sa jambe.

Il avait beau être en prison, il n'était pas coupé du monde non plus. Il la cherchait depuis qu'elle avait quitté le centre de soins dans lequel elle avait été en convalescence après son *accident*. Cette salope s'était enfuie. Elle le fuyait. Elle était revenue pour son procès et le fait de la voir à la barre, de l'entendre dire de la merde sur lui, l'avait rendu encore plus déterminé à la faire payer, car elle lui avait gâché la vie.

Ses frères étaient la clé pour y parvenir.

Scott et Jason étaient plus jeunes que lui et feraient tout ce qu'il demandait. Depuis qu'il avait été arrêté, ils parcouraient Internet à la recherche de la moindre allusion à cette putain de vétérinaire et à l'endroit où elle pouvait se cacher.

Aujourd'hui, ils lui avaient montré une vidéo virale qu'ils avaient vue par hasard sur les réseaux sociaux. Apparemment, elle avait énervé quelqu'un d'autre... rien d'étonnant à cela. Dans cette vidéo, le docteur Ziegler s'insurgeait contre le fait que Khloe se soit introduite dans sa clinique et ait opéré un chien sans sa permission.

Alan n'en avait rien à foutre du docteur ou de ce que cette

connasse lui avait fait. Tout ce qui l'intéressait, c'était de savoir où elle se trouvait.

Scott s'était renseigné sur la clinique du vétérinaire et avait découvert qu'elle se cachait dans une ville de ploucs du nom de Fallport. C'était à l'autre bout de l'État, vers les montagnes des Appalaches.

— C'est quoi le plan ? demanda discrètement Jason pour que les prisonniers et les gardes qui rôdaient à proximité ne l'entendent pas.

— Ça vous dirait de faire un petit voyage ? demanda Alan.

— Où ? demanda Scott.

Il résista à l'envie de lever les yeux au ciel. Son plus jeune frère n'était pas le couteau le plus aiguisé du tiroir. Il avait vingt-six ans, avait abandonné le lycée et comptait sur Jason pour subvenir à ses besoins et garder un toit au-dessus de sa tête.

Jason avait trente ans et n'était pas bien plus malin que son frère. Mais au moins, il avait eu son bac. Il avait mis sa petite amie en cloque lorsqu'ils avaient vingt ans et ils avaient désormais quatre enfants. Il occupait divers emplois, tous payés au black pour ne pas avoir à payer d'impôts. Sa femme gagnait la majeure partie de leurs revenus, et si ça n'avait pas été le cas, il l'aurait larguée depuis longtemps. Mais Jason était assez malin pour savoir que s'il rompait avec elle, il devrait travailler bien plus dur que maintenant.

Jason et Scott passaient leurs journées à fumer de la drogue et à traîner à la maison quand ils ne travaillaient pas. Ils avaient la possibilité d'aller à Fallport et de faire ce qu'Alan ne pouvait pas... du moins jusqu'à ce qu'il soit libéré pour bonne conduite. Malheureusement, son putain d'avocat n'avait pas réussi à faire annuler l'accusation de tentative de meurtre et il serait encore là pour plusieurs années. Et tout ça, c'était la faute de cette foutue vétérinaire qui avait foiré son boulot au départ.

— Où ça ? Imbécile, soupira Alan. À Fallport.

— Oh ! s'exclama Scott en riant. D'accord.

— Du coup, c'est quoi le plan ? répéta Jason.

— Je veux que vous fassiez de sa vie un enfer. Allez partout où elle va. Répandez des rumeurs. Laissez-lui des petits cadeaux sur le pas de sa porte. Ce genre de choses.

— Quel genre de cadeaux ? demanda Jason.

Alan fit de son mieux pour ne pas s'énerver. Il ne supportait pas de devoir tout expliquer.

— Des animaux morts, un tas de merde... J'en sais rien, putain. Ce qui la fera flipper et chier dans ses bottes. Cette connasse n'a pas le droit de recommencer sa vie à zéro comme si elle n'avait pas gâché la mienne. Il faut qu'elle sache qu'elle est constamment observée. Qu'elle ne va pas s'en tirer comme ça après ce qu'elle a fait.

— OK, j'ai compris. On peut faire ça, dit Jason en acquiesçant.

— Ouais, ça va être drôle.

— Mais ne faites rien qui pourrait vous faire arrêter, les prévint Alan. Je suis sûr que les flics de ce trou paumé sont complètement débiles, mais quand même. Je veux qu'elle sache qu'on l'a retrouvée. Qu'elle ne peut pas se cacher. On la harcèlera pendant un moment, puis on se retirera. On lui fera croire qu'on a abandonné. Ensuite, on reviendra quand elle s'y attendra le moins. Cette salope n'oubliera jamais ce qu'elle a fait.

— Et ensuite ? demanda Scott. On va bien devoir faire plus que la harceler à un moment, non ?

— Dès que je sors d'ici, elle est morte, dit Alan d'un ton froid. Je finirai ce que j'ai commencé. Je m'en occuperai. Si vous m'enlevez ce plaisir, c'est vous que je tuerai à sa place.

— On la tue pas. Mais pour le reste on a carte blanche, c'est ça ? demanda Jason avec un sourire sournois.

Alan pencha la tête sur le côté en étudiant son frère. Il avait déjà entendu des histoires concernant sa sexualité. Comme quoi il aimait étrangler les femmes lorsqu'il couchait avec elles. Qu'il attendait d'elles une soumission totale. Il sourit.

— Bien sûr. Mais une fois de plus, ne vous faites pas attraper. La dernière chose dont on a besoin, c'est que vous vous retrouviez ici avec moi. Qui pourra me venger après ?

— On ne va pas se faire attraper, lui dit Jason. Les gens qui vivent dans ce genre de ville sont stupides. On va se fondre dans le décor et personne ne soupçonnera rien. Et puis, d'après la vidéo qu'on a vue, on dirait qu'ils détestent cette connasse de toute façon. Ils seront contents quand elle ne sera plus là.

— Gardez un œil sur elle. Si jamais elle s'enfuit, il faut qu'on sache où elle va.

— Le temps est écoulé ! annonça l'un des gardes.

Alan grimaça. Il *détestait* ce putain d'endroit. Il ne supportait pas qu'on lui dise quand aller aux toilettes. Quand dormir. Il aurait dû reculer sur cette garce après l'avoir renversée. Lui écraser la cervelle sur ce foutu parking. Au lieu de ça, il l'avait laissée en vie et elle avait témoigné contre lui. Quand il sortirait, il ne commettrait pas la même erreur.

La docteure Khloe Watts était une femme morte. Seulement, elle ne le savait pas encore.

CHAPITRE SIX

Quatre jours plus tard, Khloe était assise dans son bureau, à la bibliothèque et secoua la tête en observant Duke dormir sur un oreiller dans l'angle. Le chien se portait très bien. *Très*, très bien. Il était gâté par Raid mais aussi par tous les habitants de Fallport. Il avait reçu une douzaine de visites car tout le monde voulait s'assurer qu'il allait bien. Il avait eu plus de jouets et de friandises que nécessaire.

Ses amies avaient voulu organiser une énorme fête maintenant que Duke se rétablissait, mais Raid avait réussi à les en dissuader. Ça n'empêchait pas les gens de leur faire savoir qu'ils étaient soulagés que le limier se porte bien.

Duke était clairement une célébrité locale et Khloe avait réalisé qu'elle était presque aussi populaire que le chien. Elle avait eu l'habitude de se fondre dans le décor. Les gens avaient toujours été sympathiques avec elle par le passé, mais pas comme maintenant. Désormais, tout le monde semblait connaître son prénom et était au courant de ce qu'elle avait fait. Et un nombre incalculable d'habitants la suppliaient d'ouvrir son propre cabinet vétérinaire à Fallport.

Mais cette nouvelle célébrité n'était pas la chose la plus

étrange qui lui était arrivée ces trois derniers jours. Elle n'était retournée qu'une seule fois chez elle et c'était pour faire sa valise. Car désormais, elle vivait chez Raid. Si un an plus tôt, un mois plus tôt, voire même une semaine plus tôt, quelqu'un lui avait dit qu'elle passerait une nuit sous son toit, elle n'y aurait jamais cru. Et pourtant, voilà que c'était le cas.

Ils avaient pu ramener Duke de la clinique du docteur Snow le lendemain de son arrivée. Khloe lui avait retiré sa perfusion et le chien était encore sonné et souffrait un peu, mais elle avait expliqué à Raid qu'elle pouvait le soulager avec des médicaments. Raid l'avait supplié de passer la nuit chez lui, pour surveiller Duke et s'assurer que tout allait bien.

Elle était restée une nuit, puis deux, puis trois.

En vérité, Raid n'avait pas dû beaucoup la supplier. Khloe aimait bien être avec lui maintenant qu'il n'essayait plus constamment de l'énerver. Finalement, l'accident de Duke les avait rapprochés.

C'était étrange de connaître quelqu'un sans avoir l'impression de le *connaître* réellement. Khloe fréquentait Rad depuis presque un an, mais ces trois derniers jours elle avait appris que s'il n'avait pas sa tasse de café le matin – un café noir... beurk – il n'était absolument pas opérationnel. Le voir avec Duke la faisait fondre. Lorsqu'il allait promener son chien le matin, Raid marchait à ses côtés, quelle que soit la durée pendant laquelle le limier voulait rester dehors. Un matin, il s'en alla durant quarante-cinq minutes, marchant patiemment à côté de Duke qui semblait renifler chaque brin d'herbe de toute la surface clôturée. Il s'assit également par terre, aux côtés de Duke tandis qu'il lui donnait son petit déjeuner, une pâtée humide et informe, à la cuillère.

Raid ne perdait jamais patience. Il ne semblait jamais contrarié à l'idée de faire passer les besoins de Duke avant les siens. C'était un changement agréable comparé aux nombreux propriétaires d'animaux que Khloe avait rencontrés au fil des ans. Évidemment, elle avait également vu des gens qui feraient n'importe quoi pour leurs animaux. Mais elle en avait également croisés beaucoup trop qui, après avoir appris le coût d'une opération, décidaient de les faire piquer. Ou de tout simplement les abandonner. Ou alors ils les ramenaient chez eux et les laissaient souffrir au lieu de permettre à Khloe de faire l'opération nécessaire pour leur sauver la vie.

À chaque fois que Khloe évoquait son retour chez elle, Raid paniquait presque. Elle l'avait vu dans ses yeux. Il était terrorisé à l'idée que Duke fasse une rechute ou qu'il fasse du mal à son fidèle compagnon sans faire exprès. Khloe n'avait pas le cœur à partir.

Alors elle était restée. Raid et elle avaient mangé ensemble, pris la voiture ensemble pour aller au travail et avaient veillé tard tous les soirs pour discuter, bien après son heure de coucher habituelle.

Mais aujourd'hui, elle allait mettre un stop à tout ça. Duke allait bien. Enfin, il était surtout en voie de guérison. Ni lui ni Raiden n'avaient plus besoin d'elle.

Aujourd'hui, après sa journée de travail, elle retournerait chez elle. Elle avait besoin d'espace. Elle avait besoin de réfléchir aux prochaines étapes. Alan était derrière les barreaux et elle pouvait donc rentrer à Norfolk. Ou alors elle pouvait rester à Fallport. Elle pouvait à nouveau être la vétérinaire Khloe Watts. Elle pouvait ouvrir sa propre clinique et faire ce qu'elle aimait.

Mais au fond, elle hésitait encore. Le fiel dans la voix d'Alan lorsqu'il lui avait dit qu'elle paierait pour lui avoir gâché la vie résonnait toujours dans son esprit. Ce n'était pas parce qu'il était derrière les barreaux qu'il ne pouvait pas faire de sa vie un enfer. C'est pourquoi elle avait utilisé un faux nom de famille et s'était enfuie jusqu'à Fallport qui était le plus loin possible de Norfolk, tout en restant dans l'état de Virginie.

L'idée de partir lui serrait le cœur. Elle aimait cette ville.

Elle adorait ses nouveaux amis… même si elle n'avait pas vraiment cherché à le leur faire savoir. Elle voulait être là lorsque Finley et Elsie accoucheraient. Elle avait envie de célébrer avec les autres lorsque Lilly tomberait à nouveau enceinte et Khloe était certaine que ce serait le cas. Ethan et elle auraient la famille dont ils rêvaient, elle en était certaine. Elle voulait encore voir Heather s'épanouir après avoir vécu l'enfer. Et elle aimait voir Caryn tout donner et s'imposer en travaillant avec les lycéens.

En somme, Khloe aimait cette vie qui ne se résumait pas seulement au travail. Même si elle adorait être vétérinaire, son activité l'avait complètement accaparée à Norfolk. Elle n'avait pas pris assez de temps pour elle.

Pourrait-elle avoir des amis *et* une vie tout en étant vétérinaire ici, à Fallport ? Elle n'en était pas sûre. Mais elle avait le sentiment que s'il y avait bien un endroit pour le faire, c'était ici.

Mais que se passerait-il lorsqu'Alan serait libéré ? C'était inévitable. La laisserait-il tranquille ? Est-ce que son temps passé en prison le ramènerait à la raison ? Finirait-il par réaliser qu'elle avait fait tout son possible pour sauver sa chienne ?

Au fond, Khloe en doutait. Il ne voudrait pas qu'elle soit heureuse. Il ferait tout son possible pour lui pourrir la vie – notamment en s'en prenant à ses proches.

N'était-ce pas pour ça qu'elle avait justement quitté Norfolk au départ ? À cause des rumeurs qu'il avait lancées sur elle et le peu d'amis qu'elle avait ? Elle ne voulait pas que ce genre de problème voyage jusqu'à Fallport à cause d'elle. Elle n'imaginait pas Heather devoir faire face aux histoires horribles qu'Alan raconterait forcément sur elle. Ou ce qu'il pourrait dire ou faire aux autres femmes qui s'étaient liées d'amitié avec Khloe.

Et elle ne supportait pas l'idée qu'il puisse calomnier Raid et ses amis. Elle savait qu'ils s'en moqueraient et ignoreraient ce qu'on dirait sur eux, mais elle détestait imaginer qu'elle puisse être la cause de tout ce chaos dans leur vie.

Et c'est pour cela qu'elle hésitait encore à être totalement honnête avec tout le monde, à tout leur raconter sur elle. Khloe savait qu'ils la soutiendraient, qu'ils lui diraient n'en avoir rien à cirer de ce qu'Alan pourrait dire ou faire. Mais ce n'était pas le cas de *Khloe*. Les mots faisaient mal, peu importe l'âge qu'on avait. Et ses amis en avaient déjà assez bavé comme ça. Ils n'avaient pas besoin de tous ces problèmes qu'Alan ramènerait avec lui après tout ce à quoi ils avaient survécu.

— Khloe ?

Elle sursauta et se tourna vers la porte.

— Désolé, dit doucement Raid. Je ne voulais pas te faire peur.

— C'est rien. Je rêvassais. Qu'est-ce qu'il se passe ?

Raid la fixa un instant du regard et Khloe eut l'impression qu'il savait qu'elle mentait. Qu'elle ne rêvassait pas, mais qu'elle s'inquiétait de quelque chose.

— Au lieu de rester assise à rien faire, tu ne voudrais pas aller ranger les livres qu'on a rendus ?

C'était le genre de chose que Raid avait l'habitude de lui dire... mais il manquait une pointe de sarcasme. Il avait un léger sourire et ses mots semblaient plus taquins qu'autre chose. Et au lieu d'être sur la défensive comme elle l'aurait été il y a une semaine, elle acquiesça simplement avant de se lever.

Elle s'avança jusqu'à Raid, mais il l'arrêta en posant la main sur son bras.

— Khloe ?

— Oui ?

— Merci.

Elle fronça les sourcils.

— Pour quoi ? Être restée assise au lieu de faire mon travail ? plaisanta-t-elle.

Mais Raid n'esquissa même pas un sourire.

— Non, pour être restée avec nous. Ça m'a vraiment soulagé que tu sois là, au cas où quelque chose tournerait mal durant le rétablissement de Duke. Mais surtout, j'ai apprécié t'avoir à la maison... et je sais que Duke aussi.

Khloe le regarda un instant avant de lui faire un petit sourire.

— De rien.

Elle aurait pu dire tellement plus. Qu'elle aussi elle avait apprécié. Qu'il était facile à vivre. Que ce qu'elle éprouvait pour lui la déstabilisait.

Elle sentit son regard sur elle après qu'il eut retiré sa main et qu'elle empruntait le couloir vers la corbeille des livres retournés. Depuis ces derniers jours, elle savait qu'il restait dans son bureau avec Duke pendant qu'elle était dans la bibliothèque. Ils s'étaient relayés, l'un d'entre eux restant toujours dans la même pièce que le limier en voie de guérison.

Sa détermination à rentrer chez elle après le travail faiblit. S'il lui demandait à nouveau de rester chez lui, elle avait le sentiment qu'elle céderait sans réfléchir. Après qu'il avait eu la gentillesse de la remercier, et qu'il était allé jusqu'à admettre qu'il appréciait sa compagnie... comment pourrait-elle faire autrement ?

Mais il y avait encore une chance qu'il soit prêt à retrouver sa vie d'avant. Duke était clairement sur la bonne voie. Demain, il reprendrait son régime habituel, même s'il était réduit de moitié. Il avait toléré la pâtée sans problème et Khloe n'avait aucune raison de penser qu'il n'en irait pas de même avec sa nourriture classique.

En fin de compte, elle *aimait* rester avec Raid. C'était un homme bien. Discret et introverti, certes, mais il la mettait également à l'aise. Avec lui, elle pouvait se détendre. Et il était quelqu'un sur qui elle pouvait compter. Qu'il s'agisse de l'équipe de Recherche et de Sauvetage ou de son travail en tant que bibliothécaire.

Son esprit tournant à plein régime, Khloe fit de son mieux pour se concentrer sur la tâche à accomplir... à savoir, remettre les livres sur les étagères au bon endroit. Raid les avait déjà tous enregistrés sur l'ordinateur, elle avait juste à se promener dans les allées et les remettre à leur place pour que quelqu'un puisse les emprunter à son tour.

Il n'y avait pas beaucoup de monde dans la bibliothèque actuellement, car c'était le milieu de la journée. Les enfants étaient toujours à l'école et la plupart des gens travaillaient. Mais il y avait quelques habitués que Khloe ne manqua pas de saluer. Les salutations donnèrent lieu à des questions sur l'état de santé de Duke et on la remercia à nouveau de l'avoir sauvé.

Elle était dans la section historique lorsque Khloe sentit quelqu'un derrière elle. Depuis l'incident avec Alan, elle était beaucoup plus vigilante. Et lorsque les poils de sa nuque se hérissèrent, lui indiquant que quelqu'un était là, Khloe se retourna.

Elle se figea lorsqu'elle vit qui se tenait derrière elle.

Elle ne se souvenait pas du nom de l'homme, elle savait juste que lui et un autre type à l'allure similaire avaient été présents tous les jours au tribunal lors du procès contre Alan. Les regards noirs et les ricanements qu'ils n'avaient pas cessé d'émettre dans sa direction avaient suffi à lui faire comprendre qu'ils partageaient l'avis de leur frère.

— Tiens, tiens, regardez qui est là, dit doucement l'homme.

Le rythme cardiaque de Khloe s'accéléra et elle sentit l'adrénaline couler dans ses veines. Il ne ferait rien pour lui faire du mal ici, pas en plein milieu de la journée dans un lieu public... non ? Elle n'en était pas sûre.

— Tu te souviens de moi ? Je m'appelle Jason. Je suis l'un des frères d'Alan.

Reculant d'un pas, elle leva le menton en l'air et lui demanda :

— Qu'est-ce que tu fais ici ?

— Moi ? Je cherche un livre, dit l'homme.

— Tu ne fais pas partie des adhérents, tu ne peux rien emprunter, lui dit-elle.

— Oh... zut.

Ils se regardèrent durant une dizaine de secondes avant qu'il ne dise :

— On dirait que tu t'en sors plutôt bien. Contrairement à mon frère qui est en train de pourrir dans une cellule à cause de toi.

— Il a essayé de me tuer, dit Khloe.

Elle fit un autre pas en arrière, mais Jason s'avança vers elle, ne la laissant pas mettre de la distance entre eux. Elle avait envie de fuir. Elle avait envie de courir retrouver Raid.

Ça n'aurait pas dû être un réflexe de considérer Raid comme une sécurité. Mais elle n'avait pas le temps d'y réfléchir.

— Tu as assassiné sa chienne, ricana Jason.

— J'ai fait tout ce que j'ai pu. Elle était trop blessée, protesta Khloe pour ce qui lui sembla être la millième fois.

Jason avait assisté au procès. Il avait entendu tout ce qu'elle avait dit sur l'état du chien de chasse. À quel point elle avait désespérément tenté d'arrêter l'hémorragie, mais sans succès.

— J'ai vu une vidéo de toi après que tu es entrée par effraction chez ce véto pour sauver un chien, dit Jason d'une voix basse et menaçante. Tu crois qu'en jouant les héroïnes les gens vont t'apprécier ? Ce sera peut-être le cas... mais pas longtemps. Attends qu'ils apprennent qui tu es vraiment, docteure Watts. Ils changeront vite d'avis.

Sa respiration s'accéléra. C'était littéralement son pire cauchemar qui se réalisait. Elle ne savait absolument pas ce que Jason faisait ici, ni quelles étaient ses intentions. Mais visiblement, il l'avait retrouvée à cause de cette vidéo du docteur

Ziegler qui se plaignait qu'elle se soit introduite dans sa clinique.

Elle se prépara à ce que Jason agisse. Se rue sur elle. Sorte une arme. La frappe.

Mais au lieu de ça, il se contenta de sourire et de lui dire :

— À bientôt.

Puis il tourna les talons et la laissa là.

Ce ne fut qu'une minute plus tard que Khloe put à nouveau bouger. Tout comme ce jour affreux, au lieu que son corps ne se mette en mouvement face au danger, elle s'était figée sur place. Sautant sur le côté au dernier moment, mais pas assez vite pour éviter le choc.

Khloe resta plantée là, paniquée, lorsque Duke apparut soudain au bout de l'allée et s'avança vers elle. Raid le suivait de près.

Dès l'instant où son ancien meilleur ennemi la vit, il fronça les sourcils. Duke effleura sa main du bout du museau et le contact la fit sortir de sa torpeur. Elle s'accroupit et enroula doucement les bras autour du cou du limier. Elle enfonça son visage dans ses poils et fit de son mieux pour contrôler ses émotions et son corps tremblant.

— Khloe ? Qu'est-ce qui se passe ?

Elle n'arrivait pas à parler. Elle ne voulait pas admettre que son passé l'avait rattrapée. Si Jason était là, elle était presque certaine que l'autre frère d'Alan l'était aussi. Ils étaient toujours ensemble au procès.

Khloe sentit la main de Raid sur son coude.

— Allez, Khloe, relève-toi. Je te tiens. Voilà... accroche-toi à moi.

Étonnamment, Khloe se blottit contre le torse de Raid tandis qu'il l'éloignait des étagères. Elle l'entendit dire aux gens qu'ils croisaient qu'elle allait bien, qu'elle était juste un peu étourdie et elle apprécia vraiment qu'il fasse de son mieux pour ne pas la mettre mal à l'aise durant cette crise de panique. Il ne savait pas quel était le problème ni ce qu'il s'était passé, pourtant il faisait quand même de son mieux pour prendre soin d'elle.

C'était bouleversant. Elle n'avait pas bénéficié d'un tel soutien depuis la mort de son père.

— Assieds-toi, lui ordonna Raid tout en la guidant jusqu'à son bureau.

Elle s'assit mais garda les yeux fermés alors que l'émotion menaçait de l'envahir. La panique. La honte. L'inquiétude. Même sa foutue jambe lui faisait mal. Comme si le simple fait de voir quelqu'un en lien avec Alan lui mettait les nerfs en pelote, lui rappelant tout ce mois de rééducation qu'elle avait dû endurer pour marcher à nouveau.

Raid ne dit pas un mot. Il n'exigea pas qu'elle lui parle. Il ne lui ordonna pas d'ouvrir les yeux. Il resta simplement là. Une présence stable. Il posa sa main large sur son genou en s'accroupissant devant elle. Ce ne fut que lorsqu'elle entendit Duke gémir qu'elle ouvrit les yeux.

— Tout va bien, mon grand. Elle va bien. Elle reprend juste ses esprits, dit Raid à son chien.

Duke était assis à côté de son maître et lorsqu'il vit qu'elle ouvrait les yeux, il se pencha et poussa sa main avec insistance.

Khloe, obéissante, passa sa main sur sa tête, le gratouillant.

— C'est lui qui m'a guidé jusqu'à toi, dit doucement Raid. On était assis dans ton bureau et tout à coup, il a levé la tête et s'est mis à quatre pattes. Il s'est dirigé vers les rayons, ce qui est inhabituel puisque normalement il passe toujours par la porte arrière.

Khloe se pencha et embrassa le limier sur la tête.

— Je vais bien, lui chuchota-t-elle. Merci d'être venu me chercher.

Comme s'il la comprenait, Duke lui lécha la joue, puis retourna vers son panier dans l'angle.

S'aidant de son épaule pour essuyer la bave du chien sur

son visage, Khloe prit une grande inspiration puis regarda Raid.

— Je suis désolée, dit-elle.

Mais Raid secoua la tête et répondit :

— Non.

Khloe fronça les sourcils.

— Non ?

— Ne fais pas ça. Si tu n'as pas envie de parler de ce qu'il vient de se passer, c'est très bien. Tu n'as qu'à me dire ça. Mais ne fais pas semblant que tout va bien. Il s'est passé quelque chose là-bas. Ton rythme cardiaque n'est toujours pas revenu à la normale et tu respires beaucoup trop vite. Tu es toute pâle aussi. Je ne sais pas ce que tu as vu ou qui t'a dit quoi, mais c'est certain que ça t'a fait flipper.

Khloe avait toujours su que Raid était très observateur, mais elle n'avait pas réalisé à quel point il l'était jusqu'à présent.

— C'est... c'est une longue histoire, dit-elle enfin.

Et c'était vrai. Et alors qu'elle était assise là, avec Raid en face d'elle, lui apportant son soutien, elle savait qu'il méritait de connaître toute cette histoire sordide. Il lui avait donné un travail alors qu'elle n'était pas vraiment qualifiée. Il l'avait laissée prendre deux semaines de congé alors qu'elle n'en avait pas vraiment le droit, et n'avait posé aucune question sur la raison de ce congé ou sur sa destination. Même lorsqu'il était visiblement frustré ou agacé contre elle, il ne l'avait jamais licenciée et n'avait jamais élevé la voix.

Ces derniers jours lui avaient montré qu'il était bien plus profond qu'elle ne le pensait. Khloe réalisa qu'elle avait envie de tout lui raconter. Elle avait besoin de se libérer de ce poids. Et maintenant que le frère d'Alan était en ville, elle ne pouvait plus repousser l'échéance.

— D'accord, dit-il en regardant sa montre. Est-ce que tu

peux encore patienter une heure ? Je vais appeler Cherise pour voir si elle peut venir jusqu'à la fermeture.

Cherise était une employée à temps partiel de la bibliothèque qui intervenait lorsque Raid était en mission de recherche et de sauvetage et lorsqu'ils avaient besoin d'un coup de main supplémentaire. Khloe acquiesça.

— OK. Reste ici avec Duke. Je vais aller te chercher un Sprite. Tu n'as pas besoin d'ingérer plus de caféine, ça va te rendre encore plus nerveuse, mais le sucre te fera du bien. Je vais tout régler et ensuite on rentrera à la maison. Je nous ferai un ragoût au chili vert et on pourra discuter. D'accord ?

Khloe eut envie de protester. De lui dire qu'il fallait qu'elle rentre chez elle. N'avait-elle pas justement pris la décision de le faire ? Mais l'arrivée du frère d'Alan changeait tout. Et s'il l'attendait dehors pour la suivre jusqu'à chez elle ? Et s'il tentait de la renverser lorsqu'elle irait sur le parking ?

Complètement déstabilisée, Khloe se contenta de hocher la tête.

Il la regarda un long moment avant de lui dire :

— Quoi qu'il se passe... ça va aller. Je vais m'en assurer.

Il se leva sans même lui laisser le temps de répondre.

Puis il la choqua totalement lorsqu'il se pencha en avant pour l'embrasser sur le haut du crâne avant de tourner les talons et de se diriger vers la porte à grands pas.

Ce ne fut que lorsqu'il ferma la porte derrière lui que Khloe expira enfin.

Elle n'avait pas oublié le baiser qu'il lui avait donné à la clinique vétérinaire, mais elle l'avait mis sur le compte de l'émotion. Elle s'était dit qu'il avait agi de façon impulsive. Mais voilà qu'il l'embrassait à nouveau. Même si c'était juste sur le haut de la tête... c'était quand même un geste intime et il ne l'avait encore jamais fait avant l'autre fois.

Tout avait basculé en un rien de temps. La semaine dernière, elle menait une vie ennuyeuse mais sûre. Désormais, elle n'était plus l'assistante-bibliothécaire que personne ne connaissait très bien.

Il lui serait impossible de travailler et elle ne pensait pas que Raid s'attende à ce qu'elle le fasse. Alors elle se leva, s'avança vers Duke qui dormait et s'assit à côté de sa tête. La présence des animaux l'avait toujours réconfortée et en entendant son petit gémissement lorsqu'elle se mit à le caresser, elle se détendit immédiatement. Les animaux étaient simples. Leurs émotions étaient faciles à comprendre et tant qu'ils recevaient de l'affection, ils étaient complètement loyaux.

Elle ne savait pas comment Raid réagirait en entendant son histoire, mais il était temps de la raconter. Khloe en avait assez de se cacher. Elle en avait assez de ne pas être elle-même. Elle était également terrorisée.

Alan lui avait bien fait comprendre qu'elle paierait pour lui avoir gâché la vie, alors qu'elle n'avait rien fait. C'étaient ses propres actes qui l'avaient conduit derrière les barreaux, mais il était trop vaniteux, narcissique et trop tyrannique pour l'admettre. La présence de Jason à Fallport n'augurait rien de bon. Elle en était absolument certaine. Elle avait besoin de l'aide de Raid. Elle n'aimait pas l'admettre, mais c'était le cas. Elle avait vu comment ses coéquipiers et leurs femmes s'étaient ralliés les uns aux autres quand c'était nécessaire. Peut-être qu'ils seraient prêts à l'aider aussi. Même si elle leur avait menti. Même si elle n'avait pas été là pour eux quand elle aurait dû l'être.

Fallport était censé être un nouveau départ. Elle avait à nouveau envie d'être elle-même. Et le seul moyen d'y parvenir, c'était en disant la vérité. Sur tout. Elle n'avait plus qu'à espérer que Raiden lui pardonne toutes les choses sur lesquelles elle avait menti.

CHAPITRE SEPT

Raid était inquiet.

Khloe ne se comportait pas comme d'habitude. Normalement, elle était sûre d'elle et n'avait pas peur de l'envoyer balader lorsqu'il lui disait quoi faire. Mais lorsqu'il l'avait vue dans l'allée de la bibliothèque, elle avait paru terrorisée. Elle n'était pas comme la Khloe qu'il avait appris à connaître.

Duke avait senti que quelque chose n'allait pas et l'avait guidé jusqu'à elle. Il avait été brièvement soulagé de voir que son chien semblait être redevenu comme avant, bien qu'un peu plus lent à cause de son ventre qui était encore en voie de guérison. Il n'était pas vexé que son fidèle compagnon soit tout aussi attaché à Khloe qu'à lui – si ce n'est même plus.

Il ne supportait pas de savoir que quelque chose l'avait effrayée au point de frôler le malaise.

Mais il était soulagé qu'elle accepte de lui parler. Enfin.

Raid n'était pas idiot. Peu après l'avoir engagée, il avait su que sa nouvelle assistante cachait quelque chose. Il n'aurait pas pensé qu'elle mette autant de temps à lui parler, mais sa patience finissait par payer.

Lorsqu'il était revenu la chercher pour l'emmener chez lui,

il l'avait retrouvée assise par terre à côté de Duke, le caressant d'un air absent. Elle l'avait suivi sans un mot, mais il n'avait pas manqué de remarquer qu'elle avait regardé autour d'elle avec crainte lorsqu'il l'avait accompagnée jusqu'à son Expedition.

Raid détestait ça. Il ne *supportait* pas ça. Khloe n'était pas le genre de femme à avoir peur. Du moins, c'était ce qu'il avait vu jusqu'à présent. Il était de plus en plus certain que l'incident d'aujourd'hui impliquait une autre personne. Elle avait peut-être reçu un appel ou un message négatif, mais il n'en était pas sûr. Elle était très nerveuse et en alerte même lorsqu'ils roulèrent jusqu'à chez lui.

Il ne perdit pas de temps pour la faire entrer et s'assura de fermer à clé la porte derrière eux une fois qu'ils furent à l'intérieur. Fallport était la ville la plus sûre dans laquelle il avait jamais vécu, mais il n'était pas naïf au point de ne *pas* sécuriser sa maison. Il avait regardé trop d'émissions criminelles où les habitants interviewés commençaient tous par dire : *La ville de machin était sûre, personne ne fermait sa porte*, avant de raconter le quadruple meurtre qui avait eu lieu.

De plus, Raid avait déjà vu le mal de très près par le passé. Non, fermer ses portes à clé était comme une seconde nature. Et il avait le sentiment que Khloe allait lui donner une autre raison d'être attentif à la sécurité.

— Je vais aller promener Duke avant de commencer à préparer le dîner, dit-il une fois qu'ils furent à l'intérieur.

Il avait pensé lui suggérer de sortir le chien, mais vu son état de nervosité ce n'était sans doute pas une bonne idée.

— D'accord. Je pense que je vais aller prendre une douche. Ça ne te dérange pas ?

Raid fronça les sourcils. Depuis quand Khloe demandait-elle la permission de faire quoi que ce soit ?

— Bien sûr que non.

Elle acquiesça et se dirigea vers la chambre où elle avait dormi.

Raid serra les dents. Il avait envie d'aller avec elle. De lui dire que, quel que soit le problème, il le règlerait. Mais il n'avait pas encore gagné ce droit.

Étonnamment, ces derniers jours, Raid avait réalisé à quel point cette femme comptait pour lui. Depuis qu'elle avait commencé à travailler avec lui, il avait passé toutes ses journées avec elle, mais le fait de l'avoir sous son toit mettait en lumière les sentiments confus qu'il éprouvait à son égard.

Il aimait son côté sarcastique. Il aimait son sens de l'humour. Elle n'avait pas peur de dire ce qu'elle pensait. Elle le taquinait autant qu'il la taquinait en retour. En plus de ça, elle était intelligente et était une super vétérinaire. Elle avait de la compassion pour les animaux et, tout comme lui, elle semblait s'entendre mieux avec eux qu'avec les gens.

Raid pouvait dire qu'il avait enfin trouvé une femme qui l'acceptait tel qu'il était. Avec son côté intello et tout le reste. Mais ils n'en étaient pas encore à un stade de leur relation où il se sentait capable de lui avouer qu'il éprouvait plus que de l'amitié pour elle. Et là, actuellement, elle avait surtout besoin de lui confier ce qui lui pesait. Il l'écouterait, lui apporterait son soutien et ensuite ils verraient.

Heureusement, Duke ne passa pas une heure à errer sur la propriété comme il le faisait habituellement. C'était comme si le chien avait compris que Khloe avait besoin d'eux et il fit rapidement son affaire avant de retourner vers la maison.

Il s'installa sur son coussin douillet et coûteux dans l'angle et surveilla le couloir où Khloe apparaîtrait après sa douche. Raid se mit à préparer le ragoût de chili vert. Il était meilleur si on le laissait mijoter pendant quelques heures, mais il serait quand même bon, même s'ils le mangeaient tout de suite.

Khloe revint au moment où le ragoût finissait de chauffer.

— Je peux t'aider ? demanda-t-elle doucement.

Bizarrement, elle paraissait plus vulnérable avec les cheveux mouillés, un jogging, des chaussettes et un tee-shirt à manches longues qui était bien trop grand pour sa petite silhouette.

— J'ai presque fini. Vas-y, assieds-toi. Qu'est-ce que je peux te servir à boire ?

— De l'eau, c'est très bien.

Raid n'aimait pas cette Khloe tout effacée.

Préparant rapidement leur dîner, Raid fit quelques allers-retours jusqu'à la petite table. Il s'assit en face de Khloe et vit qu'elle refusait de croiser son regard et préférait se focaliser sur son bol de nourriture.

— Ça a l'air bon.

— Si jamais c'est trop épicé, je peux ajouter un peu d'eau, lui dit Raid.

— Je suis sûre que c'est très bien.

— Khloe.

— Oui ? dit-elle sans pour autant le regarder.

Elle gardait les yeux rivés sur le bol devant elle, comme si ce dernier lui expliquait le sens de la vie.

— Tu veux bien me regarder ?

Il la vit prendre une grande inspiration avant de lever enfin les yeux vers lui.

— Quel que soit ce qui s'est passé aujourd'hui... ça ne changera rien.

— Si, ça va *tout* changer, rétorqua Khloe.

— OK. En tout cas, ça ne va pas changer ce que je pense de toi. C'est pareil pour tes amis.

Elle ne répondit pas et soupira légèrement.

— Bon. D'abord on mange, ensuite on se mettra à l'aise et on discutera. Est-ce que tu peux au moins répondre à cette question : est-ce que tu es en danger ? demanda Raid.

Khloe se contenta de le regarder fixement, la tristesse dans ses yeux lui déchirant le cœur. Raid ne put s'empêcher de tendre le bras. Il prit sa main dans la sienne et la serra.

— On va trouver une solution, d'accord ?

Khloe pinça les lèvres, mais hocha la tête.

Raid n'était pas sûr de pouvoir avaler quoi que ce soit avec cette boule dans sa gorge. Il n'aimait pas l'idée que cette femme puisse être en danger. Cela l'énervait davantage qu'il ne l'aurait cru. Il n'était pas contrarié par ce qu'elle risquait de lui dire ; il était furieux qu'elle se soit retrouvée dans une position qui l'avait obligée à mentir sur sa profession en tant que vétérinaire et qu'elle ait manifestement peur de quelqu'un.

C'était un sentiment étrange. Pas d'être en colère, mais d'avoir ce genre de réaction viscérale pour une femme. Raid était un homme équilibré. Il était capable de contrôler ses émotions dans n'importe quelle situation. C'était en partie pour ça qu'il était si bon dans son travail de garde-côte.

Mais l'idée que Khloe puisse être en danger lui donnait envie d'aller trouver le responsable et de le réduire en cendres.

Ils mangèrent le ragoût en silence. Ce n'était pas le meilleur qu'il ait préparé, mais demain, après avoir passé la nuit dans le frigo, il serait meilleur. Khloe ne s'en plaignit pas. Elle mangea sans dire un mot.

Elle l'aida à apporter la vaisselle jusqu'à la cuisine une fois qu'ils eurent terminé.

— Tu veux bien nourrir Duke s'il te plaît ?

Elle acquiesça et Raid perçut enfin en elle une autre émotion que la peur et l'effroi. Il remplit le lave-vaisselle tout en observant Khloe nourrir son chien. Le lien entre eux était évident. En d'autres circonstances, Raid aurait pu être jaloux.

Duke n'avait jamais manifesté le moindre intérêt pour personne depuis qu'il l'avait ramené chez lui après l'avoir sauvé et récupéré sur le bord de la route il y a plusieurs années.

Il alla dans le salon et s'assit sur le canapé, observant Khloe avec Duke pendant un moment avant de dire doucement :

— Viens là, Khloe.

Au début, il crut qu'elle ne l'avait pas entendu. Ou qu'elle comptait l'ignorer. Elle était assise par terre, à côté du chien, puis elle finit par soupirer et se leva. Elle le regarda, puis observa le fauteuil à côté du canapé, puis lui.

— Ici, dit-il en tapotant le coussin à côté de lui.

À son grand soulagement, elle ne protesta pas. Si elle avait eu besoin d'espace pour lui raconter ce qu'il lui était arrivé dans la bibliothèque, il le lui aurait donné. Mais il était heureux qu'elle choisisse plutôt de s'asseoir à côté de lui.

Elle s'assit puis remonta immédiatement ses jambes pour les serrer contre elle. C'était une position très défensive et Raid détestait ça. Il eut envie de l'attirer dans ses bras, mais il se retint.

— Quelqu'un t'a fait peur aujourd'hui ? demanda-t-il à voix basse. Est-ce qu'on t'a dit quelque chose d'offensant ?

— Je t'ai dit tout à l'heure que c'était une longue histoire et pour pouvoir expliquer ce qu'il s'est passé aujourd'hui, il faut que je revienne quelques années en arrière, dit Khloe en regardant dans le vide.

— OK, accepta immédiatement Raid.

— Comme tu le sais, je suis vétérinaire. C'est tout ce que j'ai voulu faire depuis que je suis toute petite. J'ai toujours adoré les animaux, tous les animaux. Je rendais mon père fou à force de ramener des animaux errants ou blessés à la maison. Je détestais les zoos quand j'étais enfant, mais j'adorais les refuges. Pour moi, le week-end idéal c'était de passer du temps dans le refuge le plus proche pour aider à soigner les oiseaux, les écureuils, les opossums et autres animaux sauvages. Le personnel du centre le plus proche s'était vraiment habitué à ma présence. Bref, après le lycée, je suis allée à l'université avec pour objectif de devenir vétérinaire.

— Et tu l'as fait, dit Raid lorsqu'elle se tut.

— Oui. Je l'ai fait. Papa était très fier et j'adorais ce que je faisais. J'étais associée dans une clinique vétérinaire et même si je n'aimais pas ne pas pouvoir prendre de décisions toute seule, j'appréciais la camaraderie qu'on partageait avec mes collègues. Quoi qu'il en soit, un jour, un homme est venu avec sa chienne. Il prétendait qu'elle s'était battue avec un autre de ses chiens, mais il était évident que ce n'était pas le cas. Elle avait d'énormes glandes mammaires, ce qui prouvait qu'elle avait eu de nombreuses portées. Elle produisait même encore du lait, ce qui m'a indiqué qu'elle avait mis bas il y a peu de temps. Elle ressemblait beaucoup aux chiens qui provenaient des usines à chiots, comme j'avais pu en voir souvent. Norfolk n'est pas vraiment un lieu avec beaucoup d'usines à chiots, mais j'étais certaine que ce type se servait de sa chienne pour faire naître autant de chiots que possible et les vendre aux chasseurs de ratons laveurs de l'État et de la région à un prix élevé. Bref, ce n'était pas le premier chien maltraité que je voyais et je savais que ce ne serait pas le dernier. Tout ce que je pouvais faire, c'était de l'aider du mieux que je pouvais. Mais lorsque je l'ai examinée de plus près, j'ai réalisé qu'elle était bien plus mal en point que ce que j'avais imaginé. Elle faisait une hémorragie interne. Je n'ai pas dit grand-chose au proprié-taire avant de l'amener au fond du cabinet pour la préparer à être opérée. D'après ce que j'ai pu voir, elle avait été frappée à de nombreuses reprises. Elle avait des côtes cassées et saignait aussi de la tête. Mais c'était la déchirure de sa rate qui m'a le plus inquiétée à ce moment-là. Lorsque je l'ai ouverte, j'ai su qu'il était trop tard. Elle avait perdu trop de sang. Et puis elle avait quatre tumeurs aux glandes mammaires et son utérus était cancéreux. La chienne avait été enceinte trop de fois et négligée. J'ai fait ce qu'il y avait de plus humain et j'ai mis fin à ses souffrances.

Raid ne supportait pas d'entendre cette tristesse dans la voix de Khloe. Il tendit le bras et l'attira doucement contre lui. Elle relâcha ses jambes et se tourna vers lui.

— La mort fait partie du métier de vétérinaire. Évidem-ment qu'on voudrait sauver tous les animaux qu'on voit, mais ce n'est pas possible. Mais devoir piquer cette chienne de chasse sans qu'elle n'ait jamais connu la moindre tendresse – parce que je *savais* qu'elle avait souffert chaque instant de sa vie – m'a fait plus mal que d'habitude. Après avoir repris le contrôle sur mes émotions, je suis allée parler au propriétaire qui avait refusé de partir pendant l'opération. Il était dans la salle d'attente et lorsque je lui ai annoncé que je n'avais pas pu sauver sa chienne, il a pété les plombs. Il a commencé à me hurler dessus en me disant que j'avais tué sa poule aux œufs d'or et qu'il allait me faire un procès pour faute professionnelle. Je savais que j'avais fait tout mon possible pour ce pauvre toutou et j'ai essayé de le calmer. Ça n'a pas fonctionné. Il est reparti absolument furieux et a juré de me faire payer. Je n'y ai pas trop réfléchi parce que nous avons toujours eu des clients qui étaient bouleversés par la perte de leur animal. Mais il ne s'est pas calmé. Il appelait tous les jours pour laisser des messages haineux sur la messagerie de la clinique. Il envoyait des lettres. Il publiait sur les réseaux sociaux. En gros, il a fait tout ce qui était en son pouvoir pour mener une campagne de dénigrement contre moi. J'ai eu envie de partir parce que je savais que la clinique souffrait des agissements de ce type. Mais mes collègues étaient super et ils ont refusé de me laisser faire. Ils m'ont dit que ça allait finir par se calmer et tout le monde savait que j'avais fait ce que je pouvais pour ce chien.

Elle s'arrêta à nouveau de parler et Raid redouta d'entendre la suite.

Khloe prit une grande inspiration.

— Ça faisait environ un mois qu'il me harcelait. Il ne s'était pas arrêté, même pas un peu et ça commençait vraiment à m'atteindre. Je ne dormais pas bien et le fait de me rendre à la clinique tous les jours me provoquait presque des attaques de panique. Un soir, j'étais la dernière à partir parce que j'avais une opération qui avait duré longtemps à cause de complications. Le chat avait survécu, mais la situation était restée incertaine un bon moment. Bref... je traversais le parking et tout à coup, un énorme pick-up m'a foncé dessus. Je me suis jetée sur le côté, mais pas assez vite. J'ai été percutée. Le pick-up a roulé sur ma jambe. Mon fémur a été cassé à quatre endroits. Il a fallu beaucoup de temps et de broches pour le remettre en place. J'ai été immobilisée pendant un moment et j'ai passé quelques mois dans un centre de rééducation pour apprendre à marcher à nouveau.

— D'où le fait que tu boites, dit Raid aussi calmement que possible.

Il était furieux pour elle.

— Oui. Des fois, je l'oublie, mais si je reste debout trop longtemps, ça me fait mal. Et maintenant, je peux prédire l'arrivée de gros orages, dit-elle en haussant les épaules.

Khloe essayait de minimiser sa blessure, mais Raid savait que ça l'affectait plus qu'elle ne le laissait paraître.

— C'était lui, n'est-ce pas ? demanda-t-il.

— Oui. Il m'avait attendue. Il a visiblement essayé de me tuer, il fonçait sur moi et m'aurait probablement écrasée à nouveau si l'un des assistants-vétérinaires n'était pas sorti à ce moment-là en criant. Il a accéléré et s'est enfui. Mais on a tous les deux vu qui c'était.

— Comment il s'appelle ? demanda Raid entre ses dents serrées.

— Alan Mather.

Raid mémorisa son nom. Il n'était pas du genre à se venger... pourtant, Dieu sait qu'il avait des raisons de l'être. Mais même après l'incident qui l'avait poussé à quitter la Garde côtière, il n'avait pas ressenti le besoin de traquer quelqu'un pour lui faire du mal, contrairement à maintenant.

— Qu'est-ce qu'il lui est arrivé ensuite ?

— Tu te souviens il y a quelques mois quand je t'ai demandé des congés ?

— Oui. Juste avant que Bristol et Rocky ne se marient, c'est ça ?

Elle acquiesça.

— J'ai dû me rendre à son procès.

— Dis-moi qu'il a été reconnu coupable.

— Oui.

Raid soupira de soulagement, mais ce fut de courte durée lorsqu'elle prit à nouveau la parole.

— Il est en prison, mais il n'a pas écopé d'une longue peine. Et il a juré de me pourrir la vie autant que j'ai soi-disant pourri la sienne. Il a deux frères…

— Merde, dit Raid.

— Mon nom de famille ce n'est pas Moore, mais Watts. Je l'ai changé quand il attendait son procès parce que j'avais peur de ce qu'il pourrait faire, puisque j'étais évidemment le meilleur témoin contre lui. Je pensais que maintenant qu'il était en prison, je serais libre. J'avais même envisagé d'ouvrir ma propre clinique vétérinaire. Après ce qui est arrivé à Duke, je me suis dit qu'une clinique d'urgences à Fallport serait la bienvenue. Comme ça, je n'interfèrerais pas avec le cabinet de Raymond, mais je pourrais occuper une niche qui est nécessaire. Mais après ce qui s'est passé aujourd'hui, je me dis que ce n'est pas une bonne idée.

— Qu'est-ce qu'il s'est passé aujourd'hui ? demanda Raid.

Il était ravi que Khloe envisage de rester, même après ce que ce salaud d'Alan lui avait fait.

— Tu te fiches que j'ai menti sur mon nom ? demanda-t-elle en levant la tête pour le regarder.

— Oui. Tu l'as fait pour te protéger. Et puis, un nom ça ne veut rien dire. C'est la personne qu'on est qui compte. Et toi, Khloe, tu es une bonne personne, jusqu'au bout des ongles.

— Je n'arrête pas de penser à ce que j'aurais pu faire différemment pour sauver cette pauvre chienne, dit-elle.

— Non. Ne t'inflige pas ça. Ne laisse pas les paroles de ce connard te faire douter de tes compétences. Elle était trop mal en point et tu as fait ce qu'il y a de plus gentil pour elle… tu as abrégé ses souffrances. Tu as dit qu'elle faisait une hémorragie interne à cause de sa rate. Ce connard l'a visiblement frappée. Je pense que même si tu l'avais sauvée, tu n'aurais jamais pu le laisser la reprendre. Ce qui l'aurait rendu tout aussi furieux, si ce n'est plus.

— Oui, acquiesça Khloe.

— Du coup, qu'est-ce qu'il s'est passé aujourd'hui ? demanda Raid.

Elle soupira.

— Aujourd'hui, Alan a encore prouvé qu'il n'allait pas lâcher l'affaire. Son frère Jason est venu à la bibliothèque. Ils m'ont retrouvée. À cause de cette vidéo qui circule en ligne de Raymond qui se plaint que je suis entrée dans sa clinique par effraction.

— Qu'est-ce qu'il t'a dit ?

— Pas grand-chose. Il a insinué que lorsque les gens d'ici apprendront qui je suis réellement et ce qu'il s'est passé, ils se retourneront contre moi.

Raid ne put s'en empêcher. Il éclata de rire.

Khloe le regarda d'un air peiné. Elle tenta de se relever, mais Raid lui prit le bras et l'attira plus près.

— Pardon, dit-il rapidement. Mais si ce connard croit qu'il peut venir à Fallport, répandre quelques rumeurs et convaincre tout le monde de se retourner contre toi, il se trompe.

— Raid, tu ne comprends pas, dit-elle.

— Si, rétorqua-t-il d'un ton sérieux.

Et c'était vrai. Pour résumer, le salaud violent qui avait essayé de la tuer était furieux que ses propres actes l'aient mis derrière les barreaux et essayait de rejeter la faute sur Khloe. Il pensait pouvoir envoyer son frère à Fallport pour lui pourrir la vie. Il se trompait.

— Écoute, je ne suis pas à Fallport depuis très longtemps, seulement depuis cinq ans, mais je connais les habitants de cette ville. Tu as sauvé Duke. Tu es une héroïne ici, Khloe.

Personne ne va tolérer qu'un inconnu débarque et dise du mal de toi.

— Il n'y a pas que lui. Je suis sûre que son autre frère est aussi ici. Les deux vont faire de ma vie un enfer.

— Qu'ils essaient, dit Raid d'un air têtu.

— Raid ! Tout le monde va savoir ce qu'il s'est passé. Que j'ai menti sur mon nom. Ils vont se demander sur quoi d'autre j'ai menti. Si j'ai vraiment *tué* la chienne d'Alan. Il faut que je m'en aille. Cette fois-ci, je quitterai l'État. Peut-être que j'irai à Seattle. Ou Los Angeles. Je pourrai me cacher là-bas. Je...

Raid agit avant même de réfléchir. Il plongea vers Khloe jusqu'à ce qu'elle soit allongée sur le dos sur les coussins, se servant de ses bras pour la surplomber. Il était tellement plus grand et costaud qu'elle, qu'elle n'avait aucune chance de le repousser. Elle le regarda d'un air choqué.

— Tu n'iras nulle part, grogna-t-il presque.

— Mais...

— Non. Ta licence de vétérinaire est valable en Virginie, non ?

Elle acquiesça.

— Alors tu ne pars pas. C'est une très bonne idée d'ouvrir une clinique d'urgences ici à Fallport. J'admire le fait que tu n'aies pas envie de faire de l'ombre à la clinique de Ziegler, mais c'est un con. Ça ne lui ferait pas de mal d'avoir un peu de concurrence. Ouvrir un cabinet après les heures de bureau c'est déjà un bon début. Fallport ne va jamais croire un inconnu, voire deux inconnus, qui débarquent en ville pour dire du mal de toi. Ils te *connaissent,* Khloe. On n'est pas à Norfolk ici. Ce n'est pas une grande ville. Tu verras.

Elle le regarda avec tellement d'espoir et de peur dans les yeux, que Raid lutta pour ne pas partir à la poursuite du connard qui l'avait menacée aujourd'hui dans un endroit qui était censé être un espace sécurisé pour elle... son lieu de travail. *Sa* bibliothèque.

— Voilà ce que je te propose. En toute transparence... J'ai une raison de vouloir que tu restes, dit-il.

— Duke, dit Khloe comme si c'était une évidence.

— Non. Parce que tu me plais.

Raid se sentit bête en prononçant ces mots, comme un gamin qui craque pour une fille, mais il ne pouvait plus se permettre de fermer les yeux sur ses sentiments. Pas quand elle envisageait de partir. Elle ne partageait peut-être pas son intérêt, mais il ne rajeunissait pas. Tous ses amis avaient trouvé la femme de leur vie et il désirait ce qu'ils avaient... avec Khloe.

Elle fronça les sourcils.

— Je n'ai pas vraiment réussi à te montrer à quel point je t'admire et t'apprécie, mais c'est le cas. J'ai hâte de venir travailler tous les jours juste parce que je sais que *tu* es là.

— Mais... on ne s'entend même pas. On se dispute tout le temps.

Raid grimaça.

— Oui, parce que je suis un idiot. J'aimais te voir t'énerver. Ça me faisait sourire.

Les lèvres de Khloe tressautèrent.

— T'es en train de me dire que tu te comportais comme un élève de CM2 ? Qui me tire les cheveux et met une grenouille dans mon tee-shirt parce que tu *m'aimes* bien ?

Dis comme ça, ça paraissait complètement ridicule, alors Raid haussa simplement les épaules.

Le sourire de Khloe s'effaça.

— Raid, je ne peux pas te mettre en danger, ni toi, ni Duke, ni personne d'autre. Alan a essayé de me *renverser*. Et si ses frères s'en prennent à nos amis pour m'atteindre ? Je ne veux pas voir Lilly souffrir. S'ils s'en prennent à Heather, ce sera dévastateur après ce qu'elle vient de vivre. Ou Bristol ? Elle est si petite qu'elle n'aurait aucune chance contre eux. Et avec Finley et Elsie toutes deux enceintes, elles seraient particulièrement vulnérables. Je connais Alan, il demandera à ses frères d'enquêter sur toi et les autres. Je ne supporterais pas d'être responsable de leur souffrance.

— Je pense que tu sous-estimes nos amis. Tu crois qu'Ethan, Zeke ou n'importe lequel des autres laisseront quelque chose arriver à leurs femmes ? Il n'en est pas question. Et après tout ce qu'elles ont vécu, les filles ne se laisseront pas faire. Et Heather est vraiment en train de s'affirmer. Tal lui a donné la force de se défendre. Elle a déjà prouvé qu'elle ferait n'importe quoi pour protéger Marissa.

— Je ne peux pas prendre ce risque, chuchota Khloe.

Raid l'étudia un long moment avant de lui dire :

— Ils pourront mieux se défendre s'ils savent à quoi s'attendre et de *qui* ils doivent se méfier.

Khloe ferma les yeux et sa lèvre se mit à trembler. Raid ne supportait pas de la contrarier, mais il *savait* qu'elle était assez forte pour faire face à la situation. Bon sang, elle avait survécu à une tentative de meurtre, avait appris à marcher à nouveau, traversé l'État toute seule sans soutien, gardé sa licence de vétérinaire à jour et sauvé Duke. Elle était capable de tout faire.

— Je sais, murmura-t-elle enfin. Il faut que je leur parle avant qu'ils n'entendent les rumeurs que Jason et son frère pourraient répandre sur moi.

Raid acquiesça.

— Ils vont être furieux que je ne leur aie pas dit plus tôt, dit-elle.

— Non, ils ne le seront pas, dit Raid avec conviction. Ils vont être inquiets. Et énervés pour toi... ce qui est bien différent que d'être en colère contre toi.

— Raid ?

— Oui ?

— Moi aussi je t'aime bien, murmura-t-elle.

La satisfaction l'envahit.

— Si je suis restée si longtemps à Fallport, c'est aussi parce que j'aimais bien te voir tous les jours. Au début tu m'énervais, mais plus j'apprenais à te connaître tout en travaillant avec toi, plus je réalisais que tu ne te disputais qu'avec moi. La plupart du temps tu restais discret. Sauf avec moi. Disons que... j'aimais bien savoir que je pouvais te crisper moi aussi.

Raid refusa d'avoir des pensées obscènes à cause de cette dernière remarque.

— Donc tu restes ?

— Pour le moment. Mais je ne te promets rien. Si jamais Jason et son frère – je n'arrive pas à me souvenir de son prénom, y a rien à faire – te pourrissent la vie ou celle des autres, je vais probablement partir.

— Ils peuvent essayer, mais on est plus forts que tu ne le penses. Il va falloir que je parle aux gars, l'avertit-il.

Khloe tressaillit mais hocha la tête.

— Et toi il faut que tu organises une soirée entre filles et que tu les préviennes, continua-t-il, tentant le tout pour le tout. Tu peux la faire ici, si tu veux.

Elle leva les yeux vers lui.

— Ici ?

— Oui.

— Mais tu n'as jamais reçu personne ici.

Raid haussa les épaules. Elle avait raison. Il n'aimait pas vraiment que des gens envahissent son espace. Il était introverti et aimait son intimité.

— Je veux que tu te sentes aussi à l'aise que possible. Et ma maison est plus grande que ton appartement puis Duke sera là. Sans oublier que c'est probablement mieux que tu ne sois pas chez toi pendant que ses enfoirés de frères sont dans le coin.

Elle le fixa longuement du regard avant d'acquiescer doucement.

— OK.

— OK, répéta-t-il avec satisfaction. Tu te sens mieux maintenant que tu t'es débarrassée de ce poids sur tes épaules ? demanda-t-il.

Khloe soupira.

— Oui. Même si ça n'efface pas ce qu'il s'est passé.

— Non, c'est vrai, acquiesça Raid. Il s'est passé ce qu'il s'est passé. Tu ne peux pas le changer. Tout ce que tu peux faire, c'est aller de l'avant.

— On dirait que tu sais de quoi tu parles, dit-elle.

— Oui, effectivement. Et non, ce soir ce n'est pas le moment d'en parler. Tu as eu une longue journée stressante. Et je sais que tu as encore beaucoup de choses en tête. Il y a eu un incident particulier durant mon passé dont je n'ai jamais parlé, sauf avec la personne avec qui je l'ai vécu... mais si tu restes dans les parages, je te le dirai.

Il ne disait pas ça pour lui faire du chantage, absolument pas. Du moins, il espérait que ce n'était pas ainsi qu'elle l'interprétait. Mais il n'avait pas à s'inquiéter. Khloe acquiesça.

— Raid ?

— Oui ?

— Tu vas me retenir prisonnière comme ça toute la nuit ?

Pendant un instant de folie, il l'envisagea pour de vrai avant de soupirer et de secouer la tête. Il se rassit et s'écarta pour qu'elle puisse balancer ses jambes par-dessus le rebord du canapé.

Puis Khloe le surprit énormément en posant la main sur sa joue avant de se pencher vers lui. Il retint son souffle, craignant de bouger, de faire quoi que ce soit qui puisse l'éloigner de lui. La sensation de sa paume chaude sur sa joue lui était si étrangère. Cela faisait des années qu'on ne l'avait pas touché de façon intime.

— Merci, chuchota-t-elle. Tu n'imagines pas à quel point ton soutien compte pour moi. J'espère que tu ne le regretteras pas.

— Jamais, lui promit-il.

Puis il posa sa propre main sur la sienne tout en tournant la tête pour embrasser sa paume. Il serra sa main et lui dit d'une voix un peu tremblante, alors qu'il essayait de retrouver son calme :

— Ça te dit de regarder cette émission de cuisine ?

Elle lui fit un petit sourire.

— Pourquoi pas.

Depuis qu'elle vivait ici, ils regardaient cette émission tous les soirs. Raid adorait écouter les commentaires de Khloe sur les ingrédients qu'on leur assignait, sur ce que les candidats décidaient de préparer et sur les remarques sarcastiques des juges.

Tandis qu'ils regardaient l'émission, Raid mémorisa la sensation de Khloe assise à côté de lui. Elle n'était pas contre lui comme il l'aurait aimé, mais elle ne s'était pas non plus déplacée à l'autre bout du canapé ou du fauteuil. Il n'oublierait également jamais son aveu timide lorsqu'elle avait reconnu qu'elle aussi l'aimait bien. Peut-être qu'il ne gâcherait pas tout et qu'ils auraient une chance de vivre quelque chose. L'opportunité d'être un couple.

Quoi qu'il arrive, il veillerait à ce qu'Alan Mather et ses frères ne soient plus un problème pour elle. Il envisageait déjà de se procurer les transcriptions du procès et d'obtenir autant d'informations que possible sur ce qu'il s'était passé lorsqu'elle avait failli être tuée.

Il avait également l'intention de trouver autant de dossiers que possible sur la famille Mather – et de trouver un moyen de faire comprendre à Alan qu'il n'avait pas intérêt à toucher à un seul cheveu de Khloe. Point.

Mais ce soir, il était soulagé que Khloe soit à ses côtés et qu'elle se soit confiée à lui. Il ne supportait pas qu'elle ait dû endurer tout cela seule... sa rééducation, le procès, le stress de fuir sa vie à Norfolk. Mais elle n'était plus seule. Elle l'avait lui. Et leurs amis. Raid était certain que lorsque les autres apprendraient ce que Khloe vivait, ils s'uniraient pour la protéger. Tout comme les habitants de Fallport.

Il y avait eu trop de tragédies récemment. Personne ne voulait que l'on fasse à nouveau du mal à quelqu'un. Et surtout pas si les agresseurs étaient des inconnus. Oui, Fallport s'interposerait et protègerait l'une des leurs, il n'en doutait pas une seconde.

CHAPITRE HUIT

Elle avait du mal à réaliser à quel point tout allait vite. Il y a une semaine, Khloe pouvait se promener dans Fallport sans se faire remarquer. Les gens étaient amicaux, certes, mais ils ne cherchaient pas spécialement à lui parler. Désormais, elle ne pouvait même pas entrer dans un établissement ni emprunter le trottoir sans que quelqu'un ne l'arrête pour discuter avec elle. Pour la remercier d'avoir sauvé Duke. Pour lui demander si elle allait ouvrir sa propre clinique. C'était fou.

Et elle n'arrivait pas à croire qu'elle avait enfin tout dit à Raid sur son ancienne vie. Sur ce qu'il lui était arrivé. S'il y avait bien une chose qu'elle ne supportait pas, c'était la pitié. Lorsqu'elle avait été en cure de désintoxication, elle n'avait pas arrêté de susciter ce genre de regards. Tout le monde dans l'établissement semblait savoir ce qu'il lui était arrivé, qu'elle avait été renversée.

Mais Raid ne semblait pas avoir pitié d'elle. Il était en *colère*. Pas contre elle, mais contre Alan. Cette réaction était... agréable. Ce qui ne faisait peut-être pas d'elle quelqu'un de bien, mais elle s'en fichait. Elle appréciait que quelqu'un ressente la même chose qu'elle vis-à-vis de tout ce qu'il s'était passé. C'était fou qu'Alan la tienne responsable de la mort de sa chienne. Il l'avait maltraitée pendant des mois, des années et ensuite, quand elle était décédée à cause de ses agissements, il avait fait de son mieux pour accuser Khloe. Il était même allé jusqu'à essayer de la tuer. C'était insensé.

Khloe aurait pu se sentir mieux après s'être confiée sur son histoire et ne plus avoir à cacher qui elle était... sauf qu'elle savait que Jason et son frère n'étaient pas loin, en train de l'observer. Elle ne savait absolument pas ce qu'ils préparaient, mais elle sentait que ce n'était rien de bon. Elle avait constamment l'impression d'attendre le revers de la médaille. C'était angoissant et elle détestait ça.

Aujourd'hui, elle allait retrouver ses amies et leur raconter son histoire. Elle n'en avait pas envie. Elle n'avait pas hâte. Mais il fallait qu'elles sachent. Si les Mather comptaient les prendre pour cible afin de l'atteindre, elles avaient le droit de comprendre pourquoi.

Malgré ce que Raid lui affirmait, Khloe n'était pas certaine qu'en leur annonçant qu'elles pouvaient s'attendre à être harcelées en marchant dans la rue, Jason pourrait convaincre les clients de cesser de fréquenter leurs établissements ou de faire appel à leurs entreprises, qu'elles pourraient très bien être physiquement en danger, cela ne changerait pas ce qu'elles pensaient d'elle.

Évidemment, rien n'avait changé entre Raid et elle, et pourtant elle l'avait prévenu qu'il risquait d'être entraîné dans les plans que les Mather avaient pour elle. Mais il avait simplement haussé les épaules en disant qu'il espérait bien qu'ils le prendraient pour *cible*.

En revanche, certaines choses *avaient* changé. Leur relation était plus... profonde. Tout avait commencé lorsqu'elle avait sauvé Duke. Ce n'était pas que Khloe pensait l'avoir impressionné, mais plutôt qu'une porte s'était ouverte entre eux. Elle avait du mal à croire qu'il ne soit absolument pas contrarié qu'elle ait menti. Il semblait presque content qu'elle ne soit pas juste une assistante-bibliothécaire.

Il avait tenté de lui expliquer ce qu'il ressentait en disant qu'il avait toujours su qu'elle cachait quelque chose et qu'en apprenant ce dont il s'agissait, et en réalisant qu'elle ne fuyait pas la police et ne cachait pas l'existence d'un mari ou de quatorze enfants, il avait été soulagé.

Khloe n'était pas certaine de croire à ce raisonnement, mais elle devait reconnaître qu'elle aimait la relation que Raid et elle partageaient désormais. Beaucoup. Même si elle continuait d'être un peu réticente à son égard. Oui, il lui plaisait. Mais il était encore un mystère pour elle. Elle avait beau lui avoir tout raconté sur elle, il ne lui avait pas rendu la pareille.

Khloe connaissait l'essentiel, à savoir qu'il avait été maître-chien dans la Garde côtière, qu'il avait démissionné après la mort de son chien et qu'il n'était pas proche de ses parents, mais c'était à peu près tout.

Non, ce n'était pas vrai. Elle savait aussi qu'il était introverti et qu'il n'avait pas l'habitude de sortir avec ses amis, mais qu'il était aussi loyal que n'importe qui d'autre, et aussi protecteur.

Elle savait que la maison de Raid était remplie de livres... de science-fiction.

Il ne se couchait pas tard le soir, il n'avait pas beaucoup de photos, il veillait sur Duke – c'était son côté surprotecteur – et si l'un de ses amis l'appelait à l'aide, il était prêt à tout mettre en pause pour venir à sa rescousse.

D'accord, elle en savait peut-être plus sur Raid qu'elle ne l'avait d'abord supposé. Mais son passé restait un grand mystère. Tout comme le sien l'avait été jusqu'à il y a une semaine, alors elle ne pouvait pas lui en vouloir. Cependant, il avait laissé sous-entendre assez de choses concernant son expérience au sein de la Garde côtière pour qu'elle comprenne que ce n'était pas très positif. Et que cela l'avait plus perturbé qu'il ne le laissait entendre. Et que son partenaire l'avait encore plus mal vécu que lui.

Même si Khloe avait envie de savoir ce qu'il s'était passé, elle ne lui avait pas posé la question. Cela ne faisait qu'une semaine que leur relation avait changé et elle n'avait surtout pas envie de le forcer à se remémorer des souvenirs douloureux de son passé. Et puis Raid avait fait preuve de beaucoup de patience avec elle alors elle pouvait bien faire de même.

— Tu es prête ? lui demanda Raid.

Khloe sursauta. Merde. Elle s'était perdue dans ses pensées et maintenant Raid devait probablement penser qu'elle regrettait l'organisation de cette soirée car elle regardait dans le vide.

Ce n'était pas le cas. Ne pas prévenir les autres filles du danger qu'elles couraient simplement en la côtoyant était irresponsable et sans ça, elle risquait d'avoir des ennuis. Peu importe à quel point elle détestait devoir raconter ce qu'il lui était arrivé, elle ne le garderait plus pour elle. Elle ne le pouvait pas.

— Oui, dit-elle à Raid.

Ils se tenaient dans la cuisine, observant les piles de provisions sur le comptoir.

— Tant mieux. Il y a plein de boissons. Et d'encas. Si vous avez besoin de quoi que ce soit, tu n'as qu'à m'appeler. Je serai chez Rocky et Bristol avec les gars, Tony et Marissa.

— Je sais.

Et c'était le cas. Elle avait été avec lui lorsqu'il avait fait des excès au supermarché. Il avait acheté trop de nourriture, bien plus que ce qu'elle et les autres filles pouvaient engloutir en un mois. Il y avait également assez d'alcool pour que tout le monde finisse bien pompette.

— Tu es sûre que ça ne te dérange pas que Duke soit là ? demanda Raid.

— Ça ira, dit Khloe.

La vérité, c'est qu'elle voulait que le limier encore en convalescence reste à la maison pour faire diversion. Si elle avait besoin d'une pause, elle pourrait toujours prétendre qu'elle devait l'emmener dehors, ou regarder son ventre, ou inventer une autre excuse pour se retrouver toute seule.

Comme si Raid savait exactement ce qu'elle pensait, ses lèvres tressaillirent.

— Quoi ? demanda-t-elle un peu plus sèchement qu'elle ne l'aurait voulu.

— Tu veux que je prévoie de t'appeler à une certaine heure pour que tu puisses t'éclipser ? plaisanta-t-il.

Khloe plissa les yeux.

— Tu te trouves drôle ? dit-elle, leurs chamailleries habituelles lui paraissant étonnamment très agréables.

Son sourire s'élargit.

— Mais je *suis* drôle, dit-il en haussant les épaules.

— N'importe quoi.

Ce n'était pas la meilleure des réparties, mais Khloe était trop heureuse de retrouver ses réflexes familiers avec Raid pour s'en soucier.

Puis il fit un pas vers elle et lui donna un petit coup d'épaule.

Khloe fit semblant que son geste la projetait très loin. Elle tituba et se *rattrapa* en posant une main sur le comptoir.

En levant les yeux, elle s'attendit à voir Raid se moquer d'elle, mais au lieu de cela, il lui tendit la main d'un air inquiet.

— Merde, Khloe ! Je ne voulais pas te frapper si fort. Est-ce que ça va ? Comment va ta jambe ? Tu as heurté le comptoir avec ta hanche ?

Pendant un instant, Khloe fut bouleversée par son inquiétude. Elle s'était attendue à ce qu'il s'esclaffe et qu'il lui dise qu'elle n'était qu'un poids plume. À ce qu'il se moque de sa taille comme il l'avait fait par le passé. Elle ne pouvait pas nier que sa sollicitude lui faisait du bien. Mais pour ne rien dévoiler de ses sentiments, elle se força à rire.

— Mon Dieu, Raid, tu te crois vraiment si fort que ça ? Arrête.

Cela prit quelques secondes, mais son froncement de sourcils se transforma rapidement en un regard calculé. Khloe n'eut pas le temps de se préparer avant qu'il ne fonce sur elle, ses doigts la chatouillant sur les côtés.

— Ah, t'es un vrai clown ce soir, hein ? dit-il en continuant ses chatouilles de façon impitoyable.

— Oh, mon Dieu ! Raid, arrête ! couina Khloe en faisant de son mieux pour se libérer de son emprise, mais sans succès. Ça me chatouille trop !

Elle ne put s'empêcher d'éclater de rire tandis qu'il continuait de la taquiner. Lorsqu'il cessa enfin d'agiter ses doigts, il ne le relâcha pas pour autant. Khloe leva les yeux et réalisa qu'il l'avait fait reculer jusque dans un coin de la cuisine. Raid la surplombait, la regardant avec une forme d'émerveillement. Et de tendresse.

Son cœur battait fort dans sa poitrine et ses propres doigts s'agrippaient aux manches courtes de la chemise qu'il portait. Elle devait se pencher pour le regarder. Khloe n'était jamais sortie avec quelqu'un d'aussi imposant que Raid. Lorsqu'elle l'avait rencontré pour la première fois, elle l'avait trouvé terriblement grand, mais désormais, en étant prisonnière de son étreinte, ses larges paumes sur ses flancs, sa tête atteignant à peine son torse, elle se sentait... féminine. Plus féminine qu'elle ne l'avait été depuis bien longtemps.

— Raid ? chuchota-t-elle en voyant qu'il ne bougeait pas.

Elle crut qu'il allait se pencher pour l'embrasser, puis il sembla reprendre le contrôle de lui-même et baissa lentement les mains avant de reculer.

— Pardon, marmonna-t-il.

Khloe ouvrit la bouche pour lui demander pourquoi il était désolé, pour lui dire que même si elle n'aimait pas beaucoup les chatouilles, elle adorait sentir ses mains sur elle, quand tout à coup, on sonna.

Elle lut le soulagement dans les yeux de Raiden qui se retourna et sortit de la cuisine.

Khloe comprit alors. Raid était intelligent, sarcastique, protecteur, loyal... et timide.

Ce qu'elle savait, évidemment. Du moins, elle savait qu'il était très introverti. Mais il s'était montré si ouvert la semaine dernière qu'elle l'avait oublié.

Depuis qu'elle le connaissait, elle ne l'avait jamais vu exprimer le moindre intérêt pour une femme. Il ne touchait jamais les compagnes de ses amis sans leur permission. Et un peu plus tôt, pendant qu'ils faisaient du shopping, il ne croisait pas beaucoup le regard des gens.

Pourtant, avec elle, il ne semblait pas se retenir lorsqu'il avait quelque chose à dire. Il lui donnait des ordres au travail, n'hésitait pas à lui dire quand il pensait qu'elle faisait une bêtise, et était carrément bavard depuis qu'elle était chez lui.

Mais il ne la touchait que rarement. Enfin... rarement avant cette dernière semaine. Il l'avait prise dans ses bras sans hésiter après l'opération de Duke. Il l'avait laissée s'asseoir assez près pour la toucher sur le canapé, tout en lui racontant son histoire. Il avait tendu le bras par-dessus la table pour lui toucher la main une fois ou deux. Mais lorsque le moment était devenu trop intime, il avait reculé, l'air incertain.

Khloe savait que s'il s'était penché pour l'embrasser, elle lui aurait rendu son baiser sans hésiter. Plus elle passait de temps avec cet homme, plus elle était attirée par lui. Cette attirance couvait, sous la surface, depuis des mois... cachée derrière des plaisanteries, des querelles et ses tentatives pour garder ses distances avec tout le monde.

Mais elle réalisait peu à peu que si elle voulait qu'il se passe quelque chose entre elle et Raid, il faudrait que ce soit elle qui fasse le premier pas. Le fait qu'un homme aussi grand et beau que Raiden puisse être timide ne lui était jamais venu à l'esprit. Mais les femmes n'étaient pas les seules à avoir des problèmes de confiance en elle. À penser qu'elles n'étaient pas assez bien ou assez belles pour attirer un partenaire.

Sa détermination se renforça. Elle ne savait pas ce que lui réservait l'avenir, mais elle était plus déterminée que jamais à ce que Raid sache à quel point il était un homme incroyable. À quel point elle était heureuse de pouvoir compter sur son soutien depuis une semaine.

En entendant des voix au loin, Khloe prit une grande inspiration. La situation avec Raid devrait attendre. Elle devrait d'abord aller au bout de cette soirée avec ses amies.

Elle venait tout juste d'entrer dans le salon lorsque Lilly et Elsie apparurent.

Elles lui firent toutes les deux un long câlin avant de la relâcher et de se tourner vers Raid.

— Allez, dehors. C'est officiellement réservé aux femmes maintenant, lui dit Lilly.

Raid sourit.

— OK. Mais si quand je reviens mes murs sont peints en rose et recouverts de fleurs, je ne vais pas être content.

Khloe gloussa avec les deux autres femmes.

— Ça n'arrivera pas. Mais je ne peux pas te garantir que nos discussions sur les bébés, les hommes et tous ces trucs de filles n'infiltrent pas les murs et n'apportent pas un peu d'œstrogène à cet endroit qui en a bien besoin, rétorqua Lilly.

— Si vous avez besoin de quoi que ce soit les filles, n'hésitez pas à m'appeler, leur dit Raid.

Elsie leva les yeux au ciel.

— Comme si Zeke ne m'avait pas déjà dit ça un million de fois, dit-elle.

— N'est-ce pas ? dit Lilly avec un sourire.

— OK, bon, sur ce, je m'en vais, dit Raid.

Mais au lieu de se diriger vers la porte d'entrée, il entra dans le salon et s'accroupit à côté du panier de Duke.

Le limier ne s'était pas donné la peine de se lever lorsqu'Elsie et Lilly étaient entrées. Khloe savait que le chien aimait les deux filles, mais visiblement, son coussin confortable était actuellement plus important que de venir dire bonjour aux nouvelles venues.

Raid dit quelque chose à Duke, lui gratta l'oreille un instant puis se leva.

Une fois de plus, Khloe fut frappé par sa taille. Elle serait probablement toujours admirative devant sa carrure. Il les surplombait toutes les trois de sa hauteur et quand Bristol était là c'était encore plus comique. Mais plus elle passait du temps avec lui, plus elle était à l'aise avec sa taille... et plus elle était agacée lorsque les gens faisaient des commentaires à ce sujet.

— J'y vais, leur dit-il à nouveau. Khloe je peux te parler en privé deux secondes ?

Les deux filles comprirent l'allusion et se dirigèrent vers la cuisine. Khloe les entendit s'extasier devant toute la nourriture et les boissons qui étaient disposées sur le comptoir.

— Qu'est-ce qu'il y a ? demanda Khloe.

— Rien. Je voulais juste te dire que j'étais sérieux tout à l'heure quand je t'ai proposé de t'appeler si jamais tu as besoin de t'isoler. Les filles sont super, et je ferais n'importe quoi pour elles, mais elles peuvent aussi être étouffantes. Tu vas devoir partager une histoire assez personnelle et pleine d'émotions. Je sais ce que c'est que d'avoir besoin d'espace. Si tu veux que je te trouve une raison de partir d'ici... dis-le-moi.

Mon Dieu, cet homme. Il était incroyable.

— Merci. Mais je ne sais pas comment tu pourras faire ça puisqu'elles seront toutes chez *toi*.

— Je trouverai quelque chose, dit Raid en haussant les épaules.

— Je te tiendrai au courant, lui dit Khloe.

— D'accord, soupira-t-il. Je devrais y aller. Je suis sûr qu'Ethan s'impatiente là-bas. Il a probablement prévu quelque chose de très viril. Tu sais, comme une course d'obstacles dans la cour ou un faux repaire de méchants qu'il faut neutraliser. SEAL un jour, SEAL toujours.

Khloe gloussa devant sa bêtise.

— Amuse-toi bien, lui dit-elle.

— Ce n'est pas vraiment comme ça que je m'amuse, dit Raid en haussant les épaules.

Il ne semblait vraiment pas très enthousiaste à l'idée de sortir avec ses amis, et soudain elle se sentit mal à l'aise de l'avoir expulsé de sa propre maison. Ce n'était pas qu'il n'aimait pas les gars, bien au contraire. Il était juste différent. Mais il y allait quand même… pour lui offrir le temps et l'espace nécessaire pour faire ce qu'elle avait à faire.

— Tu vas parler aux gars ce soir, n'est-ce pas ? De ma situation ?

— Oui.

— Tu penses qu'ils vont m'en vouloir de potentiellement mettre leurs femmes en danger ? Ou leurs petites amies, en ce qui concerne Drew ?

— T'en vouloir ? Non ? Mais ils vont être inquiets, oui. Est-ce qu'ils vont être furieux que quelqu'un ose te faire du mal, débarque dans notre ville et essaie de te faire une mauvaise réputation ? Oh que oui. Tu n'as pas à t'inquiéter, Khloe. Je te le promets.

— OK, chuchota-t-elle, bouleversée.

Ils se regardèrent un instant et alors que Khloe était sur le point d'avancer pour lui faire un câlin – un câlin dont elle avait terriblement besoin – on toqua de nouveau à la porte.

— Ça doit être le reste des filles, dit Raid à contrecœur. N'hésite pas à m'envoyer un texto, ordonna-t-il avant de se tourner vers la porte.

Bristol, Caryn, Finley et Heather étaient là, comme il l'avait deviné. Elles entrèrent toutes dans un tourbillon, les saluant au passage.

— Ça va aller Khloe. Tu gères, dit Raid avant de lever le menton dans sa direction et de partir.

Ethan l'emmenait chez Rocky, car il avait déposé Lilly et reviendrait la chercher plus tard. En fait, la plupart des hommes avaient déposé leurs femmes, et Khloe regarda la caravane de véhicules s'éloigner de la maison et se diriger vers l'allée. Le seul qu'elle ne voyait pas était Rocky, Bristol s'était donc fait accompagner par l'un des autres.

Elle ferma lentement la porte et prit une grande inspiration avant de retourner vers la cuisine. Comme Raid, elle n'avait pas vraiment hâte de vivre cette soirée, mais cela lui ferait du bien de pouvoir enfin se confier aux personnes qu'elle admirait le plus.

CHAPITRE NEUF

Trois heures plus tard, Khloe et les autres filles étaient toutes assises dans le salon de Raid. Lilly, Elsie et Heather étaient étendues sur le canapé. Finley était dans le fauteuil inclinable, Khloe était assise par terre à côté de Duke, et Bristol et Caryn étaient par terre devant le canapé, assises sur des coussins qu'elles avaient piqués dans l'une des chambres d'amis.

Étonnamment, personne ne buvait l'alcool que Raid avait acheté. Elsie et Finley étaient enceintes, Heather n'était pas une grande buveuse car elle n'aimait pas le goût, Khloe était trop nerveuse et savait que ce n'était pas une bonne idée de se mettre une cuite avant de raconter son histoire et Caryn devait se lever tôt le lendemain pour travailler avec les lycéens du programme de pompiers qu'elle avait lancé. Lilly avait affirmé qu'elle n'était pas d'humeur et Bristol avait expliqué qu'elle espérait finir un projet de vitrail le lendemain et ne voulait pas avoir la gueule de bois en travaillant.

Mais elles avaient mangé une tonne de snacks – Raid n'en avait finalement pas acheté tant que ça – s'étaient extasiées devant Duke, avaient exploré l'immense jardin, avaient visité la maison de Raid car elles étaient toutes *extrêmement* curieuses puisqu'elles n'étaient encore jamais venues, avaient à *nouveau* mangé des snacks, avaient regardé un épisode d'une émission de concours de pâtisseries et elles avaient toutes, chacune leur tour, donné un peu de leurs nouvelles.

Et maintenant, c'était au tour de Khloe.

Les six autres femmes la regardaient avec impatience. Khloe baissa les yeux vers Duke, qui ronflait dans son panier à côté d'elle. Elle avait accepté de le faire et maintenant que c'était l'heure, elle ne savait plus par où commencer.

— Du coup... tu es vétérinaire. Depuis combien de temps ? demanda Lilly, brisant la glace avec une question facile.

Khloe prit une grande inspiration et trouva le courage de faire face à ses amies.

— Eh bien j'ai quarante-trois ans et j'ai obtenu mon diplôme quand j'avais environ vingt-six ans. Donc, ça fait environ quinze ans. Sans compter la dernière année et demie passée ici, bien sûr.

— Ah oui quand tu es arrivée à Fallport et que tu es devenue l'assistante-bibliothécaire de Raid, dit Bristol.

Khloe acquiesça.

— Pourquoi ? demanda Caryn.

Et voilà. C'était l'ouverture dont elle avait besoin pour raconter son histoire. Mais bizarrement, les mots restèrent coincés en travers de sa gorge.

Alors que le silence s'étirait, Finley commença à s'agiter et à se débattre pour sortir du fauteuil. Avec son ventre de femme enceinte et le fait que le fauteuil soit penché en arrière, elle était en difficulté.

— Oh, mon Dieu, je suis coincée dans le fauteuil ! Aidez-moi.

Tout le monde éclata de rire et Caryn avança jusqu'à elle sur les genoux.

— Pourquoi tu te lèves de toute façon ? Ça commence à être

intéressant là ! s'exclama-t-elle en essayant de trouver le levier qui permettait d'abaisser le repose-jambes.

— J'ai envie de faire un câlin à Khloe. Elle est tout là-bas et elle a l'air complètement terrorisée par cette conversation.

Six paires d'yeux se tournèrent vers Khloe.

D'un côté, cela la mit mal à l'aise. Elle n'avait jamais aimé être le centre d'attention. Elle préférait largement être derrière des portes closes avec des animaux qui ne pouvaient pas la juger. Mais là, il s'agissait de ses amies. Des femmes qui avaient fait beaucoup, beaucoup d'efforts pour l'intégrer dans leurs vies. Et le fait que Finley ait envie de la soutenir physiquement fit disparaître sa réticence.

— Non, reste là, Fin. Ça va, lui dit Khloe. Honnêtement, si tu te lèves je vais te remettre sur le fauteuil, dit-elle lorsque son amie s'agitait toujours pour se lever.

Finley souffla avec frustration.

— OK. Mais seulement parce que je pense que ce fauteuil essaie de m'avaler tout entière. Je ne comprends pas comment Raid peut s'asseoir là-dessus.

— Parce qu'il fait trente centimètres de plus que toi et que ce fauteuil est manifestement fait pour quelqu'un de sa taille, dit simplement Elsie.

— C'est vrai, répondit Finley.

— Je suis venue à Fallport parce que c'était le plus loin possible de Norfolk tout en restant en Virginie, lâcha Khloe. Mon nom de famille ce n'est pas Moore, mais Watts. J'ai quitté mon cabinet vétérinaire et tout ce que je connaissais parce que l'un de mes clients a essayé de me tuer quand je n'ai pas pu sauver la chienne qu'il a amenée, après l'avoir maltraitée pendant des années.

Son aveu fut suivi d'un silence... avant que tout le monde ne se mette à parler en même temps.

— Oh, mon Dieu, est-ce que ça va ?

— Mais quel connard !

— J'espère qu'il est en prison !

— Il t'a amené une chienne qu'*il* maltraitait et s'attendait à ce que tu la sauves ?

— On s'en fiche que ce ne soit pas ton vrai nom de famille. Est-ce que ça va ?

— C'est pour ça que tu boites n'est-ce pas ?

Khloe leva la main en l'air pour freiner l'assaut. Elle fit de son mieux pour répondre aux questions de ses amies.

— Je vais bien… désormais. Et oui il est en prison, et oui je pense qu'il espérait que je ne me rende pas compte que c'était lui qui avait donné à sa chienne un coup de pied assez fort pour lui briser les côtes et lui rompre la rate. Et *oui*… je boite parce qu'il a essayé de me renverser avec son pick-up.

Les six filles écarquillèrent toutes les yeux face à ses réponses.

— Bon, OK, il faut que tu reprennes depuis le début, insista Caryn.

Prenant une grande inspiration. Khloe s'exécuta. Plus elle parlait, plus c'était facile. Le fait que ses amies ne la regardent pas avec mépris, colère ou déception aidait beaucoup.

— Le procès a pris plus de temps que ce qu'on pensait, c'est pour ça que j'ai été absente si longtemps pendant que tu t'occupais des chatons, Finley. Je suis vraiment désolée qu'à cause de moi tu te sois retrouvée au milieu des histoires de drogue de cette connasse.

Finley haussa les épaules.

— Ce n'est pas de ta faute. J'aurais juste aimé que tu nous parles. Tu sais qu'on aurait été là pour toi. À tes côtés, pour te soutenir.

— Oui, je n'arrive pas à croire que tu sois allée témoigner sans personne avec toi, dit Elsie.

Ses amies continuèrent de la soutenir. De lui dire à quel point elle était forte. À quel point elles étaient impressionnées par la façon dont elle gérait la situation.

— Je pense que c'est un miracle que tu te sois trouvée au bon endroit au bon moment quand Duke avait besoin de toi, dit Heather à voix basse. Avant, je me demandais souvent : pourquoi moi ? Pourquoi c'est *moi* qui ai été kidnappée ? Pourquoi j'ai dû subir tout ce que j'ai subi ? Mais si ça n'avait pas été le cas, si j'avais grandi comme une enfant normale avec une vie normale, je n'aurais jamais pu sauver Marissa. Je n'aurais pas rencontré Tal. Je n'aurais pas eu la vie que j'ai maintenant. Je suis désolée que tu aies dû traverser tout ça, mais désormais, tu es là. Nous t'avons rencontrée grâce à ça. Et tu as sauvé Duke. Et qui sait combien d'autres vies tu as sauvées en empêchant la mort de Duke ? Bientôt il sera guéri et pourra effectuer d'autres recherches car tu étais là au bon moment lorsqu'il est tombé malade.

Un silence s'installa après les propos d'Heather.

— Elle a raison, dit Finley en hochant la tête.

— C'est vrai, acquiesça Lilly. Mais pourquoi maintenant ?

— Pourquoi maintenant quoi ? demanda Khloe.

— Pourquoi tu décides de nous le dire maintenant ? Je veux dire, je suis super contente et reconnaissante que tu te confies enfin à nous. On voyait bien que tu cachais quelque chose d'assez lourd, mais qu'est-ce qui a changé ?

Et voilà. C'était le moment. Celui où Khloe risquait de perdre ces filles incroyables pour toujours. Si elles décidaient de couper les ponts avec elle, elle ne leur en voudrait pas. Elles avaient toutes vécu un enfer et il n'était pas juste que le passé de Khloe les menace une fois de plus. Mais elles avaient le droit de savoir. Elle était obligée de leur dire.

— Le gars qui a essayé de me tuer s'appelle Alan Mather. Il est en prison et j'espère pour un moment. Mais il n'est pas très content, c'est le moins qu'on puisse dire. Il a juré de faire de ma vie un enfer. Et on dirait bien qu'il tient parole. Ses frères sont là. Enfin, je suppose qu'ils le sont tous les deux, mais je n'en ai vu qu'un. Jason est venu à la bibliothèque l'autre jour et a pris un malin plaisir à m'annoncer qu'il était là pour continuer le harcèlement que son frère avait commencé à Norfolk. S'il vous voit avec moi, il fera tout son possible pour vous pourrir aussi la vie. Il répandra des rumeurs sur vous, sur vos commerces et entreprises. Alan et ses frères sont les rois de la campagne de dénigrement. Ils ont presque détruit mon entreprise à Norfolk. Ils raconteront des mensonges, se pointeront là où vous vous y attendez le moins, diront des choses horribles et vous ne pourrez rien y faire. Croyez-moi, j'ai fait ce que j'ai pu pour qu'ils arrêtent... mais ça n'a servi à rien. Ils n'ont jamais rien fait d'illégal, donc la police n'a rien pu faire.

— Rien d'illégal ? fulmina Caryn. Je crois qu'intimider un témoin c'est illégal !

— Mais oui ! ajouta Bristol qui paraissait tout aussi furieuse. C'est des conneries !

— J'aimerais bien les voir essayer de répandre des rumeurs sur ma boulangerie, ajouta Finley. Personne ne va en croire un mot.

— Exactement, dit Lilly en acquiesçant. Comme si les habitants de Fallport allaient croire un étranger qui dit du mal de nous.

— Et n'oublions pas ce que nos mecs feront s'ils entendent le moindre mensonge sur nous ou nos entreprises, ajouta Finley.

— Croyez-moi que ce Jason ne va pas comprendre ce qui lui arrive la première fois qu'il osera dire un truc sur moi, dit Caryn en riant.

— Non, les filles, dit Khloe d'un ton désespéré. Vous ne comprenez pas. Vous risquez d'être en danger. Alan a essayé de me tuer pour un chien ! Il me hait plus que tout au monde. Et je suis certaine qu'il a transmis cette colère à ses frères. S'ils sont là, il va se passer de mauvaises choses. Vous devrez sans cesse rester vigilantes. C'est pour ça que je ne voulais pas qu'on sache qui j'étais. C'est pour ça que j'ai utilisé un faux nom de famille pour qu'ils ne puissent pas me retrouver. Mais à cause de cette vidéo de Ziegler, ils l'ont fait et je n'ai surtout pas envie que l'on vous fasse du mal à cause de moi !

Khloe haletait presque une fois qu'elle eut terminé de parler. Duke gémit et se rapprocha d'elle, posant sa tête lourde sur sa jambe.

Une par une, les six femmes se levèrent et s'approchèrent de Khloe qui était assise contre le mur. Elles l'encerclèrent, se mettant soit debout soit à genoux. Caryn posa une main sur son épaule, Lilly sur son genou, Bristol sur l'autre.

Ce fut Heather qui prit la parole en premier.

— Toute ma vie, j'ai rêvé d'avoir des amies. Je voulais pouvoir me confier à quelqu'un. Avoir une personne à qui je pouvais faire confiance. Au début, c'était Tal. Je n'étais pas sûre de pouvoir faire confiance à quelqu'un d'autre. Mais au bout d'un moment, j'ai compris que vous n'aviez rien à voir avec les femmes que j'ai connues au sein de la Communauté. Vous n'aviez aucune autre arrière-pensée. Vous vouliez ce qu'il y avait de mieux pour moi, sans aucune condition. Je n'avais jamais connu ça auparavant et c'était effrayant au début, mais maintenant je ne pourrais jamais vivre ailleurs. Je ne peux pas mentir et dire que j'apprécierais que ce Jason ou son frère disent du mal de moi... mais je fais confiance à Tal, à vous toutes et à vos hommes, pour me protéger. Je pense que tu devrais faire confiance à tout le monde aussi, Khloe.

D'une certaine manière, Heather était comme une enfant. Elle avait raté tellement d'étapes en étant enfermée pendant des années dans cette sorte de secte et il y avait tellement de choses aujourd'hui qui étaient nouvelles pour elle. Mais parfois, elle était également d'une sagesse infinie. Elle avait une vision unique du monde.

— Ces connards ne réussiront pas leur plan, dit fermement Lilly. Ce n'est pas Norfolk ici. Les habitants de Fallport t'aiment, Khloe.

— Oui et puis ils t'aimaient déjà avant que tu ne sauves Duke, non ? Tu es une Fallportienne jusqu'au bout des ongles, dit Elsie.

— Une Fallportienne ? demanda Caryn en riant. On dirait un nom d'extraterrestres.

Elsie haussa les épaules.

— N'importe quoi. Ce que je veux dire c'est que dès l'instant où ils commenceront à raconter des conneries, ils réaliseront que leurs mots n'ont aucun pouvoir ici.

— Ça tu n'en sais rien, dit doucement Khloe. Je ferais probablement mieux de partir à nouveau.

— Non ! crièrent-elles toutes à l'unisson, ce qui fit lever la tête de Duke qui poussa un léger grognement.

— Tu vois ? Même Duke n'est pas d'accord, dit Finley. Écoute, on comprend. Le fait de savoir que quelqu'un nous veut du mal, ce n'est pas très drôle. On a toutes vécu ça. Mais avec nous à tes côtés, ils ne vont pas y arriver.

Tout à coup, Khloe sentit les larmes lui monter aux yeux. Elle ne s'était pas attendue à ça. Elle avait menti à ces femmes, les avait tenues à distance pendant des mois et pourtant elles lui offraient leur soutien inconditionnel. C'était bouleversant.

— OK, les filles, faites-lui de la place, ordonna Lilly.

Tout le monde recula et retourna s'asseoir sauf Lilly. Elle s'assit par terre, le dos contre le mur et son épaule contre celle de Khloe.

— Bon... il nous faut un plan dit-elle.

— Un plan ? demanda Khloe, essuyant sa joue avec son épaule, faisant de son mieux pour contrôler ses émotions.

— Oui. À quoi ressemble ce Jason ?

Khloe déglutit.

— Il a environ trente ans et son frère a la vingtaine. Ils ont les cheveux bruns et les yeux marron. Jason a les cheveux courts et ceux de son frère sont plus longs et un peu hirsutes. Je ne les ai jamais vus autrement qu'en jean et en chemise à flanelle à manches longues. Même au tribunal, quand ils ont assisté au tribunal tous les jours pour me lancer des regards noirs. Jason est grand, il fait plus d'un mètre quatre-vingts tandis que son frère fait quelques centimètres de moins. Ils ont une tête... banale. Ils ne se démarquent pas vraiment dans la foule. Et je pense que c'est pour ça qu'ils étaient si doués pour répandre des rumeurs à Norfolk.

— Je ne les trouve pas sur les réseaux sociaux, dit Lilly, son téléphone en main.

— Ah bon ? Pourtant ils ont vu la vidéo de Ziegler. Et tout le monde a toujours un compte, insista Finley.

— Ils roulent en quoi ? demanda Caryn.

Khloe secoua la tête.

— Je ne sais pas.

— C'est pas grave, c'est facile à découvrir ça, la rassura Lilly.

— Les filles, il ne faut pas les sous-estimer. Je vous rappelle que leur frère a essayé de me *tuer*.

— Quel connard, marmonna Finley.

— Il faut juste qu'on fasse savoir à tout le monde qu'ils sont là et qu'ils n'ont pas de bonnes intentions avant qu'ils ne commencent leurs conneries, dit Elsie. Et je peux commencer à le faire au On the Rocks.

— Et moi je parlerai à mon grand-père, dit Caryn. Il le dira à Silas et Otto et ça fera le tour de Fallport en quelques heures.

— Non ! dit Khloe, sentant la panique l'envahir à l'idée que tout le monde parle d'elle.

Lilly posa une main sur son genou.

— Tout va bien, Khloe.

— *Non.* J'ai menti ! À tout le monde ! Déjà qu'ils savent qu'avant j'étais vétérinaire, si maintenant ils apprennent toute l'histoire...

Sa voix se brisa et elle eut du mal à trouver les mots pour expliquer pourquoi elle flippait autant.

— Respire Khloe, lui dit doucement Lilly. Tu as le droit de changer de carrière. Et tu n'as menti à personne. C'est juste que tu ne leur as pas dit ce que tu faisais avant. Ce qui n'est pas grave puisque ça ne regarde personne d'autre que toi. Tu crois que tout le monde ici n'a jamais travaillé dans un autre secteur ? *Tout va bien.*

Khloe prit une grande inspiration et déglutit avec difficulté. Ses amies avaient raison, mais elle avait quand même l'impression d'avoir trahi toute la ville.

— Tu as parlé à Simon ? demanda Heather.

Khloe secoua la tête.

— Et nos mecs ? demanda Bristol.

— Raid va leur parler ce soir.

Toutes les filles acquiescèrent comme si c'était logique.

— Écoute, je sais que tu ne veux pas que tout le monde soit au courant de ton histoire, mais ici c'est Fallport. Ce n'est qu'une question de temps de toute façon. Tu crois que les gens n'ont pas déjà fait des recherches sur Internet pour en savoir plus sur toi ? Tu ne penses pas qu'ils ont déjà commencé à tirer leurs propres conclusions sur la raison de ta présence ici ? L'information, c'est le pouvoir. Et nous devons nous assurer qu'ils sachent tous à quel point tu es géniale et forte. Comment tu as survécu à quelqu'un qui a essayé de te *renverser, putain.* Que tu étais seule et que tu as quand même tenu bon durant ta guérison. Que tu as refait ta vie à Fallport et que tu adores cette ville, dit Lilly.

— Et je suis sûre que ça ne fera pas de mal si l'on insinue qu'elle envisage de rester et de peut-être ouvrir sa propre clinique... mais que si ces frères lui pourrissent la vie, elle risque de changer d'avis, dit Caryn avec un sourire.

— Attendez, je ne...

— Oh oui, j'ai entendu des tonnes de gens se plaindre du docteur Ziegler, acquiesça Finley.

— Cette vidéo ne lui a pas rendu service. Si les habitants

pensent que les chances d'avoir une nouvelle vétérinaire tombent à l'eau si ces salauds parviennent à répandre leurs rumeurs malveillantes, ils vont clairement intervenir.

— Sérieux, les filles, je n'ai encore rien décidé et...

— Pas de réseaux sociaux, insista Lilly. Il faut que ça passe par le bouche-à-oreille.

— Je suis d'accord, dit Elsie. Comme ça, personne ne saura d'où a commencé la discussion et aucune piste ne pourra remonter jusqu'à nous ou Khloe.

— Les frères vont sans doute penser que Khloe a dit quelque chose, les avertit Finley.

— Et alors ? Ils ne peuvent rien prouver, insista Lilly.

— Il faut aussi que tu parles à Simon, dit Caryn. Et peut-être même que tu demandes à Nissi d'entrer en contact avec le procureur de Norfolk. Ils peuvent te soutenir, juste au cas où ces frères dépassent les bornes.

Khloe n'arrivait pas à parler. Elle était trop bouleversée.

— Simon est gentil, lui dit Heather, prenant son silence pour de la crainte. J'avais peur de lui aussi, mais il a écouté tout ce que j'avais à dire et ne m'a pas jugée. En tout cas, je n'en ai pas eu l'impression.

— Il ne t'a pas jugée, la rassura Elsie. C'est un très bon chef de police. Il se soucie vraiment des gens de cette ville.

— Et il ne sera pas content si quelqu'un commence à répandre des rumeurs malveillantes sur l'un de ses conci-toyens, dit Caryn.

Khloe laissa échapper un long soupir et dit simplement :

— OK.

Les filles la regardèrent un moment en silence.

— OK ? demanda Lilly pour confirmer.

Khloe hocha la tête.

Tout le monde poussa un cri de joie... sauf Heather qui ne faisait que sourire.

— OK, l'opération *Botter les Fesses de Ces Connards* commence demain, dit Caryn.

— Ça va être drôle, dit Elsie en souriant.

Khloe ne put que secouer la tête en signe d'exaspération. Comment avait-elle pu penser que ces femmes allaient toutes lui tourner le dos alors qu'elles brandissaient actuellement leurs fourches en faisant un pied de nez au danger potentiel que représentaient les frères Mather.

— Il faut que vous fassiez attention, les prévint-elle. Si jamais Jason ou son frère... mince, j'ai *encore* oublié son prénom... s'ils apprennent ce qu'il se passe, ils seront encore plus énervés qu'ils ne le sont probablement déjà.

— On peut se charger d'eux. Enfin, nos mecs surtout, dit Bristol en haussant les épaules.

— Ce sera probablement encore plus amusant pour *eux*, acquiesça Elsie.

— Et n'envisage même pas de te cacher et de ne plus passer de temps avec nous en public, lui ordonna Finley.

— Oui, tu ne pourras plus nous échapper, ajouta Caryn avec un sourire.

— Comme si vous alliez me laisser rester seule maintenant, grommela Khloe.

— Exactement. Tu es coincée avec nous, dit Elsie.

— Bon... on peut changer de sujet maintenant ? demanda Lilly. Parce que j'ai envie de parler de Raiden et de Khloe.

Tout le monde acquiesça avec enthousiasme.

Khloe regarda sa montre.

— Oh, regardez l'heure. Il se fait tard.

— Pff, il n'est jamais trop tard pour parler des gens qu'on aime le plus. Qu'est-ce qu'il se passe entre vous ? Aux dernières nouvelles, vous vous comportiez comme si vous vous détestiez, dit Lilly avec un sourire amical. Vous étiez toujours en train de vous chamailler, et une fois on a même cru que l'un de vous deux allait exploser. Mais ce soir il paraissait inquiet et j'ai cru un moment qu'il n'allait pas partir. Qu'est-ce qu'il se passe, ma sœur ?

Khloe était rouge tomate, et elle haussa les épaules.

— Allez, il nous faut plus que ça, la supplia Bristol en s'asseyant sur son coussin devant le canapé.

Mais Khloe n'était pas prête à parler de ce qu'il se passait entre elle et Raiden. En partie parce qu'elle n'en était pas sûre elle-même, et que tout était bien trop nouveau pour être évoqué. Mais aussi parce que Raiden était très introverti. Elle savait sans avoir à y réfléchir qu'il ne serait pas à l'aise avec les commérages. Et même si les filles ne feraient ou ne diraient jamais rien de malveillant pour le blesser, ce serait tout de même gênant qu'il soit conscient de les intriguer.

— Il est très reconnaissant que j'ai été là pour Duke, dit Khloe d'un ton diplomatique.

Elles levèrent toutes les yeux au ciel.

— Et ? insista Finley.

— Et il a été un très bon ami cette semaine, ajouta Khloe, espérant que ce serait la fin de la discussion.

Mais elle sous-estimait la curiosité de ses amies. Ainsi que leur envie de voir ceux qu'elles aimaient aussi heureux qu'elles.

— Raid est un homme bien, dit Bristol.

— Très bien, acquiesça Caryn.

— Il est toujours prêt à participer à une recherche, quelle que soit l'heure ou le temps qu'il fait, ajouta Elsie.

— Et il achète bien plus de pâtisseries que nécessaire à la boulangerie, juste pour me soutenir, dit Finley.

— Il est très grand, dit Heather avec un petit sourire.

Khloe ne put s'empêcher de rire.

— C'est vrai, dit-elle.

— Il est adorable, vraiment, dit Lilly à voix basse. C'est ce que j'ai toujours pensé. Il est calme, et avec ses cheveux roux et sa barbe, il me fait penser à un bûcheron.

— Et tu sais ce qu'on dit… grands pieds, grosse… tu sais, dit Caryn avec un rictus.

C'en fut assez pour Khloe. C'était une chose d'énumérer ses qualités, mais elle n'avait pas envie qu'elles pensent à l'entre-jambe de Raid ou qu'elles parlent de sa beauté. Elle était consciente que la jalousie pointait le bout de son nez, mais elle ne pouvait pas s'en empêcher.

Heureusement, Duke choisit ce moment pour se lever en gémissant avant de marcher jusqu'à la porte arrière.

— Il faut que j'aille le sortir, murmura Khloe en se levant.

Les autres filles se mirent à parler entre elles tandis que Khloe ouvrait la porte. Toutes sauf Lilly, qui la suivit. Elle resta sur la terrasse avec Khloe tandis qu'elles observaient Duke qui tentait de trouver l'endroit idéal pour faire ses besoins.

— Ça va ? lui demanda doucement Lilly.

Étonnamment, Khloe réalisa que oui. Cette soirée aurait pu se dérouler différemment. Et même si elle n'était pas ravie que la ville sache tout sur elle, elle préférait ça que de devoir partir et se cacher à nouveau.

Elle aimait Fallport. Elle aimait ses amis. Elle aimait Raid. Elle ne voulait pas partir.

— Oui, je crois que oui.

— Tant mieux. Parce que si tu nous disais que tu ne voulais vraiment pas qu'on parle de ce qu'il t'est arrivé à qui que ce soit, on ne le ferait pas. On trouverait un autre moyen de neutraliser ces abrutis.

— Merci.

— C'est normal. C'est ce que font les amis.

— Et toi, comment tu vas ? demanda Khloe en se tournant vers Lilly.

Elle avait très envie de parler d'autre chose que d'elle-même pour le moment.

— Je vais bien.

— Non, Lilly, honnêtement, comment tu vas ?

Elle soupira.

— Je m'accroche. Il y a des jours où j'ai du mal à sortir du lit et où je n'ai qu'une envie, c'est de dormir toute la journée.

— Je pense que c'est normal après une fausse couche, dit Khloe.

— Je sais que c'est normal. Mais ça n'en reste pas moins nul.

— Je comprends.

Lilly se redressa.

— Mais Ethan et moi on n'abandonne pas. On va essayer d'avoir un autre bébé.

— Bien sûr, lui dit Khloe. Et quand tu seras enceinte, Ethan sera surprotecteur et tu lui en voudras de ne pas te laisser mettre un pied dehors sans qu'il ne rôde pas loin. Tu en auras assez qu'il te prépare des plats sains et qu'il te traite comme si tu étais en sucre. Tu viendras t'en plaindre auprès de nous et on te rappellera à quel point il t'aime et se fait du souci pour toi. Ensuite vous aurez votre bébé et il te mettra à nouveau enceinte. Et puis ça recommencera jusqu'à ce que vous ayez quatorze enfants et que tu ne puisses plus te souvenir de l'époque où vous n'étiez que tous les deux. Vous nous sollici- terez tous pour faire du baby-sitting et on se plaindra des enfants, des préados et des ados, puis vous vivrez heureux pour toujours.

Lilly la regarda d'un air perplexe avant d'éclater de rire.

— Oh, mon Dieu, quatorze enfants ? Hors de question !

Khloe lui sourit et posa une main sur son épaule.

— Mais tu n'oublieras jamais le bébé que tu as perdu. Il ou elle était spécial et mérite d'être célébré année après année.

— Oui. Merci, dit Lilly avant de se tourner pour serrer Khloe très fort. Je suis contente que tu sois ici, Khloe Watts.

Le fait d'entendre son vrai nom de famille et de le lire sur les lèvres de son amie lui réchauffa le cœur.

— Merci. Moi aussi je suis contente d'être là.

Duke revint sur la terrasse, ayant visiblement fini sa petite affaire et ils rentrèrent tous à l'intérieur.

Les autres filles s'étaient à nouveau attaquées aux snacks et quelqu'un avait rallumé la télévision pour lancer un autre épisode de l'émission du concours de pâtisserie. Khloe se rassit par terre, cette fois-ci sur un coussin devant le canapé, à côté des autres.

Le bonheur et la satisfaction l'envahirent, et elle réalisa que c'était la première fois depuis longtemps qu'elle ne s'inquiétait pas du futur. Elle ne s'inquiétait pas d'un procès, de sa jambe ou de ce que les autres pensaient d'elle. Elle se sentait comme dans un cocon, en sécurité et protégée dans la maison de Raid. Elle n'avait aucune idée de ce que l'avenir lui réservait, mais elle espérait avoir à nouveau son propre cabinet... et peut-être que Raid y aurait aussi sa place quelque part.

CHAPITRE DIX

Une semaine s'était écoulée depuis que Khloe avait organisé cette soirée entre filles et que Raiden avait expliqué sa situation à ses amis. Ils n'étaient pas contents – c'était même un euphémisme. Et ils avaient juré de faire tout leur possible pour garder Khloe en sécurité. Ça n'aurait pas dû surprendre Raid que ses amis lui aient immédiatement posé un milliard de questions sur la sécurité de Khloe au lieu de se focaliser sur la menace éventuelle qui pesait sur leurs femmes. Ils avaient évidemment fini par en parler, mais d'abord, ils avaient voulu trouver un moyen d'aider Khloe.

Ce n'était pas étonnant que Raid apprécie de vivre à Fallport et de travailler avec ces hommes. Ils lui rappelaient Finn Matlick, un homme avec lequel il avait travaillé chez les garde-côtes. Raid et Tonka, comme il se faisait appeler, avaient souvent fait équipe ensemble. Leurs chiens étaient tout aussi proches. Ils travaillaient comme une machine bien huilée... jusqu'à ce jour terrible.

Se forçant à penser à autre chose qu'à son vieil ami, Raid observa Khloe depuis le comptoir de la bibliothèque. Elle aidait une femme à trouver des livres appropriés pour sa fille adolescente.

Il voyait bien qu'elle était à bout de nerfs et inquiète depuis le jour où Jason Mather était venu lui rendre visite. L'attente était presque pire que de devoir faire face à ce que les frères Mather avaient pu planifier. Et après avoir effectué quelques recherches de son côté, Raid était certain qu'ils n'allaient pas laisser Khloe tranquille tant qu'on ne les découragerait pas. Et c'était là qu'il intervenait.

Raid avait déjà contacté quelques personnes qu'il avait connues dans l'armée qui pourraient les aider. En plus de ça, Ethan avait dit connaître un certain Tex, un ancien SEAL, qui était expert en électronique. Apparemment, il pouvait détruire la vie de ces frères en quelques coups de clavier. Il y avait aussi un type originaire du Colorado qui était prêt à les aider. Il était spécialisé dans le trafic sexuel, mais il connaissait énormément de monde et à peu près partout.

Raid voulait s'assurer qu'Alan Mather comprenne bien qu'il avait intérêt à oublier Khloe, à purger sa peine et à reprendre sa vie en main. Et s'il ne le faisait pas, eh bien il commettrait une grossière erreur.

Mais la préoccupation principale était Jason et Scott... c'était le prénom du plus jeune frère. Il était clairement ici, à Fallport, lui aussi. Drew avait signalé avoir vu l'homme l'autre jour. Il avait surveillé la place et étudié les allées et venues.

Les filles étaient revenues de leur soirée entre copines avec Khloe gonflées à bloc et prêtes à faire ce qu'il fallait pour que les habitants de Fallport sachent ce qu'il se passait. Et jusqu'à présent, leur plan pour faire circuler les informations sur Khloe et sa situation avait fonctionné à merveille. Presque tous ceux qui venaient à la bibliothèque allaient tout droit vers Khloe pour lui apporter leur soutien. Ils avaient bien fait comprendre que quiconque causerait des ennuis à l'un des leurs le regretterait.

Ça aurait pu être drôle si ça ne concernait pas Khloe. Raid voyait bien que cette situation l'affectait. Elle détestait qu'on parle d'elle. Elle détestait être le centre de l'attention. Elle n'aimait pas que les gens aient pitié d'elle à cause de sa jambe et lui demandent plus de détails sur ce qu'il lui était arrivé.

Raid n'avait pas pitié de Khloe. Comment aurait-il pu ? Elle était la femme la plus forte qu'il ait jamais rencontrée. Il avait lu les transcriptions du procès mot par mot. Il imaginait bien à quel point elle s'était battue pour marcher à nouveau et combien toute cette épreuve avait été difficile pour elle. Il n'avait pas d'enregistrement du procès, mais d'après les transcriptions, il savait que le juge s'était inquiété lorsque Khloe avait parlé de quitter sa clinique vétérinaire et tout ce pour quoi elle avait travaillé si dur.

Plus Raid en apprenait sur Khloe, plus il l'appréciait. Mais il ne savait absolument pas comment faire progresser leur relation. Il était son patron depuis tellement longtemps et s'était davantage comporté comme un grand frère agaçant qu'en homme qui pourrait avoir des sentiments. À tel point qu'il ne savait pas comment faire pour qu'elle le voie différemment.

Elle avait insisté pour retourner chez elle, mais ça n'avait pas plu à Raid. Il ne pouvait pas s'empêcher de craindre que Jason ou Scott ne l'y coincent. Ou de ce qu'ils risquaient de faire si jamais elle était toute seule. Alors il insistait pour venir la chercher tous les matins et la ramener tous les soirs.

Cela l'apaisait un petit peu que leurs amis se relayent pour passer la soirée avec elle.

Un soir, Lilly et Ethan avaient apporté des pizzas et étaient restés jusqu'à 23 heures. Un autre soir, Finley et Brock étaient venus avec les ingrédients nécessaires pour faire des cookies. Heather et Tal étaient venus lui rendre visite. Et ainsi de suite.

Raid n'en voulait pas à ses amis de passer du temps en tête à tête avec Khloe... mais il était jaloux. Oui, il avait toute la journée pour être avec elle, mais ce n'était pas la même chose que lorsqu'ils étaient seuls chez lui.

Justement. Désormais, sa maison, qui était avant son sanctuaire, lui paraissait vide. Raiden avait le sentiment que Duke ressentait la même chose. Le limier était agité et préférait souvent dormir dans la chambre d'amis, sur le lit que Khloe avait utilisé.

Raid réalisait qu'elle lui manquait. Et pour quelqu'un qui appréciait sa propre compagnie et qui n'avait aucun mal à se divertir, ce n'était pas rien.

Aujourd'hui, nous étions vendredi et Raid savait que Caryn et Drew se rendaient chez Khloe pour lui apporter un film. Il lui aurait bien demandé si elle voulait passer du temps avec Duke et elle, mais il avait quelque chose de prévu. Chaque vendredi soir, il faisait toujours la même chose... sauf quand il était en mission de recherche.

Mais samedi à la première heure, il prendrait son courage à deux mains et proposerait à Khloe de passer du temps ensemble. Peut-être qu'elle voudrait faire une balade avec Duke et lui dans les bois. Duke était assez guéri pour pouvoir refaire de courtes promenades.

Il fallait qu'il recommence à s'entraîner pour traquer les odeurs.

— Raid ?

Sa voix le surprit tellement qu'il sursauta. Il était perdu dans ses pensées et visiblement, Khloe avait fini d'aider la dame.

— Pardon, dis-moi.

— Ça va ?

Il eut envie de rire. C'était plutôt à lui de *lui* demander ça.

— Bien sûr. Et toi ?

— Oui. C'est juste que... je déteste attendre comme ça. J'ai vu Jason au Cercle ce matin. Il était assis sous le kiosque. Il voulait que je sache qu'il était là. J'aimerais juste qu'ils fassent ce qu'ils ont prévu une bonne fois pour toutes.

— Oui. Mais le fait qu'ils t'attendent et t'observent joue en notre faveur. À ce stade, la plupart des habitants savent qui ils sont *et* quelles sont leurs intentions. Lorsqu'ils décideront de frapper, ils se prendront un mur.

Khloe acquiesça, mais Raid voyait qu'elle n'était pas sereine. Mais elle verrait bien. Raid était certain que Fallport la soutiendrait comme le faisaient les petites villes.

— Je voulais te demander quelque chose, dit alors Khloe.

Elle était penchée sur le bureau et il réalisa qu'elle était très belle aujourd'hui. Au lieu d'être tirés en arrière, ses cheveux châtain clair soyeux étaient lâchés et lui tombaient sur les épaules. Elle portait un chemisier bleu tout à fait approprié, boutonné sur le devant, et un pantalon de couleur beige. Mais la chemise moulait sa poitrine, le faisant saliver et son pantalon épousait parfaitement ses fesses. À chaque fois qu'il la voyait, il aurait pu jurer qu'elle s'embellissait.

Lorsqu'elle haussa les sourcils d'un air interrogateur, Raid se gifla mentalement.

— Oui ? Je t'écoute, dit-il un peu tardivement.

Puis elle le surprit complètement lorsqu'elle lui dit :

— Je me demandais si ça te disait de venir chez moi après m'avoir raccompagnée aujourd'hui. Je sais que Caryn et Drew comptaient venir regarder un film, mais je ne sais pas si je serai d'humeur à divertir qui que ce soit aujourd'hui. Alors je me suis dit que peut-être que tous les deux – enfin tous les trois, avec Duke – on pourrait passer un peu de temps ensemble et continuer à regarder ces émissions de cuisine qu'on avait commencées quand je logeais chez toi.

Raid la regarda un long moment. Merde, est-ce qu'elle lui proposait un rencard ? Il avait envie de lui dire oui. Tellement. Mais il ne pouvait pas manquer son rendez-vous du vendredi soir pour la deuxième semaine consécutive.

Il était également ravi et choqué qu'elle ait eu le courage de lui proposer de se voir. Elle était bien plus téméraire que lui. Bon sang, *tout le monde* était plus courageux que lui pour les relations amoureuses.

Visiblement il était resté silencieux trop longtemps, car elle baissa les yeux vers le sol en disant :

— Désolée, c'était une idée stupide. Je suis sûre que tu es occupé. Ce n'est pas grave.

Si, c'était grave, et Raid n'avait surtout pas envie que Khloe se sente gênée ou stupide de lui avoir proposé un rendez-vous. Il se leva si vite que sa chaise faillit s'effondrer par terre derrière lui. Il contourna le bureau et se tint devant elle. Il ne savait pas quoi faire de ses mains. S'il devait la toucher ou non. Il était également bien conscient qu'ils étaient au travail et que plusieurs personnes se promenaient dans la bibliothèque.

Il se contenta de lui tendre la main. Il la tint fermement tout en voulant qu'elle lève les yeux vers lui.

— Ce n'est pas que je n'ai pas envie de passer la soirée avec toi, lui dit-il. *Au contraire*. Putain, en fait ça m'a manqué de ne pas t'avoir à la maison cette semaine. C'est juste que... j'ai quelque chose à faire ce soir.

— Ce n'est pas grave. Je comprends.

— J'en doute. Mais, on peut remettre ça à une autre fois ? J'allais justement te demander si tu voulais faire une balade sur le sentier de Fallport Creek demain avec Duke et moi. Je sais que c'est une promenade super simple, elle fait un peu moins de deux kilomètres, mais tu as dit que Duke pouvait recommencer à s'entraîner, alors je me suis dit que comme il était censé faire beau dehors, et pas trop froid, ce serait sympa d'aller prendre l'air. Ensuite on pourrait aller manger au restaurant puis aller voir Finley, et si tu es d'accord, on pourrait retourner chez moi et regarder l'une de ces émissions.

Il n'arrêtait pas de parler, mais Raid ne pouvait pas s'en

empêcher. Il n'avait jamais été doué pour ce genre de choses, c'est-à-dire demander aux filles de sortir avec lui.

— Ça me va. Duke guérit très bien et ça lui fera du bien de sortir. Il est un peu agité ces derniers temps.

Raid expira enfin.

— Tu as un rendez-vous galant ce soir ? demanda-t-elle et la tension qui l'avait quittée revint immédiatement.

— Quoi ? Non ! dit-il un peu trop bruyamment.

Il ne voulait clairement pas qu'elle s'imagine qu'il voyait quelqu'un d'autre qu'elle.

Elle s'esclaffa.

— Je plaisantais, lui dit-elle avec un petit sourire. Mais maintenant je suis curieuse.

Merde, il n'était pas prêt à révéler à Khloe ce qu'il faisait les vendredis soir. Pas aussi tôt dans leur relation. Un jour peut-être, mais pas maintenant. Il essaya de trouver quelque chose à dire pour apaiser sa curiosité, mais il n'avait pas non plus envie de lui mentir.

Elle le laissa tranquille en disant :

— Je vais aller voir si je peux enregistrer les livres qui ont été rendus ce matin et les remettre sur l'étagère avant qu'il ne soit temps de partir. Tu as besoin que je fasse autre chose ?

— Non, je ne crois pas.

— OK. Raid ?

— Oui ?

— Il faut que tu me lâches la main pour que je puisse faire ça.

Mon Dieu, Raid n'avait même pas réalisé qu'il la tenait toujours. C'était tellement agréable et naturel de tenir sa main dans la sienne. Il desserra rapidement ses doigts et elle le serra une dernière fois avant de le relâcher et de tourner les talons.

Il la regarda un long moment.

Il était un imbécile. Pas étonnant qu'il soit toujours célibataire. Il était tellement mal à l'aise avec les femmes qui lui plaisaient. Il l'avait toujours été. Il était comme le garçon de CM2 que Khloe l'avait accusé d'être, s'en prenant à la fille parce qu'il ne connaissait pas d'autres moyens de lui faire comprendre qu'il l'aimait bien.

Secouant la tête, Raid retourna s'asseoir derrière le bureau. Il ne voyait plus Khloe. Elle avait choisi de tirer le chariot de retour vers l'un des postes informatiques de la bibliothèque, derrière lui. Mais il sentait quand même sa présence.

Apercevant du mouvement du coin de l'œil, Raid leva les yeux et vit Jason Mather se promener dans la bibliothèque. Il n'essaya pas d'attirer l'attention de Khloe ni la sienne, mais il était évident qu'il était fier d'être simplement là. Un rictus étirait ses lèvres tandis qu'il parcourait les allées. Raid le vit faire un signe de la main et il sut que Khloe avait levé les yeux et l'avait vu.

Raid se leva, mais Jason ne s'arrêta pas et continua de marcher jusqu'à la porte qui donnait sur la place.

— Petit connard arrogant, marmonna Raid.

Il avait le sentiment que les deux frères avaient fini de rôder et qu'ils étaient sur le point de mettre leur plan à exécution... quel qu'il soit. Il ne pensait pas qu'ils étaient ici pour agresser physiquement Khloe. Mais en même temps, il n'aurait jamais pensé que quelqu'un puisse être assez fou pour essayer de renverser Khloe sur un parking non plus, et pourtant, Alan l'avait fait.

Il laissa passer une minute et comme Khloe ne revint pas jusqu'au bureau d'accueil complètement paniquée, il prit une grande inspiration. Sa Khloe était plus forte que ce que pensait Jason.

Raid lui-même ne paniqua pas en s'entendant dire *sa Khloe*. Il avait attendu assez longtemps. Dès demain, il ferait tout son possible pour que Khloe sache qu'il ne la considérait pas comme une simple amie. Qu'elle était bien plus. Plus qu'une employée.

* * *

Khloe salua Raiden depuis sa porte d'entrée et le regarda lever le menton dans sa direction tandis qu'il quittait le parking de sa résidence. Elle referma lentement la porte avant de la fermer à double tour puis fit quelques pas avant de se laisser retomber sur son canapé en soupirant. Elle était passée de l'image d'un patron agaçant à celle d'un homme qu'elle désirait plus que tout et elle ne comprenait même pas comment une relation pouvait changer aussi vite.

Elle supposait que c'était parce qu'il la soutenait de façon inconditionnelle. Qu'il jetait des regards noirs à tous ceux qui la regardaient trop longtemps et n'arrivait pas à détacher ses yeux d'elle.

Par le passé, si un homme avait fait ces deux dernières choses, elle aurait été plus qu'agacée. Elle l'aurait accusé d'être trop protecteur et lui aurait demandé d'arrêter.

Elle était tout à fait capable de se défendre toute seule. Et elle n'avait jamais apprécié qu'un homme se focalise uniquement sur ses seins et ses fesses.

Mais Raid la regardait avec envie et non d'un air lubrique. Comme s'il admirait de loin quelque chose qu'il était persuadé de ne jamais obtenir. Ses regards étaient appréciateurs et étrangement respectueux... si l'on pouvait considérer que quelqu'un qui regardait sa poitrine était respectueux.

Aujourd'hui, elle avait décidé de prendre le taureau par les cornes, pour ainsi dire, et de lui proposer un rendez-vous puisqu'il était évident qu'il ne ferait pas le premier pas. Elle avait été mortifiée lorsqu'il avait refusé. Pendant un instant, elle avait cru avoir mal interprété la situation. Qu'elle ne lui plaisait pas et qu'il l'avait simplement aidée par *amitié*.

Mais ensuite il avait pratiquement renversé sa chaise pour la rejoindre. Il lui avait pris la main et n'avait pas arrêté de parler. C'était mignon. Le fait de savoir qu'à cause d'elle, un homme comme Raiden se mettait à déblatérer sans s'arrêter était presque étourdissant. Elle était ravie qu'ils puissent passer du temps ensemble demain. Évidemment, la plupart des femmes ne seraient pas très contentes d'aller marcher dans les bois pour un rendez-vous galant, mais elle n'était pas comme la plupart des femmes. Il n'y avait rien qui ne lui plairait plus que de passer du temps avec Raid et Duke pour qu'ils se familiarisent à nouveau avec la forêt. Elle pourrait même suggérer de se cacher pour que Duke la retrouve.

Enfin... *si*, il y avait bien quelque chose qui lui plairait un peu plus. Être assise sur le canapé de Raid, blottie contre lui. Peut-être qu'elle continuerait de faire le premier pas et se mettrait à califourchon sur lui. Elle gloussa rien qu'en pensant à ses yeux écarquillés et à ce qu'il pourrait faire.

Khloe avait fréquenté pas mal d'hommes par le passé. Et visiblement, les plus calmes étaient toujours les meilleurs amants. Elle se demanda comment Raid serait au lit. Leur différence de taille risquait de rendre les choses... intéressantes. Elle s'agita un peu, imaginant l'intensité avec laquelle Raid chercherait à lui donner du plaisir.

Peu importe que Raid soit un expert en matière de sexe ou qu'elle ait besoin de lui expliquer ce qu'elle aimait et où elle voulait qu'il la touche, Khloe ne doutait pas qu'il ferait tout son possible pour que ce soit agréable pour elle. Il était comme ça. Il faisait constamment attention aux autres. Ses amis, leurs épouses, les clients de la bibliothèque...

Après avoir passé quelques minutes à rêvasser, Khloe se rendit dans sa petite cuisine et soupira en inspectant le frigo, puis ses placards. Il fallait qu'elle prépare quelque chose à manger avant que Caryn et Drew n'arrivent, mais elle n'était pas d'humeur à cuisiner. Elle se rendit dans sa chambre à la place et enfila un jean et un tee-shirt.

Elle aurait préféré enfiler un jogging, mais comme ses amis venaient, elle pensait que ce serait plus approprié de faire au moins un effort pour ne pas ressembler à une grosse flemmarde.

Elle prit exemple sur Raid et mangea un bol de céréales pour le dîner tout en restant debout dans la cuisine, puis se dirigea vers son minuscule salon et s'installa une fois de plus sur son canapé d'occasion. Cela faisait une heure que Raid l'avait déposée et il faisait déjà nuit dehors. Elle ne put s'empêcher de se demander ce qu'il faisait un vendredi soir. S'il n'était pas avec une femme, que pouvait-il bien faire ? Pour autant qu'elle le sache, aucun des autres membres de leur groupe d'amis n'avait prévu de sortir avec lui. Et Raid n'était pas le genre d'homme qui aimait juste *sortir* de toute façon.

C'était un introverti. Il ne sortait pas. Il n'allait pratiquement *nulle part*, à part dans les bois. Alors qu'est-ce qu'il pouvait bien avoir de prévu pour ce soir qui soit plus important qu'un rendez-vous avec elle ?

OK ça paraissait complètement arrogant, mais Khloe voyait bien qu'il était contrarié d'avoir décliné son offre. Si c'était le cas, s'il était vraiment *contrarié*, pourquoi ne pouvait-il pas annuler ou reporter ses plans ?

Une fois bloquée sur cette question, elle ne parvint pas à penser à autre chose. Elle ne put s'empêcher de s'imaginer tout un tas de scénarios.

Il allait traquer Jason et Scott et les confronter.

Il était un espion et devait enquêter sur des affaires locales douteuses.

Il était secrètement strip-teaseur et roulait jusqu'à Roanoke tous les vendredis soirs pour danser dans un club.

Khloe se mit à rire. Impossible.

Raid ne semblait pas aimer la confrontation et ce n'était pas évident d'être un espion lorsqu'on était aussi grand qu'un arbre. Il était plus probable qu'il ait acheté un nouveau livre qu'il ait très, *très* envie de lire.

Ou alors elle ne lui plaisait pas tant que ça et il faisait juste bonne figure à la bibliothèque parce qu'il ne voulait pas la blesser...

Se mordant la lèvre, Khloe fronça les sourcils. Plus elle essayait de penser à ce qu'il pouvait faire, plus ça la tracassait.

Lorsque vingt autres minutes s'écoulèrent et qu'elle ne pouvait toujours pas s'empêcher de se demander – ou plutôt de se torturer l'esprit – pourquoi Raid ne pouvait pas passer la soirée avec elle, elle prit une décision.

Elle se leva et attrapa son téléphone sur le comptoir de la cuisine, où elle l'avait laissé en arrivant à la maison. Elle envoya un message rapide à Caryn, s'excusant et lui expliquant qu'elle n'avait pas envie d'être accompagnée ce soir tout en lui demandant s'ils pouvaient regarder un film un autre soir. Elle se sentait mal d'envoyer balader Caryn, mais elle savait qu'elle n'arriverait pas à calmer son esprit si elle ne satisfaisait pas sa curiosité et ne découvrait pas ce que Raid faisait ce soir.

C'était irrationnel. C'était fou. C'était désespéré et un peu obsessionnel. Mais Khloe ne laissa pas tout cela se mettre en travers de son chemin. À ce stade, presque deux heures s'étaient écoulées depuis que Raid l'avait déposée. Elle passerait simplement chez lui, pour lui dire...

Merde, elle n'avait aucune idée de l'excuse qu'elle allait utiliser pour justifier sa présence.

Haussant les épaules, Khloe se dit qu'elle trouverait bien quelque chose en arrivant chez lui. Se sentant un peu excitée par l'aventure qu'elle allait vivre, malgré ses pensées folles, Khloe retourna rapidement dans sa chambre pour prendre une paire de baskets. L'adrénaline coulait dans ses veines. Cela faisait longtemps qu'elle n'avait pas fait quelque chose d'aussi impulsif. Elle ne pensait pas que Raid serait contrarié de la voir, mais il y avait quand même un risque. S'il était trop en colère, elle préférait s'en rendre compte maintenant avant de tomber réellement amoureuse de lui.

Son excitation dura jusqu'à ce qu'elle sorte de son appartement et se dirige vers sa petite VW Bug. Elle adorait sa voiture. Elle n'était pas très pratique, mais elle s'en fichait. Elle s'apprêtait à monter dans le véhicule lorsqu'elle regarda sur sa gauche.

Khloe se figea quand elle croisa le regard de Jason. Elle ne savait pas depuis quand il espionnait son appartement, mais soudain, elle fut très reconnaissante que ses amis viennent la voir tous les soirs. Elle ne savait pas non plus ce qu'il voulait ni pourquoi il était là, mais elle ne comptait pas rester dans les parages pour le lui demander. Elle claqua la portière et verrouilla immédiatement les portes. Ses mains tremblaient, mais elle parvint à mettre la clé dans le contact et à démarrer la voiture.

Son petit véhicule ne pouvait pas rivaliser avec le pick-up de Jason, mais elle n'avait pas l'intention de le laisser l'approcher. Elle roula bien trop vite dans les rues de Fallport. Elle supposait qu'il savait où vivait Raid mais s'il y avait la moindre chance qu'il ne le sache pas, elle n'allait pas l'y conduire.

Elle mit très longtemps avant d'arriver chez Raid, mais Khloe était satisfaite que Jason n'ait pas réussi à la suivre. Elle était toute secouée et tremblait encore lorsqu'elle se gara près du garage. Elle aurait pu se garer devant, mais elle ne voulait pas risquer que Jason ou Scott passent par là et voient sa voiture. Ce n'était pas un modèle très courant à Fallport.

Le simple fait d'être chez Raid lui offrait un sentiment de sécurité. C'était complètement dingue, quand on savait qu'il y avait deux frères Mather et que Raid était tout seul, mais pourtant si.

Khloe s'approcha de la porte d'entrée et toqua. Elle fronça les sourcils lorsque plusieurs minutes s'écoulèrent sans que personne ne lui réponde. Elle toqua à nouveau, mais Raid ne vint pas. Elle avait pourtant vu sa voiture à travers les fenêtres du garage en arrivant, il devait donc être chez lui. Fronçant désormais les sourcils, et se sentant un peu inquiète, Khloe contourna la maison jusqu'à la porte arrière.

Elle regarda par la fenêtre et vit que la maison était sombre. Duke ne dormait pas dans son panier et il n'y avait aucun signe de Raid.

Les épaules de Khloe s'affaissèrent. Il n'était pas chez lui. Visiblement, ce qui était si important pour lui ce soir se passait ailleurs. Quelqu'un était sans doute venu le chercher et désormais, il pouvait être n'importe où.

Elle tourna les talons pour retourner à sa voiture, puis se souvint de Jason. Il était probablement en train de parcourir les rues à sa recherche, avec son frère. Qui savait ce qu'ils feraient s'ils la retrouvaient ? Frissonnant, Khloe soupira. Elle n'aurait pas pu dire ce qui la poussa à le faire, mais elle tendit la main vers la poignée de la porte arrière. À sa grande surprise, elle s'ouvrit. C'était aberrant que Raid n'ait pas fermé la porte. Elle supposait que la dernière fois qu'il avait laissé Duke sortir, il était pressé et n'avait pas verrouillé la porte quand il l'avait laissé entrer. C'était imprudent et dangereux, surtout vu tout ce qui était arrivé à leurs amis et avec les frères Mather en ville, prêts à faire des ravages.

Mais Khloe n'avait jamais été aussi soulagée et reconnaissante que Raid ait été un peu écervelé ce soir. Elle attendrait simplement à l'intérieur qu'il revienne. Elle se sentait bien plus en sécurité ici que dans son petit appartement. Certes, elle aurait pu aller chez n'importe lequel de ses amis pour qu'ils veillent sur elle, mais Khloe ne pensait qu'à se blottir sur le canapé de Raid.

S'assurant de fermer la porte arrière à clé, Khloe sourit en se dirigeant vers le canapé. La maison était chaude et sentait ce que Raid avait préparé pour le dîner, mélangé à son propre parfum de pin. Le savon qu'il utilisait sentait la forêt que Duke et lui aimaient tant parcourir.

Alors qu'elle s'apprêtait à s'asseoir, Khloe entendit quelque chose.

Elle se figea et pencha la tête sur le côté pour essayer de

comprendre d'où venait le son. C'était... la voix de Raiden ! Mais où était-il ?

Khloe traversa le salon sur la pointe des pieds vers le couloir où se trouvaient les chambres. Elle s'arrêta lorsqu'elle vit une porte entrouverte. Elle avait toujours pensé qu'il s'agissait d'une armoire à linge, mais visiblement, c'était une porte qui menait au sous-sol. Elle ne savait même pas qu'il y en avait un. Il ne lui avait jamais proposé de le voir et elle avait simplement supposé que la maison était de plain-pied.

Essayant d'être aussi discrète que possible, elle ouvrit doucement la porte. Une lumière était allumée en bas et elle pouvait désormais entendre la voix grave de Raid. Elle imagina ce qu'il pouvait bien faire ici. Peut-être était-il *réellement* un espion et que le sous-sol était là où il gardait tous ses ordinateurs, ses modems et tout ce qui lui permettait de pirater les grosses entreprises et les pays étrangers.

Se sentant idiote, Khloe descendit doucement les marches. Elle en avait parcouru la moitié lorsqu'elle s'arrêta à nouveau. Elle l'entendait clairement désormais, mais ce qu'il disait n'avait aucun sens. Il lui fallut plusieurs minutes pour comprendre.

Le bas de l'escalier donnait sur un mur en parpaings. Le reste du sous-sol se trouvait à droite de l'escalier. Avec prudence, Khloe s'accroupit et se pencha en avant jusqu'à ce qu'elle puisse jeter un coup d'œil dans la pièce.

Elle vit Duke allongé sur le dos, les pattes en l'air, sur un autre lit pour chien d'apparence extrêmement confortable. Raid était assis à une table avec un ordinateur devant lui. Avec la lueur de l'écran, ses cheveux roux étaient encore plus brillants que d'habitude. Une petite lampe de bureau l'éclairait, mais il n'y avait pas d'autre lumière dans la pièce.

Il y avait une boîte à côté de lui avec ce qui ressemblait à une tourelle de château au sommet.

Alors qu'elle l'observait, il leva la main et laissa retomber quelque chose sur le haut de la tourelle et Khloe supposa que c'était un dé lorsqu'elle l'entendit cliqueter dans la boîte. Il lut les chiffres et elle réalisa qu'il était en train de chatter avec quelqu'un, ou plusieurs personnes.

Un bloc de papier se trouvait devant lui, et il tourna une page et la parcourut pendant que quelqu'un parlait à travers les enceintes.

Khloe s'assit lentement et silencieusement dans les escaliers, d'où elle pouvait entendre ce qui se disait dans les haut-parleurs de l'ordinateur. Elle savait qu'elle devait lui faire savoir qu'elle était là, mais elle ne pouvait pas résister à l'envie d'écouter d'abord un peu.

CHAPITRE ONZE

Raid se concentra sur le scénario que son ami et maître de donjon récitait. Il n'avait pas prêté autant d'attention qu'il l'aurait dû à sa partie de Donjons et Dragons ce soir. Ses amis et lui jouaient tous les vendredis. Tout le monde ne pouvait pas venir chaque semaine, mais ils faisaient de leur mieux.

Raid savait que cela faisait de lui un vrai geek et il s'en fichait. Il adorait ce jeu fantastique et avait une biographie complète pour son personnage Bjorn Silverhammer, un clerc du domaine de la vie nain. Bien que Bjorn soit grand pour un nain, faire un mètre vingt-cinq était si différent de ses deux mètres habituels que cela le faisait toujours rire.

Il adorait également créer de nouveaux personnages lorsqu'il s'ennuyait. Sa dernière création était une druidesse qui pouvait se transformer en n'importe quel animal pour aider à combattre aux côtés de Bjorn. Il l'avait appelée Anis, et elle était très puissante. Il était ironique que ce nouveau personnage soit aussi proche des animaux... et qu'elle ressemble beaucoup à Khloe.

Il aurait juré qu'il n'avait pas prévu cela quand il avait imaginé la druidesse, et que c'était une coïncidence qu'elle ait une telle affinité avec les animaux et que la vraie Khloe se soit finalement avérée être vétérinaire.

Habituellement, Raid se perdait dans le monde de la magie et de la fantaisie. C'était une façon d'oublier ce qu'il lui était arrivé par le passé et d'être une créature puissante à part entière pendant un certain temps. Il jouait avec environ sept gars chaque semaine. Parfois, ils n'étaient que quatre à pouvoir se réunir, mais ils parvenaient toujours à se débrouiller. Raid préférait ne pas être le maître du jeu, mais il avait déjà plusieurs scénarios de prêts pour quand ce serait son tour.

Actuellement, ses amis et lui venaient de terminer une campagne longue et complexe, et au lieu de se lancer dans une autre tout de suite, ils organisaient une série de *one-shots* pour donner au maître de donjon le temps de préparer une nouvelle quête. L'un de ses amis était en train d'expliquer une situation et il devait être attentif pour ne pas se faire tuer. Ce serait dommage d'avoir passé tant de temps et d'énergie à construire son personnage de Bjorn, pour finalement mourir parce qu'il n'arrêtait pas de s'imaginer assis dans le petit appartement de Khloe en train de regarder une émission de cuisine.

— Vous êtes dans une prairie, elle s'étend sur plusieurs kilomètres et vous avez de l'herbe jusqu'aux genoux partout autour de vous... sauf pour toi, Bjorn, l'herbe monte jusqu'à ton torse, puisque tu es petit. La terre est partiellement civilisée, avec des petites fermes et des ranchs ici et là. Cependant, les gnolls empiètent sur les fermes et les civils sont inquiets. Votre groupe arrive sur un champ de bataille. Des cadavres d'humains et de gnolls jonchent la zone. Les corbeaux se font entendre dans le ciel et les hyènes se régalent des carcasses. La bataille est récente et vous entendez d'autres charognards faire un festin tandis que les gémissements des mourants, animaux et humanoïdes confondus, retentissent. Lancez tous vos dés.

Raid fit rouler son dé et tout le monde lut son numéro. Ce qui se passait ensuite dépendait du résultat de chacun.

— Un humain mourant vous fait signe, dit le MD. Que faites-vous ?

Pour Raiden, c'était facile. Son personnage, Bjorn était un clerc du domaine de la vie, ce qui voulait dire qu'il pouvait facilement jeter un sort pour guérir le soldat blessé. Il s'exécuta et l'homme lui expliqua qu'il était responsable de l'armée actuellement décimée autour d'eux. L'homme poursuivit en disant que les gnolls avaient attaqué sans provocation, et que toutes les hyènes se transformaient en gnolls après s'être régalées des morts. Il voulait qu'on l'aide à résoudre cette situation.

Raid sourit. Ce qu'il aimait particulièrement avec les jeux de Donjons et Dragons, c'était la relation de cause à effet. Il fallait faire preuve d'esprit critique. Il ne s'agissait pas seulement d'arriver à un point A et de partir de là. Un bon Maître de Donjon avait un millier de différents scénarios et pouvait même imaginer des intrigues à la volée pour continuer à stimuler le jeu.

Par exemple, son groupe pouvait aider l'homme au sol, mais cela risquait d'agiter les hyènes si jamais elles les entendaient. Les gnolls avaient manifestement une idée derrière la tête, et il était donc très important de comprendre ce qu'ils voulaient faire. Raid était plus que sûr qu'il y avait probablement à proximité un énorme camp de gnolls qu'ils devraient infiltrer. Les hyènes le gardaient probablement aussi. Ce scénario à un coup allait être un défi, et c'était exactement ce dont il avait besoin en ce moment... tant qu'il pouvait se concentrer.

Raid écouta ses amis en ligne – des hommes qu'il n'avait jamais rencontrés en vrai mais avec lesquels il avait sympathisé en essayant de rejoindre un nouveau groupe de D&J – qui plaisantaient avec le MD tout en faisant de leur mieux pour convaincre l'humain de leur faire confiance et de leur révéler ses secrets.

Puis un bruit attira soudain son attention et Raid jeta un coup d'œil derrière lui...

Croisant directement le regard de Khloe.

Pendant un moment, il fut perplexe. Elle n'était pas censée être là. Elle aurait dû être chez elle en train de regarder des films avec Caryn et Drew. Elle n'était même pas censée savoir qu'il avait un sous-sol.

Mais pourtant elle était là, assise sur ses marches, l'observant avec un petit sourire.

Raid bondit sur son siège et s'avança vers elle, paniqué.

— Est-ce que ça va ? Qu'est-ce qu'il se passe ?

— Tout va bien, dit-elle calmement.

Sa tranquillité l'apaisa et Raid s'arrêta à quelques mètres d'elle et fronça les sourcils.

— Qu'est-ce que tu fais ici ?

Khloe haussa les épaules.

— J'ai essayé de trouver une excuse, mais rien de crédible ne m'est venu à l'esprit. Honnêtement, j'étais juste curieuse de savoir ce que tu faisais ce soir. J'avais tout un tas d'idées folles en tête mais je n'aurais jamais imaginé que tu jouais à D&D.

— Comment tu as fait pour entrer ? demanda Raid, essayant de ne pas mourir de honte à ce moment-là.

Il n'y avait rien d'embarrassant à jouer à D&D. Au lieu de ça, il aurait pu être ivre dehors et causer des problèmes. Mais on s'était tellement moqué de lui au lycée, à la fac et même quand il était garde-côte qu'il n'avait pas l'habitude de parler de ce qu'il aimait faire durant son temps libre.

— La porte arrière était ouverte. C'est pas très prudent, Raid. Tu devrais faire plus attention.

— Merde. T'as raison. J'étais en retard et Duke insistait pour sortir une fois de plus avant qu'on aille au sous-sol. J'imagine que j'ai oublié de la fermer.

Khloe lui fit un autre petit sourire.

— Donc manifestement, t'es un expert de D&D hein ? demanda-t-elle en désignant toute son installation.

Raid acquiesça. Il était tout crispé, attendant un commentaire sarcastique de sa part.

— Tu voudras bien m'apprendre à jouer ?

Il la regarda d'un air étonné pendant un moment.

— Quoi ?

— C'est pas grave si tu ne veux pas. Je suis sûre que ça doit être agaçant d'apprendre à quelqu'un tous les tenants et les aboutissants quand il n'y connaît rien.

— Non ! s'exclama-t-il, se détendant progressivement. Je serais très heureux de t'apprendre... si tu es sûre que ça t'intéresse.

— Raid, c'est évident que ce jeu te plaît. Et parfois, j'ai l'impression que je ne te connais pas du tout. Si j'en apprends un peu plus sur ce jeu, ça pourra m'aider à te *comprendre* un peu mieux.

Il se mit à rire.

— Je n'en suis pas sûr.

— Est-ce qu'il faut que je t'appelle Bjorn, comme le gars sur l'ordinateur ? plaisanta-t-elle en se levant.

— Seulement si je peux t'appeler Anis.

Elle lui rendit son sourire.

— Anis ? Ça me plaît. C'est un autre personnage du jeu ?

Raid acquiesça tandis qu'elle s'approchait de lui.

— Elle aide mon personnage. C'est moi qui l'ai créée.

— Elle est cool ?

— Très cool, dit Raid d'un air très sérieux.

— Génial.

Ayant le sentiment d'être dans une zone floue – jamais aucune femme qui lui plaisait n'avait exprimé le moindre intérêt pour ce jeu fantastique – Raid prit une autre chaise et l'approcha du bureau, devant l'écran d'ordinateur.

Il présenta Khloe à ses amis éloignés et pendant qu'ils

continuaient de jouer, il coupa son micro et fit de son mieux pour lui expliquer les bases du jeu. Il lui montra la boîte à dés et lui apprit à quoi servaient les dés et comment ils fonctionnaient.

Lorsque ce fut à nouveau son tour, il sentit les yeux de Khloe braqués sur lui tandis qu'il lançait les dés qui permettaient à son personnage et au sien de choisir ce qu'ils allaient faire ensuite. Le MD l'informa qu'il semblait y avoir huit chevaux sauvages au loin alors qu'ils marchaient vers le fort dont l'humain mourant leur avait parlé.

Raid décida d'utiliser les pouvoirs d'Anis pour essayer de se lier d'amitié avec les chevaux. Il n'y parvint que partiellement, mais l'un des chevaux laissa Anis le monter.

Lorsque ce fut le tour de la personne suivante, Raid coupa à nouveau son micro et se tourna vers Khloe.

— Ça me plaît, dit-elle avec un sourire. Est-ce que le MD a déjà planifié chaque petite décision ?

— Plus ou moins. Il a les idées principales, mais c'est le dé et la façon dont les personnages se comportent qui définissent où ils se rendent ou s'ils suivent l'intrigue que le MD a mise en place. Tout ce qui sort du scénario, il l'invente sur le tas.

— C'est comme résoudre un problème et lire l'un de ces livres qui proposent de choisir sa propre alternative en même temps.

Raid sourit.

— Voilà.

— OK, cool... bon maintenant, chut, comme ça on peut écouter ce qu'il se passe.

Les trois heures qui suivirent s'écoulèrent extrêmement vite. Plus le temps passait, plus Khloe était douée. Ses idées et suggestions étaient très justes et la plupart d'entre elles correspondaient à ce que Raid aurait choisi de faire si elle n'avait pas été là.

Elle semblait ravie d'avoir son propre personnage et adorait pouvoir parler aux animaux et les contrôler dans le jeu.

Vers 2 heures du matin, le jeu se termina et les joueurs décidèrent de s'arrêter pour la nuit. Ils accueillirent Khloe avec beaucoup de gentillesse et lui dirent tous qu'ils espéraient rejouer avec elle un jour.

Dès que la caméra s'éteignit, Khloe se tourna vers Raid.

— Vous faites ça tous les vendredis soir ?

Il haussa les épaules.

— On essaie. Parfois, ça ne se fait pas, parce que le plus dur c'est de réussir à regrouper tout le monde en ligne en même temps.

— Je trouve ça cool. Et amusant, dit-elle, ce qui le fit encore plus craquer.

Il ne l'aurait jamais prise pour une fan de D&D. En même temps, il avait fait de son mieux pour ne pas apprendre à la connaître cette dernière année... et désormais, il s'en voulait. Il avait perdu tellement de temps. Évidemment, il y a encore quelques mois, elle ne devait probablement pas avoir *envie* d'être son amie.

Alors qu'il ouvrait la bouche pour lui dire qu'il se faisait tard et lui proposer de passer la nuit dans la chambre d'amis, elle bâilla avec force.

— Je suis épuisée, dit-elle tout en refusant de croiser son regard. Tu penses que je peux dormir ici ?

C'était exactement ce que voulait Raid, mais elle l'avait demandé de manière un peu étrange. D'habitude, elle n'hésitait pas à dire ce qu'elle pensait. Elle croisait toujours son regard comme si elle le mettait au défi de ne pas être d'accord avec elle sur quelque chose. Mais là, elle jouait avec l'un des dés de la boîte et faisait tout sauf croiser son regard.

— Bien sûr que tu peux rester, lui dit-il.

Ses épaules s'affaissèrent, comme si elle était soulagée. Raid n'arrivait pas à croire qu'elle ait pu penser qu'il lui dise non ou

SUSAN STOKER

de rentrer chez elle. Elle avait visiblement quelque chose en tête et il voulait – non, il avait *besoin* de savoir ce que c'était.

— Qu'est-ce qui ne va pas ? demanda-t-il.

— Rien, dit-elle d'un ton un peu trop jovial.

— Regarde-moi, Khloe, dit fermement Raid.

Elle soupira puis se tourna vers lui.

— Parle-moi, dit-il d'un ton rassurant. La Khloe que j'ai appris à connaître récemment ne me demanderait pas si elle peut rester. Elle me *dirait* que, parce que je l'ai fait veiller tard, elle reste ici. Elle ne m'aurait pas posé la question avec hésitation.

— Je... c'est juste que... Jasonm'attendaitquandj'aiquittémonappartement, dit-elle précipitamment.

— Quoi ?

Elle soupira.

— Oui. Quand je suis sortie de mon appartement, il était sur mon parking. J'ai tourné dans tous les sens et j'ai fini par le perdre avant de venir ici, mais je suis nerveuse à l'idée de rentrer au milieu de la nuit. Par contre, je pourrai partit tôt demain matin.

Raid ne réfléchit pas, il se contenta d'agir. Il enroula une main derrière sa nuque et l'autre saisit sa cuisse, la maintenant en place.

— Premièrement, je suis furieux que ce ne soit pas la *première* chose que tu m'aies dite en arrivant ici. Deuxièmement, il est hors de question que je te laisse toute seule après avoir entendu ça. Et troisièmement... ce connard ne te fera pas de mal. Je ne le permettrai pas.

Au lieu de s'énerver face à son geste tactile, elle eut l'impression de fondre contre lui. Elle posa la main sur la sienne par-dessus sa cuisse.

— Tu ne le permettras pas ? le taquina-t-elle. Comment tu comptes l'arrêter ?

— La journée, tu auras toujours quelqu'un à tes côtés. Si ce n'est pas moi, ce sera l'un des autres gars. En cas de besoin, l'une des filles pourra nous remplacer. Et il est hors de question que tu dormes à nouveau seule chez toi. Si tu n'as pas envie de rester ici, alors je viendrai chez toi. Ils finiront par comprendre que tu es intouchable. Sinon, il faudra que je leur fasse bien comprendre.

— Raid, si jamais on te fait du mal à cause de moi, je...

— Personne ne me fera de mal. Et rien de ce qu'ils font n'est de ta faute. *Rien*. Tu m'entends ?

Il se montrait autoritaire et Raid le savait. Mais c'était important.

Elle le regarda rapidement avant de baisser la tête.

— Où est ta voiture ?

— Je me suis garée derrière le garage. Je ne voulais pas qu'ils la repèrent depuis la rue.

— Tu as bien fait.

Raid se leva, la relâchant avec réticence.

— Viens, on va t'installer. Duke, réveille-toi, espèce de gros flemmard...on monte à l'étage.

Le limier leva la tête, grogna comme pour se plaindre d'avoir été réveillé puis se leva à contrecœur et les suivit.

Raid posa une main dans le bas de son dos tandis qu'ils grimpaient les escaliers. Il ferma la porte derrière eux et dit :

— Je vais aller sortir Duke, va te mettre à l'aise. Tu sais où trouver ce dont tu as besoin. Je peux t'apporter un tee-shirt pour dormir si tu veux.

— Oui, s'il te plaît, dit-elle doucement.

Raid se tourna et se dirigea vers la porte du fond avant de faire quelque chose de fou, comme proposer à Khloe de dormir dans son lit. Il n'était pas doué pour cette étape de la relation. Il ne savait pas comment faire comprendre à Khloe ce qu'il voulait. Il n'était même pas certain qu'elle s'intéresse à lui de la même manière qu'il s'intéressait à elle. C'était frustrant.

Le temps que Duke trouve l'endroit idéal pour faire pipi,

près de dix minutes s'étaient écoulées. Cette fois-ci, Raid s'assura que la porte était bien verrouillée et se dirigea vers le couloir. Il prit un tee-shirt dans son tiroir et avança jusqu'à la chambre d'amis. Il frappa à la porte et entendit la voix de Khloe à l'intérieur.

Elle était assise sur le bord du lit, l'attendant visiblement.

— Désolé d'avoir mis autant de temps, Duke a dû renifler une centaine de coins avant de trouver l'endroit parfait pour faire pipi. Je t'ai apporté un tee-shirt.

Elle le saisit.

— Merci.

Raid pencha la tête en la regardant.

— Ça va ?

— Oui. Je suis juste fatiguée, dit-elle en haussant les épaules.

Raid ne la croyait pas. Il avait envie de lui dire qu'elle pouvait lui faire confiance et lui parler. Mais elle semblait... ailleurs. Perdue dans ses pensées. Alors il lui sourit et retourna vers la porte.

— Tu es en sécurité ici, Khloe, dit-il.

— Je sais. Merci.

On ne pouvait pas faire plus succinct. Raid quitta la pièce et ferma la porte derrière lui. Il eut envie de taper sa tête contre le mur avec frustration. Tout se passait pourtant si bien quand il jouait à D&D... du moins c'était ce qu'il avait cru. Peut-être avait-il mal interprété la situation, comme il le faisait souvent lorsqu'il était avec une femme.

Soupirant, il se dirigea vers sa chambre, laissa sa porte ouverte de quelques centimètres pour pouvoir entendre Khloe si elle avait besoin de quelque chose pendant le reste de la nuit, et se prépara à aller se coucher.

* * *

Khloe fit de son mieux pour maîtriser ses émotions... mais en vain. Elle était frustrée que Raid n'ait *rien* tenté. Elle adorait sentir ses mains sur elle. Il avait été tellement autoritaire... et toutes ses parties intimes avaient frémi, lui prêtant attention. Mais ensuite il s'était écarté et n'avait rien fait de très suggestif, pas même un baiser pour lui dire bonne nuit.

Désormais seule dans la chambre d'amis, elle n'arrivait pas à dormir.

Elle ne pouvait également pas s'empêcher de se crisper à chaque fois qu'elle entendait une voiture passer sur la route au bout de l'allée. Raid ne vivait pas non plus hors des sentiers battus, alors à chaque fois, elle pensait que c'était peut-être Jason ou Scott qui venaient semer la zizanie.

Au bout d'une heure, elle en eut marre. Elle n'arriverait jamais à dormir en restant allongée seule ici. Les seuls moments où elle se sentait réellement en sécurité, c'était quand elle était avec Raid. Les féministes du monde entier, vivantes ou décédées, se retourneraient dans leurs tombes ou secoueraient la tête face à ces propos, mais Khloe s'en fichait. Elle était une femme indépendante qui était parfaitement capable de tondre la pelouse, de payer ses factures et de se nourrir et s'habiller. Mais elle ne faisait pas le poids face aux Mather... ni face à son imagination visiblement.

Repoussant la couette, Khloe s'avança tout droit vers la porte. Elle ne réfléchit pas à ce qu'elle faisait et se contenta d'agir.

Elle emprunta le couloir sur la pointe des pieds jusqu'à la chambre de Raid et ouvrit la porte. Les gonds grincèrent extrêmement fort dans le silence de la nuit et elle grimaça.

— Khloe ? C'est toi ? demanda Raid.

— Je ne voulais pas te réveiller, s'excusa-t-elle.

— Je ne dormais pas. Qu'est-ce qu'il se passe ?

Khloe frissonna devant son ton autoritaire une fois de plus. Mon Dieu, qu'est-ce qu'elle aimait Raiden quand il était en mode alpha avec elle. Sans lui répondre, elle ferma la porte derrière elle et s'avança jusqu'à son lit king-size. Elle souleva la couverture et se faufila sous les draps.

Puis elle retint son souffle, priant pour qu'il ne lui demande pas de partir.

— Khloe ? dit-il à nouveau, cette fois-ci de façon plus douce et perplexe.

— Je n'arrive pas à dormir. Je n'arrête pas de voir la voiture d'Alan qui me fonce dessus et ça me fait mal à la jambe. Et à chaque fois que j'entends une voiture passer, je me demande si c'est son frère. Je peux dormir ici ?

La réponse de Raid était exactement ce que Khloe attendait, voire mieux. Il tendit les bras et l'attira vers lui. Il la fit rouler sur le côté et se blottit contre elle. Khloe était complètement enveloppée par le corps large, dur et chaud de Raid.

Elle recula immédiatement, s'installant confortablement contre lui.

— J'imagine que ça veut dire que je peux rester, dit-elle.

— Oui, tu peux rester, dit Raid d'une voix rauque et bourrue.

Il passa un bras autour de sa taille et l'autre sous sa tête, pour qu'elle puisse se servir de ses biceps en guise de coussin. Elle était enveloppée par son odeur masculine et elle sentait les poils de ses jambes contre sa peau nue. Il portait un tee-shirt, tout comme elle, pourtant le simple fait d'être allongée comme ça avec lui paraissait extrêmement intime.

— Je te l'ai déjà dit avant et je vais te le redire, personne ne te touchera tant que je serai dans les parages. Et le temps que ces abrutis s'en aillent, crois-moi que je le resterai, lui jura-t-il.

— OK, murmura-t-elle.

Elle ressentit plus qu'elle n'entendit son rire gronder dans sa poitrine.

— Tu ne comptes pas me contredire ? Tu ne vas pas me dire que tu es tout à fait capable de te défendre ?

Mais Khloe ne rit pas.

— Ce n'est manifestement pas vrai, vu ce qu'il m'est arrivé avant.

— Tout ça, c'est arrivé parce que c'est un putain de lâche, dit Raid. N'importe quelle personne avec une once de décence n'oserait jamais faire ce que ce connard a fait. Si tu avais su que c'était un psychopathe, tu aurais fait les choses différemment. Ne t'en veux pas d'avoir été prise par surprise. Tu ne te feras plus avoir aussi facilement à l'avenir.

Il n'avait pas tort à ce sujet.

— Raid ?

— Oui ?

— Merci de ne pas être énervé que j'aie gâché ta soirée D&D. Et merci d'avoir partagé avec moi quelque chose que tu adores.

Il resta silencieux un long moment et Khloe eut peur qu'il ne lui réponde jamais. Mais lorsqu'il le fit, il la scotcha sur place.

— Tu es la première personne qui ne me traite pas comme si j'étais un taré parce que j'aime D&D. J'ai tellement eu l'habitude de garder cette partie de moi secrète que ça ne m'est même pas venu à l'esprit de te dire ce que j'avais prévu de faire ce soir.

— Ce n'est pas grave. Et tu n'es pas un taré, dit fermement Khloe. Je me suis bien amusée et si à l'avenir quelqu'un se moque de toi parce que tu aimes D&D, dis-le-moi et je lui remettrai les pendules à l'heure.

— D'accord... je le ferai, dit-il en riant à nouveau.

— Raid ?

— Je croyais que tu étais venue ici pour dormir, plaisanta-t-il. Si tu comptes parler toute la nuit, on sera trop fatigués pour marcher demain.

— Oui, mais je suis une noctambule... et si je dois ouvrir cette clinique d'urgences, il faut que je m'habitue à être debout toute la nuit de toute façon. Mais je voulais juste te dire une chose. Je ne sais pas quel genre de femmes tu as fréquenté par le passé, mais je t'aime comme tu es. Discret et introverti la plupart du temps, parfois un peu geek, mais autoritaire et alpha quand il le faut.

Il resserra son bras autour d'elle et elle continua avant de se dégonfler.

— Je sais que tout a changé très vite, mais... je ne serais pas ici, dans ton lit, dans tes bras, si je ne voulais pas qu'on soit plus qu'amis.

Son cœur battait la chamade et Khloe ne savait absolument pas ce que Raid pensait. Était-il en train de paniquer parce qu'elle avait mal interprété la situation ? Essayait-il de trouver un moyen de lui dire qu'il cherchait juste à la protéger, rien de plus ? Qu'il ne pouvait lui offrir que son amitié ?

— Je ne serais pas dans ce lit, en train de dormir si près de toi, de te toucher, si *moi aussi* je ne voulais pas qu'on soit plus qu'amis, dit-il après une longue minute pénible.

C'était tout ce que Khloe avait besoin d'entendre.

Elle soupira et porta la main posée sur sa taille à ses lèvres, embrassant la paume, avant de fermer enfin les yeux.

CHAPITRE DOUZE

Dès l'instant où le corps de Khloe se détendit et qu'elle sombra dans un profond sommeil, Raid le sentit. Il n'était pas fatigué, plus maintenant. Comment pouvait-il l'être après l'aveu de Khloe ?

Il avait l'impression qu'elle était un miracle. Son miracle. Il avait vécu l'enfer et pourtant, elle était là. Elle se fichait qu'il soit un geek et elle avait envie qu'ils soient plus qu'amis. Il pouvait compter sur ses doigts le nombre de fois où il avait été intime avec des femmes et aucune de ces rencontres n'était comparable à ce qu'il ressentait en tenant Khloe dans ses bras.

Ils avaient attendu des mois pour en arriver là. Il avait senti cette attirance sous-jacente entre eux pendant un moment, mais il n'avait rien fait pour y remédier. Il ne supportait pas qu'il ait fallu qu'elle soit en danger et que Duke ait frôlé la mort pour se sortir enfin les doigts. Il allait faire tout son possible pour être un homme bien pour Khloe.

C'était une bonne chose qu'elle aime son côté geek et autoritaire, car il ne savait pas comment être autrement. Il ne cherchait pas à se comporter comme un mâle alpha avec elle, il faisait seulement ce qui lui paraissait juste.

Lorsqu'il parvint enfin à s'endormir, il ne dormit pas bien. Premièrement, il n'avait pas l'habitude d'avoir quelqu'un dans son lit. Et deuxièmement, il était dans un état d'excitation constant. Ses mots n'arrêtaient pas de résonner dans son esprit, même dans ses rêves.

Il lui plaisait.

Elle se sentait en sécurité avec lui.

Le lendemain matin, dès l'instant où Duke se leva, Raid était déjà réveillé.

Il sortit du lit à contrecœur et guida Duke jusqu'à la porte arrière pour qu'il puisse faire ses besoins. Se sentant tout paresseux et sachant qu'ils n'avaient pas prévu autre chose qu'une randonnée, Raid se dirigea vers la salle de bains des invités pour ne pas réveiller Khloe, fit ce qu'il avait à faire, puis se lava les dents. Il n'avait surtout pas envie que Khloe soit repoussée par son haleine du matin.

Le temps qu'il revienne dans sa chambre, Khloe était assise dans le lit, un sourire sur les lèvres.

— Je ne voulais pas te réveiller, dit-il doucement.

— Ce n'est pas grave, j'ai le sommeil léger, dit-elle.

Raid eut envie de lever les yeux au ciel. D'après ce qu'*il* avait pu observer, elle n'avait pas le sommeil léger. Elle avait dormi comme un loir, sans bouger de la nuit. Il avait prévu de se glisser sous les couvertures et de la prendre dans ses bras un peu plus longtemps avant qu'ils ne commencent leur journée, mais maintenant qu'elle était réveillée, il se sentait mal à l'aise et ne savait pas quoi faire.

Il se tenait au milieu de sa chambre, en caleçon et tee-shirt, et essayait désespérément de trouver quelque chose à dire.

— Viens là, Raiden, dit Khloe en tapotant le matelas à côté d'elle.

Il agit sans réfléchir. S'asseyant sur le lit, il s'approcha d'elle et s'adossa à la tête de lit. À sa grande surprise, elle se retourna et passa une jambe par-dessus sa cuisse, se mettant à califour-chon sur lui.

Instinctivement, il la prit par la taille pour la stabiliser.

— Khloe ?

— Tu étais sérieux hier soir ? Ou tu m'as juste dit ce que tu pensais que je voulais entendre ? demanda-t-elle en le regar-dant droit dans les yeux.

— Hum... quelle partie exactement ? demanda-t-il.

— Celle où tu disais que je te plaisais et que tu voulais qu'on soit plus qu'amis, dit-elle calmement.

— J'étais très sérieux, dit-il.

Khloe le choqua alors énormément en lui souriant... avant d'enlever son tee-shirt. Avant qu'il ne puisse dire ou faire quoi que ce soit, elle l'avait fait passer par-dessus sa tête et il avait devant lui la plus belle paire de seins qu'il ait jamais vue.

Raid était littéralement sans voix. Il n'arrivait plus à réflé-chir. Ni à parler. Tout ce qu'il pouvait faire, c'était de s'accro-cher à sa taille et essayer de ne pas jouir, là, tout de suite.

— Tant mieux. Parce que moi aussi j'étais sérieuse, dit Khloe avec un sourire. Et je me disais que si je ne faisais pas le premier pas, on risquait de se tourner autour pendant un moment. J'espère que ça ne te dérange pas.

Elle n'avait pas tort. Raid aurait probablement mis beau-coup de temps à trouver le courage de l'embrasser à nouveau. Mais ça ? C'était un rêve devenu réalité.

Sans dire un mot, il plaça une main entre ses omoplates et l'autre saisit l'un de ses seins ronds. Il le maintint en place, puis se pencha et enroula les lèvres autour du téton dur qui ne demandait qu'à être touché.

Khloe gémit et pencha la tête en arrière tandis qu'il la dévo-rait. Il sentit ses doigts s'enrouler autour de ses cheveux courts pendant qu'elle le serrait contre sa poitrine.

Elle s'agita sur ses genoux, mais Raid raffermit sa prise, l'immobilisant pendant qu'il réalisait l'un de ses fantasmes. Il s'attaqua à l'autre sein et lui accorda la même attention. Plusieurs minutes s'écoulèrent avant qu'il ne trouve la volonté de s'écarter et de l'observer. Ses tétons étaient tout durs sur ses seins et elle haletait. Le haut de sa poitrine était rouge et tacheté par le désir et il lutta pour ne pas la renverser sur le lit et lui arracher ses sous-vêtements.

Il la regarda dans les yeux pour la première fois et faillit fondre devant ce qu'il vit.

Le plaisir. La luxure. La tendresse. Et le désir.

— J'imagine que ça ne te dérange pas, donc, plaisanta-t-elle.

Raid sourit. Il n'avait jamais ri pendant le sexe auparavant. C'était agréable. Très agréable.

— À chaque fois que tu auras envie de te déshabiller devant moi, surtout n'hésite pas, lui dit-il.

— Je crois que l'un de nous deux est un peu trop habillé, dit-elle en glissant ses mains sous son tee-shirt avant de promener ses ongles sur son torse, attrapant ses tétons au passage.

Raid était à deux doigts d'exploser rien qu'en sentant ses doigts sur lui. Sachant qu'il devait prendre le contrôle de la situation avant de se ridiculiser, Raid réagit. Il souleva Khloe comme si elle ne pesait rien et l'allongea sur le matelas, la tête tournée vers le bas du lit. Puis il la chevaucha, la maintenant en place tandis qu'il enlevait son propre tee-shirt.

Elle promena ses mains le long de ses cuisses pendant qu'il était occupé et il prit une grande inspiration lorsqu'elle n'hésita pas à saisir son sexe à travers son caleçon.

— Han, Raid... mais tu es immense.

Écartant sa main – non pas parce qu'il n'aimait pas son contact, mais parce que là c'était trop intense – Raid se pencha vers elle et sourit.

— On dit que plus un homme a de grands pieds, plus il a un gros sexe, le taquina-t-elle.

Il haussa les épaules.

— Je ne passe pas mon temps à comparer les pieds des gars à leur queue, mais j'ai entendu dire que le sexe d'un homme était souvent aussi large que son poignet.

Il tendit le bras devant Khloe.

Elle écarquilla les yeux d'un air comique lorsqu'elle leva une main et enroula ses doigts autour de son poignet. Ou essaya de le faire. Ses doigts ne se rejoignaient pas et elle souffla :

— Putain de merde.

— Je ne te ferai pas mal, dit Raid dont le sourire s'estompait.

— Je sais, répondit Khloe sans aucune hésitation avant de se cambrer sous lui. Tu ne m'as toujours pas embrassée, dit-elle en faisant la moue.

— Si, rétorqua Raid en taquinant l'un de ses tétons durs. Et ça t'a plu.

— Embrasse-moi, Raiden, ordonna Khloe en levant une main et en faisant de son mieux pour le forcer à baisser la tête vers la sienne.

Comme rien ne lui faisait plus envie, Raid s'exécuta. Il effleura doucement ses lèvres des siennes. Une fois. Deux fois. Lorsqu'elle gémit profondément dans sa gorge, Raid arrêta de la taquiner.

Il écrasa ses lèvres contre sa bouche et elle l'ouvrit immédiatement pour lui. Le baiser fut long, profond et c'était le plus sensuel qu'il ait jamais expérimenté. Khloe lui donnait tout ce qu'elle avait et lui rendait son baiser. Le temps qu'il s'écarte, ils haletaient tous les deux.

Puis sans aucune hésitation, Raid se mit en mouvement. Il lécha sa peau en descendant progressivement, passant pas mal de temps sur sa poitrine qu'il avait déjà appris à connaître.

Il comprit qu'elle aimait bien les caresses plus intenses sur ses tétons. Lorsqu'il l'aspira avec force tout en pinçant l'autre, elle s'agita et gémit. Raid n'aurait pas pu dire combien de temps il dévora ses seins. Ce ne fut que lorsqu'il réalisa que Khloe le suppliait et tentait de le faire descendre plus bas, qu'il s'exécuta.

Voulant graver ce moment dans sa mémoire pour toujours, Raid embrassa le devant de ses sous-vêtements en coton. Il pouvait sentir son excitation et vit une tache humide sur le tissu. Raid respirait vite et fort et il se lécha les lèvres avec impatience.

Khloe leva les hanches pour l'aider tandis qu'il glissait les doigts sous le tissu et commençait à le faire descendre le long de ses jambes. Il y eut un moment gênant lorsqu'elle lui donna un coup de genou dans le menton sans faire exprès, mais Raid ne ressentit même pas la douleur. Son rire lui rappela à quel point tout ça était différent des fois où il avait couché avec d'autres femmes.

Auparavant, il était nerveux et s'inquiétait constamment de ce qu'il faisait. Où il devait mettre ses mains. Si elle voulait qu'il continue ou qu'il arrête. Mais avec Khloe, tout semblait naturel.

Lorsqu'il se retrouva enfin face à face avec son sexe, Raid l'observa. Elle était parfaite. Ses poils avaient été taillés, ce qui était très sexy. Il passa un doigt sur le sommet, adorant la voir se cambrer avec encouragement.

Raid baissa la tête et embrassa l'intérieur de ses cuisses, s'assurant de frotter sa barbe contre la peau sensible. En réponse, Khloe gémit.

— S'il te plaît, Raid.

— S'il te plaît quoi ? demanda-t-il.

— Suce mon clitoris, dit-elle sans aucune hésitation.

La capacité de Khloe à dire ce qu'elle voulait l'excitait énormément. Raid baissa la tête et fit ce qu'elle lui demandait. Ses lèvres se refermèrent sur son clitoris et il aspira. Avec force.

— Oh putain ! s'exclama Khloe en se cambrant.

Tout en riant, Raid leva la main et la posa sur son ventre. Sa main paraissait immense à côté d'elle. Il la maintint sur le matelas et trouva à nouveau son clitoris, utilisant sa langue cette fois-ci pour stimuler son point sensible.

Il avait appris – en lisant beaucoup de livres et même en regardant des vidéos sur Internet – que même si lécher tout le sexe d'une femme pouvait être agréable, le centre nerveux était l'endroit qui provoquait le plus de plaisir. Il leva l'autre main pour jouer avec ses lèvres inférieures et pour répandre la moiteur que provoquaient ses caresses.

Son délicieux parfum musqué s'accentuait à mesure qu'il continuait à jouer avec son clitoris. Il alternait les succions avec les coups de langue et la mordillait même de temps en temps.

Raid n'avait jamais vu Khloe perdre autant le contrôle. Pourtant elle avait plus de sang-froid que tous ceux qu'il connaissait. Il se sentit alors encore plus puissant de la sentir se tordre. Ses mains s'accrochaient à ses cheveux, essayant de le rapprocher, et ses hanches se levaient constamment sous son emprise. Sa tête bougeait d'avant en arrière, s'enfonçant dans le matelas, et il pouvait sentir ses cuisses trembler à l'approche de l'orgasme.

— Raid, oui... ici... plus fort ! Oh, putain !

Raid ressentit encore plus de joie et de fierté en la voyant jouir que lorsqu'il avait été accepté dans les rangs des maîtres-chiens de la Garde côtière. C'était *lui* qui avait fait ça. C'était lui qui lui avait procuré autant de plaisir.

Au moment où elle se remettait de son orgasme, Raid enfonça un doigt dans sa moiteur et baissa à nouveau la tête. Il ne fallut pas longtemps pour que son deuxième orgasme explose à son tour.

Il n'avait jamais ressenti ni vu quelque chose d'aussi beau. Voir Khloe éprouver du plaisir était la chose la plus excitante qu'il ait jamais observée de sa vie. Elle avait les cheveux ébouriffés et était couverte de sueur. Elle brillait presque. Relevant la tête, elle le regarda lorsqu'elle vit qu'il ne bougeait plus entre ses jambes.

— Raid ?

— Oui chérie ?

— C'est à ton tour maintenant.

— Non, dit-il simplement.

Elle fronça les sourcils.

— Comment ça, non ?

— Je veux revoir ça.

Elle laissa retomber sa tête sur le matelas en soufflant.

— Je ne peux pas, l'informa-t-elle.

Raid se contenta de sourire.

— Tu sais que me dire ça c'est comme agiter un drapeau rouge devant un taureau, n'est-ce pas ?

— Je veux que tu en profites aussi, dit-elle en relevant la tête.

Raid adorait le fait qu'elle n'essaie pas de lui cacher son corps. Elle paraissait parfaitement contente de rester nue dans ses bras.

— Tu crois que je ne profite pas, là ? demanda Raid. Khloe j'ai ton odeur partout sur le visage et sur ma barbe. Je n'ai jamais rien goûté d'aussi délicieux et j'envisage même de ne pas me laver le visage avant qu'on ne sorte tout à l'heure pour pouvoir te sentir toute la journée. Je n'ai jamais eu le sexe aussi dur et je ne l'ai même pas touché. Je sens des gouttes couler en permanence et je pense que dès l'instant où tu regarderas ma queue, je vais jouir. Je prends plus de plaisir que tu ne le crois.

— OK, chuchota-t-elle. Fais ce que tu peux.

Raid sourit.

— Et si je faisais plutôt de mon mieux ?

Et sur ce, il décida de tenter quelque chose qu'il avait vu sur Internet. C'était sa vidéo préférée... et ce n'était même pas du porno. C'était plutôt un tutoriel. Une femme était allongée sur une table de massage et l'homme qui l'accompagnait était entièrement habillé. Il montrait lentement et de manière instructive à ses spectateurs comment et où toucher une femme pour lui donner un orgasme du point G. Raid avait regardé la vidéo un nombre incalculable de fois. Et il avait très envie de voir s'il pouvait procurer ce plaisir ultime à Khloe.

— Tu as déjà eu un orgasme du point G ? demanda-t-il en se mettant à genoux entre ses jambes.

— Oh, putain, répondit-elle.

Il en déduisit que la réponse était non. Il se servit de son pouce tout en gardant la main sur son ventre pour caresser lentement son clitoris tout tendant l'autre bras vers sa table de nuit. Il sortit un tube de lubrifiant du tiroir et lui sourit.

Haussant les épaules lorsqu'il vit qu'elle souriait à la vue du tube, il lui dit :

— Je suis un gars... qu'est-ce que tu veux que je te dise ?

— Je ne comptais pas faire de remarque, lui dit Khloe. Si tu as du lubrifiant dans ton placard, ça te regarde. Tout comme *moi* avec mon vibromasseur.

— Tu as un vibromasseur ? demanda-t-il, sentant sa queue tressauter.

— Bien sûr.

— Mon Dieu, c'est sexy.

Raid versa une bonne dose de lubrifiant sur ses doigts et en introduisit deux dans son corps.

Khloe sursauta.

— C'est froid !

— Ça ne le sera pas longtemps, la rassura Raid en commençant à la pénétrer doucement.

En une minute, elle se remit à gémir de façon rauque tout en soulevant ses hanches à chaque pénétration.

Repensant à la vidéo qu'il avait vue, Raid commença à frotter son clitoris plus vigoureusement tout en accélérant le rythme avec ses doigts, s'assurant d'appuyer sur le point plus spongieux en elle qui l'enverrait vers le septième ciel.

Le bruit que faisaient ses doigts était terriblement sexy, et les bruits qu'elle émettait le firent sourire. Il adorait qu'elle lui fasse assez confiance pour le laisser faire. Pour qu'elle le laisse la toucher comme ça.

Il fallut un certain temps – et il dut faire preuve de beaucoup de force pour la maintenir comme il le voulait – mais rapidement, il comprit qu'elle était sur le point d'expérimenter un orgasme très intense.

— C'est trop. Je ne peux pas… gémit-elle.

— Si, tu le peux. Lâche prise, Khloe.

Après quelques cris, elle le fit. Un liquide coula sur ses doigts tandis qu'elle se cambrait et tremblait dans ses bras.

Raid ne pouvait pas attendre une seconde de plus. Il fallait qu'il soit en elle. *Tout de suite.*

Retirant ses doigts, Raid attrapa le préservatif qu'il avait pris en même temps que le lubrifiant. Il trembla en poussant l'élastique de son caleçon vers le bas et en enroulant le caoutchouc sur son sexe palpitant. Sans prendre le temps d'enlever son caleçon, Raid écarta les jambes encore tremblantes de Khloe et la pénétra longuement.

Il sentit immédiatement ses spasmes autour de lui. Le simple fait de la pénétrer avait provoqué un autre orgasme. Khloe pleurait presque désormais, mais ses mains agrippaient les fesses de Raid et elle tenta de l'attirer encore plus près, lui faisant savoir qu'elle était toujours avec lui et le désirait toujours. Lui.

Raid lutta pour ne pas jouir immédiatement. Il baissa la main et saisit la base de son sexe, le serrant fermement. Il voulait que ce moment dure. C'était sa première fois avec Khloe, il ne voulait pas que cela se termine en quelques secondes.

* * *

Khloe arrivait à peine à réfléchir. Elle éprouvait trop de plaisir. Elle n'avait jamais rien ressenti d'aussi incroyable que les sensations que lui procuraient les mains et la langue de Raid. Elle avait joui plus de fois qu'elle ne l'avait jamais fait durant un rapport sexuel. Et ce dernier orgasme avait failli la tuer.

Raid avait été tendre mais déterminé. Elle ne savait pas où il avait appris à faire tout ça, mais elle ne s'en plaignait pas. À peine avait-elle repris ses esprits qu'elle l'avait senti entre ses jambes une fois de plus.

Son sexe était épais. Plus gros que ce qu'elle avait connu auparavant, mais dès qu'il avait été en elle, elle avait joui à nouveau. L'orgasme n'avait pas été aussi intense que celui d'avant, mais avec lui qui la remplissait, c'était presque encore plus agréable.

Voilà ce qu'il lui avait manqué les autres fois où il l'avait fait jouir. Elle s'était sentie si vide. Et maintenant, c'était tout le contraire.

— Putain, Raid ! s'exclama-t-elle en agrippant ses fesses et en enfonçant les ongles dans sa peau à travers son caleçon. Vas-y !

— Peux pas. Besoin. D'attendre. Une seconde, haleta-t-il.

Oh et puis merde. Khloe poussa les hanches vers le haut et fut récompensée par le grognement surpris de Raid qui dut se rattraper avec sa main, celle qui tenait son sexe auparavant. Il était désormais encore plus profondément en elle.

— Prends-moi, Raid, ordonna-t-elle.

Il croisa son regard, ses pupilles dilatées.

— Il n'y aura pas de retour en arrière, lui dit-il sans bouger.

— Je n'ai pas envie de revenir en arrière, le rassura-t-elle.

Ses narines se dilatèrent et ses hanches se mirent enfin en mouvement. Il se retira lentement, puis s'enfonça en elle.

Khloe sentit ses seins rebondir contre son torse et elle sourit.

— Oui, chuchota-t-elle. Encore.

Le contrôle dont il faisait encore preuve disparut en un clin d'œil.

Raid la prit. Avec force.

Et ce fut merveilleux.

Khloe était plus que suffisamment excitée pour le prendre confortablement, Raid s'en était assuré. Il changea de position, saisissant ses hanches pour les maintenir en l'air tandis qu'il s'agenouillait. Tout son poids reposait désormais sur ses épaules, mais Khloe s'en fichait. Tout ce qu'elle pouvait faire, c'était lire l'extase dans les yeux de Raid tandis qu'il la pénétrait.

— Voilà. Prends ce dont tu as besoin, haleta-t-elle.

— La mienne ! s'exclama-t-il en cessant de regarder l'endroit où leurs deux corps se rejoignaient pour croiser son regard.

— Le *mien*, rétorqua-t-elle.

— Oui. Je suis à toi ! acquiesça-t-il.

Étrangement, sa réponse rappelait la soumission, mais Raid état tout sauf soumis actuellement. Il avait le contrôle total sur le corps de Khloe et elle adorait ça.

Elle adorait le voir se rapprocher de l'extase. Et elle vit le moment où l'orgasme l'envahit. Il ne ferma pas les yeux, mais il la pénétra de son sexe immense aussi loin qu'il le put et elle le sentit tressaillir lorsqu'il se soulagea enfin.

Mais il n'avait pas terminé. Alors que le plaisir continuait de le submerger, il baissa les hanches de Khloe jusqu'à ce que ses fesses reposent sur ses cuisses et commença à nouveau à caresser son clitoris.

— Raid ! s'exclama-t-elle alors que le plaisir s'accentuait rapidement en elle. Je suis trop sensible !

— Tant mieux. Comme ça tu jouiras plus vite, lui dit-il avec un regard de concentration intense.

Il n'avait pas tort.

Il fallut très peu de temps pour que Khloe sente l'arrivée familière d'un orgasme qui montait en elle.

Elle laissa échapper un petit cri tandis que son corps se mettait à trembler de façon incontrôlable dans ses bras.

— Putain, c'est tellement bon, grogna-t-il en écartant enfin ses doigts de son clitoris gonflé.

— Oui, acquiesça Khloe.

Elle ne quitta pas Raid du regard pendant qu'il maintenait le préservatif tout en se retirant.

— Putain, Raid. *Ça*, c'était dans mon corps ? demanda-t-elle d'un air perplexe en observant son sexe en détail pour la première fois.

— Jusqu'au bout, et tu m'as pris comme si tu étais faite pour être mienne, dit-il.

Il avait le droit de faire preuve d'arrogance. Elle était complètement engourdie actuellement et ne pouvait même pas bouger.

Raid descendit du lit et se dirigea vers la salle de bains. Il revint un moment plus tard, sans caleçon et Khloe ne put détourner le regard de son sexe et de ses bourses qui se balançaient d'avant en arrière tandis qu'il revenait vers elle.

Il n'hésita pas à l'attraper et à la déplacer pour poser sa tête sur un oreiller et que ses pieds soient tournés vers l'extrémité du lit.

— Je ne suis pas sûre d'apprécier que tu me déplaces sans même transpirer, grommela-t-elle alors que Raid se glissait sous les draps avec elle.

— Oh que si, rétorqua-t-il en l'attirant dans ses bras.

Elle ne répondit pas, car il avait raison.

La sensation de son corps nu sous elle était incroyable. Elle se laissa fondre contre lui, passant une jambe par-dessus l'une de ses cuisses.

Plusieurs minutes s'écoulèrent sans qu'ils ne disent un mot. Elle finit par lâcher :

— Ça ne t'a pas dérangé que je fasse le premier pas ?

— Non.

Elle attendit qu'il développe, mais comme il ne le fit pas, elle s'appuya sur son coude et le regarda.

— C'est tout ? Juste non ?

— Ben oui. Si tu ne l'avais pas fait, qui sait combien de temps il m'aurait fallu pour trouver le courage d'essayer de t'embrasser à nouveau. Alors non, ça ne me dérange pas que tu aies fait le premier pas. Et c'était incroyable, d'ailleurs.

— Tu as un faible pour les seins, le taquina-t-elle.

— Non, j'ai un faible pour Khloe.

Khloe se sentit fondre de l'intérieur et reposa sa tête sur son torse. Elle adorait à quel point elle se sentait en sécurité avec Raid. C'était sa taille. Sa confiance tranquille. Tout son être. Elle ne savait pas du tout ce que l'avenir lui réservait, mais elle espérait que Raid y avait sa place.

— Tu as dit quelque chose hier soir..., commença-t-il sans aller au bout de sa pensée.

— J'ai dit beaucoup de choses hier, dit-elle.

— Tu envisages vraiment d'ouvrir une clinique d'urgences vétérinaires à Fallport ?

Elle acquiesça.

— Oui. Pourquoi ?

— Parce que je trouve que c'est une très bonne idée.

Son soutien était très important pour Khloe.

— Mais il se peut que ça ne marche pas comme je le voudrais, l'avertit-elle.

— Bien sûr que si. C'est une niche nécessaire. Tu verras. Si tu as besoin de quoi que ce soit, tu n'as qu'à demander.

— Merci. Tu risques de le regretter, parce que contrairement à beaucoup de gens, je n'ai pas peur de demander de l'aide.

— Tant mieux. Parce qu'avec moi, les gars et les filles, tu seras servie. Il y a un bâtiment non loin du garage de Brock qui est à louer. Il est situé le long de la route principale et ce serait probablement un super endroit... s'il peut être configuré pour répondre à tes besoins.

Khloe leva à nouveau la tête.

— C'est vrai ?

— Oui. Et le matériel ? Tous les trucs chirurgicaux ? J'imagine que tu auras besoin de beaucoup de choses. On pourrait aller à la banque pour que tu obtiennes un prêt et je pourrais t'aider à couvrir les frais si tu as besoin.

— Merci, c'est gentil, mais j'ai déjà une unité de stockage pleine de matériel à Norfolk.

— Ah, c'est super.

Khloe réalisa soudain de quoi ils parlaient.

— Je vais vraiment faire ça ?

— J'espère bien. Même si je n'ai pas envie de perdre mon assistante, tu es faite pour être vétérinaire. D'après ce que j'ai entendu en ville, les gens sont déjà très enthousiastes à l'idée que tu restes et que tu ouvres ta propre clinique.

— Sauf Raymond.

— On s'en fout de cet abruti, dit Raid d'un air renfrogné. Il aurait dû être une meilleure personne et un meilleur vétérinaire s'il voulait continuer à avoir le monopole ici.

Khloe ne put s'empêcher de rire. Elle se sentait extrêmement bien. Positive. Elle avait eu trop d'orgasmes pour les compter, manifestement elle avait un nouveau petit ami, un homme qu'elle respectait et admirait, elle allait ouvrir sa propre clinique vétérinaire et apparemment toute la ville la soutenait.

— Tu as faim ?

La question de Raid réveilla son estomac qui se mit alors à gronder et il s'esclaffa.

— OK. Je vais me lever et nous préparer quelque chose avant notre randonnée. Des pancakes, ça te va ?

— Tu pourras ajouter quelques pépites de chocolat ? demanda-t-elle.

— Je peux.

— Et des saucisses et du bacon ?

Il haussa les sourcils.

— Quoi ? Si on doit sortir et brûler quelques calories, je vais avoir besoin d'énergie. Surtout après avoir épuisé toutes mes réserves ce matin.

La fierté qu'elle lut dans les yeux de Raid n'était pas quelque chose qu'elle oublierait de sitôt.

— Si tu veux du chocolat, du bacon et des saucisses, tu les auras. Allez, va te doucher pendant que je cuisine.

— On pourrait se doucher ensemble, suggéra-t-elle avec un rictus.

— On risque de ne jamais sortir de la maison si on fait ça. Et puis... je n'ai pas envie de laver ma barbe ce matin.

Khloe rougit mais leva les yeux au ciel.

— Tu sais que c'est un peu dégoûtant, quand même, non ?

— Pas du tout. Sentir ton odeur toute la journée n'a rien de dégoûtant.

Puis il se pencha et l'embrassa longuement et lentement. Il la regarda un instant avant de s'écarter et de lui dire :

— C'est la meilleure matinée de *ma vie*.

Khloe le regarda sortir du lit sans aucune gêne tout en se dirigeant vers la salle de bains, les fesses à l'air. Elle n'avait rien à mettre après sa douche à part les vêtements dans lesquels elle était arrivée et elle s'en fichait. Raid s'arrêterait chez elle pour la laisser enfiler une tenue de randonnée avant de partir.

Rien ne gâcherait cette journée. Elle avait pris beaucoup de risques avec Raid en faisant le premier pas, mais heureusement, tout s'était parfaitement déroulé. Cela faisait longtemps que Khloe n'avait pas été aussi heureuse. Tout s'améliorait enfin.

CHAPITRE TREIZE

Raiden avait l'impression de ne plus être le même homme qu'il y a vingt-quatre heures. Il se sentait plus fort. Plus confiant. Heureux.

Le petit déjeuner avait été amusant, il aimait voir le plaisir que Khloe prenait à manger les plats qu'il lui avait préparés. Leur randonnée avec Duke s'était exceptionnellement bien passée. Le chien semblait heureux d'être à nouveau sur les sentiers, et lorsque Khloe s'était *cachée*, il l'avait repérée en vingt secondes.

Raid était reconnaissant pour beaucoup de choses dans sa vie, mais pas autant que lorsqu'il imaginait Khloe s'installer définitivement à Fallport. Et il aimait à quel point elle devenait décontractée. Il avait l'impression que cela faisait longtemps qu'elle ne s'était pas réellement détendue.

Il supposa que son bonheur expliquait pourquoi il avait été moins vigilant et pourquoi Khloe et lui s'étaient arrêtés au Sunny Side Up pour le déjeuner. Il était plus focalisé sur elle que sur les personnes qui allaient et venaient dans le restaurant.

Lorsque Khloe murmura : *Oh, merde*, Raid leva les yeux... et chaque muscle de son corps se crispa. Jason et Scott venaient d'entrer et pendant qu'ils attendaient qu'on leur trouve une table, ils se mirent à parler très fort.

— J'arrive pas à croire que cette tueuse de chien ait le droit d'être ici !

— C'est clair. Si les gens savaient à quel point elle a foiré cette opération et qu'elle a tué la chienne d'Alan, ils ne seraient pas si sympas avec elle.

— Hors de question qu'elle s'approche de l'un de mes animaux de compagnie.

— L'État aurait dû lui retirer sa licence.

Et ainsi de suite. Ils continuèrent à harceler Khloe en remettant ses compétences en question de façon bruyante et odieuse.

Observant Khloe en face de lui, Raid vit que ses épaules étaient tendues et que si elle le pouvait, elle serait déjà partie. Il lui prit immédiatement la main.

— Khloe, regarde-moi.

Il lui fallut un moment, mais elle finit par croiser son regard.

— Ne les écoute pas.

Elle souffla.

— C'est un peu dur de ne pas le faire, lui dit-elle.

— Oh, regardez, elle a réussi à convaincre un type de sortir avec elle. Je me demande s'il sait que c'est une meurtrière.

— En tout cas, ça a l'air d'être une sacrée mauviette.

— Ou peut-être un elfe... regarde comme il a les oreilles pointues !

Raid sentit plus qu'il ne vit l'humeur de Khloe changer. Sa main se serra dans la sienne et elle sembla sur le point de se lever. Il n'avait pas envie qu'elle confronte ces connards. Il se fichait de ce qu'ils pouvaient dire sur lui – il avait déjà entendu toutes ces insultes auparavant – et il ne voulait pas qu'elle leur donne la satisfaction de savoir qu'ils avaient réussi à l'atteindre.

Finalement, il n'eut pas besoin de dire ou de faire quoi que ce soit pour la défendre, Sandra, la gérante du restaurant, sortit de la cuisine en trombe et se jeta sur les frères Mather.

Et Bo, un officier de police de Fallport se leva, au fond du restaurant. Il était grand et extrêmement musclé puisqu'il pratiquait l'haltérophilie pendant son temps libre.

Raid avait cru comprendre qu'il avait même gagné quelques compétitions.

— Dehors ! siffla Sandra en pointant son doigt vers la porte.

— Quoi ? dit Scott, visiblement choqué.

— J'ai dit, dehors ! répéta Sandra. Vous n'êtes pas les bienvenus ici. Ne revenez pas. Plus jamais.

— Attendez, vous n'avez pas le droit de faire ça ! insista-t-il.

— Ah oui ? dit Sandra en croisant les bras sur sa poitrine généreuse. Pourtant je le fais. C'est moi qui gère cet endroit et je peux refuser de servir qui je veux. Et je refuse de servir des gens comme vous. Khloe Watts est l'une des personnes les plus gentilles que je connaisse et si vous comptez venir ici pour dire du mal d'elle mais aussi de l'un de nos héros locaux, je ne veux plus vous voir !

— Elle en fait un peu trop, murmura Khloe à l'oreille de Raid. La personne la plus gentille qu'elle connaisse ? N'exagérons pas.

Ce fut difficile de ne pas sourire, mais Raid y parvint. De justesse.

— C'est une tueuse d'animaux ! aboya Jason en faisant un pas vers Sandra.

Bo s'interposa entre Sandra et un Jason en colère et lui dit :

— T'as entendu la dame. Il est temps que tu t'en ailles.

Pendant un moment, Raid crut que Jason allait refuser de partir. Mais visiblement, il préféra ne pas affronter Bo et se tourna vers son frère à la place.

— Viens Scott. De toute façon, je suis sûr que la nourriture est dégueulasse. Et puis je n'ai pas envie d'être à côté de cette meurtrière.

— Non, la nourriture est délicieuse ! cria quelqu'un depuis une table qui se trouvait à droite de Raid.

— Oui, c'est la meilleure de la ville. Vous ratez quelque chose ! dit quelqu'un d'autre.

Jason et Scott s'en allèrent sans dire un mot de plus. Et même si Raid espérait que c'était la fin de leur tactique d'intimidation, il avait le sentiment qu'ils ne faisaient que commencer.

Il regarda Khloe et vit qu'elle s'était remise à fixer la table devant elle.

— C'est une bonne chose, lui dit-il.

Elle croisa à nouveau son regard.

— Hein ? En quoi le fait qu'ils soient ici et qu'ils me traitent de meurtrière est une bonne chose ? souffla-t-elle.

Raid fut heureux de lire la colère dans ses yeux. Ça voulait dire qu'elle était toujours prête à se battre.

Il espérait juste qu'elle ne se mettrait pas en tête de fuir à nouveau.

— Parce qu'ils ont eu un aperçu de la façon dont Fallport défend l'un des leurs.

— Raid, je ne pense pas que...

— Non, dit-il en secouant la tête, ne la laissant pas terminer sa phrase. Tu verras. Ce n'est que le début. Je me disais qu'après notre déjeuner, on pourrait aller voir Heather et Marissa.

Khloe le regarda tellement longuement qu'il crut qu'elle allait protester, mais elle hocha finalement la tête.

Quarante minutes plus tard, ils se levèrent pour quitter le restaurant. En passant devant les tables des autres clients, Khloe comprit ce que Raid essayait de lui dire. Presque tout le monde les arrêta pour leur dire à quel point ils l'appréciaient. À quel point ils étaient heureux qu'elle soit là. À quel point ils avaient hâte de visiter sa clinique une fois qu'elle serait prête.

Tout le monde pensait que c'était un fait avéré, que non seulement elle restait mais qu'elle allait également bientôt ouvrir sa clinique.

Ils étaient presque arrivés jusqu'à la porte, lorsque Sandra s'approcha.

Khloe se raidit et Raid posa la main dans le bas de son dos pour la soutenir.

Sans un mot, Sandra prit Khloe dans ses bras et l'étouffa presque au passage. Lorsqu'elle s'écarta, elle posa ses mains sur les épaules de Khloe et la regarda droit dans les yeux.

— N'écoute pas ces connards, dit-elle fermement. On sait tous qu'ils ne sont là que pour essayer de t'énerver. Ne les laisse pas faire. Ils vont vite se rendre compte que personne ici – enfin, personne d'important – ne s'alliera à eux. Ils ne pourront pas répandre leur venin, parce qu'on ne les laissera pas faire. Tu ne peux pas sauver tous les animaux que tu vois, tout le monde le sait. Et d'après ce que j'ai entendu, cette pauvre chienne avait été maltraitée pendant des années. Garde la tête haute, Khloe.

Raid ne quitta pas Khloe des yeux, voulant s'assurer qu'elle ne panique pas.

— Et, continua Sandra, ne t'inquiète pas pour ton homme non plus. Il est avec la plus belle fille du comté. Pourquoi est-ce qu'il en aurait quelque chose à faire de ce que deux étrangers disent de lui ? Et vu comment tu le regardais lorsque vous êtes entrés tous les deux, il sait que tu aimes *particulièrement* son apparence.

Khloe se mit à rougir, mais elle leva le menton et dit :

— Je n'ai clairement pas à me plaindre du physique de Raid.

— Tant mieux, dit Sandra avec satisfaction. Raid mérite quelqu'un comme toi, dit-elle avant de baisser la voix pour ne s'adresser qu'à eux deux. Et vu comment il n'arrête pas de te regarder, je ne crois pas qu'il ait à se plaindre non plus. Garde-le, ma belle. Un gars qui te regarde comme le fait Raid actuellement, ça vaut son pesant d'or.

Khloe tourna la tête et croisa le regard de Raid. Il n'était pas gêné qu'elle l'ait surprit en train de l'observer.

— Ça va ? demanda-t-il doucement.

Pour la première fois depuis que Jason et Scott étaient entrés, un sourire lui étira les lèvres.

— Je crois, oui.

— Super. Allons voir ce que font Marissa et Heather.

Khloe hocha la tête et Raid se tourna vers Sandra. Il la serra rapidement dans ses bras et lui chuchota un *merci* à l'oreille.

Sortant dehors avec Khloe, Raid garda un œil ouvert pour Jason ou Scott, mais heureusement, il ne les vit pas. Il ne s'attendait pas à les voir disparaître, mais pour l'instant, ils avaient peut-être compris que harceler Khloe ne serait pas aussi facile qu'ils le pensaient.

* * *

La semaine suivante, il y eut d'autres confrontations avec Jason et Scott. L'un d'eux ou les deux se présentaient quand Khloe et Raid s'y attendaient le moins. Un jour, ils les suivirent jusque dans la boulangerie et Liam les mit rapidement à la porte... mais pas avant d'avoir dû essuyer plusieurs insultes racistes sur ses origines hispaniques.

Une autre fois, ils marchaient sur la place après avoir pris un café au Broyeur. Les frères les suivaient de près et insultaient Khloe. Raid s'était retourné pour leur foutre une raclée lorsque Davis était sorti de nulle part, s'interposant entre Raid et les frères.

Raid n'avait jamais été intimidé par le sans-abri, mais à cet instant-là, il lui avait paru sacrément féroce et il n'était certainement pas quelqu'un à qui il fallait se frotter. Jason et Scott avaient visiblement partagé cet avis. Ils avaient lancé une dernière insulte avant de disparaître à nouveau.

Ils ne se contentaient pas seulement de suivre Khloe. Elle avait déjà reçu plusieurs *cadeaux* sur le pas de sa porte. Un jour, elle avait retrouvé un écureuil mort, puis une autre fois un mot qui disait : « *Une meutriaire vit ici* ». Khloe avait fait de son mieux pour les envoyer promener, se moquant même de la faute d'orthographe du mot en question, mais Raid savait que ce harcèlement la touchait.

Puis un jour elle était rentrée chez elle pour récupérer des vêtements... et l'on aurait dit que quelqu'un avait tenté de s'introduire dans son appartement. Ils étaient immédiatement allés voir la gérante qui leur avait assuré qu'elle surveillerait son appartement de près, mais Raid ne pouvait s'empêcher de se demander ce que les frères auraient fait s'ils étaient entrés à l'intérieur.

Elle avait demandé à Simon d'obtenir une ordonnance restrictive, mais comme rien ne prouvait que la plupart des faits étaient l'œuvre des frères, le chef de la police lui avait expliqué que les tribunaux ne l'accorderaient probablement pas. Mais il lui promit que les adjoints garderaient un œil sur les deux hommes.

Même si Raid appréciait que Fallport défende Khloe, il ne supportait pas de lire la peur et l'appréhension dans son regard à chaque fois qu'ils sortaient de chez lui ou de la bibliothèque.

Depuis la première fois qu'ils avaient fait l'amour, elle passait toutes ses nuits chez lui et c'était tellement... parfait. Ils avaient encore joué à D&D dans son sous-sol et ça avait été tout aussi amusant qu'au début. Khloe semblait vraiment aimer ce jeu, ce qui faisait plaisir à Raid. Il n'avait surtout pas envie qu'elle se force à faire quelque chose pour lui faire plaisir.

Durant quelques heures, elle avait semblé oublier les frères Mather. Et une fois que la caméra de son ordinateur s'était éteinte, elle s'était mise à genoux sous son bureau pour lui faire perdre la tête et Raid aussi avait oublié leur existence.

Mais les menaces constantes de ce que les frères pourraient préparer à l'avenir commençaient à peser lourd, et Raid en avait assez. Il ne savait pas quoi faire. Il ne pouvait pas vraiment leur mettre une raclée, car ils risquaient d'aller voir les flics. Et jusqu'à présent ils n'avaient rien fait d'illégal... rien ne prouvait que la tentative d'effraction de son appartement était de leur fait, même s'il était très peu probable que ce soit quelqu'un d'autre.

La plupart des commerces de la place avaient interdit l'accès aux frères. Le bureau de poste était l'un des rares endroits qui ne pouvait pas les empêcher d'entrer puisqu'il s'agissait d'un bâtiment administratif... mais Silas, Otto et Art faisaient de leur mieux pour s'assurer que Jason et Scott gardent leurs distances. Les trois hommes plus âgés étaient peut-être des commères inoffensives, mais ils avaient la langue bien pendue quand il le fallait.

Aujourd'hui, Raid emmenait Khloe et Duke faire une balade un peu plus longue. Ils avaient tous besoin d'une bonne bouffée d'air frais et de se détendre dans la nature. Il faisait beau et frais, une journée parfaite pour faire une randonnée. Il avait demandé à Cherise de venir travailler la seconde moitié de la journée à la bibliothèque et ils sortirent par la porte arrière avec Khloe pour se rendre sur le parking, lorsqu'ils croisèrent à nouveau Jason et Scott.

Les deux hommes attendaient visiblement Khloe, car dès qu'ils sortirent, Jason, qui était adossé à sa voiture, se leva et s'avança vers eux, mais pas trop près. Raid ne put s'empêcher de remarquer que ce lâche s'était arrêté à quelques mètres.

— Tu crois que tu t'en sors bien, hein ? cria-t-il de façon agressive.

Khloe recula d'un pas et Raid ne supporta pas de lire cette peur sur son visage.

— Pourquoi vous ne laissez pas tomber ? grogna-t-il. Vous avez déjà vu par vous-mêmes que les gens n'en ont rien à faire de ce que vous dites. Khloe fait partie de Fallport et votre frère paye pour son crime. Rentrez chez vous, vous n'avez pas de vie ou quoi ?

— Va te faire foutre ! hurla Jason. Cette connasse a gâché la vie d'Alan ! Et elle va le payer.

— Elle n'a rien gâché du tout, rétorqua Raid, élevant la voix. Alan l'a renversée avec sa voiture, putain ! Elle n'a fait que son travail et elle a fait ce qu'elle a pu. Si votre *frère* n'avait pas maltraité sa chienne en la frappant à plusieurs reprises, elle ne se serait pas retrouvée à la clinique.

Alors même qu'il prononçait ces mots, Raid savait qu'il ne parviendrait jamais à convaincre les hommes qui se trouvaient devant eux. Leur vision des événements était faussée et ils ne cesseraient jamais de vouloir venger leur frère, même si c'était injustifié.

Duke gronda derrière eux et Raid jeta un coup d'œil en arrière pour s'assurer que Khloe allait bien. Son chien s'était déplacé, se mettant devant elle et les poils de son dos étaient hérissés. Le limier n'était peut-être pas très effrayant avec ses oreilles tombantes et son air triste, mais il avait les dents aussi acérées que n'importe quel autre chien et son poids d'une centaine de kilos suffisait à dissuader n'importe qui de l'énerver.

— Crois-moi, le prochain qu'elle tuera, c'est ton chien ! hurla Scott tout en se cachant derrière son frère évidemment. Elle est incompétente et si t'étais malin, tu t'éloignerais d'elle dès que possible.

— Je n'ai peut-être pas l'air très menaçant comme ça, mais si vous touchez à un seul de ses cheveux, ou à mon chien, vous comprendrez à qui vous avez affaire, rétorqua Raid d'un ton menaçant tout en s'avançant vers les frères.

— Il est temps que vous partiez les gars, dit une voix grave sur leur droite.

Raid regarda par-dessus son épaule et vit Whip Johansen qui se tenait devant la porte arrière de La Cave, la salle de billard qu'il possédait.

Depuis qu'il vivait à Fallport, Raid n'avait jamais vu cet homme se plier en quatre pour aider quelqu'un. Il ne participait pas aux parades ni aux festivals que la ville organisait sur place et tous les voyous du comté avaient tendance à se rassembler dans son bar. Cet homme était sérieusement asocial et Raid pouvait compter sur les doigts de sa main le nombre de fois où il lui avait adressé la parole.

Alors qu'il soit actuellement présent, l'air furieux tout en s'interposant, était surprenant.

— On a le droit d'être ici, comme tout le monde, lui dit Jason.

— Ce parking est une propriété privée, dit Whip.

— Non. C'est le parking de la bibliothèque. Et la bibliothèque appartient au comté. Donc vous ne pouvez pas nous obliger à partir, rétorqua Scott.

Whip lâcha un grognement sourd et Raid fit un pas en arrière pour se rapprocher de Khloe. Il n'avait pas peur du gérant du bar, mais il ne le connaissait pas beaucoup. Il était imprévisible et il n'avait surtout pas envie que Khloe se retrouve au milieu de coups de feu si jamais quelqu'un sortait une arme.

Mais Whip n'eut pas besoin d'un flingue pour se faire entendre. Il fit un pas vers les Mather et désigna un panneau sur le côté du bâtiment. La bibliothèque partageait un mur avec la salle de billard, ce qui n'était pas idéal, mais comme les deux établissements avaient des horaires opposés en ce qui concernait leurs périodes avec le plus d'affluence, ça n'avait jamais vraiment été un problème. Lorsque la salle de billard était la plus bruyante et la plus animée, la bibliothèque était fermée.

Le panneau sur le mur indiquait : « *Parking réservé à la clientèle de La Cave* ».

Raid n'y avait jamais fait attention puisqu'à chaque fois qu'il arrivait au travail, le parking était toujours vide.

— Tu te trompes, dit Whip. C'est *moi* qui paye pour entretenir ce parking. Donc il m'appartient et c'est moi qui décide qui peut se garer ici ou non. Et toi, j'ai décidé que tu ne le pouvais pas. Si vous ne remontez pas dans votre voiture et que vous ne partez pas d'ici, j'appelle les flics. Et d'après ce que j'ai entendu, ils ne sont pas très contents de vous. Ces derniers temps, ils ont reçu beaucoup d'appels des habitants qui se plaignent de deux étrangers qui harcèlent leurs clients et qui les dérangent de manière générale. Je suis sûr qu'il ne leur en faudrait pas beaucoup pour décider que trop c'est trop et qu'ils vous arrêtent pour nuisances.

— Ils ne peuvent pas faire ça ! bafouilla Scott.

— Bien sûr que si. C'est la police, dit Whip, croisant les bras sur sa poitrine.

— Cette connasse doit avoir une sacrée chatte, parce qu'elle vous a tous bernés, ricana Jason.

En entendant sa remarque, Raid vit rouge.

Visiblement, son commentaire poussa également Whip à bout. Il se tourna vers la porte arrière de la salle de billard et prit un objet qui était appuyé contre le mur. Raid avançait déjà vers eux lorsque Whip le rattrapa, un morceau de tuyau métallique d'un mètre de long dans les mains. Il en frappa une extrémité dans sa paume et continua d'avancer vers Jason sans un mot.

Raid n'avait pas d'arme, mais il pouvait se battre avec ses poings. Ce n'était pas le combat du propriétaire du bar et il était hors de question qu'il reste en retrait pour le laisser affronter les frères.

Jason avait beau être un connard, il n'était pas *totalement* stupide non plus. Lorsqu'ils virent les deux hommes s'avancer vers eux, son frère et lui coururent vers leur voiture comme si le diable en personne était à leurs trousses.

Raid supposa que la barre de métal n'était rien d'autre qu'une menace. Mais alors que Jason appuyait sur l'accélérateur et tournait les roues de sa voiture pour partir, Whip fonça et appuya de toutes ses forces avec la barre de métal, fracassant le feu arrière du véhicule. Des morceaux de plastique volèrent de partout tandis que le véhicule s'éloignait.

Whip et Raid restèrent un long moment sur le parking, regardant la voiture s'éloigner, avant que Whip ne se tourne vers lui.

Raid se raidit, observant le propriétaire. Toute la scène lui avait paru surréaliste. Il ne comprenait pas bien pourquoi Whip avait pris la peine de s'impliquer. À priori, l'homme n'avait jamais cherché à défendre qui que ce soit par le passé. Même lorsque Finley s'était fait menacer parce qu'elle avait été témoin d'un trafic de drogue sur ce même parking – entre l'un des serveurs de Whip et un dealer – Raid avait entendu dire que Whip avait décidé que ce n'était pas ses affaires.

Il resta donc sur ses gardes en attendant de voir ce que l'homme allait faire.

À sa grande surprise, il lut du respect dans les yeux du propriétaire du bar qui leva le menton dans sa direction. Puis il se tourna vers Khloe.

— Ça va ?

Khloe acquiesça.

— Merci.

Whip secoua la tête.

— Non, je ne veux pas de vos remerciements.

— Qu'est-ce que vous voulez alors ? demanda-t-elle.

— Je veux que vous vous dépêchiez d'ouvrir cette clinique d'urgences vétérinaires que vous envisagez de lancer.

Raid cligna les yeux de surprise. C'était la dernière chose qu'il s'attendait à entendre de la part de cet homme. D'après ce que tout le monde pensait, la seule affaire qui intéressait Whip, c'était la sienne.

— J'y travaille, lui dit simplement Khloe. Mais avec ces deux-là en ville, tout ce que j'entreprends est plus difficile. Je ne serais pas étonnée qu'ils sabotent la clinique que j'essaie d'ouvrir. Qu'ils dégradent la propriété, qu'ils aillent parler à la banque pour leur dire que je ne suis pas fiable, qu'ils se mettent devant pour faire fuir mes clients.

— Ils ne le feront pas. J'y veillerai.

Raid n'était pas sûr de vouloir que Khloe lui soit redevable. Il finirait par vouloir qu'elle paye pour son soutien.

— Pourquoi ? demanda-t-il soudain.

— Pourquoi quoi ?

— Pourquoi vous voulez aider Khloe ? Tout le monde sait que vous n'aimez pas vraiment Fallport. Vous ne participez pas aux activités de la ville, vous êtes le seul commerce de la place qui n'avez mis aucune décoration pour Noël et vous méprisez tout ce que la plupart d'entre nous aiment dans cet endroit. Et puis, je déteste dire ça mais... vous êtes désagréable avec tout le monde. Pourquoi faites-vous des pieds et des mains pour l'aider alors que vous n'avez jamais fait le moindre effort auparavant ?

— À cause de mon chat, dit Whip sans aucune hésitation. Elle s'est battue avec quelque chose. Peut-être un lynx, je ne sais pas. Mais elle était mal en point et avait besoin de soins immédiats. Il était environ 17 heures et j'ai appelé Ziegler. J'ai *supplié* ce connard d'attendre que j'arrive à la clinique pour l'aider. Il a dit non. Il m'a dit qu'il s'en allait, qu'il fermait à 17 heures. Peu importe à quel point je le suppliais, il refusait. Ce salaud n'en a rien foutre des autres, tout ce qui l'intéresse, c'est lui-même.

— Elle s'en est sortie ? demanda doucement Khloe.

— J'ai dû rouler jusqu'à la clinique d'urgences de Christianburg. Le temps que j'arrive, elle s'était presque vidée de son sang. Elle a perdu la vue et ils ont dû lui enlever l'une de ses pattes. Mais elle a miraculeusement survécu. Maintenant elle reste à l'intérieur, elle a peur de tout et reste cachée sous le canapé quand je ne suis pas à la maison.

— Et quand vous êtes là ? demanda Khloe avec une perspicacité étonnante.

Whip haussa les épaules et détourna le regard.

— Elle aime se mettre sur mon épaule ou s'enrouler autour de mon cou quand je suis sur le canapé et que je regarde la télévision... ou même quand je fais autre chose.

Raid n'aurait pas pu être plus choqué si on lui avait dit que Whip Johansen était le père Noël. Le propriétaire du bar était loin d'être ce que lui, ou même *n'importe qui*, avait imaginé.

— C'est pour ça que, continua Whip en se raclant la gorge, ça m'arrange que vous montiez votre propre clinique. Je veux que ça se fasse le plus tôt possible. Et si on se débarrasse de ces voyous, ça ira encore plus vite. Alors je vais faire de mon mieux pour les encourager à rentrer chez eux et à vous laisser tranquille pour que vous puissiez vous grouiller d'ouvrir votre clinique.

— La chienne de leur frère est *morte* sur ma table d'opération, dit doucement Khloe. Je n'ai pas pu la sauver. Je n'aurais sans doute rien pu faire de plus pour votre chat.

— N'importe quoi. Le vétérinaire m'a dit que s'il avait pu opérer Mittens plus vite, elle n'aurait sans doute pas perdu la vue... et il aurait clairement pu sauver sa patte. Je ne suis pas bête, je sais bien que vous ne pourrez pas sauver tous les animaux qu'on vous amène. Mais si vous ouvrez votre clinique, ils auront plus de chances de s'en sortir que si on continue à devoir faire une demi-heure de route jusqu'à trouver un vétéri-naire qui en a enfin quelque chose à foutre.

Il n'avait pas tort. Raid se tourna vers Khloe. Elle avait les larmes aux yeux et elle regardait Whip comme si elle ne l'avait jamais vu auparavant. Il la comprenait, il était lui-même déstabilisé.

— On apprécierait votre aide, lui dit enfin Raid.

Whip tourna la tête vers lui.

— Je ne le fais pas pour toi, mon joli, dit-il. Je ne vous aime pas beaucoup, toi et tes amis. Je le fais surtout pour moi. Et pour Mittens et tous les autres comme elle.

— Je vois, dit Raid en hochant la tête.

Il n'en avait rien à faire que cet homme l'apprécie ou non. Il ne comprenait pas son attitude, mais dans l'absolu, ça n'avait pas vraiment d'importance.

— Je vais voir ce que je peux faire pour accélérer le processus d'ouverture de ma clinique, lui dit Khloe.

— Très bien. Je surveillerai ces deux-là. S'ils reviennent ici, je m'assurerai qu'ils comprennent à quel point ils ne sont pas les bienvenus.

— Merci.

Whip n'ajouta rien de plus et tourna simplement les talons avant de se rendre dans son bar. Lorsque la porte se referma derrière lui, Khloe expira longuement.

— Putain.

Raid ne put s'empêcher de sourire.

— Attends que je raconte aux autres que Whip Johansen a un chat nommé Mittens qui se promène sur ses épaules, dit-elle avec un grand sourire.

Raid ne pouvait pas s'empêcher de la toucher. Il s'avança vers elle et enroula la main autour de sa nuque. Il plaqua son front contre le sien.

— C'était intense. Ça va ?

Il sentit ses mains se glisser sous son tee-shirt à manches longues et ses ongles s'enfoncer dans la peau de son dos.

— J'ai le droit de te dire que *non* ? demanda-t-elle très sérieusement.

Raid leva la tête, mais ne la relâcha pas.

— Bien sûr. T'as le droit d'être en colère. De t'effondrer. On peut aller chez moi et tu peux enfiler un jogging, pleurer un bon coup, t'asseoir sur mon canapé avec la tête de Duke sur tes genoux et boire ce café compliqué que tu aimes tant et que je t'achèterai avant qu'on ne rentre à la maison.

— Sinon ? demanda-t-elle en relevant la tête.

— On peut faire cette randonnée qu'on avait prévue. Une fois qu'on sera à la maison, tu pourras appeler Finley et les autres pour tout leur raconter sur Mittens. Ensuite tu pourras parler à Drew de tes finances et envisager d'avancer le calendrier d'ouverture de la première clinique vétérinaire d'urgence de Fallport. Puis une fois que je t'aurai servi un dîner riche en protéines pour que tu aies plein d'énergie, tu pourras m'emmener au lit et faire ce que tu veux de moi.

Elle gloussa.

— À chaque fois que tu me dis que je pourrai prendre le contrôle, je finis quand même sur le dos avec ta tête entre mes jambes, en étant complètement incohérente pendant que tu me fais jouir à répétition.

— Est-ce que tu t'en plains ? demanda-t-il d'un air sérieux.

— Euh... ben non, certainement pas. T'as déjà vu ce film des années quatre-vingt *Les Tronches* ?

— Bien sûr, dit Raid en fronçant les sourcils. Pourquoi ?

— Parce qu'il y a un passage où Lewis, le geek et héros du film dit que les sportifs ne pensent qu'au sport et les geeks qu'au sexe. Je commence à me dire qu'il n'avait pas tort.

Raid eut un rictus. Puis il redevint sérieux.

— J'ai attendu longtemps de rencontrer une femme comme toi.

— Comme moi ? demanda Khloe. Infirme, lunatique et sarcastique ?

— Belle, loyale, drôle et capable de me tenir tête quand je l'embête et qui voit au-delà de ma taille immense, de mes cheveux roux vif et de mes oreilles pointues d'elfe.

Khloe s'approcha et passa un doigt sur l'une de ses oreilles.

— Tu es parfait, Raiden. Tellement que je dois sans cesse me répéter que ce n'est pas une blague. Que tu m'apprécies vraiment et que tu ne joues pas avec moi.

— Je me répète la même chose tous les soirs quand je te tiens dans mes bras, la rassura Raid.

Khloe se mit sur la pointe des pieds et Raid baissa la tête pour la rejoindre à mi-chemin. Leur baiser fut différent des précédents. Il promettait quelque chose. La promesse de nombreux jours et nuits à venir.

Lorsqu'elle s'écarta, Khloe lui dit :

— Je pense que je vais laisser tomber la dépression nerveuse et choisir l'option numéro deux. Mais je me réserve le droit de m'effondrer plus tard si les choses tournent mal.

— Ça marche, lui dit Raid.

Puis Khloe focalisa son attention sur Duke. Il se tenait toujours à côté d'elle et un long filet de bave coulait de sa bajoue jusqu'au sol.

— C'est qui le gentil toutou ? chantonna Khloe. C'est toi ! Duke est un gentil toutou.

Son chien adorait l'attention qu'elle lui portait, mais Raid ne pouvait pas lui en vouloir. Khloe finit par se redresser et dit :

— Bon, on la fait cette randonnée ou quoi ?

Elle ne le pensait peut-être pas, mais Khloe était extrêmement forte. Raid n'aimait pas qu'elle se traite d'infirme. Sa jambe la ralentissait peut-être physiquement, mais elle avait une volonté de fer. Peu de gens étaient capables de traverser ce qu'elle avait vécu tout en s'en sortant aussi bien qu'elle par la suite.

Raid savait que son combat n'était pas terminé. Il y aurait des jours où sa jambe la ferait plus souffrir que d'habitude, où elle devrait faire face à quelqu'un qui évoquerait Alan et le procès. Peut-être même que les Mather feraient de leur mieux pour la harceler pendant des années. Mais c'était une survivante, et il avait de la chance d'être à ses côtés. Il ne la prendrait jamais pour acquise. Jamais.

CHAPITRE QUATORZE

Tout évoluait tellement vite pour l'ouverture de la clinique d'urgences vétérinaires que Khloe en avait la tête qui tournait. Honnêtement, elle ne s'attendait pas à ce que les fournitures qu'elle avait stockées à Norfolk soient livrées si rapidement.

Jason et Scott étaient toujours aussi pénibles, mais depuis que Whip et Raid leur avaient tenu tête, ils étaient un peu moins agressifs. Elle était quand même toujours consciente qu'ils rôdaient autour d'elle. Elle ne comprenait pas comment ils pouvaient se permettre de rester à Fallport aussi longtemps. Elle se demandait s'ils avaient un emploi et où ils logeaient, mais elle n'avait pas envie de perdre son temps à y réfléchir.

Tout allait extrêmement bien dans sa vie et elle n'avait pas envie de penser à ce qui pourrait la troubler. Elle n'était pas idiote, elle savait qu'il y aurait des obstacles sur son chemin, mais pour le moment, elle avait juste envie de profiter de la présence de Raid.

Elle n'avait jamais été avec un homme aussi dévoué et présent que lui. Peut-être était-ce parce qu'ils travaillaient tous les deux à la bibliothèque et qu'ils étaient ensemble presque à chaque instant de la journée. En tout cas, ça lui plaisait. Beaucoup. Les choses changeraient lorsqu'elle ouvrirait son cabinet, mais pour le moment elle savourait son attention et son affection.

Ils passaient leurs nuits à se découvrir mutuellement et Khloe appréciait que Raiden soit obsédé par le fait qu'elle soit toujours bien satisfaite et engourdie avant qu'il ne s'occupe de son propre plaisir. De l'extérieur, Raid était un vrai geek. Donjons et Dragons, bibliothécaire, un introverti qui ne s'intéressait pas au sport ni à d'autres passe-temps jugés *virils*. Mais Khloe préférait un geek à n'importe quel autre type d'homme. Du moins, elle préférait *Raid* à tous les autres.

Elle ne s'était jamais sentie aussi amoureuse. Aussi vénérée. Aussi vue qu'elle ne l'était avec lui. Il était toujours aussi sarcastique et n'avait aucun mal à lui souligner les erreurs qu'elle commettait au travail. Leur nouvelle relation n'avait rien changé à cela. Mais cet homme était complètement insatiable et aimait prendre les choses en main sous la couette. Au fond, Khloe aimait ça. Elle était indépendante et s'était débrouillée toute seule pendant très longtemps, mais il y avait quelque chose de tellement libérateur dans le fait de lâcher prise et de laisser Raid faire ce qu'il voulait d'elle. Car tout ce qu'il voulait lui faire était extrêmement agréable.

Par exemple, la veille, il avait insisté pour lui faire un massage complet. De la tête aux pieds, avant de recommencer. Mais la deuxième fois, il avait fait tout ce qu'il pouvait pour l'exciter. Il lui avait pincé les mamelons, avait *accidentellement* glissé un doigt en elle tout en frottant ses cuisses. Le temps qu'il ait terminé, elle n'était plus vraiment détendue, mais après lui avoir offert deux énormes orgasmes à la suite, elle s'était retrouvée aussi molle qu'un chewing-gum.

Ce que Khloe trouvait également incroyable, c'était que Raid semblait toujours surpris lorsqu'elle voulait lui rendre la pareille. Apparemment, il avait été avec des femmes égoïstes par le passé qui souhaitaient prendre sans donner en retour. L'un de ses souvenirs préférés jusqu'à présent était la nuit où elle s'était mise à quatre pattes et lui avait dit de prendre ce qu'il voulait, *comme* il en avait envie. Il était évident qu'il n'avait jamais eu cette opportunité par le passé, même s'il était un mâle *alpha* sous la couette. Le sentir au-dessus d'elle en train de la prendre de façon brutale avait été aussi agréable pour elle que pour lui.

Oui, elle pouvait affirmer que sa vie sexuelle avec Raid était la meilleure qu'elle ait jamais eue. Mais il y avait aussi des nuits où ils étaient heureux de se serrer simplement l'un contre l'autre. Khloe ne savait pas ce qu'elle préférait.

C'était un lundi soir, et Raiden et elle avaient terminé leur journée de travail et se rendaient jusqu'au bâtiment qu'elle louait à côté du garage de Brock. Rocky était déjà sur place quand ils arrivèrent. Il travaillait à la mise en place de murs pour créer des pièces où elle pourrait rencontrer les propriétaires et leurs animaux, ainsi qu'à la configuration de l'espace qu'elle utiliserait pour les opérations chirurgicales et la salle de réveil.

Lorsque Khloe avait appelé Afton pour lui demander si elle était prête à postuler comme assistante-vétérinaire, la jeune femme avait poussé un cri de joie et avait accepté avec beaucoup de gratitude. Elle avait également recruté deux de ses amies du programme de formation de technicien vétérinaire. L'une d'elles habitait déjà à Fallport et vivait encore chez ses parents, et l'autre allait déménager de Richmond pour rejoindre leur équipe.

C'était éprouvant et presque bouleversant de réaliser qu'elle se lançait vraiment dans ce projet, mais Khloe était heureuse.

Jason et Scott avaient débarqué à la clinique en construc-

tion une fois, mais quelqu'un avait apparemment alerté Whip –
que tous les habitants considéraient désormais différemment.
Dès la seconde où il était arrivé, faisant crisser ses pneus, Jason
et Scott étaient partis précipitamment.

Khloe était prudemment optimiste et se disait que tout
pourrait finir par s'arranger.

Elle observait Rocky mesurer un espace sur le sol où elle
voulait qu'il monte des cloisons sèches pour les salles d'examen
lorsque le téléphone de Raid sonna. Elle l'entendit répondre à
l'appel.

— Tonka ! Ça fait longtemps. Comment tu vas ?

Khloe lui jeta un coup d'œil. Elle ne pouvait pas entendre
son interlocuteur, mais plus Raid l'écoutait, plus il fronçait les
sourcils et se crispait.

— Comment c'est possible, putain ?! aboya-t-il soudain.

Khloe sursauta. Elle n'avait jamais entendu cette haine dans
sa voix auparavant. Sentant une main sur son coude, elle vit
que Rocky était à ses côtés et fronçait les sourcils en observant
Raid.

— C'est n'importe quoi ! Ils ne savent pas de quoi il est
capable ou quoi ?

Khloe eut soudain la nausée. Elle ne savait pas ce qu'il se
passait, mais ça ne présageait rien de bon, ça, elle en était sûre.

— Qu'est-ce qui nous dit qu'il ne bougera pas ? demanda
Raid au mystérieux Tonka. OK. Je ferai ça. Toi aussi. Si tu en
sais plus, tiens-moi au courant. Oui, pareil. J'ai entendu dire
que t'étais marié maintenant. Il faut que tu restes en sécurité. Si
besoin, je m'en occuperai. Je sais et Khloe est tout pour moi,
mais personne n'est en sécurité maintenant qu'il est dehors.
D'accord. Oui. Merci de m'avoir averti. On reste en contact.

Raid raccrocha, mais ne bougea pas. Il regarda simplement
dans le vide.

— Raid ? demanda doucement Khloe.

Il sursauta comme s'il avait oublié où il était et qu'elle était là. Puis il se retourna sans dire un mot et quitta le bâtiment.

— C'est quoi ce bazar ? marmonna Khloe.

— Reste ici, je vais aller lui parler, lui dit Rocky.

— Non. Je m'en occupe.

— Je ne pense pas que ce soit la meilleure idée. Visiblement, il y a un problème et il risque de se défouler sur toi, dit Rocky.

Khloe se tourna vers lui, les mains sur les hanches.

— Je peux encaisser sa mauvaise humeur, lui dit-elle. Je ne suis pas une fleur fragile qui va se faner si jamais il élève la voix. Je l'ai supporté pendant un an avant qu'on ne commence à sortir ensemble, je peux le supporter maintenant.

— D'accord, mais s'il dit quelque chose de blessant, ne le prends pas personnellement.

— C'est qui Tonka. Tu le sais, toi ? demanda-t-elle à Rocky.

Elle avait envie de lui dire qu'il était impossible que Raid lui fasse du mal, mais elle se contenta de lui demander qui était la personne au bout du fil.

— C'était son partenaire au sein de la Garde côtière avant qu'il ne s'en aille. Il n'a jamais parlé de ce qui l'a poussé à partir, mais j'ai l'impression que c'était grave.

Khloe déglutit avec difficulté et acquiesça.

— Il a besoin de toi, dit Rocky tandis que Khloe tournait les talons pour suivre Raid. Il garde beaucoup de choses pour lui. Il le cache bien, mais il n'a pas eu une vie facile. Il a fini par croire tous les clichés que les gens lui attribuaient. Qu'il est un geek bizarre qui n'a pas autant de valeur que les autres.

— Et c'est n'importe quoi. J'aime tout chez lui.

— Tant mieux. Vas-y. Je fermerai tout quand j'aurai terminé. Ramène-le à la maison et fais en sorte qu'il te parle. Essaie de le sortir du gouffre dans lequel l'appel de son ami l'a visiblement plongé.

Khloe acquiesça et sentit la détermination monter en elle. Raid avait tant fait pour elle. Il l'avait soutenue de façon inconditionnelle. Il n'avait même pas bronché lorsqu'il avait appris tout ce qu'elle lui avait caché, à lui et à leurs amis. Il l'avait acceptée telle qu'elle était. C'était à son tour d'être là pour lui. D'être son pilier comme il avait été le sien. Ce ne serait pas facile. Il avait passé sa vie à refouler ses émotions. Ne dévoilant aux autres que ce qu'il pensait qu'ils voulaient voir. Et ce qu'il s'était passé entre lui et Tonka, ce que son vieil ami lui avait dit, lui avait probablement rappelé de mauvais souvenirs.

Prenant une grande inspiration, elle se dirigea vers la porte pour voir ce qu'elle pouvait faire pour cet homme qui était désormais toute sa vie. Qui comptait plus que sa carrière. Plus que ses secrets.

— Monte.

Raid se retourna et vit Khloe qui lui indiquait son Expedition d'un signe de tête tout en s'avançant jusqu'au côté conducteur.

— Je ne pense pas que…, commença-t-il, mais elle ne le laissa pas terminer.

— Tant mieux. Ne pense pas. Juste, monte. On rentre à la maison.

Raid n'arrêtait pas de réfléchir à la nouvelle que Tonka venait de lui annoncer. C'était littéralement son pire cauchemar qui se réalisait.

Il savait que ce jour arriverait, mais il avait toujours cru que ce serait d'ici plusieurs années.

C'était trop tôt. Bien trop tôt. Khloe et lui commençaient à peine leur histoire…

Et désormais, il devait rompre avec elle. Pour son bien. Il

devait mettre de la distance entre lui et les gens qu'il aimait, il n'avait pas d'autre choix. Ils étaient *tous* en danger.

Il le sentait au plus profond de lui-même.

Là, ça n'avait rien à voir avec les petites mesquineries auxquelles se livraient les Mather.

Se déplaçant comme dans une mélasse épaisse, Raid avança jusqu'au côté passager de sa voiture. Habituellement, le fait de voir Khloe avancer le siège jusqu'aux pédales le faisait rire, mais là, il ne ressentait plus rien. Il se sentait engourdi.

Duke avait grimpé sur le siège arrière après que Khloe lui eut ouvert la portière et il entendait son chien s'installer tandis que Khloe quittait le parking. Ils ne mirent pas longtemps à arriver chez lui. Il sortit, tout crispé, et prit la laisse de Duke avant de s'avancer jusqu'à la porte d'entrée.

Dès que la porte se referma derrière lui, Raid se tourna vers elle pour lui annoncer qu'elle ferait mieux de prendre ses affaires et de partir, mais Khloe le devança.

— Va promener Duke. Laisse-le faire sa petite affaire. Ensuite tu reviens ici et tu te changes. Je m'occuperai du dîner. On mangera, puis on s'assoira sur le canapé et on discutera.

Il cligna des yeux de surprise. L'avait-il déjà entendue être aussi autoritaire auparavant ? Ben oui, évidemment.

— Je pense que tu ferais mieux de partir, Khloe.

— Bravo d'y avoir pensé, mais c'est hors de question. Duke a besoin de chier, Raid. Tu sais qu'il ne peut faire caca que dans son jardin. Va le sortir.

Surpris face à sa résistance et son manque de réaction quand il lui avait annoncé qu'elle devait partir, Raid tourna les talons et s'en alla dans le jardin avec Duke.

Vingt minutes plus tard, après que ce satané chien ait reniflé chaque centimètre du jardin et ait trouvé le buisson parfait pour s'accroupir, Raid avait un peu retrouvé ses esprits. Mais la douleur qu'il avait ressentie il y a plusieurs années revint. Les souvenirs l'assaillirent et il se remémora la dernière fois qu'il avait vu Tonka.

Il était encore plus déterminé à ce que Khloe s'en aille. Jason et Scott n'étaient rien en comparaison du danger que sa présence à ses côtés pouvait maintenant lui faire courir.

— Va te changer, lui ordonna Khloe lorsqu'il entra dans le salon.

Raid hésita. Il avait envie de protester, mais il avait encore plus besoin d'une douche. Peut-être que cela lui permettrait de se débarrasser de cette peur maladive qui semblait s'accrocher à lui.

Une fois qu'il eut terminé de se laver, il était propre, mais ne se sentait pas vraiment mieux. Il entra dans le salon et vit Duke allongé sur le dos, les pattes en l'air alors qu'il ronflait dans son panier. Tournant la tête vers la cuisine, il vit Khloe en train de préparer l'un de ses repas préférés : des spaghettis avec des hot-dogs.

C'était puéril et un peu dégoûtant, mais c'était ce que sa mère lui préparait toujours lorsqu'il rentrait à la maison en pleurant après avoir été harcelé à l'école à cause de ses cheveux roux, de sa taille et de ses oreilles.

Il n'était peut-être plus proche de ses parents aujourd'hui, mais il avait raconté à Khloe que les spaghettis et les hot-dogs étaient un plat réconfortant qui ne manquait jamais de le faire se sentir bien.

Elle s'en était souvenue. Et bizarrement, c'était pile ce dont il avait besoin, là, tout de suite.

Évidemment, les pâtes et les hot-dogs n'allaient pas changer ce que Tonka lui avait appris. Il ne se souvenait pas avoir mangé, mais visiblement c'était le cas puisque Khloe lui enlevait soudain son assiette vide pour la rapporter dans la cuisine.

— Khloe... s'il te plaît, arrête. Il faut vraiment que tu y ailles. Je suis désolé, mais...

— J'ai bien entendu ce que tu m'as dit tout à l'heure, Raid. Et je n'irai nulle part.

— Ce coup de fil que j'ai reçu tout à l'heure...

Il ferma brièvement les yeux.

— Le fait d'être avec moi te met en danger, continua-t-il. Et ça ne me convient pas. Donc c'est fini. Rien de ce que tu ne me diras ne me fera changer d'avis, lui dit-il avec raideur tandis qu'elle rangeait leurs assiettes dans le lave-vaisselle.

Khloe se retourna et elle le regarda avec une telle colère que Raid tressaillit.

— Je sais que tu as appris une mauvaise nouvelle aujourd'hui et que tu es encore sous le choc, mais tu commences vraiment à m'énerver, là.

Bizarrement, Raid était à la fois effrayé et très fier d'elle.

Comme il ne répondait pas, elle secoua la tête.

— T'as qu'à aller au sous-sol dans ta garçonnière un moment pour te détendre, lui dit-elle d'un air déçu.

En vérité, Raid n'avait évidemment pas *du tout* envie que Khloe s'en aille. Alors il tourna les talons et descendit au sous-sol sans dire un mot.

Dès l'instant où la porte se referma derrière lui, il regretta d'être parti. Il se comportait comme un con. Mais c'était pour une bonne raison.

Il n'aurait pas pu dire depuis combien de temps il était là lorsqu'il entendit des pas dans les escaliers. Raid était assis sur son canapé, regardant dans le vide, perdu dans les souvenirs du passé. Il se tourna pour voir ce que Khloe voulait.

Sauf que ce n'était pas Khloe, mais Rocky.

— Salut mon pote. Khloe m'a appelé.

Évidemment. Mais étonnamment, Raid n'en fut pas contrarié. Il avait besoin de parler à quelqu'un et il n'était pas tout à fait prêt à partager cette terrible histoire avec Khloe. Elle aimait tellement les animaux qu'il savait que cela la blesserait presque autant que lui.

Rocky avait été un SEAL. Raid était certain qu'il avait connu de nombreuses personnes qui avaient voulu se venger de lui à cause de son travail.

— Salut, dit-il tardivement.

Rocky s'assit sur le fauteuil face à son ordinateur et s'y adossa, l'air totalement détendu, comme s'il s'agissait d'une simple visite de courtoisie. Mais ils savaient tous les deux que ce n'était pas le cas.

Au bout d'un moment, il prit la parole.

— Khloe m'a dit que cet appel t'avait vraiment affecté. Ce que je sais, puisque j'étais là. Elle a aussi dit que tu te comportais comme une petite grincheuse et que tu avais besoin d'un homme viril pour discuter.

Raid ne put s'empêcher de rire. Ça lui ressemblait bien de dire ça.

Puis son sourire s'effaça.

— Être avec moi pourrait la mettre en danger.

— Commence par le début, lui suggéra Rocky.

Alors il s'exécuta. Raid raconta tout à son ami. Il n'oublia aucun détail.

Une fois qu'il eut terminé, presque trente minutes s'étaient écoulées. Rocky ne l'avait pas interrompu et l'avait simplement écouté. Comme il ne réagit pas tout de suite, Raid lui dit :

— Donc tu comprends pourquoi je veux qu'elle s'en aille. Elle est en danger rien qu'en étant près de moi.

— Ce que je comprends, c'est que Khloe et toi êtes tellement similaires que ce n'en est même pas drôle, dit Rocky.

Raid fronça les sourcils.

Il continua.

— Elle aussi a voulu partir dès la seconde où elle a compris que les frères Mather l'avaient retrouvée… n'est-ce pas ?

— Oui, dit Raid en haussant les épaules.

— Alors en quoi c'est différent ? Tu viens d'apprendre cette menace *potentielle* – d'ailleurs personne n'a la moindre preuve que cette menace est réelle – et tu es prêt à rompre avec elle, à la chasser de ta vie et à redevenir l'ermite que tu étais il y a quelques mois... juste au cas où.

Raid observa son ami. Techniquement, il avait raison. Il n'y avait aucun moyen de savoir qu'une menace était imminente, pourtant, se première réaction était de repousser Khloe pour son bien. Il avait même envisagé de donner Duke à l'un des gars de l'équipe et de quitter Fallport.

— Ce n'est pas exactement pareil, protesta-t-il. Elle ne se fait pas traquer par un tueur psychopathe.

— Toi non plus. Premièrement, tu ne sais pas s'il va s'en prendre à toi, dit Rocky. Mais si on met ça de côté... Alan Mather a tenté de la *tuer*. Il l'a renversée avec une putain de voiture et elle a surtout eu de la chance qu'il n'essaie pas de lui écraser la tête. Si ça, ce n'est pas un psychopathe, je ne sais pas ce que c'est. Et il me semble qu'elle a toutes les raisons de penser que ses frères pourraient tenter de finir ce qu'il n'a pas réussi à accomplir.

Raid pinça les lèvres. Merde. Rocky avait raison.

— Il faut que j'aille lui parler, dit-il au bout d'un moment.

— Oui, acquiesça son ami.

— J'ai eu envie de la protéger de tout ça, Rocky, marmonna Raid.

— Et je suis sûr que c'est aussi pour ça qu'elle a gardé *ses* secrets si longtemps. Elle voulait protéger ses nouveaux amis. Et toi, dit Rocky en se levant. Je vais lui dire de venir et je fermerai la porte derrière moi.

— Merci.

Raid avait vraiment les meilleurs amis qui soient. Il était certain que Rocky avait mieux à faire ce soir que de venir ici. Et pourtant, il était tout aussi sûr qu'il n'avait pas hésité lorsque Khloe l'avait appelé.

Elle avait dû attendre anxieusement à l'étage, car dès que Raid entendit la porte du sous-sol se fermer derrière Rocky, il entendit les pas de Duke dans les escaliers avec Khloe qui le suivait.

— Je peux venir ? demanda-t-elle en apparaissant en bas des marches.

Duke avança directement vers Raid et posa la tête sur ses genoux un instant, avant d'aller se coucher dans son panier dans l'angle et de s'allonger en soupirant.

— Merci d'avoir appelé Rocky, lui dit Raid.

Il était évident qu'elle était anxieuse, car au lieu de s'asseoir à côté de lui sur le canapé, elle prit la place de Rocky un peu plus tôt.

— Je comprends ton besoin de rester secret, dit Khloe d'un air sérieux sans prendre en compte son remerciement. Je suis la dernière à pouvoir me mettre en colère contre quelqu'un qui a des secrets. Mais je pensais qu'on était en train de construire quelque chose ensemble, Raid. Je n'ai pas besoin que tu sois tout le temps heureux et inconscient. Tu as traversé des épreuves... des épreuves dont je ne sais rien, et c'est normal. Mais cela fait partie de toi. C'est ce qui a fait de toi l'homme que tu es aujourd'hui. L'homme dont je tombe amoureuse. Je suis même capable de comprendre que tu m'aies repoussée pour me protéger. J'ai fait la même chose avec toi et tous les habitants de cette ville. Mais tu m'as fait comprendre que j'étais plus forte avec des gens à mes côtés. Qui me soutiennent. Est-ce que ça veut dire que mes problèmes ont disparu ? Non. Est-ce que Jason, Scott et Alan ne risquent pas de me faire du mal ? Une fois de plus, on n'en sait rien. Mais je ne veux plus qu'ils contrôlent ma vie. Je veux faire ce que j'aime – aider les animaux – et je n'aurais jamais pu aller aussi loin sans ton soutien. Je suis toujours inquiète. J'ai toujours peur. Mais je ne les laisserai plus contrôler ma vie. Si je fuis, que j'abandonne tout ici, ils auront gagné. Et je ne veux pas que ça arrive.

Raid observa Khloe. Elle était intelligente. Tellement intelligente.

Elle poursuivit.

— Tu as eu un choc aujourd'hui. Je comprends. J'ai vécu ça. Tu te mets en mode fuite ou lutte et c'est tellement plus facile de fuir que de rester. Mais je suis là. Tout comme tes amis et tes coéquipiers. On se battra à tes côtés s'il le faut. Mais ce que je n'accepte *pas*, c'est que tu me repousses. Je suis plus forte que tu ne le penses, Raid. Je peux affronter ce qui te fait flipper. Laisse-moi rester à tes côtés. Laisse-moi te *soutenir*. Je ne suis peut-être pas un SEAL ou un garde-côte, mais je suis plutôt combative.

— Viens ici, lui ordonna Raid en lui tendant la main.

Il retint son souffle tout en attendant de voir ce qu'elle ferait.

Elle avait tous les droits de lever les yeux au ciel et de lui dire non, mais à son grand soulagement, elle se leva immédiatement et avança jusqu'à lui.

Elle s'assit dans le creux de ses bras et se blottit contre lui, passant un bras autour de son ventre tout en forçant l'autre entre son dos et le canapé. Elle posa la joue contre son torse et soupira comme si elle s'était inquiétée de l'accueil qui lui serait réservé.

Et Raid détestait cela. Elle avait fait tout ce qu'il fallait. Elle lui avait laissé de l'espace, l'avait ignoré lorsqu'il avait à moitié essayé de rompre avec elle et avait appelé Rocky.

— J'ai adoré être garde-côte, lui dit-il.

Il décida de lui raconter sa dernière mission. Mais d'abord, elle avait besoin du contexte.

— J'ai travaillé comme un fou pour être accepté dans le programme des maîtres-chiens. Très peu de gens le sont et c'est très rigoureux. Je n'étais pas le meilleur candidat à cause de ma taille. Mais je ne voulais pas abandonner. J'ai suivi une formation avec un certain Finn Matlick. Son surnom est Tonka, parce qu'il est bâti comme un camion[1]. Quoi qu'il en soit, nous avons tout de suite sympathisé et nous sommes devenus amis. Son malinois belge s'appelait Steel, et le mien Dagger. Ils étaient géniaux. Ils faisaient tout ce qu'on leur demandait sans hésitation. Ils nous faisaient entièrement confiance, tout comme nous leur faisions confiance. Nous étions une machine bien huilée et, à nous quatre, nous avons fait des tonnes de saisies de drogue.

Raid prit une grande inspiration. Il n'aimait pas penser à cette dernière journée horrible, mais Khloe méritait de savoir ce qu'il s'était passé. Ce que signifiait le coup de fil d'aujourd'hui.

Elle ne l'interrompit pas. Elle n'ajouta aucune banalité. Elle le serra simplement plus fort, lui faisant savoir qu'elle l'écoutait.

— Nous étions partis pour fouiller un navire suspect. C'était plutôt routinier, alors au lieu d'attendre des renforts – ce qui était complètement stupide – nous avons eu l'audace de penser que nous pouvions nous en sortir. C'était une petite vedette. On ne voyait qu'une seule personne sur le pont lorsque nous nous sommes arrêtés à côté. Nous sommes montés à bord... et presque immédiatement, j'ai perdu connaissance. Quelqu'un est arrivé par-derrière et a fait de son mieux pour m'ouvrir le crâne. Puis ils m'ont tiré dessus pour être sûrs que je ne me réveille pas et ne leur gâche pas leur plaisir.

— Merde ! murmura Khloe.

— Oui. J'étais dans les vapes. Je n'étais pas conscient de ce qu'il se passait autour de moi. Ils auraient pu me jeter par-dessus bord.

Comme il ne dit rien durant une bonne minute, Khloe lui demanda :

— Qu'est-ce qu'il s'est passé ?

Raid déglutit avec difficulté.

— L'enfer, voilà ce qu'il s'est passé. Nous ne savions pas que le conducteur du bateau était Pablo Garcia. L'un des barons de la drogue les plus célèbres et les plus impitoyables d'Amérique du Sud. Un de ses hommes s'était caché derrière des caisses à bord et c'est lui qui m'a frappé à la tête. Tonka n'a pas eu cette chance. Lorsque Pablo a menacé de me tirer dessus une deuxième fois, il s'est rendu et a été ligoté. Puis pour s'amuser... Pablo a commencé à torturer Dagger et Steel.

Khloe inspira brusquement et releva la tête.

— Quoi ?

— Oui. Ils ont attaché les chiens, leur ont immobilisé les pattes et les ont torturés. Je t'épargnerai les détails... mais Tonka a été témoin de tout. Il a dû regarder les yeux suppliants de Steel, incapable de faire quoi que ce soit pour l'aider. Ces chiens étaient nos partenaires dans tous les sens du terme. Nous aurions fait n'importe quoi pour eux, et ils auraient fait de même en retour. Les voir souffrir... cela a brisé quelque chose en Tonka. Lorsque Pablo et ses hommes se sont lassés, ils ont jeté Steel et Dagger à l'eau, mais pas avant de les avoir lestés avec des trucs à bord.

Khloe tressaillit.

— Vivants ?

Raid acquiesça.

— Oh, mon Dieu, c'est horrible !

Ça l'était. C'était même plus qu'horrible. Et Raid devait vivre avec le fait qu'il était resté inconscient durant les derniers moments de Dagger. Que le chien avait probablement cherché de l'aide auprès de son maître sans obtenir le moindre réconfort puisque Raid était évanoui.

— Apparemment, Garcia avait l'intention de nous réserver le même sort. De nous torturer et de nous jeter par-dessus bord, vivants aussi, mais nos renforts sont enfin arrivés. Il y a eu une fusillade, et Tonka a été touché plusieurs fois par des balles perdues, mais par miracle, il n'a pas été tué.

— Dieu merci, souffla Khloe.

— Il n'était plus le même après ça, dit tristement Raid.

L'homme que je connaissais et aimais comme un frère avait disparu. Voir son fidèle compagnon souffrir comme ça...

Sa voix se brisa et Raid dut se racler la gorge avant de pouvoir parler à nouveau.

— Et je culpabilisais tellement. Je savais que je ne pourrais jamais plus travailler comme garde-côte. Nous avons tous les deux démissionné et nous sommes partis chacun de notre côté.

— Est-ce qu'il va bien ? demanda Khloe.

— Étonnamment, oui. Désormais. Il vit au Nouveau-Mexique. Avec des hommes qu'il a rencontrés, il a créé une sorte de centre de vacances pour les personnes souffrant de stress post-traumatique. Il vit dans les bois, entouré d'animaux petits et grands. Des vaches, des chèvres, des chiens, des chats, et même des poules, d'après ce que j'ai compris. Non seulement ça, mais il est aussi marié, il a une belle-fille adolescente et un bébé maintenant aussi.

— Tant mieux, souffla Khloe. Je suis heureuse pour lui.

— Moi aussi, dit Raid.

Et il l'était. Cet homme avait vécu l'enfer et méritait d'être enfin heureux. Content. Et d'après ce qu'il avait vu sur le site du Refuge, son vieil ami s'en sortait très bien.

— Alors pourquoi il t'appelait aujourd'hui ? demanda Khloe.

Raid soupira.

— Pablo Garcia a été libéré de prison en raison de la surpopulation et d'un supposé bon comportement.

Elle bondit, le regardant avec de grands yeux écarquillés.

— Quoi ?

Il hocha la tête.

— C'est Tonka qui m'a appelé pour m'annoncer que Garcia été libre. Il a été expulsé du pays, mais nous savons tous les deux que cela ne veut rien dire. Avant qu'on ne l'arrache à ce bateau de l'enfer, il a juré de finir ce qu'il avait commencé. De nous achever tous les deux. Je suis sûr que d'une manière ou d'une autre, il finira par nous retrouver.

Au lieu de paraître apeurée ou inquiète, Khloe afficha un air déterminé.

— J'aimerais bien le voir essayer, cracha-t-elle. Connard de merde, tueur de chiens.

À sa grande surprise, Raid s'efforça de ne pas sourire. Pas en direction de Khloe en tout cas, mais elle ne jurait jamais. Et l'entendre jurer comme une furie n'était pas dans ses habitudes, ce qui lui indiquait à quel point elle était en colère pour lui. Puis il se dégrisa.

— C'est pour ça que je pense que ce serait mieux que toi et moi fassions une pause pour quelque temps. Au moins jusqu'à ce que Tonka et moi puissions découvrir où il se trouve et ce qu'il a prévu.

— Non.

Raid fronça les sourcils et attendit qu'elle en dise plus, mais elle ne le fit pas.

— Khloe, commença-t-il.

Mais elle secoua la tête contre lui.

— Non. Je n'ai pas peur de lui et je ne vais pas te laisser gérer tout ça tout seul.

— Tu *devrais* avoir peur de lui pourtant, rétorqua Raid.

— Eh bien ce n'est pas le cas. Je ne sais pas pourquoi je le serais. S'il *est* assez stupide pour venir ici dans le but de te tuer, il ne sera pas du tout dans son élément. Ce n'est pas un bateau au milieu de l'océan. Il ne peut pas débarquer à Fallport en pensant qu'il peut te tuer et repartir. On peut faire ce qu'on a déjà fait pour moi. On peut prévenir les habitants de la situation et être à l'affût d'un étranger qui s'intéresserait un peu trop à toi.

— Hors de question, dit Raiden en secouant fermement la tête.

Khloe se redressa et sa chaleur contre lui lui manqua immédiatement.

— Pourquoi ? demanda-t-elle.

— Parce que je ne veux pas que les gens se mêlent de mes affaires, lui dit-il.

— Mais ça ne pose aucun problème que les gens se mêlent de *mes* affaires par contre ? dit-elle de façon très juste.

— Ce n'est pas pareil, protesta-t-il.

— Écoute, je sais que tu culpabilises par rapport à ce qu'il s'est passé, mais ce n'était pas de ta faute Raid. On t'a assommé. Tiré dessus ! Si tu avais été conscient, tu aurais autant souffert que ton ami. Et finalement c'était *pire* pour toi, parce que tu ne savais pas ce qui était en train de se passer et tu n'as même pas pu dire au revoir à Dagger. Mais tu n'as rien fait de mal. *Rien.* Qu'est-ce qui te dit que ce Garcia ne vous aurait pas fait pire à toi ou Tonka si tu avais été conscient ? Peut-être qu'il se serait plutôt attaqué à ton ami plutôt qu'aux chiens, juste pour te torturer. C'est horrible, Raid. Ça, il n'y a aucun doute. Mais tu n'as pas à avoir honte de quoi que ce soit.

Il n'était pas totalement convaincu qu'elle disait vrai, mais elle n'était pas la première à le lui dire. La dernière fois qu'ils avaient évoqué cette journée, Tonka lui avait même carrément dit qu'il était content que Raid soit resté inconscient tout le long et n'ait pas vu ce dont il avait été témoin.

— Et puis, on n'est pas obligés de donner tous les détails. Il suffit de dire que quelqu'un que tu as arrêté pendant que tu étais garde-côte t'en veut et qu'il risque de venir en ville pour régler ses comptes. Tu sais que ça suffira pour que les gens signalent à Simon et à ses adjoints, tous les inconnus qu'ils auront croisés. S'il y a bien *quelque chose* que j'ai appris ce mois-ci, c'est que les habitants de cette ville sont prêts à tout pour protéger l'un des leurs. Il y a déjà eu assez d'évènements trau-matisants comme ça. Et puis... tu es un héros ici. Combien de personnes disparues avez-vous retrouvées avec Duke ?

— Je ne sais pas, dit Raid en haussant les épaules.

— Eh bien beaucoup. Et une fois que les gens apprendront que Duke et toi êtes en danger, ils se mobiliseront.

— Si jamais on te fait du mal à cause de moi...

Sa voix se brisa.

Khloe le chevaucha et prit son visage dans ses mains.

— Maintenant tu sais exactement ce que je ressens, dit-elle doucement.

Il la prit par la taille et l'agrippa fermement pendant qu'elle continuait de parler.

— Je ne peux pas te promettre qu'il ne t'arrivera rien et que les Mather ne te feront pas de mal, tout comme tu ne peux pas me promettre qu'il ne *m'arrivera* rien à cause de tes ennuis. Tout ce qu'on peut faire, c'est rester vigilants et communiquer. On a déjà été prudents, on n'aura juste à l'être encore *plus*. Mais malgré les Mather, j'ai été plus heureuse ces dernières semaines que je ne l'ai jamais été depuis des années, et ça, c'est grâce à toi. Ne me laisse pas partir, Raiden. S'il te plaît.

Il raffermit son emprise et l'attira vers lui, enfouissant son visage dans son cou. Il lui fallut quelques instants pour retrouver son calme, mais lorsqu'il le fit, il s'écarta.

— Tu feras tout ce que je te demande, sans protester, lui ordonna-t-il.

Khloe acquiesça.

— Tu ne prendras aucun risque. Tu ne confronteras personne. Tu ne feras rien qui permette à Garcia de te mettre la main dessus s'il vient.

— Promis, dit-elle. Tout comme tu ne feras rien de fou non plus. Tu ne sortiras pas de tes gonds. Tu ne nous repousseras pas, ni moi ni tes amis.

Raid ne put s'empêcher de rire face à sa remarque.

— Promis, lui dit-il.

— Parfait. On est une équipe, Raid. Toi, moi et Duke.

Le limier entendit son nom et gémit avant de se retourner

pour se mettre debout. Il grimpa sur le canapé et passa sa tête entre Khloe et Raid.

Raid relâcha Khloe d'une main pour caresser le chien baveux.

— Tu te sens mieux ? lui demanda Khloe.

— Oui

— Tant mieux. Ne me refais plus jamais ça, Raid, dit-elle d'un ton énervé.

C'était un tel changement par rapport à la femme aimante qu'il tenait dans ses bras que Raid ne put que hocher la tête avec culpabilité.

— Je suis sérieuse. Si jamais tu essaies à nouveau de rompre avec moi *pour mon bien*… je ne serai pas si gentille la prochaine fois.

Il sourit.

— C'est noté.

Fidèle à elle-même, elle acquiesça, puis passa à autre chose.

— On peut monter maintenant ? Je pense que tu as besoin d'une autre douche.

— Ah oui ? demanda Raid.

— Oui. Je suis sûre que tu as besoin d'aide pour frotter certains endroits de ton dos.

— Et tu comptes me donner un coup de main ?

— Si tu insistes, dit-elle en soupirant d'un air exagéré avant de prendre son visage dans ses mains et de se pencher vers lui. Tout ira bien. Tout va bien se passer, lui dit-elle.

— Je l'espère.

— Moi je le sais, dit-elle fermement. Je n'ai pas enfin trouvé l'homme avec qui je me vois vieillir pour le perdre maintenant.

Le plaisir l'envahit.

— Pareil, dit-il doucement.

— Bon, avant qu'on ne devienne trop cucus, ramenez vos fesses en haut et sous la douche, monsieur.

Elle laissa échapper un cri lorsque Raid se leva du canapé tout en la gardant serrée contre lui.

— Raiden ! s'exclama-t-elle en enroulant les bras autour de ses épaules pour s'accrocher. Ne me lâche pas !

— Jamais, lui dit-il en toute confiance. L'avantage d'être aussi grand et fort que moi... c'est que je peux te porter facilement.

Il la sentit se détendre dans ses bras.

— Ah oui ? Je devrais peut-être te demander de me porter partout alors. Avec ma jambe et tout, tu sais.

Il se mit à rire.

— Tu es trop têtue et indépendante pour que je te porte tout le temps, lui dit-il.

— C'est vrai. Tu me connais bien.

— Oui, dit-il en hochant légèrement la tête. Tout comme tu savais qu'il valait mieux me laisser du temps et appeler Rocky pour qu'il vienne me sortir de cette impasse. Et d'ailleurs je ne t'ai pas remerciée pour ce super dîner.

Elle fronça le nez et le regarda tandis qu'il arrivait en haut des escaliers.

— Pour info... des spaghettis avec des hot-dogs, c'est juste dégoûtant.

Il s'esclaffa.

— C'est noté.

— Mais si ça t'aide à aller mieux, je t'en ferai tous les jours s'il le faut.

Raid s'arrêta dans le couloir, en haut de l'escalier et la regarda fixement. Il ne comprenait pas comment il avait pu être aussi chanceux en ayant Khloe à ses côtés.

— Je te promets que je ne vais pas tout foirer. Mais si jamais à l'avenir je fais quelque chose qui t'énerve, comme je l'ai fait aujourd'hui, s'il te plaît, dis-le-moi.

— Oh, compte sur moi, dit-elle en souriant. Et c'est pareil pour toi. J'aime bien quand on se chamaille, mais si jamais je vais trop loin ou que je dépasse les limites, s'il te plaît, dis-le-moi.

— Tu me connais mieux que personne, dit-il. Avant aujourd'hui, je n'avais encore jamais parlé de cette mission et de ce qu'il s'était passé. Et maintenant toi *et* Rocky êtes au courant. Il n'y a rien que tu puisses dire ou faire qui me donnera envie de t'abandonner. À moins que tu veuilles vraiment partir et que tu ne le fasses pas seulement par principe.

— Pareil, chuchota-t-elle. J'ai besoin de toi, Raid. S'il te plaît.

Son sexe tressaillit immédiatement.

— J'aime bien quand tu me supplies, la taquina-t-il en empruntant à nouveau le couloir.

Plus tard, bien plus tard, lorsque Raid se sentit épuisé et dormait à côté de Khloe, il repensa à tout ce qu'il s'était passé aujourd'hui.

La peur qu'il avait ressentie en apprenant que Garcia avait été libéré, peur non pas pour lui mais pour Khloe et tous ses amis, s'était transformée en quelque chose de différent.

En colère.

Pablo Garcia était un dangereux meurtrier. Et celui qui avait pris la décision de le libérer avait fait une énorme erreur. Mais c'était comme ça, et la seule chose à faire désormais, c'était d'aller de l'avant. Il devait se préparer au cas où cet homme tienne vraiment sa promesse et cherche à les faire payer, Tonka et lui, pour son arrestation. Ce type ne le prendrait plus par surprise. Raid savait quel genre d'homme il était – et il serait prêt à l'affronter.

Mais il n'y avait pas que ça. Le harcèlement que Jason et Scott faisaient subir à Khloe devait cesser – immédiatement.

Raid devait passer ces appels. Parler à certains des contacts qu'il avait établis au fil des ans et qu'il avait envisagé d'appeler dès qu'il avait entendu parler d'Alan Mather.

Il aimait Khloe. Il n'y avait aucun doute à ce sujet, même

s'ils ne se l'étaient pas encore dit. Personne ne la lui enlèverait. Ils méritaient de vivre une vie heureuse, sans histoire et de vieillir ensemble.

Raid ne savait pas ce que l'avenir lui réservait, mais il était plus que déterminé à se battre pour ce qu'il voulait. Et ce qu'il voulait, c'était Khloe. Et Fallport. Et ses amis. Et que ni Khloe ni lui n'aient besoin de rester sur leurs gardes jusqu'à la fin de leurs jours. Il ferait tout son possible pour que ça n'arrive pas.

CHAPITRE QUINZE

Raid n'avait pas l'habitude de faire ça. Il ne demandait pas à retrouver ses amis. Ils se réunissaient lorsque les filles s'organisaient une soirée entre elles, et évidemment ils débriefaient après une recherche lorsque la personne avait été retrouvée. Mais depuis qu'il était membre de l'équipe de Recherche et de Sauvetage d'Eagle Point, il n'avait jamais demandé à réunir tous les gars.

C'est donc avec beaucoup d'inquiétude qu'ils se retrouvèrent dans la salle de conférence de la bibliothèque. Raid ne voulait pas laisser Khloe seule, même s'il n'avait aucune preuve que Garcia se trouvait près de Fallport. Tant qu'il ne saurait pas où était l'homme, Raid ne se détendrait pas. De plus, Jason et Scott Mather étaient toujours dans les parages, probablement en train de réfléchir à la façon de harceler à nouveau sa femme.

N'étant pas du genre à tourner autour du pot, Raid ne chercha pas à faire la conversation une fois que tout le monde fut présent.

— Il est possible que mon passé revienne me hanter, commença-t-il.

Il raconta ensuite à ses meilleurs amis ce qu'il s'était passé sur ce bateau il y a plusieurs années et qui était Pablo Garcia.

Il s'attendait à ce que ses amis soient énervés. Inquiets. *Il* ne s'attendait pas à devoir apaiser la colère *qu'ils* éprouvaient pour lui.

Rocky avait déjà entendu son récit, mais les autres étaient plus que choqués. Non pas qu'un homme comme Garcia existe – ils avaient tous été témoins, chacun à travers leurs propres expériences, du mal qui habitait le trafiquant de drogue –, mais qu'il ait pu être si impitoyable envers les chiens qu'il avait tués.

— Je n'ai aucune preuve qu'il va venir ici, dit Raid.

— Mais tu n'as aucune preuve du contraire non plus, souligna Zeke.

— Exactement. Je suis sûr qu'il a passé son temps derrière les barreaux à imaginer toutes sortes de façon de vous torturer, Tonka et toi, acquiesça Drew.

— Qu'en pense ton ami ? demanda Ethan.

— Il n'est pas content. Il est au Nouveau-Mexique et il a une famille. Ainsi qu'une grange pleine d'animaux dont il s'occupe et un tas d'amis avec lesquels il travaille. Il est tout aussi inquiet que moi, dit Raid au groupe.

— À juste titre, dit Tal. Est-ce qu'on doit traquer ce connard ? Qui est-ce qu'on appelle ?

Raid n'en revenait pas de sourire. Les réactions de ses amis étaient rassurantes. Il n'en faisait pas trop et n'était pas parano. Ils étaient tout aussi inquiets que lui.

— Je me disais qu'Ethan pourrait contacter son ami Tex. Il pourrait peut-être faire des recherches et voir ce qu'il trouve sur lui. Il pourrait voir s'il est resté là où les fonctionnaires de l'immigration l'ont laissé ou s'il est dans la nature, dit Raid.

— Rex, mon contact au Colorado s'occupe principalement des trafiquants de sexe domestiques aujourd'hui, mais je suis prêt à parier qu'il a encore des contacts qui pourraient nous donner plus d'informations, dit Rocky.

— N'oublie pas Silverstone, ajouta Zeke. D'après ce que j'ai entendu, ils ne sont plus vraiment dans le business, mais des hommes comme eux, ça n'arrête pas du jour au lendemain. Et ils ont de nombreux contacts au sein du FBI et d'autres sources gouvernementales.

Tout le monde hocha la tête.

— J'appellerai le putain de président s'il le faut pour obtenir des informations, gronda Ethan. Je ne comprends pas comment quelqu'un comme lui a pu être libéré. Quelqu'un a fait une grosse connerie et j'ai bien l'intention de faire tout ce que je peux pour m'assurer que celui qui a pris cette décision soit mis à la porte.

— Qu'est-ce qu'on fait en attendant ? demanda Drew, un peu plus calmement que ses amis. Et Khloe ?

— Je ne veux pas me mêler de vos affaires, mais vous semblez très proches tous les deux ces derniers temps, ajouta Brock. Je suppose que votre relation va au-delà de celle d'un patron et de son employée ?

— Oui, dit simplement Raid.

Il n'avait jamais été du genre à balancer sur ses relations, mais ça ne le dérangeait pas que ses amis sachent à quel point elle comptait pour lui.

— OK, il faut qu'on s'assure qu'elle soit constamment surveillée, dit Drew en acquiesçant.

— Ce que nous faisons déjà à cause de Dupond et Dupont qui sont en ville, grommela Zeke.

— Putain, j'avais oublié ces connards, dit Drew en secouant la tête.

— Tu sais, je regrette un peu l'époque où la seule chose qui nous préoccupait c'était l'heure à laquelle on allait nous appeler pour une recherche, dit sèchement Ethan.

— C'est faux, dit Tal en jetant un stylo vers son ami depuis l'autre côté de la table.

— OK, t'as raison. J'ai Lilly dans ma vie, et ça, je ne le changerais pour rien au monde. Mais la vie était plus simple avant que tous ces harceleurs, psychopathes et ex ne débarquent.

— Plus simple, peut-être concéda Brock. Mais pas aussi géniale.

Il n'avait pas tort.

— À part protéger Khloe, à quoi penses-tu ? demanda Drew.

— Khloe a suggéré qu'on fasse passer le mot à propos de Garcia, dit Raid. On ne raconte pas tout, mais assez pour que les habitants de Fallport soient sur le qui-vive.

— Et ça te convient ? demanda Ethan avec inquiétude. Tu n'es pas vraiment extraverti depuis que tu vis ici. On est tes meilleurs amis et ce n'est qu'aujourd'hui qu'on apprend ce qu'il s'est passé durant cette mission.

Raid acquiesça et prit la décision de s'ouvrir un peu plus à ses amis. C'était le moins qu'il puisse faire après tout ce qu'ils avaient fait pour aider Khloe... et aussi parce qu'il était temps.

— Toute ma vie, j'ai fait ce que j'ai pu pour me faire oublier. Quand j'étais à l'école, c'était pour ne pas me faire remarquer par les brutes. En grandissant, c'était parce que je ne m'intégrais pas à la foule. J'étais un geek qui aimait passer du temps avec ses jeux vidéo plutôt qu'avec les gens. Quand j'étais dans la Garde côtière, Dagger était là pour me tenir compagnie. Je passais toujours mes vendredis soir à jouer à Donjons et Dragons avec des gens que je rencontrais en ligne. Et je préfère être seul. Mais ça ne veut pas dire que je ne vous aime pas, c'est juste que... je n'ai jamais pensé que vous vouliez découvrir qui j'étais réellement. Mais je sais aussi que je ne vous en ai pas donné l'occasion.

— J'ai joué à D&D quand j'étais au lycée, dit Drew. Ça me dirait bien de me joindre à vous... si ça ne te dérange pas.

— Il n'y a rien de mal à être solitaire, ajouta Zeke.

— Et je ne disais pas que c'était une mauvaise chose que tu restes seul, dit Ethan à Raid.

— On t'aime exactement comme tu es. Mais être le centre des commérages de Fallport n'est pas vraiment amusant.

Raid se pencha en avant.

— Je m'en fiche. Je ferai ce qu'il faut pour que Khloe soit en sécurité et que Garcia retourne en prison. Ce type est une menace. Il est impossible qu'il retourne chez lui en s'estimant heureux d'être sorti de prison plus tôt. C'est un psychopathe. Il se fiche de savoir qui il blesse.

— Maintenant que tu nous as raconté ce qu'il a fait à Dagger et Steel, ça paraît évident, dit Brock d'un ton dur.

— Je suis certain qu'il finira par s'en prendre à Tonka et moi. Je peux l'affronter, mais j'ai besoin que tout le monde soit vigilant, pour qu'il ne puisse pas me tendre d'embuscade... ni à moi ni à Khloe. Ni à aucun de vous d'ailleurs, dit Raid.

— Tu veux dire, *on* peut l'affronter, dit fermement Ethan.

— Ce n'est pas votre combat. Et tu as une femme sur qui tu dois veiller. C'est pareil pour vous tous. Zeke et Brock, vos femmes sont enceintes. Et puis il y a Tony et Marissa, dit Raid en secouant la tête.

— Tu te trompes tellement, dit Drew. Ton combat, c'est *notre* combat. On est une équipe. Tes amis. Et si tu crois que je vais rester les bras croisés et laisser ce psychopathe faire du mal à quelqu'un que j'aime, tu es aussi fou que lui.

Raid déglutit avec difficulté. C'était ce dont il avait toujours rêvé. Des amis comme eux. Ce n'était que maintenant qu'il réalisait qu'il avait été injuste avec eux. Il les avait tenus à distance à cause de ses propres préjugés et failles. Il avait supposé qu'ils ne l'aimeraient pas autant que les autres simplement parce qu'il préférait lire ou jouer à des jeux fantastiques au lieu d'aller camper, chasser ou s'adonner à d'autres activités plus physiques.

Il avait laissé ses plus anciennes peurs d'enfant le suivre jusqu'à l'âge adulte.

— Ne le sous-estimez pas, leur dit calmement Raid. Il est

malin. Il ne va pas simplement débarquer en ville. Il va faire du repérage. Il voudra obtenir autant d'informations que possible avant de frapper. Et il n'a pas peur de faire du mal aux gens pour obtenir ce qu'il veut.

— On a tous connu des hommes comme lui, dit Zeke. Il ne gagnera pas. Hors de question.

Tous les autres acquiescèrent et une fois de plus, Raid fut rempli de gratitude envers ses amis.

— OK, on va contacter tous ceux qui peuvent savoir où se trouve ce connard, on va expliquer prudemment que quelqu'un risque de venir en ville pour obtenir des informations sur Raid et on s'assurera que Simon et ses adjoints soient au courant et on fera de notre mieux pour garder un œil sur Khloe, nos femmes et les enfants. Bon, maintenant, est-ce qu'on peut parler de Raid et Khloe ? demanda Tal avec un sourire.

— Oui, je croyais que vous ne vous appréciiez pas tous les deux, dit Brock.

— Oh, si, ils s'appréciaient, s'esclaffa Ethan. C'était assez évident.

— N'est-ce pas ? Plus ils se plaignaient l'un de l'autre, plus j'étais certain qu'ils finiraient ensemble, dit Rocky.

— En fait ils sont parfaits l'un pour l'autre... ils aiment tous les deux être seuls et préfèrent les animaux aux gens, remarqua Drew.

Raid croisa les bras et n'essaya même pas d'arrêter ses amis. Il savait par expérience que lorsqu'ils avaient quelque chose à dire, ils le disaient, peu importe ce que les autres pensaient.

— C'est tellement vrai ! s'exclama Ethan. Duke aime bien Lilly, mais il *adore* Khloe.

— Attends, elle est au courant pour tes jeux de D&D ? demanda Rocky.

Raid eut un rictus.

— Oui. Elle a même joué avec moi. Elle est super douée.

Tous ses amis s'extasièrent.

— Bon... si tout le monde a fini d'être une fouine, il faut que je me remette au travail, dit Raid en secouant la tête.

— Oui, comme nous tous, dit Ethan.

— On est là pour toi, lui dit Brock.

— Oui, acquiesça Tal. Quoi qu'il arrive, Garcia ne gagnera pas.

— Ni les frères Mather. Et Khloe va ouvrir sa clinique vétérinaire et mettre Ziegler en faillite en un rien de temps, dit Zeke avec un sourire.

Chacun de ses amis lui tapa dans le dos en se levant avant de quitter la salle de réunion. Raid ne pouvait pas dire qu'il se sentait mieux vis-à-vis de cette situation, mais il était content de voir qu'ils faisaient tout leur possible. Il était certain que les amis de Tonka, au Refuge, le lieu de retraite qu'ils géraient tous ensemble, faisaient de même.

Après avoir dit au revoir à tout le monde, Raid se retourna et ne fut pas surpris de voir Khloe non loin. Il fit un signe de la tête en direction de son bureau et elle s'y dirigea avec empressement.

Dès que la porte fut fermée, elle passa ses bras autour de sa taille.

— Comment ça s'est passé ? C'est bon, l'opération « *Empêchez Ce Gros Connard D'approcher Mon Copain* » est lancée ?

Raid ne put s'en empêcher. Il éclata de rire. Hier, si quelqu'un lui avait dit que cette situation le ferait rire, il l'aurait envoyé chier. Mais Khloe parvenait à dédramatiser les choses.

— Oui.

— Tant mieux. Bon, comme tu étais très stressé et grincheux ce matin, je n'ai pas eu le droit à mon bisou matinal. Tu penses que tu peux y remédier, Bjorn ?

Raid souriait toujours lorsqu'il baissa la tête. Il n'y avait que sa Khloe pour employer le nom de son personnage de D&D de façon affectueuse. Il l'embrassa longuement et intensément, s'excusant de l'avoir négligée. Elle lui rendit son baiser avec enthousiasme.

Lorsqu'elle s'écarta, elle le regarda d'un air sérieux.

— Quoi ? demanda-t-il.

— On va s'en sortir, dit-elle fermement. Je ne sais pas ce que l'avenir nous réserve, mais après tout ce que nous avons vécu, il est hors de question qu'Alan ou Pablo gagne.

Un frisson lui parcourut l'échine, mais il l'ignora.

— Ça, c'est clair, lui dit-il.

Elle lui sourit.

— Maintenant, est-ce que je peux te convaincre de faire l'inventaire des livres retournés pendant que je m'occupe de la caisse ?

Raid grimaça. Il savait que réapprovisionner les étagères n'était pas le truc préféré de Khloe, mais il avait des coups de fil à passer et il ne pouvait pas le faire s'il était dans la bibliothèque.

— Non, dit-il. Mais ce soir je pourrai me faire pardonner.

Elle frissonna dans ses bras.

— Marché conclu, murmura-t-elle.

Elle glissa ses mains sous sa chemise et caressa la peau nue du bas de son dos pendant un moment, avant qu'elle ne recule d'un pas.

— Il fait chaud ici, non ? demanda-t-elle en souriant.

— Très chaud, répondit-il.

Puis son sourire s'effaça.

— Raid ?

— Oui, Khloe ?

— Je n'étais pas prête pour toi. Je pensais que j'étais bien toute seule. Mais le fait d'être avec toi ces dernières semaines m'a fait comprendre à quel point j'avais été idiote de vous tenir à l'écart, toi et tous les autres, pendant si longtemps. Quoi qu'il arrive... je sais que je peux te faire confiance pour arranger les choses.

Après avoir lâché cette bombe, elle quitta son bureau et se dirigea vers la boîte de dépôt pour rassembler des livres.

Raid resta planté là un long moment. Les mots qu'elle avait prononcés l'avaient laissé abasourdi. Elle avait dit exactement ce qu'il ressentait. Il avait attendu trop longtemps pour reconnaître son attirance pour elle et il le regrettait énormément. Et la confiance qu'elle lui accordait comptait beaucoup pour lui. Il ne l'abandonnerait pas et ne la décevrait pas. Quoi qu'il arrive, il ferait tout ce qu'il faut pour s'assurer qu'ils soient heureux pour toujours. Ensemble.

Et pour ça, il devait d'abord appeler Tonka. Maintenant qu'ils avaient eu le temps de se faire à l'idée que Garcia était libre, il fallait qu'ils parlent. Personne ne connaissait ce salaud comme Tonka. Il avait passé deux heures affreuses avec lui, et s'il y en avait bien un qui pouvait anticiper ce qu'il prévoyait, c'était lui. Raid regrettait qu'il soit à l'autre bout du pays, mais c'était peut-être mieux ainsi, quand on savait à quel point Garcia tenait à se venger.

* * *

Cette nuit-là, alors que Khloe le chevauchait avec force, Raid ne pouvait détacher ses yeux de son beau visage. Elle était toute sa vie. Elle avait progressivement franchi tous ses barrages cette dernière année, mais récemment, elle les avait fait voler en éclats. Grâce à elle, il n'était plus le même. Il était le genre d'homme qu'il avait toujours voulu être.

Il enfonça les doigts dans ses hanches tandis qu'elle lui souriait. Ses seins rebondissaient sur sa poitrine et elle était complètement désinhibée. Tandis qu'il l'observait, elle se cambra et se mit à toucher ses tétons, faisant de son mieux pour l'exciter.

Raid glissa une main entre ses jambes pour frotter vigoureusement son clitoris qui devait probablement être encore sensible après les deux orgasmes qu'il lui avait déjà donnés. Il l'avait laissée lui monter dessus pour lui offrir un semblant de contrôle, mais ce n'était qu'une façade. Dès qu'ils étaient ensemble, il ne pouvait pas s'empêcher de dominer. Et il savait qu'elle adorait ça.

Dès la seconde où il la toucha, elle gémit et s'immobilisa au-dessus de lui. Raid regretta la friction contre son sexe, mais il adora la sentir se serrer autour de lui.

— Raid, le supplia-t-elle en commençant à trembler.

Elle posa les mains sur son torse pour se stabiliser tandis qu'il continuait de la caresser.

— Jouis pour moi, ordonna-t-il.

Elle secoua la tête, mais son corps continua à se tendre.

Raid se demanda s'il n'avait pas un problème, car il aimait la forcer à atteindre l'orgasme. Rien ne le faisait se sentir plus puissant que de regarder Khloe atteindre l'extase à son contact et son commandement.

Dès la seconde où elle se mit à convulser, il se redressa, restant en elle et il la fit rouler sur le dos. Puis il la pénétra avec force, poussant à travers ses muscles serrés qui se contractaient sous l'effet de l'orgasme.

Elle gémit et Raid la pénétra plus fort. C'était tellement bon. Il n'avait jamais rien ressenti d'aussi merveilleux que d'être en elle comme ça.

Elle enroula les jambes autour de lui et enfonça les talons dans ses fesses tandis que ses bourses remontaient au fur et à mesure. Il était sur le point d'exploser lorsque Khloe lui pinça les tétons. Et elle n'hésita pas à le faire.

Le choc de la douleur fulgurante et son sexe qui palpitait encore autour de lui lui firent perdre le peu de contrôle qu'il lui restait. S'enfonçant aussi profondément que possible, Raid jouit. Sans jamais s'arrêter. Il crut que c'était sans fin. Il lutta pour se maintenir et ne pas s'effondrer sur elle et l'écraser sous son corps beaucoup trop grand.

Une fois qu'il n'eut plus de forces, il se laissa retomber sur le côté, l'emportant avec lui, souhaitant encore rester en elle. Il mit quelques minutes avant de pouvoir parler.

— Putain, Khloe, t'as failli me tuer ! se plaignit-il d'un ton moqueur.

— Ce que toi tu fais à chaque fois qu'on est ensemble, dit-elle avec un sourire. Ça t'a plu.

Raid ne put s'empêcher de rire.

— Sans blague. Mais pour qu'on soit bien d'accord, c'est quoi qui m'a plu exactement ?

— Que je te pince les tétons, dit-elle.

Raid s'appuya sur son coude et baissa les yeux vers elle.

— J'aime tout ce que tu me fais.

— Sauf me laisser prendre le contrôle, rétorqua-t-elle.

Il haussa les épaules.

— Qu'est-ce que tu veux que je te dise. J'aime que tu sois à ma merci.

Elle gloussa et Raid le sentit jusque dans son sexe. Ce qui lui rappela qu'il devait s'occuper du préservatif.

— Ne bouge pas, ordonna-t-il. Je reviens.

Il attendit qu'elle acquiesce avant de se retirer et de rouler hors du lit. Il revint moins d'une minute plus tard, grimaçant.

— Pourquoi tu fais cette tête ? demanda-t-elle pendant qu'il la déplaçait pour la mettre sous les couvertures.

— Le préservatif a craqué, dit-il sans tourner autour du pot.

— Oh.

Raid attendit, mais elle ne dit rien de plus.

— C'est tout ce que tu as à dire ? demanda-t-il.

Khloe haussa les épaules.

— J'ai un stérilet. Il y a très peu de chances que je tombe enceinte.

— C'est vrai ?

Elle hocha la tête.

— Désolée de ne pas te l'avoir dit avant.

— Pourquoi tu ne l'as pas fait ? Je veux dire, je suis content que tu te protèges, je suis juste curieux.

— Est-ce que t'es le genre d'homme qui va devenir fou si je parle de mes ex pendant qu'on est au lit ? demanda-t-elle.

Raid y réfléchit un moment avant de secouer la tête.

— Non. J'ai quarante et un ans. Et je sais que je n'ai pas eu le même genre d'expérience sexuelle que la plupart des hommes... et des femmes ont à mon âge.

— OK. Mais sache que... moi je suis clairement du genre à devenir possessive et jalouse, alors je ne veux pas entendre parler d'autres femmes et de la façon dont tu es devenu si bon au lit.

— C'est grâce à Internet, dit Raid sans aucune hésitation.

Il aurait dû être gêné, mais avec Khloe il ne pouvait pas l'être.

— Quoi ?

— C'est comme ça que j'ai appris à donner du plaisir à une femme.

— C'est impossible que tu aies appris ce truc avec ta langue et comment me donner un orgasme du point G en regardant du porno, dit-elle d'un ton sceptique.

— T'as raison. Beaucoup de pornos son dégueulasses. Et les trucs hardcores montrent surtout de la violence envers les femmes, et je ne peux pas le supporter. Mais il y a beaucoup de vidéos de type tutoriel. Où les hommes restent habillés, et où il s'agit de montrer comment amener les femmes à avoir un orgasme.

— Sérieux ?

— Sérieux.

— Bon... OK. Et pour répondre à ta question, je n'ai pas mentionné mon stérilet parce que par le passé quand j'ai dit aux hommes que j'en avais un, ils m'ont tous mis la pression pour faire l'amour sans préservatif. Et même si, quand ça fait longtemps que je suis avec quelqu'un, je n'y suis pas opposée, il est hors de question que je laisse un homme que je viens tout juste de rencontrer me pénétrer sans préservatif. Je ne sais pas où il a traîné et je n'ai pas envie de choper des MST parce qu'un gars est trop con pour sortir couvert avec d'autres filles.

Raid ne put s'empêcher de rire.

— Eh bien tu n'as pas à t'inquiéter pour moi, parce que ça fait très longtemps que mon sexe n'a pas connu autre chose que mon poing. Et ça me va de mettre des préservatifs pour te protéger aussi longtemps que tu le souhaites.

— Tu veux des enfants ? demanda-t-elle.

Raid ne put s'empêcher de se crisper face à sa question. Il était encore trop tôt pour parler d'enfants... non ? Mais elle ne lui avait pas demandé s'il voulait en avoir avec elle, mais seulement s'il en voulait.

Raid ne l'avait encore jamais avoué à personne, mais là, il s'agissait de Khloe.

— Oui, dit-il doucement. J'en ai toujours eu envie. Mais je ne sais pas si je serais le meilleur père. Si j'avais un garçon, je ne saurais pas lancer une balle de baseball ni pêcher ni aucun des trucs que font les pères. Et une fille ? Laisse tomber. Je ne connais *rien* aux filles.

— Oh, moi je ne dirais pas ça, dit-elle d'un air explicite.

Puis elle roula sur le côté jusqu'à ce qu'elle soit sur lui.

— Je pense que tu serais un super papa. Et qui te dit que ton fils aurait envie de lancer une balle dans le jardin ? Peut-être qu'il aurait plus envie d'assembler des Légo. Ou alors tu pourrais lui apprendre à jouer à D&D. Et ta fille te ferait complètement fondre. Elle serait une fille à papa, c'est sûr.

— Et toi veux des enfants ? demanda-t-il.

Khloe haussa les épaules.

— Je m'étais dit que non. Que ça m'allait très bien de m'occuper des animaux de ma clinique. Puis j'ai quarante-trois ans... ce n'est probablement plus une option. Mais avec toi, oui je pense que ça me plairait.

Cette conversation prenait une tournure concrète et Raid sentit sa queue se durcir entre ses jambes.

Khloe sourit et se redressa. Elle recula jusqu'à ce que son sexe soit pile là où elle le voulait. Il n'était qu'à moitié dur, mais elle se leva et coinça l'extrémité entre ses lèvres. Puis elle se laissa retomber sur lui.

La sensation d'être en elle sans préservatif était indescriptible – et son sexe s'élargit un peu plus.

— Oh, waouh ! C'est tellement bizarre... mais incroyable, dit-elle en gémissant. Je te sens durcir en moi.

— Je n'ai pas de préservatif, lui rappela-t-il.

— Je sais. Je te fais confiance, Raid.

Putain, elle allait le faire jouir comme un adolescent. Il enroula les bras autour d'elle et roula sur le côté, restant en elle. Une fois qu'ils furent installés, il baissa les yeux vers cette femme qui avait bouleversé sa vie.

— Accroche-toi, l'avertit-il.

— À quoi ?

— À moi.

Puis Raid montra à Khloe combien elle comptait pour lui. À quel point il ne serait plus jamais le même si elle le quittait. Qu'il ferait tout pour la protéger.

CHAPITRE SEIZE

Un mois plus tard, Khloe ne réalisait pas à quel point sa vie avait changé. Elle avait l'impression que tout allait très vite, mais elle était très contente de la façon dont se déroulaient les choses.

Rocky consacrait tout son temps aux rénovations, avec l'aide d'Ethan et elle avait pu ouvrir sa clinique d'urgences vétérinaires il y a deux semaines. Elle avait déjà eu quelques clients. En étant ouverte de 20 heures à 6 heures du matin, elle n'avait pas beaucoup de clients, mais pour ceux qu'elle accueillait, Khloe savait qu'elle changeait la vie de leurs animaux de compagnie.

Elle ne passait pas toutes ses nuits à la clinique. Afton et les autres assistants-vétérinaires qu'elle avait employés s'occupaient de la réception. En cas d'urgence, ils l'appelaient si elle n'était pas déjà sur place.

Elle avait réduit son temps de travail à la bibliothèque, ce qui la rendait triste, mais c'était inévitable. Lorsqu'elle travaillait à la clinique, Raid la déposait après avoir dîné avec elle, puis revenait la chercher le lendemain matin. Il la ramenait chez lui, ils prenaient le petit déjeuner ensemble et elle s'allongeait pour dormir. Parfois, il la rejoignait et ils faisaient l'amour avant qu'il ne parte au travail, et d'autres fois, il restait simplement dans le lit à côté d'elle à lire avant de partir pour commencer sa journée.

Elle se levait vers midi et partait à la bibliothèque pour travailler quelques heures avec Raid – et le nouvel assistant qu'il avait embauché – puis ils sortaient. Ils passaient souvent du temps avec l'un de leurs amis ou partaient faire de courtes randonnées pour faire un peu d'exercice.

Raid et le reste de l'équipe de recherche étaient toujours sur le qui-vive, surveillant et attendant que Garcia passe à l'action, mais jusqu'à présent, il était aux abonnés absents. Khloe savait qu'il était encore trop tôt pour espérer qu'il se soit retranché quelque part et qu'ils n'entendent plus jamais parler de lui, mais l'espoir fait vivre.

Jason et Scott avaient également disparu depuis un moment, et leurs quelques semaines d'absence avaient été les meilleures de sa vie. Khloe avait pu se détendre pour la première fois depuis très longtemps et avait apprécié tout ce temps qu'elle avait pu passer avec Raid.

Duke était redevenu le chien qu'il était avant l'opération et alors que la saison touristique battait son plein, l'équipe de Recherche et de Sauvetage d'Eagle Point était de plus en plus sollicitée pour retrouver des randonneurs égarés.

Comme tout allait très bien, Khloe ne s'attendait pas à tomber littéralement sur Jason et Scott lorsqu'elle quitta la bibliothèque un jour, traversant la place pour aller au Broyeur boire un café bien mérité et nécessaire, et manger un roulé à la cannelle de la boulangerie de Finley que la pâtissière lui avait promis de mettre de côté.

— Tiens, tiens, dit Jason avec un rictus en la regardant d'un air méchant. Si ce n'est pas la nouvelle vétérinaire de Fallport. T'as tué des chiens récemment ?

Prenant une grande inspiration, Khloe fit de son mieux

pour ignorer la grosse brute. Elle passa devant La Cave qui était actuellement fermée et traversa Cedar Street, dépassant le salon de coiffure.

Art, Silas et Otto étaient assis devant le bureau de poste, comme d'habitude et ils levèrent la tête à son approche.

— Elle pense qu'en nous ignorant on finira par partir, ajouta Scott en suivant son frère aîné.

— Eh ben elle se trompe. Alan a des plans pour toi, ma belle. Et nous aussi. Je ne serais pas aussi à l'aise à ta place.

Khloe en eut alors assez A-S-S-E-Z. Elle n'avait *rien* fait pour provoquer ces types. Et elle avait fait tout ce qu'elle pouvait pour la chienne d'Alan. C'était *lui* qui l'avait battue, provoquant l'hémorragie interne. C'était *lui* qui ne supportait pas qu'une femme puisse être plus intelligente que lui. C'était *lui* qui avait essayé de la tuer, et qui avait échoué... même si elle en était plutôt contente.

Elle se retourna brusquement, poussant Jason au niveau du torse, tellement il était proche d'elle.

— Pourquoi vous êtes encore là ? grogna-t-elle.

Surpris par la vitesse à laquelle elle s'était retournée, Jason recula d'un pas et heurta Scott, qui trébucha à son tour et tomba sur les fesses sur le trottoir.

— Sérieux, dit-elle en le cognant une fois de plus avant qu'il ne trébuche sur son frère. Regardez autour de vous. Vous n'êtes pas les bienvenus ici. Personne ne vous aime et vous avez été bannis de tous les commerces. Même Whip ne veut pas de vous dans sa salle de billard et ce n'est pas rien, parce que tout le monde sait que c'est là que traînent les voyous de cette ville. Votre frère est un *connard*. Tout comme vous. Il a essayé de me *renverser*. Ce n'est absolument pas acceptable, dans aucun État ni pays. Il a perdu son putain de sang-froid et il en paye le prix. S'il était allé de l'avant, il ne serait pas en prison aujourd'hui. Et en vous en prenant à moi, une femme qui a juste fait son travail, vous êtes tout aussi stupides que lui !

— Qu'est-ce que tu viens de dire ? rétorqua Jason en faisant un pas agressif vers elle. Je te trouve un peu trop arrogante. On aurait dû faire ce qu'Alan attendait de nous depuis *bien* longtemps.

Khloe réalisa qu'elle était peut-être allée trop loin et recula – et sentit quelqu'un derrière elle. Tournant la tête, elle vit le vieux Grogan. Le supermarché était juste à côté du bureau de poste et il avait dû voir ou entendre ce qu'il était en train de se passer.

Art, Otto et Silas s'étaient également levés. Khloe vit que Silas tenait leur échiquier dans sa main, comme s'il était prêt à l'utiliser comme une arme... même si elle ne serait pas très efficace.

Derrière Scott et Jason, Khloe vit Raid qui avançait vers eux avec rapidité et Tal quitta le salon de coiffure dans lequel il travaillait.

La cavalerie arrivait et Khloe se détendit un peu.

— Il est temps que vous passiez à autre chose, dit Harry Grogan en grondant.

— Ah ouais ? Tu comptes m'y obliger, le vieux ? demanda Jason, serrant les poings.

— Il ne le fera peut-être pas, mais moi oui, retentit une autre voix derrière eux.

C'était Davis Woolford.

— Moi aussi, dit Clyde Thomas.

Le vieil homme était connu à Fallport et dans ce coin de Virginie pour son excellente liqueur. Il était aussi un très bon ami de Caryn.

— Vous vous êtes ridiculisés assez longtemps, dit Dorothea Reese avec dégoût.

La vieille dame était accompagnée de ses trois meilleures amies, Cora, Ruth et Clara... les quatre dames étaient toujours dans le salon de beauté à côté du bureau de poste, et elles n'avaient évidemment pas pu résister à l'envie de se joindre à eux.

En regardant autour d'elle, Khloe vit arriver de plus en plus de monde. Neli, de la librairie d'occasion ; Guy, qui travaillait au comptoir de la poste ; Sandra traversait la place avec Karen, une des serveuses. De plus, Elsie et Zeke couraient vers eux depuis le On The Rocks, suivis de près par Hank et Reina, deux employés de Zeke.

Visiblement, les habitants de Fallport en avaient autant marre des frères Mather que Khloe.

Elle baissa la voix et fit de son mieux pour cacher son agacement.

— Je suis désolée de ce qu'il s'est passé, dit-elle à Jason et Scott. Si j'avais pu sauver la chienne d'Alan, je l'aurais fait. Mais elle était déjà condamnée quand il l'a amenée.

— Tu as gâché sa vie ! dit Scott qui s'était relevé derrière Jason.

— Et vous, vous êtes complètement stupides, dit Harry Grogan en secouant la tête. Khloe n'est pas Dieu. Elle ne peut pas sauver tous les animaux qu'on lui amène. Et elle n'a pas gâché la vie de votre frère. Il l'a fait tout seul.

— Ne te mêle pas de ça, le vieux, l'avertit Jason.

— Il faut que vous partiez maintenant. *Tout de suite* ! cria une voix forte.

Tout le monde tourna la tête vers Simon, le chef de la police qui arrivait vers eux depuis le carré d'herbe.

— Vous ne pouvez pas m'y obliger, dit Jason de façon puérile.

— C'est vrai, je ne peux pas. Mais vous voyez bien que vous n'êtes pas les bienvenus. Personne ne tolère plus vos brimades et vos intimidations. Et dormir dans sa voiture sur le parking des sentiers de randonnée, c'est illégal. J'imagine que le nombre de contraventions que je vais vous donner sera supérieur à votre obstination. Le mieux que vous puissiez faire, c'est de retourner à Norfolk et de vous occuper de vos affaires. Oubliez la docteure Watts et demandez à votre frère de vite faire de même.

Khloe n'avait pas réalisé que les frères vivaient dans leur voiture, mais elle n'en fut pas surprise. Fallport avait serré les rangs... et cela faisait vraiment du bien.

Jason lança un regard noir à la foule qui l'entourait.

Khloe croisa le regard de Raid. Il s'était arrêté près des frères Mather mais était resté silencieux – et rien que pour ça, elle l'aimait encore plus. Il les laissait, elle et les citoyens de Fallport, mener cette bataille, tout en restant prêt au cas où l'on aurait besoin de lui.

C'est à ce moment-là qu'elle comprit qu'elle l'aimait. Elle l'aimait tellement. Elle sourit rien que d'y penser.

— Qu'est-ce qui te fait sourire, salope ?! demanda Jason.

Dans un accès évident de colère et de frustration, il s'élança vers l'avant, la main levée.

Avant qu'il ne puisse toucher sa joue, Harry Grogan écarta Khloe et repoussa la main de Jason. Une fraction de seconde plus tard, Zeke le mettait à terre, tandis que Tal s'assurait que Scott ne se joigne pas à la mêlée.

En un clin d'œil, Raid fut à ses côtés, la faisant reculer de quelques pas.

Simon soupira de façon dramatique et feinte.

— Je vais *devoir* vous arrêter pour tentative d'agression.

Jason hurla lorsque Zeke lui tordit le bras dans le dos tout en le tirant du sol.

— C'est n'importe quoi ! hurla-t-il. J'ai des témoins. Cet homme *m'a* agressé !

— Ah ça, oui on est témoins ! cria Sandra. Tu as essayé de frapper Khloe !

Tout le monde parlait en même temps, se rangeant du côté de Sandra et Simon.

— Tu vas le regretter ! hurla Jason à Khloe. T'as intérêt à

garder un œil sur ce chien. Il ne faudrait pas qu'il meure comme celui d'Alan !

Khloe se crispa, baissant les yeux vers Duke qui, évidemment, était aux côtés de Raid.

Que Jason *l'intimide*, c'était une chose, mais qu'il menace de blesser ou de tuer Duke ? Non. C'était *hors de question*.

Elle ouvrit la bouche pour dire à Jason de ne pas s'approcher de Duke, lorsqu'une fois de plus, les habitants lui vinrent en aide.

— Si tu touches à un seul poil de ce chien, Simon fera bien plus que t'arrêter pour un délit mineur, grogna Clyde.

— C'est tendre le bâton pour se faire battre, ça, dit Guy en secouant la tête.

— Duke est intouchable ici, ajouta Finley. Ce n'est vraiment pas dans ton intérêt de le menacer.

— Il t'arrachera le visage ! cria Reina.

Khloe entendit alors quelques rires. Duke n'avait pas une once de méchanceté en lui. Mais elle se souvint comment le limier avait grogné contre les frères la dernière fois qu'ils l'avaient affrontée derrière la bibliothèque, lorsque Whip lui était venu en aide.

— Allez, viens, dit Simon. Ça ne te fera pas de mal de passer un peu de temps en cellule. Ça te calmera peut-être un peu.

— Va te faire foutre ! hurla Jason. Et vous aussi bande de ploucs, allez tous vous faire foutre ! Vous avez une meurtrière parmi vous et vous vous en foutez !

— Ouais ! ajouta Scott comme un imbécile, suivant son frère et Simon tandis qu'ils se dirigeaient vers le poste de police.

La dernière chose qu'elle entendit fut Jason qui hurlait encore des menaces contre elle, Duke, Raid et tous les habitants de Fallport.

— Ça va ? lui demanda Raid à voix basse en se penchant vers son oreille.

Khloe réfléchit un instant avant d'acquiescer. Oui. Ça n'avait pas été agréable, pas du tout même, la confrontation, ce n'était pas son truc, mais le fait de voir qu'aucun des habitants n'avait hésité à la soutenir quand elle en avait eu le plus besoin était incroyable. C'était aussi une belle leçon.

Elle prit le temps de remercier tout le monde d'être venu l'aider, fit même quelques câlins. Khloe vit qu'elle surprenait les gens par ses gestes démonstratifs, mais elle en avait assez d'être la fille distante et recluse qu'elle avait été à son arrivée. Elle n'avait plus rien à cacher. Tous ses secrets étaient exposés et tout le monde semblait l'accepter telle qu'elle était.

La plupart étaient retournés faire ce qu'ils faisaient avant la confrontation, une altercation dont on parlerait sans doute pendant des mois et qui serait probablement exagérée. Sachant très bien comment fonctionnaient les rumeurs, elle ne serait pas surprise d'entendre que Jason avait sorti une arme et qu'elle avait exécuté une sorte de mouvement ninja pour la lui arracher et l'assommer.

Finley et Elsie l'avaient serrée dans leurs bras en lui disant à quel point elle était forte et combien elles appréciaient qu'elle ait tenu tête à Jason. Zeke et Tal n'avaient pas été aussi expansifs, mais ils lui avaient apporté tout leur soutien en la serrant contre eux.

Raid resta à ses côtés pendant qu'elle se dirigeait vers la boulangerie et le café.

— J'ai vraiment besoin de cette caféine, là, plaisanta-t-elle.

Elle essayait de détendre l'atmosphère, mais il ne répondit pas.

— Raid ?

Il secoua la tête.

— Ça aurait pu déraper en un clin d'œil, dit-il doucement, sans la regarder.

Khloe attendit jusqu'à ce qu'ils traversent Main Street et se retrouvent devant la librairie d'occasion. Elle s'arrêta et évidemment, Raid fit de même. Elle se jeta dans ses bras et même si elle le surprit, il lui rendit son étreinte, la tenant fermement contre lui.

Khloe leva les yeux vers lui et lui dit :

— Tu as raison, ça aurait pu. Mais ce n'est pas le cas.

— Je n'ai pas apprécié qu'il te menace ouvertement comme ça. Il a quand même essayé de te *frapper*.

— Et je n'ai pas apprécié qu'il menace aussi Duke, rétorqua-t-elle en baissant les yeux vers le chien qui était assis à côté d'eux, les attendant. Mais tu sais quoi ?

— Quoi ?

— Ça m'a vraiment fait du bien de me défendre. Les brutes détestent ça.

Ses lèvres tressautèrent.

— C'est vrai.

— Donc on va de l'avant, dit-elle fermement. Peut-être que le fait de passer du temps derrière les barreaux les fera réfléchir à leur présence ici.

— Peut-être, dit Raid d'un air sceptique.

— J'ai eu une révélation tout à l'heure.

— Ah oui ?

— Oui.

Khloe était nerveuse, mais elle n'avait plus envie de le garder pour elle. Qui ne tente rien n'a rien... comme on disait.

— Tu ne t'es pas précipité pour me faire sortir de cette situation. Tu m'as laissé dire ce que j'avais à dire. Mais tu n'étais pas loin, au cas où j'aie besoin de toi.

— J'en avais envie, dit Raid. De te sortir d'ici. Mais depuis que je te connais, tu m'as bien fait comprendre que tu étais une grande fille et surtout que tu tenais à ton indépendance.

— C'est vrai, acquiesça, Khloe. Et lorsque la situation a

évolué, lorsqu'il m'a menacée, tu étais là, pour t'assurer que j'étais en sécurité.

Raid hocha simplement la tête.

— La révélation que j'ai eue c'est que... j'ai réalisé à quel point je t'aimais, lâcha Khloe.

Ce n'était pas vraiment le moment ni le lieu le plus romantique pour avoir cette conversation, mais elle ne pouvait pas garder ses sentiments pour elle. Ils étaient trop forts. Elle avait l'impression que si elle ne le lui disait pas, elle allait exploser.

— Il t'en a fallu du temps, rétorqua Raid, mais un immense sourire étirait ses lèvres. Je sais que je t'aime depuis que tu m'as surpris en train de jouer à D&D et que tu as voulu participer.

Khloe laissa échapper un soupir de soulagement. Puis elle percuta ce qu'il venait de lui dire.

— Tu m'aimes ? murmura-t-elle.

— Tellement que je ne me souviens plus comment était ma vie avant toi.

— Probablement moins chaotique et stressante, dit-elle.

— Ennuyeuse, rétorqua-t-il.

Puis il prit son visage dans ses mains, l'inclina vers elle et l'embrassa. Avec force. Là, en plein milieu de Main Street à la vue de tous ceux qui se promenaient ou regardaient par la fenêtre.

À une époque de sa vie, Khloe aurait détesté être le centre d'attention, mais lorsque les voitures se mirent à klaxonner et que les gens les acclamèrent pendant qu'ils continuaient à s'embrasser, elle réalisa qu'elle s'en moquait éperdument.

Quand Raid s'éloigna, il écarta ses cheveux de son visage.

— Ce n'était pas vraiment ici ni maintenant que j'avais imaginé avoir cette conversation dit-il avec regret.

Khloe haussa les épaules.

— C'est nous. On ne fait rien normalement.

— C'est vrai. Même si je préfèrerais le faire avec un peu moins de tension que ces derniers temps.

Khloe gloussa.

— Oui. Avec moins de harceleurs, de brutes et de trafiquants de drogue déterminés à se venger, tapis dans l'ombre.

— Justement, en parlant de ça, il vaut mieux que tu rentres. On va aller chercher ce café et ce pain à la cannelle, lui dit Raid.

Soupirant et regrettant de ne pas s'être tue, Khloe laissa Raid la guider vers le café. Elle se sentait bien sous son bras et elle enroula le sien autour de sa taille. Duke gémit en se levant et les suivit.

— Khloe ? dit Raid en atteignant la porte.

Elle sentit l'odeur du café même à travers la porte et elle saliva.

— Oui ?

— Ce soir je vais te montrer exactement à quel point je t'aime et combien je suis soulagé que tu aies à nouveau fait le premier pas pour me dire ce que tu ressentais.

Khloe frissonna en regardant Raid. Elle ne vit pas un homme extrêmement grand. Elle ne remarqua pas ses cheveux et sa barbe à la teinte unique. Elle ne vit pas que ses oreilles étaient plus pointues et plus décollées que la plupart des gens. Tout ce qu'elle voyait, c'était l'homme qu'elle aimait. L'homme qui n'hésiterait pas à se mettre entre elle et tout ce qui pourrait lui faire du mal.

— J'ai hâte, dit-elle avec un sourire.

Et sur ce, il ouvrit la porte et la poussa à l'intérieur.

Elle pouvait dire que, oui, malgré tout ce qu'il s'était passé et qui l'avait amenée jusqu'ici, Khloe ne changerait rien.

CHAPITRE DIX-SEPT

Raid n'arrivait pas à se détendre. Tout allait trop bien. Et lorsque la vie était parfaite, il y avait toujours un obstacle en approche. Depuis la confrontation sur la place, Jason et Scott Mather avaient disparu.

Raid était certain qu'ils étaient encore là, en train de mijoter quelque chose tout en étant probablement *très* énervés, mais pour le moment, ils étaient le cadet de ses soucis.

Il n'y avait aucun signe de Pablo Garcia. Et même si ses amis et lui avaient fait appel à tous leurs contacts, personne n'avait pu retrouver la moindre trace de cet homme. Ce qui n'était pas très rassurant pour Raid.

Le trafiquant de drogues préparait quelque chose, il en était certain. Mais *quoi* ? Telle était la question.

Et Raid détestait ne pas savoir. Il ne supportait pas d'être sur le qui-vive. Il voulait pouvoir se détendre et profiter de la présence de Khloe. Elle était toujours aussi sarcastique et il aimait toujours autant la titiller, mais maintenant qu'ils s'étaient avoué leurs sentiments l'un pour l'autre, leurs chamailleries sonnaient différemment. Elles étaient plus taquines. Plus enjouées. Et il adorait ça.

Il essayait également d'être plus sociable avec leurs amis. Khloe et lui mangeaient régulièrement au On the Rocks, parfois avec les autres, parfois seuls. De temps en temps, il prenait également un jour de congé pour passer du temps avec Rocky sur ses chantiers. Raid n'était pas d'une grande aide, mais il faisait ce qu'il pouvait et il aimait passer du temps avec l'ancien SEAL. Depuis que Rocky l'avait convaincu de ne pas repousser Khloe et que Raid lui avait parlé de sa dernière mission en tant que garde-côte, ils s'étaient beaucoup rapprochés.

Il voyait aussi plus fréquemment les autres gars, même si c'était souvent avec leurs compagnes, ce qui ne dérangeait absolument pas Raid. Il avait l'impression d'être dans un monde complètement différent, observant et écoutant les rires et les conversations dans une pièce voisine tandis que lui et ses amis jouaient au poker ou s'asseyaient simplement pour discuter.

Le cabinet vétérinaire de Khloe marchait très bien. De plus en plus de clients la suppliaient de l'ouvrir pour des soins plus courants pour leurs animaux de compagnie. Elle n'était pas encore sûre de vouloir le faire, par respect pour Ziegler, mais Raid avait le sentiment que ce n'était qu'une question de temps.

Il était dans son bureau, dans la bibliothèque, et Khloe venait d'arriver après avoir dormi un peu. Elle avait été appelée au cabinet parce qu'un carlin avait eu du mal à donner naissance à ses chiots.

Ça avait pris des heures et Khloe avait fini par devoir lui faire une césarienne pour sortir les petits. Ils avaient tous survécu et maintenant il fallait attendre de voir comment ils s'en sortaient.

Khloe était assise avec Tony autour d'une table, dans l'espace enfants de la bibliothèque, et ils discutaient du livre *Watership Down*, qu'il était en train de lire. C'était un livre assez long, et même s'il était de son niveau, il était généralement plus intéressant pour les enfants plus âgés. Mais il l'avait tout de suite aimé, et Khloe adorait lui parler du sens profond des allégories sociales, de la répression, et des dangers que l'on encourait lorsqu'on ne pensait pas par soi-même et que l'on cédait à la pression de ses pairs.

Raid se concentrait sur un tableau Excel du budget devant lui lorsqu'il entendit une sorte d'agitation dans la bibliothèque. C'était plutôt inhabituel puisque, eh bien... c'était une *bibliothèque*. Généralement, c'était un espace calme. Ce n'était pas normal d'y élever la voix.

Mais avec tout ce qu'il s'était passé ces derniers mois, il agit avant même de comprendre *qui* faisait tout ce raffut.

Raymond Ziegler se tenait près de la table où Tony et Khloe étaient assis et faisait très clairement savoir à Khloe ce qu'il pensait d'elle.

— Tu n'as pas le droit de débarquer ici pour me voler mes clients ! Ce n'est pas professionnel ni éthique et je vais te dénoncer au Conseil de la Médecine Vétérinaire de Virginie ! Je suis sûr qu'ils seront très intéressés de savoir ce que tu fais. Qu'une vétérinaire accusée de faute professionnelle ait repris son activité.

Raid ouvrit la bouche pour demander à Ziegler de se casser de sa bibliothèque, mais Khloe se leva brusquement, sa chaise heurtant le sol derrière elle. Elle ne battit pas en retraite devant cet homme furieux et s'avança même plus près, plaquant presque son front contre le sien.

— J'ai tout à fait le droit d'ouvrir un cabinet à Fallport. Il n'y a rien de mal avec la concurrence. Et vas-y, va prévenir le Conseil, je n'ai rien fait d'illégal. *Rien*. Tu as employé le mot *accusée*. Oui, j'ai été *accusée*, mais le procès de Mather a prouvé que je n'étais pas en faute et qu'il n'y avait aucun moyen de sauver sa chienne à cause des blessures qu'elle avait subies avant d'arriver à la clinique.

Ziegler se renfrogna.

— Tu as la réputation d'une tueuse de chiens.

— C'est faux, rétorqua Khloe. J'ai la réputation d'une vétérinaire qui fait tout son possible pour sauver tous les animaux dont elle s'occupe. Quelle que soit l'heure. Quels que soient mes projets. Je mets tout en pause pour aller aider les gens. Tu peux en dire autant, toi ?

Le visage de Ziegler devint encore plus rouge, même si cela paraissait impossible.

Raid s'interposa. Il ne voulait pas laisser à Ziegler l'occasion de faire quelque chose qu'il regretterait... ou de blesser physiquement Khloe.

— Recule, Ziegler, dit-il de sa voix la plus calme.

Le vétérinaire fit comme s'il n'avait pas entendu l'avertissement.

— Tu as répandu des rumeurs sur moi et je ne te laisserai pas faire ! dit Ziegler à Khloe.

— Quelles rumeurs ? demanda-t-elle.

— Tu sais *très bien*. Que je suis un vétérinaire de merde et que je n'en ai rien à faire des animaux.

Khloe s'esclaffa. Ce n'était probablement pas la réaction la plus intelligente, mais en même temps, Khloe était la personne la plus authentique qu'il ait jamais rencontrée. Elle n'était pas du genre à arrondir les angles.

— Je n'ai rien dit à personne. Si ce genre de rumeur circule, c'est à cause de ton comportement, pas à cause de ce que j'aurais pu dire, rétorqua-t-elle.

— C'est des conneries ! Je n'avais aucun problème avant que tu n'arrives, dit Ziegler.

— C'est parce que les citoyens de Fallport n'avaient pas d'autre vétérinaire, à moins de faire trente minutes de trajet ou plus, dit Khloe en prenant une grande inspiration. Écoute, je n'ai pas l'intention de faire couler ta clinique. Pas du tout. C'est trop difficile d'être le seul vétérinaire en ville. Pour l'instant, je gère seulement les urgences vétérinaires et ma clinque est ouverte quand la tienne est fermée. Comme ça, je peux prendre en charge les animaux après tes horaires de travail et tu peux continuer à travailler pendant la journée.

— Ne mens pas ! s'emporta Ziegler. J'ai entendu les gens parler. Tu cherches à embaucher quelqu'un d'autre pour gérer les urgences comme ça tu peux aussi être ouverte la journée !

Raid ne put s'empêcher d'être impressionné par la vitesse à laquelle les informations circulaient dans cette petite ville. Ziegler n'avait pas tort. Tant de gens avaient supplié Khloe de traiter des infections, de nettoyer des dents et de faire des examens normaux qu'il aurait été idiot de ne pas envisager étendre ses heures d'ouverture et son activité. Mais pour autant qu'il le sache, elle n'avait pas encore pris cette décision. Visiblement, les habitants considéraient que c'était déjà acquis.

— Tu as raison, dit calmement Khloe en reculant face à l'homme en colère. Je cherche à embaucher plus de monde. Il y a assez de travail pour nous deux ici, à Fallport, mais je pense que si tu veux *continuer* à être prospère, tu vas devoir changer ta façon de faire.

Raid réagit une demi-seconde après Ziegler. Lorsque l'homme fit un pas vers Khloe, Raid fut là pour l'empêcher de lever la main sur elle.

— N'y pense même pas, gronda-t-il en poussant l'homme sans ménagement. Tu es venu dire ce que tu avais à dire, maintenant il est temps pour toi de partir.

— Va te faire foutre, Walker ! Je n'ai pas fini.

— Si, rétorqua Raid. C'est une bibliothèque ici. Regarde autour de toi, tu vois d'autres gens hurler et s'énerver ? Non. Et il y a des enfants. Reprends-toi Ziegler.

— Je me fiche de savoir qui est ici. Elle me vole mes clients ! rugit-il.

— Non, dit une femme à quelques tables d'ici.

Elle était assise avec sa petite fille, qui portait des écouteurs et qui jouait à une sorte de jeu éducatif sur la tablette devant elle.

— Elle a ouvert sa clinique d'urgences spécialement pour ne *pas* être en concurrence avec vous. Même si toute la ville veut qu'elle ouvre aussi la journée, moi y compris.

Elle se leva, et fixa Ziegler du regard.

— Il y a quelques mois, j'ai amené notre nouveau chaton chez vous. Vous l'avez à peine auscultée et vous m'avez dit que j'exagérais et qu'il n'y avait rien d'anormal. J'ai voulu avoir un autre avis, parce que vous l'aviez à peine examinée. J'ai dû rouler jusqu'à Christianburg et ils m'ont confirmé qu'elle avait une leucémie féline. Vous avez refusé de faire les tests adéquats pour vérifier ce qui n'allait pas.

— Oui, intervint un homme. Et mon chien courait avec un bâton dans la bouche qui s'est coincé dans sa mâchoire. Il souffrait énormément, il y avait du sang partout... mais quand j'ai appelé pour obtenir de l'aide – durant les horaires de bureau d'ailleurs – on m'a dit que vous n'étiez pas disponible et que je devais prendre rendez-vous pour dans *deux jours* ! Vous vous attendiez à ce que mon chien attende deux jours avant d'être pris en charge alors qu'il avait un trou dans la joue à cause du bâton !

— Moi j'ai appelé le docteur Watts une demi-heure après sa fermeture la semaine dernière parce que vous n'étiez pas ouvert et que j'étais désespérée, dit une autre femme. Ma chienne était enceinte et il y avait un problème avec l'accouchement. Non seulement la docteure Watts m'a demandé de venir tout de suite alors qu'elle était fermée, mais elle s'est occupée de ma Muffy pendant des heures et les a sauvés, elle et les chiots. Elle a travaillé quatre heures après la fermeture et ne m'a même pas fait payer de supplément pour cela.

— J'ai bien l'impression que tu fais fuir tes clients tout seul, dit Raid. Khloe ne fait rien d'autre que le travail qu'elle adore.

— Vas te faire foutre, cracha Ziegler avant de se tourner vers Khloe. Et toi aussi ! Tu es loin d'être l'héroïne que tout le monde imagine. T'as intérêt à surveiller tes arrières.

Puis il tourna les talons et sortit de la bibliothèque en trombe.

— Allez, hop, je mets ça sur les réseaux sociaux, dit une adolescente assise à une table non loin.

Jetant un coup d'œil vers elle, Raid la vit manipuler son téléphone portable et comprit qu'elle avait filmé tout leur échange. Ziegler était vraiment un idiot. Il ne se rendait pas service.

— Je me serais bien passé d'une énième menace, dit Khloe en soupirant.

Raid se tourna vers elle, prêt à la rassurer sur le fait que ce foutu Ziegler ne toucherait pas à un seul de ses cheveux – mais, elle souriait.

— Ce n'est pas drôle lui dit-il.

Elle se rembrunit.

— Je sais. C'est triste, même. Je pensais ce que je lui ai dit. On aurait vraiment pu travailler ensemble. Mais visiblement, il s'est trop habitué à pouvoir faire ce qu'il voulait et à s'en tirer comme ça parce que les gens d'ici n'avaient pas d'autre choix. Quoi qu'il arrive, c'est de sa faute. Je n'ai jamais parlé de lui à qui que ce soit depuis que j'ai ouvert ma clinique.

— Pourquoi il est méchant comme ça ? demanda Tony, les regardant depuis sa chaise.

— Je n'en ai aucune idée, dit Khloe en lui ébouriffant les cheveux.

— Eh ben quand on aura un chien, je demanderai à maman de l'amener chez toi. Pas chez lui.

— Comme si j'allais te laisser l'emmener ailleurs, dit Khloe en lui souriant.

Raid n'était toujours pas content. Il en avait assez des gens qui menaçaient ceux qu'il aimait. Il attira Khloe contre lui, puis se tourna vers les clients qui regardaient encore.

— Le spectacle est terminé. Retournez à vos activités... en silence, s'il vous plaît. C'est une bibliothèque ici.

Plusieurs personnes gloussèrent, mais à son grand soulagement, elles détournèrent leur attention de Khloe et lui. Il n'était pas idiot, il savait bien que tout le monde saurait bientôt ce qu'il s'était passé et pas seulement à cause de la fille qui était probablement en train de poster la vidéo en ligne. Ziegler aurait encore plus d'annulations à cause de son dernier accès de colère.

Il éloigna Khloe de la table pour leur donner un peu d'intimité.

— Ça va ? demanda-t-il à voix basse.

Elle se tourna vers lui et le serra fort dans ses bras avant de hocher la tête.

— Oui. Et toi ?

— Non.

Elle secoua la tête.

— Je ne suis pas surprise qu'il ait perdu la tête, lui dit-elle. Certains des gens auxquels j'ai parlé, ou qui m'ont suppliée d'ouvrir pendant la journée, m'ont dit à quel point Raymond devenait grincheux. Il est jaloux et contrarié que j'aie perturbé son petit business. Mais c'est un salaud. Et s'il y a bien quelqu'un qui doit contacter le conseil vétérinaire, c'est moi.

— Mais tu ne le feras pas, dit Raid.

— Non. Il fait un excellent travail de sabotage tout seul. Il n'a pas besoin de mon aide.

— S'il part, tu auras trop de clients et tu ne pourras plus gérer l'affluence, l'avertit Raid.

— Je sais, dit-elle en haussant les épaules. Si ça arrive, j'ai quelques amis en Virginie que j'ai connus à travers des conférences ou consultations. Je leur ferai savoir à quel point Fallport est génial et qu'il y a une opportunité incroyable pour quelqu'un qui souhaiterait ouvrir une clinique. Ou alors je pourrais élargir mes horaires et embaucher quelques collègues pour venir travailler avec moi.

Raid était extrêmement fier de Khloe. C'était une femme d'affaires intelligente, compatissante et une excellente vétérinaire.

— Il en va de soi, mais je vais quand même le dire, la prévint-il. Il faut que tu fasses attention. Ziegler est furieux et on ne sait pas ce qu'il va faire.

Khloe soupira.

— Je sais. Mais toi et les autres vous me surveillez déjà comme des faucons. Je ne suis jamais seule, il ne pourra pas s'en prendre à moi.

Elle n'avait pas tort. Raid ne savait plus à quand remontait la dernière fois qu'elle s'était retrouvée seule ces deux derniers mois. Elle était soit avec lui, ou l'un de leurs amis, soit entourée des habitants de Fallport.

— Je dis juste qu'il perd le contrôle et que les gens désespérés font des choses désespérées.

— Je sais, Raiden. Je ne suis pas très heureuse d'avoir encore attiré l'attention d'un autre fou à lier, mais c'est comme ça. C'est quoi l'autre alternative ? Je ferme ma clinique et je le laisse gagner ?

— Non, dit simplement Raid.

— Exactement. Donc on va faire ce qu'on a déjà fait. On va surveiller nos arrières et ne pas laisser tous ces salauds nous atteindre. Bon, je peux retrouver Hazel et Fiver maintenant ?

— Qui ? demanda Raid.

Khloe sourit.

— Les lapins dans *Watership Down*.

Il se mit à rire.

— Ah oui. Mais après m'avoir embrassé. Et pas un baiser en

mode : *J'ai adoré ce troisième orgasme que tu m'as donné* mais plutôt *Je t'aime et nous sommes en public.*

Elle s'esclaffa en reniflant en même temps.

— D'accord, dit-elle avant de se mettre sur la pointe des pieds.

Raid dut quand même se pencher pour pouvoir atteindre ses lèvres et il eut envie de se pincer pour s'assurer que tout ça était bien réel. Que lui, Raiden Walker, avait réussi à attirer l'attention de quelqu'un comme Khloe.

Il sentit son sourire contre ses lèvres et il fut soulagé que sa confrontation avec Ziegler n'ait pas atténué son optimisme.

Comme si elle pouvait lire dans ses pensées, une fois le baiser terminé, elle leva les yeux vers lui et lui dit :

— Je suis heureuse, Raid. Et rien ne pourra changer ça. Je fais non pas un, mais deux métiers que j'aime, je profite des amitiés que j'ai nouées et je me réjouis d'être avec un homme qui non seulement m'aime, mais me laisse être moi-même.

— Ne change jamais, lui dit-il.

— Il en va de même pour toi. En parlant de ça... on joue à D&D demain soir, c'est ça ?

— Oui.

Elle s'était jointe à lui et à ses amis pour leurs soirées hebdomadaires de D&D et le jeu en était d'autant plus amusant. Elle avait adopté Anis, le personnage qu'il avait créé en pensant à elle, et il n'avait jamais autant ri qu'avec elle à ses côtés ces vendredis soir.

— Cool, dit-elle en lui serrant le bras.

Elle commença à retourner vers la table, mais s'arrêta et se retourna.

— Au fait, merci d'être intervenu auprès de Raymond. Je l'ai remarqué et j'ai apprécié.

Puis elle sourit et rejoignit Tony.

Raid balaya la bibliothèque du regard une fois de plus pour s'assurer que tout allait bien, et lorsqu'il se fut assuré que personne d'autre ne rôdait dans les parages pour surgir et menacer de lui faire du mal, à lui ou à Khloe, il retourna à son bureau.

* * *

La semaine suivante, Khloe était assise dans le salon de Bristol et Rocky avec le reste des filles. Lilly leur avait proposé de se retrouver pour peindre et boire un verre. Une soirée peinture et alcool. Khloe n'avait jamais entendu parler de ce concept auparavant, mais maintenant qu'elle était là, elle devait reconnaître qu'elle appréciait beaucoup.

Lilly avait pris des photos de famille pour la professeure d'art plastique du lycée et elles en étaient venues à parler de la popularité de ces fêtes de peinture et d'alcool, et Lilly lui avait demandé si elle en avait déjà organisé. La conversation les avait amenées, elle et ses amies, à s'asseoir à la table de Bristol devant des chevalets, avec une grande bâche en plastique sous les pieds, des pinceaux et des pots de peinture tout autour d'elles. Tout le reste de la table était recouvert de snacks et de boissons... sans alcool pour les femmes enceintes et du vin et de la liqueur pour les autres.

Leurs hommes, ainsi que Tony et Marissa étaient dehors en train de jouer dans la grange et de lancer un ballon de football, faisant de leur mieux pour éviter les cheveux des filles.

Khloe avait été réticente à l'idée de faire cette activité peinture, car elle n'avait aucune once de créativité en elle. Mais elle avait accepté car elle avait envie de passer du temps avec ses amies. Et depuis qu'elle travaillait plus, elle les voyait moins souvent. Après avoir révélé ses secrets, elle avait décidé de faire tout son possible pour passer plus de temps avec ces femmes qui ne l'avaient jamais abandonnée et qui l'avaient acceptée telle qu'elle était... fermée, lunatique et un peu grincheuse.

Elle avait été agréablement surprise lorsqu'en arrivant, la

professeure d'arts plastiques leur avait expliqué ce qu'elles allaient peindre : un élan près d'un lac avec des guirlandes de Noël autour des bois. Au moins, ça lui permettrait de ne pas se ridiculiser en peignant quelque chose qui semblait tout droit sorti de l'imagination d'un enfant de deux ans.

Leurs peintures étaient quasiment terminées et Khloe était pompette suite aux verres de vin qu'elle avait bus. Leur professeure leur suggérait de peindre les arbres avec de grands traits de pinceaux et lorsqu'elles doutaient d'elles-mêmes, elle les encourageait à prendre un verre. Et quelques-unes d'entre elles avaient donc suivi son conseil à la lettre.

Désormais, Bristol, Caryn et Khloe étaient saoules. Heather n'aimait pas le goût du vin, mais elle avait pris quelques shots de la liqueur que Caryn avait apportée. Elsie et Finley buvaient du Sprite dans des verres à vin.

Khloe arrêta de peindre les guirlandes sur les bois de son élan avec des couleurs vives lorsque quelque chose lui vint à l'esprit. Elle regarda à l'autre bout de la table, puis s'exclama :

— Lilly boit du Sprite !

Toutes les filles s'arrêtèrent et tournèrent la tête vers l'extrémité de la table, là où Lilly était assise.

— Lilly... tu es..., chuchota Elsie.

— Non. Mais c'est ma période de fertilité. Et je ne veux rien faire qui puisse freiner la conception, dit-elle en haussant les épaules. Et je sais qu'il n'y a aucun lien entre le fait de boire et de tomber enceinte, plein de femmes tombent enceintes en étant bourrées, mais je suis paranoïaque et je ne veux pas prendre de risques.

Oubliant leurs peintures, tout le monde bondit de son siège et se pressa autour de Lilly, se disputant pour savoir qui la serrerait en premier dans ses bras. Elles étaient tout aussi excitées que si elle venait d'annoncer qu'elle était déjà enceinte.

Éclatant de rire, elle les repoussa.

— Vous êtes folles ! Allez vous asseoir, bon sang.

— Dès la seconde où tu fais pipi sur un test et que c'est positif, tu nous le diras hein ? demanda Caryn.

Lilly leva les yeux au ciel.

— Non.

— Quoi ? Mais pourquoi ? dit Elsie en faisant la moue.

— Parce que vous allez toutes en faire trop. Vous allez vous comporter comme si j'étais en sucre. Vous serez aussi pénibles qu'Ethan, leur dit Lilly.

— Et alors ? dit Finley. Ça te dérangerait vraiment ?

— Comme si tu n'allais pas *toi-même* agir comme si tu étais en sucre, dit Bristol.

Lilly leur fit un sourire penaud.

— C'est vrai. C'est juste que... je n'ai pas envie de me porter la poisse.

— Plusieurs études prouvent que de nombreuses femmes peuvent continuer à avoir des enfants après une fausse couche, dit doucement Finley.

— Je sais. Mais tant que la grossesse ne sera pas assez avancée, je resterai parano, dit Lilly en haussant les épaules.

— OK, donc...on a intérêt à vite terminer ces peintures pour que Lilly puisse rentrer chez elle et demander à son mari de la féconder ! annonça Caryn d'un air un peu ivre.

Khloe ne put s'empêcher de sourire. Elle ne savait pas vraiment pourquoi, même si l'alcool qui coulait dans ses veines y était sans doute pour quelque chose. Mais elle était tellement heureuse. Elle était certaine que Lilly tomberait à nouveau enceinte. Elsie et Finley rayonnaient presque et leurs bébés ne tarderaient pas à naître, Heather s'intégrait comme si elle avait toujours fait partie de leur groupe et n'avait pas vécu dans la forêt pendant la majeure partie de sa vie, et Khloe avait l'impression de faire vraiment partie d'une famille unie pour la première fois depuis qu'elle avait perdu son père.

— Au fait... j'ai entendu dire que ce connard de Ziegler était venu à la bibliothèque et qu'il avait pété les plombs, dit Caryn tandis qu'elles se remettaient toutes à peindre leurs élans.

— J'ai vu la vidéo. Sa réputation est complètement foutue, dit Elsie.

— Attendez, il y a une vidéo ? demanda Lilly. Je ne le savais pas !

Elle reposa son pinceau et prit son téléphone.

— Non ! Tu n'as pas le droit de t'arrêter, ordonna Caryn en pointant Lilly avec son pinceau. Pose ton téléphone et peins. Tu as un bébé à concevoir et ça ne pourra pas avoir lieu tant que tu n'auras pas terminé ton élan.

Tout le monde s'esclaffa.

— Je vais te la trouver, dit Heather en se portant volontaire et en sortant son propre téléphone de sa poche.

— Regarde sur la page de Fallport, dit Elsie. C'est là que je l'ai vue.

En quelques secondes, Heather se leva et apporta son téléphone à Lilly. Toutes les filles se turent en écoutant Raymond fulminer contre Khloe. Lorsqu'arriva le moment où il disait à Khloe d'aller se faire foutre, tout le monde tressaillit.

Puis Caryn dit :

— Il est cuit !

— Et on ferait mieux de porter un toast ! annonça Finley. Au cabinet prospère de Khloe !

Tout le monde leva son verre, même la professeure d'arts qui les avait surtout observées et avait écouté leurs conversations.

— À Khloe ! annonça Bristol.

— À la faillite de Ziegler ! ajouta Elsie.

— À Fallport qui va enfin avoir un vétérinaire impliqué ! ajouta Finley.

— Aux amis, dit Heather après avoir repris sa place.

Tout à coup, Khloe sentit les larmes lui monter aux yeux. Elle cligna rapidement des paupières, essayant de les retenir, mais sans succès.

— On ne pleure pas ! dit frénétiquement Elsie. Si tu commences, avec mes hormones, je vais craquer !

— Trop tard ! dit Finley en reniflant.

C'était étrange de pleurer et de rire à la fois, mais Khloe y parvint.

— Merci à vous *toutes* de ne pas m'avoir laissé tomber. Je sais que je n'ai pas été la personne la plus agréable ces derniers temps.

— N'importe quoi, dit Caryn en agitant la main. Si quelqu'un avait essayé de me tuer, j'aurais été pareil.

— Je te rappelle que quelqu'un a *vraiment* essayé de te tuer, lui dit Lilly.

Caryn haussa les épaules.

— Cet imbécile a essayé de brûler vive une pompière. Pas très malin.

Khloe n'avait pas envie de revenir sur ce qui était arrivé à son amie ni s'attarder sur son propre incident non plus.

— À partir de maintenant... il ne nous arrivera que de belles choses. Des bébés, du sexe, des fêtes, des défilés dans la ville et la prospérité pour nos entreprises et commerces !

— Je lève mon verre ! s'exclama Caryn.

— Tu lèverais ton verre pour tout, dit Bristol en riant.

Il ne leur fallut pas longtemps pour qu'elles terminent leurs peintures, d'autant plus qu'elles voulaient que Lilly rentre chez elle avec Ethan pour espérer tomber enceinte. La fête se termina peu de temps après son départ. Tout le monde fit ses adieux et avant même qu'elle ne s'en rende compte, Khloe était assise à côté de Raid dans son Expedition.

Elle reposa sa tête contre le dossier du siège et le regarda pendant qu'il les conduisait chez lui.

— Tu penses que c'est bizarre que je vive avec toi ? dit-elle.

— Non, répondit-il sans hésiter.

— C'est seulement à cause des Mather ? Et de ce trafiquant de drogue ? Et maintenant de Ziegler ?

— Non, répéta-t-il.

Khloe fronça les sourcils.

— Ah bon ?

Elle savait qu'elle était saoule et plus bavarde que d'habitude, mais ça ne semblait pas déranger Raid.

— Non, dit-il en haussant les épaules. C'est parce que je t'aime et qu'avec toi je me sens comme l'homme que j'ai toujours voulu être.

Khloe ne savait pas comment le prendre, mais Raid, étant fidèle à lui-même, commença à le lui expliquer sans qu'elle n'ait besoin de le lui demander.

— Tu me laisses être moi-même. Tu m'acceptes tel que je suis.

— J'*adore* qui tu es, lui dit-elle.

— Mais ce n'est vraiment pas pour ça que ce n'est pas étrange que tu vives avec moi, dit-il avec un petit sourire.

Il continua avant qu'elle ne puisse lui demander ce qu'il voulait dire par là.

— C'est parce que je ne supporte pas d'être loin de toi. Quand tu n'es pas avec moi, je me demande toujours ce que tu fais. À quoi tu penses. J'ai envie d'être avec toi tout le temps. Au travail, à la maison, quand je fais des courses. Même quand je suis avec Duke dans les bois, je pense à toi.

Khloe faillit fondre sur son siège.

C'était la chose la plus romantique qu'on lui ait jamais dite.

— Je... moi aussi, dit-elle, tout en sachant que sa réponse était nulle et n'exprimait pas tout ce qu'elle ressentait.

Mais Raid lui sourit simplement, puis lui prit la main.

Ils roulèrent ainsi, se tenant la main pendant plusieurs secondes avant que Raid ne dise :

— Je n'ai encore jamais fait ça.

— Fait quoi ? demanda Khloe, perplexe.

— Tenir la main d'une femme. C'est agréable.

Khloe fut triste pour lui, même si un sentiment de possessivité l'envahit. Elle était la seule femme à qui il avait tenu la main. Il n'avait jamais joué à D&D avec ses autres petites amies. Et elle était certaine que la plupart des choses qu'ils avaient faites sous la couette étaient une première pour lui aussi. En tout cas, pour *elle*, c'était le cas.

Cet homme était à elle – et elle avait encore envie d'expérimenter plein de premières fois avec lui.

— Tu as déjà fait l'amour à une femme saoule ?

Il eut un rictus, mais ne quitta pas la route du regard.

— Non. Est-ce que c'est différent de faire l'amour à une femme qui n'est pas ivre ?

— J'imagine que tu vas le découvrir, le taquina-t-elle.

Il la regarda enfin.

— Quand on arrive à la maison, va directement au lit. J'irai promener Duke et je reviendrai après. Je veux que tu m'attendes nue.

Khloe frissonna.

— OK, lui dit-elle.

Oui, elle pouvait dire qu'elle n'avait jamais été aussi heureuse.

— Raid ?

— Oui.

— Merci d'être aussi génial.

Il rougit légèrement. Son homme n'était pas à l'aise avec les compliments, mais cela faisait partie de son charme.

Il porta sa main à ses lèvres et l'embrassa doucement.

Le reste du trajet jusqu'à la maison se fit en silence, mais à chaque caresse de son pouce sur le dos de sa main, le désir de Khloe montait en flèche. Elle était à Raid. Elle se plierait en quatre pour lui offrir ce qu'il voulait. Même s'il ne lui demanderait rien, car il n'était pas comme ça. Ce qui lui donnait encore plus envie de lui faire plaisir.

Leur avenir était incertain – avec Jason et Scott qui étaient toujours là, attendant probablement une occasion de frapper, le passé de Raid aussi tapi dans l'ombre, et Khloe qui devait repenser son projet de clinique – mais elle était sûre d'une chose... quoi qu'il arrive, Raid et elle l'affronteraient ensemble.

* * *

L'homme observait la maison au loin avec ses jumelles. Il s'était garé sur une zone de randonnée à environ huit cents mètres et avait traversé les bois jusqu'à arriver ici, où il était actuellement allongé dans l'herbe. Il s'était assuré que personne ne le voie... sinon, cela risquait de tout gâcher.

Il observait le couple depuis un moment maintenant, il apprenait leur routine et récoltait des informations. Il faisait preuve de patience, car le timing était extrêmement important. Ses actions se devaient d'être parfaites. S'il bougeait trop rapidement ou devenait trop arrogant, tout cela ne servirait à rien. Il n'avait surtout pas envie que Raiden Walker ou Khloe Watts comprennent qu'ils étaient observés. Il fallait qu'ils soient parfaitement insouciants.

Il commençait à avoir quelques idées, mais quelle que soit sa décision, elle devait être exécutée avec soin. Les touristes affluaient dans la région, ce qui l'aidait à se fondre dans la masse. Mais le repérage dans une petite ville n'était pas de tout repos. Tout le monde était très curieux et était capable d'appeler la police si le moindre inconnu levait le petit doigt.

Mais le défi n'en était que d'autant plus difficile. Ce qui lui plaisait.

— Voilà, dit-il doucement en observant les silhouettes de ses cibles passer devant une fenêtre. Profitez de la vie tant que vous le pouvez, car bientôt, vous verrez ce qu'il se passe quand on contrarie la mauvaise personne.

Avec un sourire, l'homme baissa les jumelles et se releva. Il retourna au parking sans incident. Il prit un téléphone jetable qu'il avait caché dans son véhicule et passa un coup de fil pour signaler ce qu'il avait vu et pour discuter du plan qui se formait dans son esprit.

CHAPITRE DIX-HUIT

Raid regarda par la fenêtre, perdu dans ses pensées.

Il parlait à Tonka tous les deux jours et ni l'un ni l'autre n'avaient la moindre idée de l'endroit où se trouvait Garcia depuis le jour où ils avaient appris qu'il avait été libéré de prison et ramené dans son pays par avion. Il pouvait être n'importe où, et cela ne leur plaisait pas du tout.

Pour son ami, la libération du trafiquant lui avait rappelé d'affreux souvenirs. Des choses que Tonka avait finalement affrontées dans sa tête et à travers la thérapie, et il avait réussi à tout compartimenter afin d'aller de l'avant. Le fait de savoir que Garcia pouvait encore en avoir après eux aujourd'hui l'avait à nouveau fait sombrer, mais avec l'aide de sa femme, de ses filles et de ses amis au Refuge, il s'en était sorti. Il était déterminé à s'assurer que Garcia ne puisse pas faire de mal à ceux qu'il aimait.

Comme Raid avait perdu connaissance, il avait seulement su ce qu'il s'était passé ce jour-là grâce aux rapports et à ce qu'on lui avait raconté. Parfois, il avait l'impression que c'était horrible, car son imagination se mettait en marche et il visualisait ce qu'il s'était passé.

L'idée que Garcia puisse mettre la main sur Khloe ou Duke, le gardait éveillé la nuit. Plus le temps passait sans qu'ils ne sachent où se trouvait l'homme, plus Raid était à cran. Ce type pourrait attendre des années pour se venger ou alors il pourrait le faire aujourd'hui. Raid essayait de ne pas être parano, mais chaque jour qui passait, son anxiété empirait.

Tonka ressentait la même chose. Les deux hommes étaient certains que Garcia *agirait*. Ils ne savaient pas comment ni quand, mais ils savaient qu'il passerait à l'action à un moment ou un autre.

C'était presque ironique que Pablo Garcia et Alan Mather aient quelque chose en commun. Ils s'étaient juré de faire souffrir ceux qu'ils considéraient comme leurs ennemis... alors qu'en réalité, les deux hommes avaient eux-mêmes provoqué leur incarcération.

En repensant à Alan, Raid sentit ses lèvres tressauter. Pour l'instant, Khloe et lui devaient rester sur leurs gardes. Mais ils avaient fait appel à des traqueurs, et bientôt Alan comprendrait que s'il continuait à harceler Khloe, il en subirait les conséquences.

Raid n'était pas vraiment fier de menacer Alan, mais les hommes comme lui ne comprenaient pas d'autres façons de communiquer. Par exemple, ce salopard menaçait toujours Khloe en étant derrière les barreaux en se servant de ses frères pour faire le sale boulot.

C'est pourquoi un certain mercenaire du Colorado s'était porté volontaire pour solliciter ses contacts afin de faire bouger les choses. Il s'assurerait qu'Alan ne soit plus un problème pour Khloe dans un avenir proche.

Raid sursauta lorsque Khloe arriva par-derrière pour le serrer dans ses bras. Il recouvrit immédiatement sa main de la sienne sur son ventre.

— À quoi tu penses si fort ? demanda-t-elle doucement.

Raid n'avait aucune intention de stresser Khloe en lui

parlant de ses soucis – ou de ce qui allait arriver à l'homme qui avait essayé de la tuer. Il se tourna vers elle et l'attira plus près, posant son menton sur le haut de sa tête... et mentit comme un arracheur de dents.

— À quel point je suis heureux.

Ce n'était pas totalement *faux*. Il était heureux. Mais son bonheur était entaché par l'attente d'une menace tapie dans l'ombre.

— Moi aussi, lui dit-elle. Est-ce que Ethan vous a dit quelque chose ?

Raid sourit. Khloe lui avait raconté ce que Lilly leur avait dit durant leur activité peinture il y a quelques semaines. Depuis, elle lui demandait régulièrement si Ethan avait laissé entendre que sa femme était à nouveau enceinte.

— Non. Ce n'est pas comme si on se retrouvait tous pour parler de cycles et de grossesses, dit-il en riant légèrement.

— Je sais. Je me disais juste que lorsque ça arriverait, il serait tellement excité qu'il ne pourrait pas le garder pour lui.

— Et tu penses que Lilly pourrait ?

— Oui, dit Khloe. Elle est inquiète. Et a peur. Elle a déjà perdu un bébé et je suis sûre qu'elle n'a pas envie de se faire d'illusion sur une autre grossesse tant qu'il n'y a pas une chance supérieure à la moyenne que le bébé survive. Elle pourrait en être à cinq mois de grossesse avant de se sentir assez à l'aise pour en parler.

— Et ce n'est pas une bonne chose ? demanda Raid en s'écartant pour la regarder.

— Si ! Bien sûr que si. Il faut qu'elle fasse ce qu'il faut pour être à l'aise. Mais j'ai envie de savoir pour pouvoir garder un œil sur elle. Tu sais, si elle est trop longtemps debout, je la fais s'asseoir. Ou je peux aller la voir au lieu qu'elle vienne ici à la clinique. Ce genre de choses. Je m'inquiète pour elle.

Raid sentit son cœur fondre. Sa Khloe était vraiment quelqu'un de bien.

— Si j'entends quoi que ce soit, je te le dirai.

— Merci, dit-elle doucement. J'ai vraiment envie que ça marche pour elle. Elle était tellement excitée à l'idée d'être mère. Ethan et elle feront de très bons parents.

Raid ne pouvait qu'être d'accord.

— Tu veux quelque chose de particulier pour le déjeuner ? demanda-t-elle.

Raid sourit. Il avait l'habitude que Khloe change rapidement de sujet. Il supposait que c'était parce qu'elle était très intelligente et qu'elle pensait toujours à une douzaine de choses à la fois. Quand elle décidait qu'elle en avait fini avec un sujet, elle ne revenait pas *en arrière*.

— Des croque-monsieur ? proposa-t-il.

— Ça me va. Je vais laisser sortir Duke et m'en occuper. Tu peux rester là, le regard perdu dans le vide jusqu'à ce que j'aie fini.

Raid se mit à rire.

— J'ai fini de réfléchir pour l'instant. Je vais aller réchauffer la poêle.

Khloe se mit sur la pointe des pieds et lui embrassa le menton.

— OK.

Raid se força à la relâcher et l'observa réveiller Duke avec un petit sourire tandis qu'elle le convainquait de sortir. Hier, Duke et lui avaient effectué leur première recherche depuis son opération, et il s'en était très bien sorti. Ils n'avaient pas retrouvé le randonneur disparu avant que ce dernier ne s'engage sur la route principale et ne se fasse secourir, mais Duke n'avait montré aucun signe de fatigue et semblait très heureux d'être de retour au travail.

La cuisson des croque-monsieur avait été rapide, et après avoir mangé, Raid s'assit sur le canapé avec Khloe blottie contre lui et ils regardèrent une autre émission de cuisine. C'était plutôt amusant que ce genre d'émission les divertisse autant, car ni l'un ni l'autre n'étaient particulièrement doués aux fourneaux.

Ce ne fut que vers 15 heures que Raid remarqua que Duke n'était pas à sa place habituelle dans son panier pour chien dans le coin.

— Merde ! On a oublié Duke, s'exclama-t-il, se sentant incroyablement coupable.

— Oh, non ! dit Khloe en quittant immédiatement le canapé pour se diriger vers la porte arrière.

Raid ouvrit la porte en verre coulissante avec un peu plus d'empressement que d'habitude. Duke était probablement en train de faire la sieste dans l'immense jardin, sous un arbre... dans la boue. Les odeurs de lapin, d'écureuil et de raton laveur ne manquaient pas de l'occuper et de le fatiguer.

— Duke ! cria-t-il après avoir regardé autour de lui et n'avoir pas vu immédiatement le limier.

Mais le chien ne vint pas vers lui en trottinant à travers les arbres au son de sa voix.

— Tu vas par là, lui ordonna Khloe en montrant la droite. Moi je vais par là.

Raid acquiesça, légèrement paniqué par le fait que son chien ne soit pas venu immédiatement lorsqu'il l'avait appelé.

Le fait d'avoir un terrain clôturé de douze mille mètres carrés était une bonne chose pour que Duke puisse se promener et faire de l'exercice, mais pour le retrouver cela prenait beaucoup trop de temps. Raid longea le périmètre du jardin sur la droite tandis que Khloe faisait de même sur la gauche. Il pouvait la voir à travers les arbres pendant qu'ils cherchaient. Mais plus les secondes passaient, alors que Duke ne répondait ni à son appel ni à celui de Khloe, plus l'angoisse montait en lui.

Il avait déjà failli perdre ce grand dadais il y a quelques mois. Il n'était pas prêt à le perdre maintenant.

Ce ne fut que lorsqu'il atteignit le coin arrière de la propriété que la peur l'envahit *réellement*.

Un arbre était tombé sur la clôture, l'écrasant sous son poids massif. Duke avait pu facilement sortir de l'enclos, surtout s'il avait senti une odeur intéressante à l'extérieur du jardin.

— Khloe ! cria Raid.

Il la vit courir vers lui – et lut l'inquiétude dans ses yeux lorsqu'elle aperçut la clôture écrasée.

— Oh non ! Il est sorti ?

— On dirait bien, dit Raid en se retournant vers la maison.

— Duke ! Reviens ! cria Khloe presque frénétiquement.

— Khloe, viens, il faut qu'on passe quelques coups de fil puis qu'on parte à sa recherche, lui dit-il.

— On est quand même proches de la route, dit Khloe, les larmes aux yeux. Il s'est peut-être fait renverser.

Raid y avait déjà pensé, mais ne voulait pas évoquer cette possibilité.

— Ne te fais pas du mal pour rien. Tu sais aussi bien que moi que les limiers peuvent parcourir des kilomètres et des kilomètres lorsqu'ils sont sur une piste. Et quand ils finissent par la perdre, ils regardent en l'air et se demandent où ils sont. Duke est un chien formidable, mais il n'est pas très intelligent. En revanche, il a participé à des centaines de recherches dans les bois de la région. Je suis persuadé qu'il saura se servir de son odorat pour retourner dans un endroit qui lui est familier. En attendant, il nous faut de l'aide. Il faut que j'appelle tout le monde.

— Oui ! dit Khloe, essuyant les larmes qui avaient réussi à couler sur son visage avec impatience. Appelle les gars et moi je préviens d'autres personnes en ville.

Raid acquiesça. Tout ce qu'il avait dit à Khloe sur Duke était vrai, mais ça ne voulait pas dire qu'il n'était pas toujours autant terrorisé pour son chien.

Ils entrèrent dans la maison en trombe et se dirigèrent immédiatement vers leurs téléphones. Raid appela Ethan en premier.

— Salut, ça va ? demanda ce dernier en répondant.

— Duke est sorti de mon jardin. Il est parti depuis environ une heure et demie. J'ai besoin d'aide pour le retrouver.

— Merde, OK. Je termine un truc pour le travail et j'arrive dès que je peux. Tu veux que j'appelle quelqu'un d'autre ?

— Merci. Oui je veux bien que tu préviennes Rocky et Zeke. Je vais appeler Drew, Brock et Tal.

— Ça marche. On va faire circuler l'info Raid, on va le retrouver. Ce n'est pas comme si personne ne connaissait Duke ici.

Raid le savait bien et comptait justement dessus. Si jamais quelqu'un en ville apercevait Duke tout seul, il comprendrait que quelque chose n'allait pas et le garderait jusqu'à ce que Raid puisse venir. Et si un habitant le croisait sur les sentiers de randonnée, il se demanderait forcément ce qu'il faisait là.

— Merci. Il a mon numéro sur son collier donc j'espère que si quelqu'un le retrouve, il m'appellera.

— Évidemment, dit Ethan. On s'en occupe. À plus.

Lorsque Raid raccrocha, il entendit Khloe parler avec Harry Grogan, lui demandant de faire passer l'information.

Il détestait ça. Il avait envie de partir à la recherche de son chien mais il savait que plus les gens seraient informés de sa disparition, plus Duke avait de chances d'être ramené à la maison. Il composa le numéro de Drew.

Dix minutes plus tard, il eut l'impression d'avoir contacté tous les gens qu'il connaissait en ville. Khloe avait appelé toutes les personnes qui lui étaient venues à l'esprit et avait même mis sa fierté de côté pour joindre le cabinet de Ziegler et leur demander de rester vigilants. Ils avaient informé assez de gens pour que le réseau de commérage de Fallport soit en pleine effervescence. Tout le monde chercherait le limier.

Cela aurait dû le rassurer, mais la peur qui s'était formée dans sa gorge menaçait de l'étouffer. Il avait du mal à ne pas imaginer Duke blessé quelque part. Ou effrayé et seul dans la forêt. Ou affamé.

Il avait déjà trouvé ça horrible lorsque Duke avait gonflé et avait dû se faire opérer, mais il avait été entre de bonnes mains à ce moment-là. Entre les mains de Khloe. Qu'il soit perdu lui paraissait presque pire. C'était affreux de ne pas savoir où il était ni s'il souffrait.

Pour la première fois, Raid comprit un peu plus ce que Tonka avait dû vivre lorsque Garcia torturait Steel et Dagger. Leurs chiens avaient été aussi intelligents et redoutables qu'affectueux. C'étaient aussi leurs meilleurs amis. Repenser à la douleur et à la confusion qu'ils avaient éprouvées lorsque Garcia leur avait fait du mal et que leurs maîtres n'avaient rien pu faire pour les aider était aussi une forme de torture.

— Raid, concentre-toi, lui ordonna gentiment Khloe. Quel est le plan ? Où est-ce que tu veux chercher en premier ? Est-ce qu'on prend chacun notre voiture ?

— Non ! s'exclama-t-il un peu trop brutalement avant de prendre une grande inspiration. Non, on reste ensemble.

Il n'était pas paniqué au point d'oublier la raison pour laquelle lui et tous les autres du groupe gardaient un œil sur Khloe.

Pendant un moment, Raid se demanda si la disparition de Duke était en lien avec leur passé, mais il écarta cette idée. Il avait vu la clôture écrasée. Cet arbre n'avait pas été manipulé, il était tombé tout seul. C'était juste de la malchance.

Mais il n'était pas assez stupide pour laisser Khloe partir seule de son côté.

— OK, ta voiture ou la mienne ? demanda-t-elle.

— La mienne, dit-il.

Il avait besoin de maîtriser le volant. Et son Expedition était également plus grosse. Duke tenait à peine sur la banquette arrière de la Bug de Khloe.

Raid ne manqua pas de remarquer que Khloe avait pris son sac *fourre-tout* comme elle l'appelait. Le sac était rempli de matériel médical pour qu'elle puisse aider un animal blessé en route vers sa clinique si nécessaire.

Repoussant l'idée que Duke ait besoin de soins médicaux d'urgence, Raid prit ses clés et sortit.

Au début, ils roulèrent lentement le long de la route qui passait devant sa maison avec les vitres baissées pour pouvoir appeler Duke. Comme cela ne donnait rien, Raid se gara sur le parking du sentier de randonnée le plus proche de sa maison. Khloe et lui sortirent et crièrent le nom de Duke. Encore une fois, en vain.

Il était possible que Duke se dirige vers la ville. Il y était allé assez souvent et se rappelait sans doute que les gens lui avaient donné de la nourriture à ce moment-là. Alors ils roulèrent jusqu'en ville, parcourant chaque rue, priant et espérant apercevoir Duke en train de trotter sur la route, heureux de cette petite aventure.

Mais il n'y avait aucun signe de lui.

Quarante minutes plus tard, Raid luttait pour ne pas se laisser envahir par la panique. Les gars avaient fréquemment pris des nouvelles et personne n'avait vu le limier égaré.

— On ferait peut-être mieux de retourner chez toi pour voir s'il est là. Il a sans doute retrouvé son chemin parce qu'il avait faim. Tu sais, en remontant sa propre piste.

Ce n'était pas une mauvaise idée, mais plus Raid s'imaginait dans sa maison sans Duke, plus il avait mal au ventre. Il se souvenait encore des premiers jours, lorsqu'il avait ramené ce chiot maltraité et négligé qui avait été jeté comme un déchet. Duke tremblait et se recroquevillait à chaque fois que Raid s'approchait de lui. Mais avec beaucoup de patience et de nourriture, il avait fini par s'adapter. Et il était devenu totalement loyal envers Raid.

Certes, Duke n'était pas aussi malin que Dagger, ni aussi féroce. Il ne risquait pas vraiment d'égorger quelqu'un sur commande, mais Raid s'était contenté de travailler des heures et des heures avec Duke pour traquer les odeurs humaines. Et désormais, il avait disparu. Sans laisser de traces.

Le téléphone de Khloe sonna, le faisant sursauter.

— Allô ? C'est vrai ? Oh, mon Dieu, merci d'avoir appelé ! On va justement dans cette direction. Oui, je te tiens au courant. Bisous !

Raid se tourna vers elle pour lui demander qui c'était, mais Khloe se mit à parler avec excitation.

— C'était Sandra. Elle a dit que quelqu'un avait appelé le restaurant parce qu'il avait vu Duke. Il était près du point de départ du sentier d'Eagle Point. J'imagine que la personne a dû essayer de le faire venir, mais que Duke l'a ignorée et s'en est allé.

Raid appuya sur l'accélérateur de l'Expedition. Il n'était pas surpris que Duke ne s'approche pas d'un inconnu. Il n'avait jamais vraiment appris à être sociable avec beaucoup de monde... Lilly et Khloe étaient des exceptions. Il tolérait les hommes, mais Raid soupçonnait qu'il ait été maltraité par l'un d'eux étant chiot et qu'il n'avait jamais appris à leur faire entièrement confiance.

Le sentier d'Eagle Point était l'un des plus difficiles de la région, et il n'était pas très loin de sa maison. Il était logique que Duke traîne dans les parages, car il avait participé à de nombreuses recherches à partir de ce même parking. Il pria pour que Duke reste au même endroit suffisamment longtemps pour qu'ils puissent l'atteindre.

— Sandra t'a dit qui était la personne qui avait appelé ? Pourquoi ils l'ont appelée elle et pas nous ?

— Non, elle ne m'a pas dit. Juste que c'était un type qui

avait aperçu un limier qui ne semblait pas être un chien errant et qu'il pensait que quelqu'un devait probablement le chercher. Elle pense que c'était un touriste. Il a dit qu'il avait composé le numéro du restaurant parce que c'est l'un des seuls endroits de la ville où l'on peut prendre des plats à emporter.

Il n'avait pas tort. Même Raid connaissait le numéro par cœur. Il avait lui-même acheté beaucoup de plats à emporter là-bas, surtout avant que Khloe et lui ne sortent ensemble.

Raid n'hésita pas à aller au-delà des limites de vitesse pour rouler jusqu'au point de départ du sentier. Chaque minute de trajet était une torture. Il avait juste envie de retrouver son chien.

Ils se garèrent sur le parking du sentier d'Eagle Point et virent trois véhicules.

Un homme que Raid ne reconnaissait pas se tenait à côté d'une vieille Oldsmobile. Ça devait être le type qui avait signalé la présence de Duke. Une Jeep noire et une Honda Civic étaient garées à l'autre bout du terrain, sans que l'on puisse voir leurs occupants. Ils étaient probablement sur le sentier.

Raid se gara sur une place libre et sortit de la voiture en un clin d'œil. Khloe et lui se dirigèrent vers l'homme.

— C'est vous qui avez appelé pour mon limier ? Vous l'avez vu ? demanda directement Raid sans perdre de temps avec les formules de politesse.

— Oui. Il était là-bas, dit l'homme en se retournant pour désigner les arbres.

Khloe et Raid se tournèrent vers l'endroit indiqué par l'homme. Raid mit les mains autour de sa bouche et hurla :

— Duuuuuuuuke !

— Euh, Raid, dit Khloe d'une voix étrange.

Il était totalement concentré, essayant d'apercevoir le moindre mouvement dans la forêt.

— Duuuuuuuke ! Viens ici mon grand !

— Raid ! dit Khloe avec plus de force.

Toujours distrait, Raid jeta un coup d'œil rapide vers Khloe – et lorsqu'il le fit, son sang se glaça pour une toute autre raison. Il oublia totalement son limier disparu.

L'homme qui les avait accueillis avait sorti une arme et l'appuyait contre la tête de Khloe, par-derrière. Elle avait les mains en l'air, comme pour montrer qu'elle n'était pas armée.

— C'est quoi ce bordel ? gronda Raid.

— Tu vas faire ce que je te dis sinon je lui fais sauter la cervelle, dit l'homme.

— Mon téléphone est dans la voiture, dit rapidement Khloe. Celui de Raid aussi. Prenez-les. Prenez même la voiture, les clés sont encore sur le contact, le supplia-t-elle.

Mais il sut instinctivement qu'il n'était pas là pour les voler. Ce n'était pas Pablo Garcia, cet homme était un grand caucasien. Mais il était certain qu'il travaillait pour le baron de la drogue.

Il avait été incroyablement stupide. Trop préoccupé par Duke pour penser clairement. Il avait couru dans tous les sens, comme un poulet à qui l'on aurait coupé la tête et l'homme de Garcia en avait profité.

— Je ne veux pas de vos putains de téléphones, les informa l'homme. Toi. Marche très lentement jusqu'à ma voiture et monte dans le coffre, dit-il à Raid.

Khloe inspira brusquement en entendant ce qu'il demandait. Elle avait les yeux écarquillés et le sang avait quitté son visage tandis qu'elle regardait Raid, comme si elle espérait qu'il les sorte de là. Mais avec cette arme pressée contre son crâne, Raid n'avait pas beaucoup d'options. Il était certain que l'homme n'hésiterait pas à tirer. S'il travaillait pour Garcia de son plein gré, alors il n'avait forcément aucune compassion ni humanité.

Il hésita trop longtemps. Sans un seul mot d'avertissement, l'homme écarta le pistolet de Khloe, le pointa vers Raid et tira.

La douleur explosa dans sa jambe. Mais par miracle, il parvint à ne pas s'effondrer par terre.

Le bruit du coup de feu avait été étouffé et Raid se rendit compte que l'arme était équipée d'un silencieux. Dès qu'il eut cette pensée, l'homme appuya de nouveau son arme contre la tête de Khloe. Sur sa tempe, cette fois-ci.

Khloe se tenait là, tremblante de peur et choquée, essayant de reprendre son souffle.

— J'ai dit, avance jusqu'à ma voiture et monte dans le coffre. À moins que tu ne veuilles que la prochaine balle aille directement dans son cerveau, dit l'homme calmement et clairement.

Sachant qu'il n'avait pas le choix tout en détestant avoir mis Khloe dans cette situation, Raid s'exécuta et recula vers le véhicule.

— Raid, ne le fais pas... la supplia Khloe.

— Oui, Raid. Ne le fais pas, se moqua l'homme. S'il te plaît, laisse-moi la tuer. Ça fait longtemps et j'y prendrais beaucoup de plaisir. Ça fait des semaines que je suis dans cette putain de ville pour vous observer. Je meurs d'envie de vous tuer tous les deux. Vous êtes les seuls qu'on m'a demandé de ramener en vie, mais je trouve qu'elle est un bon moyen de te contrôler. Maintenant... monte dans la putain de voiture.

Le coffre avait déjà été déverrouillé et Raid le leva, observant l'intérieur d'un air dubitatif. Il n'était même pas sûr de rentrer dedans.

Sa cuisse palpitait de douleur, là où il lui avait tiré dessus. Raid ne pensait pas que son artère fémorale avait été touchée, mais il saignait encore abondamment.

— Relâche-la, le supplia-t-il sans avoir honte de supplier ce monstre. Elle n'a rien à voir avec tout ça. C'est moi que Garcia veut, pas elle.

— Monte, répéta l'homme.

N'ayant littéralement pas d'autre choix, Raid s'exécuta. Son esprit tournait à plein régime, essayant de visualiser les options qui s'offraient à lui. Ses amis étaient tous à la recherche de Duke. Ils avaient sûrement entendu parler de l'appel au restaurant, ou le sauraient à un moment ou à un autre. Ils le trouveraient, il en était persuadé. Mais le feraient-ils à temps ?

Dès qu'il se fut maladroitement allongé dans le coffre, l'homme poussa brutalement Khloe. Elle tomba par terre, à quatre pattes, et il lui donna un coup de pied, la frappant sur le côté.

— À ton tour maintenant. Monte.

— Quoi ? Non ! s'exclama Raid.

L'homme pointa simplement à nouveau son arme sur Khloe.

— Monte, sinon t'es morte.

Khloe se releva rapidement et s'approcha du coffre. Elle n'hésita pas à passer une jambe par-dessus le rebord et grimpa avec lui dans le petit espace.

Sans dire un mot de plus, leur ravisseur referma le coffre les enfermant, Khloe et lui, dans l'obscurité la plus totale.

Raid entendait Khloe respirer trop fort et trop vite. Il fit de son mieux pour lui laisser un peu plus d'espace, mais cela ne servit à rien. Il n'y avait pas un centimètre de libre dans le coffre.

Passant un bras autour d'elle, Raid l'attira contre lui. Elle réussit à se retourner pour qu'ils soient face à face. Leurs jambes étaient entrelacées et chaque fois qu'elle bougeait contre lui, un éclair de douleur lui traversait la jambe. Mais Raid l'ignora. C'était le cadet de ses soucis pour le moment.

Le véhicule démarra et se mit en mouvement. Il sentit Khloe pleurer contre son torse et il eut le sentiment que chaque larme lui brûlait la peau et imprégnait sa chemise. C'était à cause de *lui*. C'était de *sa* faute. Elle se retrouvait dans cette situation à cause de lui.

Ils sursautèrent tous les deux lorsqu'une musique forte

retentit soudain dans le coffre. L'homme qui conduisait avait mis du métal et le volume au maximum. Raid eut immédiatement mal à la tête.

Il sentit Khloe prendre une grande inspiration. Puis une autre. Puis elle bougea et il sentit d'abord ses lèvres contre sa joue, et finalement son oreille.

— Est-ce qu'il y a un levier de déverrouillage d'urgence ? hurla-t-elle presque.

Elle avait repris le contrôle de ses émotions et Raid n'aurait pas pu être plus fier d'elle.

— Je ne sais pas, répondit-il en espérant qu'elle puisse l'entendre.

Visiblement oui, car elle commença à s'agiter, se tournant, dos à son torse et faisant de son mieux pour explorer ce qu'il y avait autour d'eux. Les voitures récentes étaient équipées d'un système d'ouverture phosphorescent au cas où des enfants se retrouveraient coincés dans le coffre, mais ils avaient beau tâtonner dans l'obscurité, ils ne sentaient rien qui puisse les aider à sortir de la situation désespérée dans laquelle ils s'étaient retrouvés.

Raid essaya d'arracher l'arrière du feu de signalisation, mais il s'aperçut qu'il avait été fermement vissé. L'homme qui les avait forcés à entrer dans le coffre avait certainement planifié cet enlèvement.

Khloe se tourna à nouveau et Raid fut impressionné qu'elle parvienne à se déplacer. Lorsqu'il sentit sa main sur sa cuisse, il sursauta et ne put retenir le juron qui franchit ses lèvres lorsqu'elle trouva l'endroit où la balle avait pénétré sa jambe et serra fort.

— Désolée, dit Khloe par-dessus la musique, mais elle ne le relâcha pas pour autant.

Pour se distraire, Raid fit de son mieux pour essayer de comprendre dans quelle direction on les emmenait. Ils avaient tourné à droite en sortant du parking, en direction de Fallport.

Ils avaient ralenti plusieurs fois et s'étaient arrêtés une fois, probablement au feu rouge à la sortie de la ville, avant d'accélérer sur ce que Raid savait être la route qui menait à l'autoroute.

Putain, ce connard avait traversé Fallport de part en part. Ils étaient probablement passés à côté des gens qui cherchaient Duke. Devant leurs amis.

Il avait été malin de mettre la musique à fond. Khloe et lui ne pouvaient pas vraiment communiquer efficacement, et s'ils tapaient sur le coffre ou appelaient à l'aide, personne ne les entendrait.

Raid serra les dents tandis que Khloe faisait de son mieux pour examiner sa jambe en la palpant. Malgré l'espace restreint et l'obscurité, elle était incroyablement efficace.

Il ne savait pas ce qu'elle faisait, mais il finit par sentir quelque chose se resserrer autour de sa jambe.

Un garrot. Il réalisa qu'il s'agissait de sa ceinture. Sa blessure lui faisait tellement mal, qu'elle lui avait enlevé sa ceinture sans qu'il ne s'en rende compte.

Il fallait qu'il soit beaucoup plus attentif à ce qu'il se passait autour de lui. Il avait eu un moment d'absence à cause de la douleur et de cette foutue migraine provoquée par la musique, mais il allait trouver un moyen de les sortir de là vivants, il fallait qu'il se concentre.

Il fallut attendre quelques instants avant que Khloe ne s'avance et qu'il ne sente à nouveau ses lèvres contre son oreille.

— Ça va stopper l'hémorragie, mais si on l'enlève, ça recommencera. Je ne sais absolument pas à quoi ressemble ta jambe. Tant que je n'aurai pas de lumière, je ne pourrai pas savoir à quoi on a affaire. Je ne sais pas si c'est une bonne ou une mauvaise nouvelle, mais la balle n'est pas ressortie.

Raid acquiesça, l'arme était probablement de plus petit calibre puisque la balle n'avait pas traversé toute la jambe. Il

n'était pas ravi d'avoir un garrot, mais sans ça, il perdrait tellement de sang qu'il ne pourrait pas les défendre, Khloe et lui.

— Qu'est-ce qu'on va faire ? demanda-t-elle.

Raid se raidit. Il redoutait cette question. Honnêtement, il
ne savait pas vraiment ce qu'ils *pouvaient* faire. Et il n'était pas
certain qu'elle ait envie d'entendre la seule réponse qu'il avait à
lui donner : attendre de voir.

— Raid ? demanda-t-elle.

Raid enroula les bras autour d'elle et la serra contre lui en
penchant la tête pour pouvoir lui parler directement dans
l'oreille.

— Je ne sais pas, Khloe. J'aimerais avoir une meilleure
réponse à te donner, mais je n'en ai pas. Nous devons attendre
de voir ce que ce trou du cul a prévu pour nous et improviser.
Mais si tu as une chance de t'enfuir, fais-le. Éloigne-toi de moi
le plus possible.

Il la sentit se raidir contre lui et sut, sans qu'elle n'ait dit un
mot, qu'elle n'était pas satisfaite de ce plan.

— Je sais. Ça craint. Mais ce connard n'avait pas tort. La
seule raison pour laquelle je me retrouve dans ce coffre, c'est
parce qu'il te menaçait. Si tu n'es pas là, il ne pourra pas t'utiliser contre moi.

Elle trembla et il sentit ses lèvres bouger contre sa gorge.

— Je hais cette situation.

Il put lire sur ses lèvres.

— Je sais.

Ils restèrent allongés l'un contre l'autre pendant ce qui leur
sembla durer une éternité, mais qui n'était probablement
qu'une vingtaine de minutes. Ils semblaient toujours se diriger
vers l'est. Ils auraient dû atteindre la I-81, mais ils n'avaient
tourné ni au nord ni au sud, d'après ce que Raid avait pu
constater. Cela signifiait donc qu'ils se dirigeaient probablement vers la côte. En direction de Norfolk.

Le temps passa. Cela aurait pu être une heure, cela aurait

pu être six. Dans l'obscurité totale, il était impossible de le savoir. Raid était certain que chaque minute lui paraissait durer une heure alors que son esprit s'emballait, se projetant et rejetant des scénarios pour le moment où ils pourraient enfin sortir du coffre. Mais il savait que peu importe ce qu'il imaginait, il suffirait qu'un autre pistolet soit pointé sur la tête de Khloe pour que tous ses plans tombent à l'eau. Il ne pouvait pas – ne *voulait* pas – mettre sa vie en danger.

Alors qu'il se demandait une fois de plus depuis combien de temps ils étaient dans la voiture, la musique à fond retentissant dans son crâne, quelque chose lui vint soudain à l'esprit. Il serra Khloe.

— Hé ! lui cria-t-il dans l'oreille. Tu portes ta montre ?

Elle acquiesça contre lui.

— Tu peux passer des appels avec... non ?

Elle releva la tête tellement vite qu'elle faillit lui percuter le menton. Elle tendit le bras entre eux. L'écran de la montre connectée projeta une faible lueur. Pas assez pour éclairer l'intérieur du coffre, mais assez pour qu'ils puissent tous les deux lire l'écran.

Raid fut choqué de constater que presque trois heures s'étaient écoulées depuis leur enlèvement.

— Oh mon Dieu, mais oui ! Pourquoi je n'y ai pas pensé ? Je n'ai pas besoin de mon téléphone pour passer un appel ! Je pensais que c'était une dépense utile que d'acheter la version cellulaire au lieu de celle avec le wifi, mais c'est bien pratique quand je travaille. Je n'ai pas besoin de m'arrêter pour trouver mon téléphone et répondre aux appels et aux textos.

Elle n'arrêtait pas de parler, mais Raid ne pouvait pas lui en vouloir. Il n'entendait qu'un mot sur deux à cause de la musique, mais il comprit ce qu'elle voulait dire.

— Qui est-ce que je devrais appeler ?

— Rocky, dit Raid sans aucune hésitation.

Tous ses amis auraient remué ciel et terre pour les aider,

Khloe et lui, mais Rocky savait ce qui était arrivé avec Garcia il y a plusieurs années. Certes, il avait également expliqué la situation à tous les gars, mais Rocky et lui avaient eu une conversation plus profonde à ce sujet lorsque Khloe lui avait demandé de venir chez lui pour en parler.

— Appelle Rocky, dit Khloe après avoir appuyé sur la touche téléphone – mais rien ne se produisit.

— Essaie à nouveau, lui dit Raid.

Elle s'exécuta, mais obtint le même résultat.

— La musique est trop forte. Il n'entend pas ma voix.

— Respire Khloe. Ça va marcher. C'est obligé.

Elle le fit et cette fois-ci, avant d'appuyer sur le bouton pour activer la puce de l'ordinateur et composer un numéro, elle enleva la montre de son poignet. Elle la prit entre ses deux mains, puis baissa la tête.

Raid ne l'entendit pas parler cette fois-ci, mais visiblement, cela fonctionna, car elle releva la tête et tendit la montre contre l'oreille de Raid. Il ne savait pas si cela allait fonctionner ou pas. La musique était trop forte autour d'eux et il n'était pas certain que Rocky puisse entendre un mot de ce qu'il disait. Mais en recevant un appel de Khloe avec une musique aussi forte à l'autre bout du fil, Rocky comprendrait forcément qu'il y avait un problème.

— Khloe ? Où es-tu ?

Dès qu'il entendit Rocky lui répondre, Raid tira la main de Khloe vers sa bouche. Elle comprit et l'entoura de ses mains tandis qu'il priait pour que son ami puisse l'entendre.

— C'est Raid. Khloe et moi sommes dans le coffre d'une Oldsmobile blanche. On se sert de la montre connectée de Khloe pour vous appeler. L'homme de main de Garcia nous a enlevés et nous nous dirigeons vers l'est. Appelle Tex pour qu'il nous géolocalise. J'ai reçu une balle mais pour le moment l'hémorragie est sous contrôle. Quoi qu'il arrive, assurez-vous que Khloe est en sécurité.

Il porta de nouveau la main de Khloe à son oreille et s'efforça d'entendre quelque chose à l'autre bout du fil. Mais tout ce qu'il entendit fut le hurlement de cette soi-disant musique qui résonnait dans le coffre.

— Tu penses qu'il t'a entendu ? demanda Khloe.

Sans dire un mot, Raid lui prit la main et enroula le bracelet de sa montre autour de son poignet. Il n'était pas sûr que Rocky ait entendu quoi que ce soit. Il espérait et priait pour que ce qu'il ait entendu lui confirme qu'il y avait un gros problème. Il faisait confiance à Rocky. Il rejoindrait les autres et ils utiliseraient toutes les ressources possibles pour les retrouver. Il n'en doutait pas.

Pour l'instant, tout ce que Khloe et lui pouvaient faire, c'était attendre. Et essayer de ne pas paniquer. Ils n'avaient aucun contrôle sur l'endroit où ils allaient et sur ce qu'il allait se passer ensuite. Ils devaient économiser leurs forces et être prêts pour le moment où la voiture s'arrêterait. Car c'est à ce moment-là que la vraie peur se manifesterait.

Raid n'avait pas hâte de se retrouver face à face avec Pablo Garcia, mais d'une certaine manière, il était heureux que cela se produise maintenant, et qu'il n'ait pas à passer des mois, des années même, à devoir surveiller ses arrières. Son seul regret était que Khloe ait été emportée dans la tempête qui s'annonçait.

Prenant une grande inspiration, Raid fit de son mieux pour se calmer. Il devait être en forme s'il voulait sauver Khloe de cette situation. Il se résignait à mourir, mais il ferait tout son possible pour lui sauver la vie. S'il pouvait entraîner Garcia avec lui, il éviterait à Tonka et à sa nouvelle famille de subir une telle situation à l'avenir.

Satisfait à l'idée de se sacrifier, même si laisser Khloe serait la chose la plus dure qu'il ait faite de sa vie, Raid la serra un peu plus fort. Il comptait sur ses amis pour utiliser leurs compétences militaires et leurs contacts pour les retrouver, mais s'il était nécessaire d'en arriver là, il était plus que prêt à faire ce qu'il fallait pour éliminer le monstre qu'était Pablo Garcia. D'une façon ou d'une autre.

* * *

Rocky leva les yeux vers son frère Ethan.

— Quoi ? C'était Khloe ? Qu'est-ce qu'elle a dit ?

Rocky secoua simplement la tête tandis que son sang se glaçait. Quelque chose n'allait pas. Pas du tout même. Lorsqu'il avait vu le numéro de Khloe s'afficher sur l'écran, il avait été momentanément soulagé. Tal et Heather s'étaient rendus au parking d'Eagle Point Trail après avoir su que Duke y avait été aperçu, et ils avaient trouvé l'Expedition de Raid, mais aucun signe de Raid, de Khloe ou du chien.

Leurs téléphones étaient toujours dans le véhicule et les clés sur le contact. Deux mauvais signes.

Un couple de randonneurs avait quitté le sentier à ce moment-là et ils n'avaient rien entendu ni vu d'inhabituel durant leur balade.

Après avoir rapidement fouillé la maison de Raid, Heather et Tal avaient appelé tout le monde, ils s'étaient tous réunis chez Rocky et n'avaient pas bougé depuis. Ils avaient contacté plusieurs habitants pour savoir si quelqu'un avait vu Khloe ou Raid.

Les femmes étaient dans l'autre pièce, stressées, et Rocky et le reste de l'équipe essayaient de déterminer la marche à suivre. C'était une chose que Duke ait disparu, mais maintenant que c'était aussi au tour de Raid et Khloe, ils savaient qu'il s'était passé quelque chose de grave.

Rocky soupçonnait que les frères Mather aient quelque chose à voir avec tout ce bordel et ils avaient envisagé de retrouver Jason et Scott pour les interroger lorsque son téléphone avait sonné.

Quand Bristol avait été enlevée, Rocky avait installé une application d'enregistrement sur son téléphone. Il l'avait fait au cas où la personne qui avait enlevé Bristol l'appellerait pour demander une rançon, et il n'avait jamais été aussi heureux de ne pas avoir pris la peine de l'effacer.

Il hésita un peu, essayant de retrouver l'application et de cliquer ensuite sur les bons boutons, mais lorsqu'il le fit, il prit une grande inspiration et diffusa l'appel téléphonique des cinq hommes qui se tenaient nerveusement autour de lui.

Ils n'entendirent que le son puissant d'une chanson de métal.

— C'est quoi ce truc ? demanda Drew. C'est censé être de la musique ?

— Pourquoi Khloe écouterait un truc pareil ? Ça ne lui ressemble pas, dit Brock.

— Attends, repasse-la Rocky, ordonna Zeke. Et monte le son.

Rocky appuya sur le bouton du volume au maximum, puis repassa l'appel téléphonique qu'il avait reçu une fois de plus.

— Encore, dit Zeke quand le son fut coupé.

Rocky avait envie de lui demander ce qu'il entendait, mais fit ce qu'il lui ordonnait.

Au bout de la troisième écoute, Zeke se leva.

— Il faut qu'on apporte ça à quelqu'un. Quelqu'un qui peut enlever la musique.

— T'as entendu un truc ?

— Oui. Il y a une voix derrière, leur confirma Zeke.

— Putain de merde, dit Tal. C'est Khloe ?

— Je ne peux pas dire.

— Attendez, comment Khloe peut-elle nous appeler si on a retrouvé son téléphone dans la voiture de Raid ? demanda Drew.

Tout le monde resta silencieux un moment avant que Brock ne dise :

— Elle n'a pas une montre connectée ?

— Putain ! Mais oui. Elle en a une, dit Ethan. Lilly se moquait d'elle parce qu'elle agitait son bras pour faire croire à la montre qu'elle marchait dehors. Je suppose que Khloe en avait marre qu'elle vibre toutes les heures pour lui dire qu'il était temps qu'elle se lève et marche, alors elle agitait son bras à la place.

— Elle peut être géolocalisée ? demanda Rocky.

— Je ne vois pas pourquoi on ne pourrait pas. Si elle se sert des données cellulaires, elle devrait émettre des signaux à partir des tours de téléphonie mobile, comme le ferait un téléphone ordinaire, dit Ethan.

Les deux hommes se regardèrent pendant un moment avant de bouger.

— Je vais appeler Tex, dit Drew.

— Je vais appeler Rex, dit Ethan.

— Je vais appeler Simon, dit Zeke d'un ton sombre.

— Et moi j'appelle Tonka, dit Rocky à ses amis.

— Son partenaire garde-côte ? demanda Ethan.

— Oui. Il nous a raconté ce qu'il s'était passé et pourquoi il avait quitté la Garde côtière, mais on a eu une longue conversation sur le connard qui leur a fait du mal à lui et ses partenaires. Si ce ne sont pas les frères Mather, Khloe et Raid sont vraiment dans la merde. Il faut qu'on avertisse Tonka qu'il est probablement en danger aussi. De plus, il a peut-être une idée de ce que Garcia a planifié. C'est lui qui a passé le plus de temps avec ce psychopathe.

— Allons-y, dit Ethan d'un ton sec. Raid a toujours été là pour nous. Il est hors de question qu'on les laisse tomber, Khloe et lui.

CHAPITRE DIX-NEUF

— J'ai pu enlever la musique... la chanson c'est *Butcher the Weak* de Devourment, d'ailleurs, dit Tex d'un air sinistre. Les paroles sont absolument horribles. Très violentes et gores... plus que d'habitude. Bref, vous vouliez entendre, le reste. Le voici.

Rocky et le reste du groupe se penchèrent vers le téléphone posé au milieu de la table. Tex s'était montré très à la hauteur. Dès qu'il avait reçu l'appel enregistré de Rocky, il avait commencé à séparer les fichiers sonores. La voix de Raid était claire comme de l'eau de roche. Il était évident qu'il était stressé, mais sa voix était stable et calme, ses phrases succinctes.

« *C'est Raid. Khloe et moi sommes dans le coffre d'une Oldsmobile blanche. On se sert de la montre connectée de Khloe pour vous appeler. L'homme de main de Garcia nous a enlevés et nous nous dirigeons vers l'est. Appelle Tex pour qu'il nous géolocalise. J'ai reçu une balle mais pour le moment l'hémorragie est sous contrôle. Quoi qu'il arrive, assurez-vous que Khloe est en sécurité.* »

— Putain ! cria Zeke.

Les jurons qu'employèrent les autres furent bien plus brutaux et imagés.

— Qu'est-ce que Tonka a dit ? demanda Ethan à Rocky.

— Il a dit qu'il sautait dans un avion dès que possible, dit Rocky à ses amis. Selon lui, avec l'extradition de Pablo, son seul moyen d'entrer à nouveau sur le territoire, c'est par bateau, donc leur ravisseur va probablement emmener Khloe et Raid vers la côte.

— Mais on ne sait pas où ils vont, dit Tal avec frustration.

— Raid avait raison, ils se dirigent vers l'est, dit Tex. Le réseau est très mauvais dans le sud de la Virginie et il y a de grandes zones vides où il n'y en a même pas du tout. Mais le dernier endroit où la montre de Khloe a émis un signal – bien joué d'ailleurs, vous avez été malins d'avoir pensé à la géolocaliser grâce à la montre – était quelque part le long de la route 58, près d'Emporia.

— Ils se dirigent donc vers Norfolk, dit Ethan.

— C'est ce que je pense, confirma Tex.

Il était environ 22 heures et il faisait désormais nuit. Les filles étaient toujours chez Bristol et Rocky. Personne n'avait envie de rentrer chez lui tout en sachant que Khloe et Raid avaient des ennuis. Duke était toujours porté disparu ce qui ne plaisait à personne, mais pour le moment, tout le monde cherchait surtout à retrouver et à sauver Khloe et Raid. Ils devraient compter sur les habitants de Fallport pour retrouver Duke.

Personne n'avait envie d'envisager que celui qui avait enlevé Raid et Khloe ait aussi tué le chien. Qu'il les ait attirés sur ce parking en prenant Duke, en attirant ses cibles à un endroit où il pourrait les kidnapper sans témoin.

— Il n'y a pas eu de signal depuis une heure. Je suppose que le gars fait profil bas quelque part. Il attend l'heure à laquelle il est censé rejoindre Garcia, dit Tex.

— C'est une bonne ou une mauvaise chose ? demanda Brock comme personne ne disait rien.

— Les deux, dit Tex. C'est bien parce que cela nous donne plus de temps pour mobiliser nos forces. Plus de temps pour que Tonka arrive du Nouveau-Mexique. C'est bien parce que si un plan a été mis en place, ça veut dire que Garcia les veut en vie et que ce gars ne leur fera rien. C'est aussi une mauvaise chose parce que ça veut dire que Raid et Khloe sont à l'étroit depuis des heures et probablement terrorisés. Sans compter que Raid a reçu une putain de *balle* et qu'il est peut-être en train de se vider de son sang dans ce putain de coffre.

Tout le monde resta silencieux un moment, imaginant les pires scénarios pour leurs amis. Puis Ethan demanda :

— Dès que tu reçois un autre signal, tu nous préviens immédiatement, Tex ?

— Évidemment, dit l'ancien SEAL qui semblait un peu agacé par la question.

— Super. On connaît pas mal de gens qui vivent à Norfolk et dans les environs, continua Ethan.

— J'ai aussi mes amis des forces spéciales, ajouta Zeke.

— Mes contacts au sein de la police d'État peuvent surveiller les routes, ajouta Drew.

— Et j'ai encore des contacts au contrôle des frontières, dit Brock.

— Oui, on est tous sur le coup, acquiesça Ethan. On n'a pas passé une bonne partie de notre vie à apprendre tout ce qu'il y a à savoir sur la protection de notre pays pour laisser un connard de trafiquant de drogue venir nous arracher nos amis sous le nez. Il faut qu'on se mette en mouvement. On planifiera tout en cours de route.

Tout le monde acquiesça en murmurant et se prépara à partir après que Tex se fut déconnecté. Personne n'avait intérêt à s'en prendre à l'un des leurs.

* * *

Khloe avait mal à la tête. Toutes les chansons se ressemblaient et les basses profondes qui résonnaient pendant des heures étaient aussi horribles que toutes les pires tortures qu'elle pouvait imaginer. Tout ce qu'elle voulait, c'était deux secondes de silence. OK, plus que deux secondes, mais elle s'en contenterait pour l'instant.

La voiture s'était arrêtée depuis dix minutes. Raid et elle s'étaient tous les deux crispés, attendant que le coffre s'ouvre, que d'autres armes soient pointées dans leur direction, mais rien ne se produisit.

Étrangement, leur ravisseur s'était arrêté et ne semblait pas pressé de repartir. C'était très angoissant et Khloe essaya de se reposer pour se calmer, mais c'était impossible. Elle avait également essayé de passer plus d'appels, mais il n'y avait pas de réseau et aucun de ses appels ou de ses textos ne passait.

Elle avait fait de son mieux pour ausculter la jambe de Raid, mais il lui avait pris la main et lui avait demandé de ne pas s'en soucier. Ce n'était pas très prudent de laisser un garrot en place pendant des heures, mais contrairement à ce que la plupart des gens pensaient, il n'en perdrait pas sa jambe pour autant. Et l'autre alternative, c'était de l'enlever et de le laisser saigner à nouveau, alors elle fit ce qu'il lui demandait.

En réalité, Khloe avait peur et cherchait à se distraire. Elle repensa à ce qui était arrivé à Raid, à son ami Tonka et à leurs chiens et l'idée d'être livrée à un homme qui aimait torturer les gens et les animaux était terrifiante.

Raid l'avait qualifiée de courageuse pour avoir enduré ce qu'elle avait subi par le passé, mais elle ne se sentait certainement pas courageuse. En revanche, il était hors de question qu'elle laisse Raid entre les griffes de ce Garcia si elle avait l'occasion de s'enfuir. Elle n'allait pas laisser l'homme qu'elle aimait mourir seul. Si c'était leur heure, c'était leur heure.

Mais ils allaient forcément trouver un moyen de s'en sortir.

Ils avaient pu appeler Rocky et elle s'accrocha à cet espoir, même si aucun d'eux ne savait s'il avait pu entendre Raid.

Et plus elle restait là, plus elle était stressée et inquiète. Elle ne put retenir les larmes qui coulèrent sur ses joues. Elle n'avait pas envie d'être une chochotte, mais elle réalisa que dans un moment pareil c'était probablement acceptable.

Elle sentit le bras de Raid se serrer autour d'elle et elle enfouit son visage dans son cou. Il avait été son pilier. Elle ne comprenait pas comment il avait pu rester aussi stoïque. Elle avait envie de lui parler. D'entendre sa voix rauque. Mais cette foutue musique les empêchait d'avoir une vraie conversation, ce qui, elle en était bien consciente, était le but recherché.

Elle se consola avec la chaleur de son corps contre le sien, la sensation réconfortante de sa barbe contre sa joue...

Par miracle, elle dut s'endormir dans les bras de Raid, car elle se réveilla en sursaut lorsqu'elle sentit le véhicule bouger à nouveau. Levant son poignet en l'air, elle vit avec stupéfaction qu'il était déjà presque 2 heures du matin. Elle avait réussi à dormir trois heures entières ! Bougeant pour pouvoir parler à l'oreille de Raid, elle lui demanda :

— Comment tu te sens ?

— Ça va, lui dit-il.

Khloe sentit la frustration monter en elle. Non, il n'allait pas bien. Comment *pouvait*-il aller bien ?

Plus ils roulaient, plus Khloe était en colère.

Raid avait reçu une balle et avait besoin de soins médicaux.

Ils avaient été kidnappés.

Ils étaient coincés dans le coffre d'une voiture dont ils ne connaissaient pas la destination.

Ce foutu métal n'avait pas cessé de retentir une seule minute depuis qu'ils avaient quitté Fallport et elle avait une horrible migraine.

Et ils ne savaient toujours pas ce qui était arrivé à Duke !

C'était trop. Et elle était plus que prête à se défendre.

Certes, elle était morte de peur, mais sa colère était plus forte.

Trente minutes s'écoulèrent avant que la voiture ne ralentisse. Ils avaient pris pas mal de virages ces derniers temps, et elle priait pour qu'ils arrivent enfin à leur destination, où qu'elle soit. Elle voulait échanger avec Raid pour mettre un plan en place et décider de ce qu'ils allaient faire une fois sortis de ce coffre, mais c'était impossible avec cette foutue musique.

Khloe s'imaginait jaillir du véhicule comme dans le film *Very Bad Trip*, lorsque monsieur Chow bondit hors du coffre, complètement nu. Mais ce ne serait pas possible. Lorsque le coffre s'ouvrit enfin, Khloe *tenta* de bouger, mais elle réalisa que son corps entier était paralysé par une crampe. Elle ne put que lever la tête, assez haut pour voir à l'extérieur du coffre. Et puis, se retrouver nez à nez avec le canon d'une arme ne lui donnait pas vraiment envie d'être Superwoman. De plus, Raid lui tenait fermement le bras, l'empêchant de réagir de façon impulsive.

Son homme la connaissait bien. Ils n'avaient pas eu besoin de parler pour qu'il sache qu'elle avait envie d'agir. Elle voulait le protéger par tous les moyens.

L'homme qui les attendait n'avait rien à voir avec ce que Khloe avait imaginé. Il était propre sur lui. Il avait des cheveux bruns qui semblaient avoir été coiffés récemment. Il portait un pantalon kaki et un polo. Il avait des chaussures en cuir qui semblaient onéreuses. Dans l'ensemble, il avait l'air... normal. Rien à voir avec le trafiquant de drogue tordu qu'elle avait imaginé. Même si elle ne savait pas vraiment à quoi ressemblaient les trafiquants de drogue cinglés. Mais peu importe le type de vêtements qu'il portait, ou la largeur de son sourire... ses yeux bruns, froids et mortels, lui disaient tout ce qu'elle avait besoin de savoir. Il n'allait pas se laisser faire, et il prendrait un malin plaisir à leur faire du mal s'ils tentaient quoi que ce soit.

— Comme ça fait plaisir de vous revoir, monsieur Walker. Et je suis ravi de voir que vous êtes accompagné d'une amie, dit Pablo Garcia.

Sa voix était calme et posée avec un léger accent espagnol.

Khloe s'extirpa maladroitement du coffre lorsque l'homme lui fit signe de sortir, les acouphènes sifflant dans ses oreilles une fois la musique éteinte. Elle avait l'impression que la voix de Garcia sortait tout droit d'un long tunnel.

Ne voulant pas regarder l'arme dans sa main, elle se retourna pour aider Raid à sortir du coffre. Si ses muscles étaient endoloris, les siens devaient l'être encore plus.

Son pantalon cargo vert olive était taché de rouge de la cuisse à la cheville droite, mais il se tint à côté d'elle comme si on ne lui avait pas tiré dessus il y a quelques heures et qu'il n'avait pas toujours une balle logée dans la jambe.

— J'aimerais dire de même, mais ce serait un mensonge, dit Raid à leur ravisseur.

Garcia s'esclaffa. Un son hystérique qui irrita Khloe et la mit extrêmement mal à l'aise. Lorsque Raid lui avait expliqué que Garcia était un psychopathe, elle l'avait cru, mais en entendre parler et l'expérimenter en personne étaient deux choses différentes.

— Où on est ? demanda Raid d'un ton froid.

— Norfolk, dit Garcia sans attendre. C'est de là que vous venez, mademoiselle Moore... pardon... Watts ?

Khloe acquiesça lentement.

— Eh bien je suis désolé que nous n'ayons pas le temps de rendre visite à vos vieux amis. Nous avons prévu des choses plus intéressantes. Je vous en prie, dit-il en leur faisant signe avec son pistolet de marcher devant lui.

Khloe n'avait pas envie d'obéir aux ordres de cet homme, mais lorsque trois autres types sortirent des voitures voisines, elle réalisa qu'ils n'avaient pas le choix. On aurait dit qu'ils étaient sur une sorte de parking. Il faisait sombre et comme un seul lampadaire éclairait faiblement le terrain, elle ne voyait personne d'autre. Les bâtiments les plus proches étaient délabrés avec des fenêtres brisées, et semblaient déserts. Elle supposa qu'ils se trouvaient dans une sorte de zone industrielle désaffectée.

Prenant une grande inspiration, elle sentit l'odeur de l'océan et le parfum saumâtre de sel, de poisson et d'algues que l'eau dégageait.

— Khloe, chuchota Raid tandis qu'ils commençaient à marcher dans la direction ordonnée par Garcia. Dès que tu en as l'occasion, cours.

Elle faillit renifler d'un air amer, mais se retint au dernier moment.

— Que je coure ? C'est impossible que je leur échappe à tous les quatre, siffla-t-elle. Au cas où tu l'aurais oublié, Alan a essayé de me renverser et ma jambe ne fonctionne pas aussi bien qu'avant.

Elle n'aurait probablement pas dû être aussi directe, mais elle était complètement stressée. Si Raid pensait qu'elle allait le laisser se faire tuer par Garcia, il se trompait. Les muscles de sa mâchoire se crispèrent tandis qu'il boitait à côté d'elle.

— Ça va aller. On va s'en sortir, le rassura-t-elle.

Elle ne savait absolument pas si c'était vrai, mais elle avait terriblement envie d'y croire.

Tandis qu'ils marchaient vers des lumières au loin, elle comprit où Garcia les emmenait. Elle avait vu juste.

Plusieurs quais abandonnés s'étendaient sur l'eau au-delà d'un entrepôt tout aussi délabré. Un bateau solitaire était attaché au quai le plus proche. Il n'y avait pas grand-chose à voir. Pour elle, il ressemblait à l'un des homardiers qu'elle avait vus dans une émission de télé-réalité, mais en beaucoup plus bas de gamme. Il mesurait environ six mètres de long, avait une petite timonerie et une pile de cordes, des tonneaux et tout un tas d'autres objets qui étaient éparpillés sur le pont.

Raid s'arrêta net et se tourna vers Garcia.

— Non, souffla-t-il.

Garcia s'esclaffa à nouveau.

— Désolé mon ami, mais si.

— Je ne monterai pas sur un putain de bateau avec toi ! aboya Raid.

Garcia agit plus rapidement que ce à quoi Khloe s'attendait. Il plongea vers elle d'un air meurtrier et pendant une seconde, sa vie défila devant ses yeux.

Il leva son arme et l'appuya contre son front.

— Oh que si, insista-t-il. Sinon, la cervelle de mademoiselle Watts vous éclabousse tous les deux.

Khloe ne pouvait pas détacher ses yeux de Garcia. Il observait Raid, le provoquant.

Le défiant de dire qu'il mentait. Elle sentait qu'elle transpirait, même si l'air était frais au bord de l'eau. Elle avait la bouche complètement sèche et elle ne parvenait pas à déglutir. Raid lui avait pris la main quand ils avaient commencé à marcher et elle enfonçait ses ongles dans sa peau sans pouvoir le lâcher. Elle était paralysée par la peur. La sensation de ce pistolet contre sa peau était obscène et elle faisait de son mieux pour respirer.

L'affrontement ne dura que quelques secondes, mais Khloe eut l'impression que cela faisait une éternité.

Raid dut hocher la tête ou faire comprendre à Garcia qu'il ferait ce qu'il voudrait, car il baissa son arme et le trafiquant de drogue tourna son attention vers elle.

— Désolé, dit-il sincèrement. Si vous voulez bien vous remettre à marcher. Nous allons pouvoir débuter notre *croisière*.

Khloe tremblait si fort qu'elle n'était pas sûre de pouvoir mettre un pied devant l'autre. Elle avait vu des films et lu tout un tas de livres où l'héroïne était courageuse, sarcastique et vraiment forte. Elle ne ressentait rien de tout ça actuellement. La colère qu'elle avait éprouvée un peu plus tôt avait complètement disparu. Tout ce qu'elle ressentait actuellement, c'était une peur pure et simple.

Ils allaient mourir. Et cet homme allait s'assurer qu'ils souffrent avant de les tuer. Même si elle savait qu'en montant à bord du bateau ils étaient condamnés, elle n'eut pas d'autre choix que de le faire.

Le seul point positif de cette situation, c'était que Raid était avec elle. Elle n'avait pas envie de mourir. Elle avait enfin trouvé un homme avec qui elle se voyait passer le restant de ses jours, elle avait un groupe de personnes qu'elle considérait comme de vrais amis et elle remontait la pente professionnellement. Mais visiblement, tout ce qu'elle désirait n'avait pas d'importance. Pas quand un psychopathe les retenait en otages, manifestement déterminé à torturer l'homme qu'il tenait responsable de son incarcération.

Raid et elle étaient très similaires. Ils étaient tous les deux introvertis, sarcastiques, aimaient les animaux... et tous les deux avaient des gens qui les tenaient responsables de leurs mauvais choix. Elle aurait bien ri, mais elle n'en avait pas la force.

Elle enjamba le rebord et s'accrocha à Raid qui fit de même. Garcia les rejoignit à bord, ainsi qu'un autre homme. Les deux autres qui restaient sur le quai relâchèrent rapidement les amarres et avant même qu'elle ne s'en rende compte, ils étaient en route.

Garcia resta sur le pont arrière avec eux, toujours en train de pointer ce fichu pistolet, et l'autre homme alla dans la timonerie pour conduire le bateau.

— La pluie arrive. Il va faire froid. Je vous suggère de vous asseoir et de vous mettre à l'aise, dit Garcia comme s'il faisait la conversation. Nous avons encore du chemin avant d'atteindre notre destination.

— Qui est ? demanda Raid.

Khloe ne pensait pas que Garcia répondrait, mais à sa grande surprise, il sembla ravi que Raid lui pose la question.

— Là où nous nous sommes rencontrés pour la première fois, dit-il avec un faux sourire. J'ai les coordonnées exactes de l'endroit où vous avez arrêté mon bateau. Ça me paraissait injuste que tu n'aies pas pu en profiter la première fois, alors je me disais qu'on pouvait recréer la scène, cette fois-ci en te gardant éveillé comme ça tu pourras participer. Dommage que ton chien ne soit pas là pour que je puisse jouer avec... mais j'ai mieux, dit-il en regardant Khloe qui frissonna.

Raid était tellement tendu à côté d'elle qu'elle avait peur qu'il se casse en deux.

Il parvint à ne pas répondre à la provocation de Garcia, mais Khloe savait que ce n'était qu'une question de temps avant qu'il ne craque.

Garcia n'avait pas tort, il faisait très froid tandis que son acolyte dans la timonerie mettait le moteur en marche et que le bateau s'élançait sous l'obscurité matinale. Le vent soufflait fort rendant la navigation difficile et la mer extrêmement agitée. Les vagues s'enchaînaient et alors qu'ils continuaient d'avancer sur l'eau, la pluie qu'on leur avait promise commença à tomber.

Khloe et Raid se blottirent l'un contre l'autre sur le côté du bateau, faisant de leur mieux pour se stabiliser tandis que le bateau s'enfonçait dans les vagues les unes après les autres.

À un moment donné, Raid la prit dans ses bras et l'installa sur ses genoux. Elle protesta immédiatement.

— Raid, ta jambe !

— Ma jambe ne me fait pas mal et c'est le cadet de nos soucis, lui dit-il.

Dit comme ça, Khloe ne pouvait qu'être d'accord. Elle enroula les bras autour de lui et s'accrocha fermement. Elle enfonça son nez dans son cou et des larmes coulèrent sur ses joues. Mon Dieu, était-ce la dernière fois qu'elle le tenait dans ses bras ? Qu'elle sentait sa barbe épaisse contre sa peau ? C'était *horrible*. Vraiment.

— Ça sent bon, murmura Raid dans son oreille en se penchant, essayant de bloquer une partie du vent.

Khloe fronça les sourcils. Ça sentait bon ? Qu'est-ce qu'il pouvait bien y avoir de *positif* dans cette situation ?

— On est deux contre deux, continua Raid.

— Ils sont armés, marmonna Khloe dans son cou.

Il y avait du bruit sur le pont avec la pluie, le vent et les vagues, mais rien à voir avec cette horrible musique qu'ils avaient dû endurer dans le coffre.

— Ils arrivent, Khloe. Il faut juste qu'on patiente jusqu'à ce qu'ils soient là.

Elle savait de qui il parlait. De leurs amis. La confiance que Raid avait en eux était rassurante. Elle acquiesça contre lui.

Garcia n'arrêtait pas de parler, prenant un malin plaisir à expliquer dans les moindres détails tout ce qu'il allait leur faire. Comment il allait la torturer, tout comme il avait torturé ces pauvres Dagger et Steel. Il n'était pas évident de l'ignorer, mais Khloe préférait de loin se concentrer sur l'homme qui la tenait.

— Ils vont arriver à temps, lui dit à nouveau Raid, d'une voix rauque.

Khloe ne savait pas s'il essayait de *la* rassurer ou de se convaincre lui-même. Elle croyait en eux mais elle n'était pas certaine qu'ils parviendraient à trouver leur emplacement assez vite. S'ils pourraient empêcher Garcia de mettre à exécution toutes ces choses horribles dont il les menaçait.

Certes, comme l'avait dit Raid, techniquement, ils étaient à égalité, désormais c'était Garcia et son pote contre eux deux, mais elle n'était pas sûre d'être d'une grande aide. Et Raid était blessé. Et, comme elle l'avait souligné, ils avaient des armes.

Mais... Raid et elle avaient la détermination de leur côté. Et l'amour. L'amour pouvait sûrement vaincre le mal. C'était le cas dans les films.

Khloe grimaça. C'était la pensée la plus stupide du monde. Les films, ce n'était pas la réalité. Tout était faux. Scénarisé. Raid et elle avançaient à tâtons. Et les balles dans le pistolet de Garcia étaient bien réelles, pas seulement des flashballs. S'ils voulaient s'en sortir, ils allaient devoir travailler main dans la main. Rester sur leurs gardes.

Saisir toutes les occasions qui se présenteraient à eux pour agir.

C'était facile à dire, mais plus difficile à mettre en pratique. Plus ils s'éloignaient du rivage, plus il était difficile de ne pas paniquer. C'était le milieu de la nuit, il pleuvait des cordes et ils étaient coincés à bord d'un petit bateau avec un psychopathe. L'amour allait devoir être très fort pour qu'ils ressortent gagnants de cette situation.

CHAPITRE VINGT

— Ils sont dans un petit port industriel de Norfolk, dit Tex dès qu'Ethan répondit au téléphone.

Le reste de l'équipe et lui approchaient de Norfolk après avoir fait le trajet à toute vitesse. Ils s'étaient mis en route dès qu'ils avaient pu, même s'ils ne savaient pas exactement où se trouvaient Raid et Khloe, en raison de la mauvaise qualité du réseau cellulaire. Ils connaissaient la direction, et c'était suffisant.

— J'ai besoin de l'adresse exacte, dit Ethan.

— Déjà envoyée. Tonka a atterri ?

Ethan prit une grande inspiration. Il devait rester calme. Cela faisait longtemps qu'il n'avait pas participé à une mission comme celle-ci. SEAL un jour, SEAL toujours, mais cette fois-ci, il ne pouvait pas mettre de la distance. Pas quand la vie de Raid et de Khloe était en jeu.

— Oui. Il travaille avec les garde-côtes et dès qu'il aura plus d'informations, il sera prêt.

— Parfait. J'ai perdu leur localisation dès qu'ils se sont aventurés dans l'océan, parce qu'évidemment, là-bas, il n'y aucune antenne relais. Mais j'ai effectué quelques recherches et même si c'est juste une idée comme ça... je pense qu'ils vont là où s'est produit le drame avec Tonka, Raiden et Garcia.

Ethan acquiesça. Tex était sur haut-parleur à l'intérieur du Tahoe de Rocky. Rocky, Zeke et Drew et lui étaient dans son véhicule pendant que Brock et Tal les suivaient avec l'Explorer de Talon.

— Je pense que c'est un bon pari, confirma Rocky. D'après ce que m'a dit Raid, Garcia est un putain de psychopathe et ça ne m'étonnerait pas qu'il veuille retourner là où il considère que l'injustice a eu lieu afin d'en finir avec Raid.

— Tu as les coordonnées, Tex, ? demanda Zeke.

— Bien sûr. Je les envoie à Tonka. Les gars ?

— Oui ? répondit Ethan pour eux tous.

— Soyez prudents. Ce Garcia est très instable. Il n'a pas vraiment été relâché pour bonne conduite, mais surtout pour qu'il quitte le pays et ne soit plus la responsabilité des États-Unis. Il causait constamment des problèmes derrière les barreaux et apparemment il aurait tué deux hommes à mains nues pendant son incarcération. Mais rien n'a pu être prouvé.

— Ça marche, dit Ethan. Tonka a un plan. Tu connais des pilotes de Night Stalker[1] par hasard ? demanda-t-il au Navy SEAL qui semblait visiblement avoir autant de pouvoir que Dieu.

Tex s'esclaffa.

— Figure-toi que je connais une très belle équipe.

— Je me disais qu'on pourrait avoir besoin de leur aide, vu l'endroit où se trouvent Raid et Khloe actuellement. Raid a reçu une balle il y a plusieurs heures. Il faudra qu'on l'emmène à l'hôpital au plus vite.

— Bonne idée. Je vais les appeler pour qu'ils se tiennent prêts. Tenez-moi au courant.

— On fait ça. Merci pour ton aide, Tex.

— À plus, lui dit l'homme à l'autre bout du fil avant de raccrocher.

— Il n'aime vraiment pas qu'on le remercie, hein ? demanda Drew.

— Non. Accélère, Rocky. Ils ont trop d'avance. On sait tous que Garcia n'amène pas nos amis au milieu de l'océan pour boire le thé.

Le véhicule fonça tandis que Rocky roulait vers le quai industriel près duquel la montre de Khloe avait émis le dernier signal.

Raid ne se souvenait pas avoir déjà eu aussi peur. Oui, il pouvait reconnaître qu'il était terrorisé. Mais il ne laissait rien paraître de ses émotions.

C'était ce que voulait Garcia. Il se délectait de la peur. De la douleur.

Il sentait le cœur de Khloe battre de façon frénétique contre son torse tandis qu'il s'accrochait à elle.

Plus ils s'éloignaient de la côte, plus son cœur se serrait. C'était le petit matin, il faisait nuit noire, ils étaient au milieu d'une tempête, et Garcia allait torturer Khloe pour faire souffrir Raid.

Mais... il avait un plan.

C'était risqué, et il y avait une forte probabilité qu'il échoue, mais il ferait tout son possible pour que Khloe ait une chance d'échapper à ce connard.

Il allait percuter Garcia et improviser ensuite. Il recevrait probablement des balles, mais peut-être qu'il pourrait lutter assez longtemps pour lui arracher son arme et leur tirer dessus, lui et son complice. Peut-être. Tout dépendrait de Garcia et de sa capacité à viser, si jamais il le touchait au cœur ou à la tête.

L'idée de laisser Khloe seule et sans défense entre leurs griffes lui donnait envie de vomir. Raid n'aimait pas se sentir si impuissant. S'il s'était agi de l'un de ses jeux de D&D, il aurait probablement pris plein de risques avec cette décision. Mais là, ce n'était pas un jeu. C'était la vraie vie et Raid avait désespérément envie de vivre.

Il n'avait aucune idée du temps qui s'était écoulé depuis qu'ils avaient quitté le quai lorsque le bateau se mit enfin à ralentir. Regardant autour de lui, Raid ne vit rien d'autre que la pluie battante sous les lumières de la timonerie. Le bateau oscilla violemment de haut en bas avant de s'immobiliser dans le roulis des vagues.

— Et voilà, on est arrivés ! s'exclama Garcia. La partie peut commencer. La dernière fois que j'étais ici, la météo était un peu différente. Tu t'en souviens ?

Raid lui jeta un regard noir et ne tenta pas de bouger, restant blotti contre Khloe.

— Je t'ai demandé si tu t'en souvenais ?! hurla Garcia, tirant une balle en l'air.

Khloe sursauta dans ses bras et Raid réalisa qu'il détestait encore plus cet homme.

— Oui, je me souviens, lui dit-il.

Tous les muscles de son corps étaient tendus, prêts à agir. Il n'avait plus qu'à attendre le bon moment.

Garcia sourit.

— C'était une journée ensoleillée. Il y avait quelques nuages dans le ciel et l'océan était aussi lisse que du verre. Les gémissements et les cris de ces cabots résonnaient délicieusement sur l'eau.

La haine l'envahit soudain si fort et vite que Raid lutta pour ne pas bondir tout de suite et charger l'homme. Ses muscles se tendirent, prêts à agir, lorsqu'il jeta un coup d'œil vers la timonerie et vit l'autre homme, le dos appuyé contre la barre, le sourire aux lèvres. Il fallait qu'il soit malin et attende que les deux types baissent leur garde. Ils pensaient déjà avoir le dessus. Raid avait simplement besoin d'attendre quelques minutes de plus.

— Lève-toi, ordonna Garcia en pointant une nouvelle fois son arme sur eux.

Raid acquiesça lentement. Il voulait donner à Garcia l'impression qu'ils étaient complètement soumis. Il avait aussi besoin de gagner du temps. Il voulait laisser le temps à la cavalerie de les rejoindre. Il était persuadé qu'ils finiraient par les retrouver et qu'ils sauveraient Khloe. Le contraire était impensable.

— J'ai besoin que tu te lèves, dit-il à Khloe aussi doucement que possible.

Il l'entendit gémir, mais elle s'exécuta, passant l'une de ses jambes par-dessus ses genoux pour s'accroupir à côté de lui. Elle leva une main et s'agrippa à la rambarde, s'en servant pour se tenir debout. Il la vit vaciller un peu, mais elle se raidit, écarta les jambes pour plus de stabilité et trouva son équilibre.

Elle était tellement courageuse et Raid n'avait jamais été aussi fier de quelqu'un. Khloe lui tendit la main pour l'aider et Raid la prit avec gratitude. Une fois qu'il fut debout, il s'appuya contre la rambarde derrière lui pour trouver son équilibre. Le bateau tanguait beaucoup et il avait une mauvaise visibilité avec l'obscurité et la pluie.

C'est à ce moment-là qu'un nouveau plan lui vint à l'esprit.

Comme il était très grand, il avait la rambarde au niveau des fesses. S'il ne faisait pas attention, il pourrait facilement être projeté par-dessus bord par l'une des grosses vagues qui secouaient le bateau...

— Viens-là, ordonna Garcia à Khloe.

Elle ne bougea pas. L'homme soupira.

— Je vois que vous allez tous les deux me faire chier. T'es sourde ? Je t'ai *dit* de venir ici. Juste. Ici, gronda-t-il.

Khloe serra la main de Raid et s'exécuta. Elle se traîna sur le pont, les bras en l'air, ressemblant à un marin ivre alors qu'elle essayait de marcher sans tomber. Lorsqu'elle fut assez proche de Garcia, il tendit sa main libre et l'attrapa par la gorge.

Khloe essaya immédiatement d'écarter ses doigts, mais il se contenta de rire. Raid fit un pas en avant et Garcia fit la seule chose qui le rendrait docile. Il pointa à nouveau son arme sur la tête de Khloe.

— Elle est moche, dit-il simplement en regardant Raid. Et super vieille. Je parie qu'elle a la chatte toute ratatinée et sèche. Mais bon, ça fait quand même longtemps que je n'en ai pas vue et ce à quoi j'ai eu droit en sortant n'était pas terrible. Je vais m'amuser à la prendre pendant que tu regardes. Et tu ne pourras rien y faire, dit Garcia. À moins que tu ne me demandes de lui tirer une balle dans la tête. En même temps, ce serait le meilleur choix. La regarder souffrir... ou la laisser mourir ?

Il gloussa et le son lui provoqua un frisson qui lui parcourut l'échine, comme des ongles crissant sur un tableau noir.

Il était hors de question qu'il reste planté là, regardant Khloe se faire violer par cet animal. Il croisa son regard et vit qu'elle pensait la même chose. Il savait qu'elle préférait mourir plutôt que d'être touchée par cet homme.

Garcia promena le canon de l'arme sur la joue de Khloe en se penchant vers elle, tout en gardant les yeux sur Raid, puis lécha son visage au même endroit où il avait passé l'arme.

Puis sans prévenir, il poussa brutalement Khloe loin de lui. Elle valsa de l'autre côté du pont et atterrit durement sur les fesses.

— Reviens ici, ordonna-t-il dès qu'elle tomba.

Khloe n'hésita pas et Raid fut impressionné par son courage. Elle parvint à se relever et revint en titubant vers leur ravisseur.

Cette fois-ci, lorsqu'elle fut à portée de main, Garcia lui saisit le bras et fit signe à son homme de main de s'avancer.

— Tiens-la pendant que je lui enlève ses vêtements, ordonna-t-il.

Raid s'élança, les poings serrés. Une fois de plus, Garcia leva le pistolet et le braqua sur la tête de Khloe.

— Ne bouge pas, mon beau. À moins que tu ne veuilles que sa cervelle éclabousse le pont.

La mâchoire de Raid se crispa. La situation se dégradait bien plus vite que ce qu'il avait espéré. Il fallait qu'il agisse ! Mais ce pistolet pressé contre la tempe de Khloe le terrorisait. La seule chose qui serait pire que de la voir se faire violer par ce monstre serait qu'une balle lui traverse le crâne. Il fallait que Garcia baisse cette putain d'arme !

— C'est bien, gentil toutou. Assieds-toi. Pas bouger, se moqua Garcia en riant.

Il reporta à nouveau son attention sur Khloe. Mais la femme qu'il aimait plus que tout ne comptait pas le laisser la violer avec facilité. Garcia et son laquais s'efforçaient de la retenir tandis qu'elle se débattait comme une folle.

Chaque muscle de son corps tendu, Raid attendait que Garcia baisse ou lâche son arme en se débattant avec Khloe…

Un mouvement soudain sur le côté lui fit jeter un coup d'œil à droite durant une fraction de seconde. Ce qu'il vit lui fit réaliser qu'ils avaient peut-être – peut-être – une chance de se sortir de cette situation horrible. Un cri l'obligea à se concentrer à nouveau sur Khloe. L'un des deux hommes avait réussi à déchirer son haut qui pendait maintenant sur son épaule.

Garcia avait baissé l'arme, se tordant dans tous les sens pour essayer de retenir une Khloe qui se débattait et était très très énervée.

Le moment était venu.

— Lâchez-la ! cria-t-il bruyamment, surprenant suffisamment les autres hommes pour qu'ils interrompent ce qu'ils étaient en train de faire et le regardent.

— Dans quelques minutes, ce ne sera plus une petite

femme qui vous botte le cul que vous devrez affronter, dit Raid en pointant le doigt vers la droite... vers les lumières de plusieurs bateaux au loin qui convergeaient extrêmement vite vers eux.

Les deux hommes se retournèrent, étonnés de ce qu'ils voyaient et Raid n'hésita pas. Il courut vers Khloe, l'attrapa par le poignet et la tira de toutes ses forces.

Son geste surprit encore plus les hommes, permettant à Raid de la libérer facilement de leur emprise.

Alors que les ravisseurs s'élançaient vers lui, Raid se jeta sur le côté du bateau. La gravité fit ce à quoi il s'attendait... les projetant tous les deux par-dessus bord lorsqu'il heurta le bastingage.

Il regretta de ne pas avoir pu prévenir Khloe. C'était complètement fou de se jeter dans l'océan, au milieu d'une tempête, dans le noir, mais c'était toujours mieux que de laisser Garcia se servir d'elle comme otage.

Raid eut le temps de prendre une grande inspiration avant de heurter l'eau sur le dos, tenant fermement Khloe. Ils furent ballotés par les vagues durant un moment avant qu'il ne retrouve ses esprits et ne sorte la tête de l'eau. Il serra Khloe contre lui pour que les vagues ne l'éloignent pas de lui. Il savait que s'ils étaient séparés durant ce genre de tempête, il risquait de ne plus jamais la retrouver.

L'eau était froide et il fallut une fraction de seconde à Raid pour reprendre son souffle. Une fois qu'il l'eut fait, il regarda Khloe. Elle avait les cheveux plaqués sur le front, les vagues s'écrasaient sur eux, elle s'agrippait à son haut de façon compulsive et cligna des yeux dans sa direction, choquée.

— J'espère que tu es un bon nageur ! dit rapidement Khloe, faisant de son mieux pour ne pas avaler l'eau de mer.

— Le meilleur de ma classe, la rassura-t-il. Et toi ?

— Plutôt médiocre, avoua-t-elle.

— Je te tiens, lui dit Raid avec assurance.

Les vagues violentes les avaient déjà éloignés de plusieurs mètres du bateau, mais ça n'avait pas vraiment d'importance. Garcia et son homme de main couraient frénétiquement autour de l'embarcation, essayant de la faire démarrer pour se tirer d'affaire avant d'être capturés.

— Tu nous as sauvés, dit Khloe en resserrant son emprise sur sa taille sans le quitter du regard.

Il sentait qu'elle tremblait, mais il était extrêmement fier d'elle. Sa jambe lui faisait terriblement mal, mais il espérait que l'eau de mer puisse nettoyer sa plaie. Il se servait de sa jambe valide et de son bras libre pour maintenir leurs têtes hors de l'eau.

Comme si elle pouvait lire dans ses pensées, elle tressaillit.

— Oh merde, je n'ai même pas pensé à ta jambe ! Tu crois que le sang va attirer les requins ?

Raid ne put s'empêcher de rire.

— Je crois que le peu de sang qui coule de ma jambe est le dernier de nos soucis, là.

— Trouve-les ! hurla Garcia à son homme de main.

Visiblement, il ne comptait plus s'enfuir et se tenait à la rambarde de son bateau, scrutant l'océan avec son arme à portée de main, essayant manifestement de voir où ils se trouvaient, Khloe et lui.

— Il faut qu'on parte d'ici ! cria l'autre homme derrière la barre.

— Non ! hurla Garcia.

Mais l'homme l'ignora. Il parvint enfin à rallumer le moteur et le bateau commençait à tourner lorsque la petite flotte convergea enfin vers eux.

La tête que fit le trafiquant de drogue lorsqu'il réalisa qu'il était foutu – une fois de plus – n'avait pas de prix. La rage, la frustration, la haine... toutes ces émotions et bien d'autres encore lui déformaient le visage.

Il leva rapidement son arme et se mit à tirer rapidement, non pas vers les bateaux qui s'avançaient vers lui, mais vers là où lui et Khloe étaient tombés dans l'eau.

Quelqu'un – Raid ne savait pas de qui il s'agissait, mais il lui fut incroyablement reconnaissant pour son sens du tir – lui arracha le pistolet de la main, trouant sa main au passage.

Ce fut la dernière chose que Raid vit avant qu'un bateau ne l'empêche de voir l'homme qui les avait kidnappés et avait eu l'intention de les torturer tous les deux.

— Si tu voulais faire un petit plongeon, je pense que tu aurais pu trouver un meilleur moment et un meilleur endroit, lui dit une voix familière alors qu'un autre bateau se rapprochait prudemment.

Raid n'a jamais été aussi soulagé d'entendre la voix d'Ethan.

— Oui, mais tu sais, je fais toujours des choses inattendues, rétorqua-t-il.

Les vagues n'avaient pas diminué. Au contraire, elles semblaient encore plus furieuses que tout à l'heure. Il fallut quelques manœuvres, d'autant plus que l'eau froide avait mis à mal la coordination de Raid, mais il parvint à remettre Khloe aux deux hommes penchés sur le bateau, qui lui tendaient la main.

Il fallut trois personnes pour le sortir des vagues et une fois à bord, Raid s'effondra au fond du bateau avec Khloe. Il n'oublierait jamais le sourire qui lui étirait les lèvres tandis qu'elle le regardait.

— C'est fini ? demanda-t-elle.

— C'est fini, lui confirma Raid.

Khloe s'appuya sur son coude, ignorant les hommes qui s'agitaient autour d'elle, essayant de l'enrouler dans une couverture de survie.

— Ils l'ont eu ?

— Il n'ira nulle part, la rassura Zeke.

Raid s'assit et prit la couverture des mains de Zeke. Un morceau de sa chemise pendait sur son épaule là où elle avait été arrachée et sa peau était si pâle à cause du froid qu'il craignait qu'elle ne fasse une hypothermie si elle ne se réchauffait pas. Il enroula la serviette autour d'elle tandis qu'elle levait les yeux vers Zeke et commençait à lui poser des questions.

— Il est mort ? Ils l'ont tué ? Parce que sinon, il va revenir. Il va nous coller aux basques. C'est bizarre d'ailleurs cette expression, qu'est-ce que ça veut dire exactement ? Bref, il faut qu'ils le tuent. Qu'ils lui tirent dessus. Qu'ils fassent quelque chose. Parce qu'il ne va jamais cesser de s'en prendre à Raid.

— Il ne sera plus un problème, la rassura Tal.

Raid leva les yeux vers ses amis. Ils étaient entourés de plusieurs militaires – des Navy SEALs, visiblement. Ethan et Rocky avaient manifestement fait appel à des gens qu'ils connaissaient encore dans l'armée pour les aider. Jetant un rapide coup d'œil autour de lui, il vit deux bateaux de la Garde côtière, sans doute grâce à Tonka.

Tal – tout aussi dur à cuir qu'un Navy SEAL, mais version britannique – posa un genou à terre à côté de Khloe. Elle avait les lèvres bleues et Raid eut envie de dire à tout le monde de se bouger les fesses, de retourner sur la côte pour que Khloe puisse être prise en charge. Mais personne ne semblait pressé de quitter la zone, ce qui le perturba.

— Tal... commença Khloe.

— Tonka est là-bas, l'interrompit-il. Et il n'est pas content. On sait tous qu'après en avoir fini avec Raid et toi, Garcia s'en serait pris à lui, à sa famille et aux animaux dont il s'occupe au Refuge. Crois-moi, bientôt Garcia ne sera plus un problème.

Khloe fronça les sourcils.

— Tonka ne va pas avoir d'ennuis ?

Putain qu'est-ce qu'il aimait cette femme ! Elle venait de vivre un enfer et pourtant elle s'inquiétait pour un homme qu'elle n'avait jamais rencontré. Mais il était certain qu'elle se faisait du souci pour Tonka car il était un ami de Raid.

Il lui prit la main.

— Non, dit-il fermement.

Il ne savait absolument pas quel était le plan ni ce qu'il se passait sur le bateau de Garcia, mais si Tonka s'y trouvait, il était impossible que le trafiquant de drogue s'en sorte vivant.

Même si Raid était soulagé que Khloe et lui soient en vie et hors des griffes de Garcia, il ne pouvait pas s'empêcher d'avoir une autre inquiétude.

— Et Duke ? demanda-t-il à Ethan, sa voix se brisant.

Si finalement Garcia était à l'origine de la disparition de son limier... s'il lui avait fait du mal...

— Il est en sécurité, le rassura rapidement Ethan avant que Raid ne puisse avoir d'autres pensées horribles.

— Dieu merci, souffla Khloe.

Bouleversé par l'émotion, Raid ne put qu'acquiescer de soulagement.

Avant qu'il ne puisse poser d'autres questions sur son chien, Raid perçut un bruit familier sous le vent et la pluie. Levant la tête, il n'en crut pas ses yeux. À travers la tempête, un hélicoptère MH-60 Knighthawk approchait.

— C'est quoi ce bordel ?

— C'est votre moyen de transport pour rentrer, dit Ethan avec un sourire. Tex leur a demandé une faveur et ce sont les deux meilleurs pilotes Night Stalker qui sont aux commandes de cette beauté.

— On s'est dit que ce serait le moyen le plus rapide de vous emmener à l'hôpital, expliqua Rocky.

— Je suppose que tu n'es pas contre le fait d'enlever ce garrot le plus tôt possible, ajouta Brock.

Raid ne sentait même plus sa jambe. Après la douleur causée par la balle, le garrot et l'eau froide, elle était complètement engourdie. Mais il n'avait pas envie de s'inquiéter de perdre sa jambe ou de ne plus pouvoir s'en servir. Il était en vie. Khloe était en vie. C'était tout ce qui comptait. Le Knighthawk planait directement au-dessus du bateau, et la pluie, fouettée encore plus rapidement par les pales du rotor, piquait le visage de Raid. Il se tourna vers Khloe et la protégea du mieux qu'il put du vent et des gouttes agressives.

Il laissa ses amis les attacher et insista pour que Khloe soit hissée en premier. Lorsque ce fut son tour, Raid observa ses six meilleurs amis. Ils l'avaient accepté tel qu'il était, étaient venus à son secours quand il en avait eu le plus besoin et c'était le plus beau cadeau qu'on lui ait jamais fait.

— Je savais que vous viendriez, leur dit-il tout fatigué et étourdi.

— Oui, oui, dit Ethan. On parlera à l'hôpital une fois qu'ils t'auront soigné. Essaie de ne pas t'attirer de nouveaux ennuis d'ici là.

Raid sourit et regarda l'hélicoptère pendant qu'on le soulevait dans les airs.

Une fois à l'intérieur, il s'installa rapidement à côté de Khloe, puis la porte fut refermée. Les secours se rassemblèrent autour d'eux en leur posant des perfusions et en faisant de leur mieux pour les mettre à l'aise tandis qu'ils retournaient vers la côte et l'hôpital.

Raid avait des milliers de choses en tête, mais tout ce qui lui venait à l'esprit, c'était que ces pilotes étaient fous. Ni lui ni Khloe n'étaient dans un état critique, même s'ils ne le savaient pas, et ils s'étaient quand même engagés dans une tempête pour faciliter leur déplacement jusqu'à un hôpital, de façon rapide et confortable.

Tournant la tête, il vit deux hommes assis derrière les commandes qui parlaient entre eux et riaient comme s'il s'agissait d'un vol de routine et non d'un sauvetage effectué dans des conditions dangereuses.

Les Night Stalkers de l'armée étaient les meilleurs pilotes.

Ils allaient là où aucun autre pilote sain d'esprit n'osait aller. Ils travaillaient main dans la main avec les forces spéciales de toutes les branches, évacuant les équipes en cas de besoin, ou les insérant. Ils s'occupaient des catastrophes naturelles sur le territoire national et à l'étranger et étaient généralement les stars du monde du pilotage.

— Vous êtes fous, dit Raid à travers le casque que l'un des médecins lui posa sur les oreilles.

Le pilote se retourna vers lui et sourit, levant les pouces en l'air dans sa direction.

Le copilote se tourna également vers lui en souriant.

— Je parle pour Casper, qui est votre pilote pour cette petite escapade, et moi-même – on m'appelle Pyro – nous sommes très heureux de vous avoir à bord de notre hélico. On a reçu un appel de quelqu'un que vous connaissez probablement. Tex ?

Raid acquiesça en souriant.

— Eh bien ce bon vieux Tex nous a demandé si on était partants pour un petit vol afin d'aller chercher ses amis. Et si vous le connaissez, vous savez aussi que personne ne dit non à Tex. Alors nous voilà.

— Je vous en dois une, dit Raid.

— Certainement pas, lui dit Casper. D'après ce que j'ai compris, le pays te doit une fière chandelle pour avoir foutu une ordure comme Garcia en prison. Accrochez-vous encore un peu, on va vous amener à l'hôpital en un clin d'œil.

— Vous allez rester en vol stationnaire et nous faire passer par une fenêtre de l'hôpital, ou vous allez atterrir comme le font les pilotes normaux ? plaisanta Raid.

Les deux pilotes éclatèrent de rire.

— Tu veux passer par une fenêtre ? On peut s'en occuper, dit Casper.

— Je pense qu'atterrir à l'héliport devrait suffire. On a eu assez de péripéties pour aujourd'hui, leur dit Raid.

Les deux hommes levèrent chacun leur pouce en l'air cette fois-ci, puis reportèrent leur attention sur les commandes.

Se détendant pour la première fois depuis son réveil le matin précédent, Raid s'approcha du brancard à côté de lui et prit à nouveau la main de Khloe dans la sienne. Son visage reprenait des couleurs et ses lèvres n'étaient plus aussi bleues qu'auparavant.

Elle lui serra la main en le regardant fixement.

— Je t'aime, dit-elle.

— Je t'aime, répondit Raid sans hésiter.

Les douze dernières heures avaient été éprouvantes, et pour rien au monde il n'aurait voulu qu'elle vive une chose pareille, mais il ne pouvait s'empêcher d'être fier d'elle... et d'être soulagé qu'elle soit restée avec lui. Il ne pensait qu'à rentrer à Fallport et à passer le reste de sa vie à ses côtés.

* * *

Finn « Tonka » Matlick n'avait jamais été aussi calme. Il ne s'était pas attendu à se retrouver dans cette situation, mais maintenant qu'il l'était, il restait tranquille et concentré.

Pablo Garcia, l'homme qui avait fait de sa vie un enfer, était actuellement allongé sur le pont de son bateau, saignant à cause de sa main manquante... et pleurant et suppliant qu'on appelle un médecin. Mais aucun docteur ne viendrait s'occuper de ce salaud.

Non, la seule chose qui l'attendait, c'était la mort.

Tonka ne savait pas comment Tex s'y était pris et il s'en fichait. Tout ce qu'il savait, c'était que cet homme devait mourir. Il ne cesserait jamais de venir s'en prendre à lui et Raiden. Même s'il retournait en prison pour enlèvement et tentative de meurtre, il finirait par être relâché et une fois de plus ils devraient surveiller leurs arrières.

Tonka ne quitterait pas ce bateau tant qu'il ne se serait pas assuré que Pablo Garcia n'était plus une menace.

Les Navy SEALs qui avaient participé au sauvetage étaient déjà partis avec l'homme qui pilotait le bateau. Il serait interrogé sur d'éventuels complices et finirait par croupir dans une prison fédérale. Il ne restait plus qu'un bateau qui flottait dans l'océan avec celui de Garcia. Et les deux hommes qui attendaient Tonka sur l'autre embarcation avaient été mis au courant de la situation.

Tex lui avait juré qu'il pouvait leur faire confiance et Tonka n'avait aucune raison de penser que son vieil ami lui mentait.

Il s'accroupit à côté de Garcia, plissant les yeux tout en l'observant sans dire un mot.

— *Quoi ?* Qu'est-ce que tu regardes ? Dépêche-toi de me ramener sur la terre ferme ! J'ai besoin d'un médecin, putain ! aboya Garcia.

— Hors de question, dit Tonka après un long moment de silence.

— Quoi ? Comment ça ? J'ai besoin d'aide !

— Non. Tu as besoin de mourir. Le monde se portera mieux sans toi.

Garcia écarquilla les yeux.

— Tu n'as pas le droit ! C'est un meurtre !

Tonka lâcha un rire amer.

— C'est culotté de ta part.

Puis il se leva et s'avança jusqu'à un tas de cordes et une ancre qui se trouvaient sur le pont. Il attrapa calmement le tout et l'amena jusqu'à Garcia.

— C'est quoi ce bordel ? Stop ! Non ! cria Garcia, essayant d'éviter les mains de Tonka.

Mais en vain. En quelques secondes, Tonka avait serré les chevilles et les poignets de Garcia. Puis il se mit à attacher la longue corde à son corps.

— Pitié ! Attends, on peut parler ! balbutia Garcia. J'ai de l'argent. Tu peux devenir riche. T'as pas envie que ton refuge débile prospère ? Je peux t'aider !

— Tu sais ce que je voudrais ? demanda simplement Tonka.

— Tout ce que tu veux ! Je te le donnerai.

— Je veux que mon chien Steel revienne. Je veux oublier toutes ces heures où j'ai dû t'écouter les torturer, lui et Dagger. Je veux pouvoir dormir sans voir leurs yeux suppliants dans mes cauchemars. Tu peux m'offrir tout ça ?

Garcia observa l'homme qui serait son bourreau, sans prononcer un mot.

— C'est bien ce que je pensais, dit Tonka en haussant les épaules, continuant de nouer la corde.

— Si tu me tues, tu l'auras sur la conscience et tu ne pourras plus dormir ! lui dit Garcia d'un air désespéré.

Tonka se mit à rire.

— Tu te trompes. Je dormirai comme un bébé. Et tu sais pourquoi ?

Il ne lui laissa pas le temps de parler.

— Parce que je saurai que tu n'es plus là pour faire du mal à quelqu'un d'autre. Tu ne pourras plus t'amuser à torturer d'autres animaux. Tu ne pourras plus compter ton argent lorsque quelqu'un deviendra addict aux drogues que tu fabriques et distribues.

— Si tu fais ça, tu seras pire que moi ! dit Garcia.

— Personne ne peut être pire que toi, dit Tonka d'une voix dure. Et j'ai une femme qui connaît tous mes secrets... et qui m'aime malgré tout. Tu sais quelle a été la dernière chose qu'elle m'a dite avant que je parte ? *Trouve-le et tue-le*, dit Tonka avant de le regarder droit dans les yeux. Je vais dormir comme un bébé, sale connard.

Sur ce, il traîna Garcia, qui hurlait, jusqu'au bord du bateau.

— Tu trouvais ça *drôle* de jeter Dagger et Steel par-dessus bord alors qu'ils étaient encore en vie. Eh bien on va voir si t'aimes ça.

Puis Tonka souleva Garcia et le fit passer par-dessus la rambarde, jetant derrière lui l'ancre attachée à son corps par la corde.

Tonka ne resta pas pour regarder. Il se retourna et signala qu'il était prêt à être récupéré.

Avant de quitter le bateau, il renversa un gros bidon d'essence qui se trouvait dans un coin. Une fois à bord de l'autre navire, il pointa un pistolet de détresse et tira sur le bateau du trafiquant de drogue, désormais vide. Celui-ci prit immédiatement feu, malgré la pluie qui tombait toujours.

D'ici trente minutes, il ne resterait plus rien du bateau. Le rapport indiquerait qu'il avait pris feu et coulé avec Pablo Garcia à bord. Personne ne poserait aucune question, ceux qui en devaient une à Tex le lui avaient promis.

Tonka ne regarda pas en arrière tandis qu'ils se dirigeaient vers Norfolk. Il devait prendre l'avion et retrouver sa famille.

— Ça, c'était pour toi, Steel, chuchota-t-il après avoir fermé les yeux. Dagger et toi pouvez enfin reposer en paix.

CHAPITRE VINGT-ET-UN

Khloe était assise sur le canapé de Raid, enveloppée dans une couverture. Raid était à ses côtés comme il l'avait été dès sa sortie de l'hôpital. La balle avait été retirée de sa jambe et le médecin s'étonnait qu'il n'y ait pas eu davantage de dégâts. Il avait encore pas mal de rééducation à faire, mais on lui avait assuré qu'avec beaucoup de travail, il serait capable de retourner sur les pistes en tant que membre de l'équipe de Recherche et de Sauvetage d'Eagle Point d'ici peu.

Khloe s'était plutôt bien remise de ce traumatisme, sauf que désormais, elle avait tout le temps froid. Raid avait augmenté le chauffage chez lui, et même si on était en plein milieu de l'été et que la température oscillait entre vingt et vingt-six degrés, elle se sentait toujours frigorifiée. Alors il avait acheté des tonnes de couvertures et l'enveloppait constamment dès qu'elle s'asseyait.

Cette semaine, elle avait passé beaucoup de temps à cuisiner et à s'assurer que la maison était propre. Raid n'avait pas beaucoup pu l'aider et cela semblait le frustrer énormément. Il avait envie d'être immédiatement mobile, mais Khloe lui rappela que, d'après son expérience, il allait avoir besoin de temps avant de retrouver ses capacités.

Le meilleur moment lorsqu'ils étaient rentrés à Fallport avait été d'être chaleureusement accueillis par Duke. Raid avait pleuré en voyant son ami à fourrure et n'était même pas gêné que tout le monde l'ait vu sangloter en retrouvant son limier qui était sain et sauf.

Aujourd'hui, tous leurs amis étaient venus fêter le retour de Raid et Khloe – et de Duke, bien sûr – qui étaient rentrés chez eux en un seul morceau. Et aussi pour échanger des potins.

— OK, bon, il faut que quelqu'un m'explique *enfin* où était Duke et ce qu'il s'est passé après notre disparition, dit Raid.

Un peu plus d'une semaine s'était écoulée depuis cette terrible nuit, mais Khloe et lui avaient été occupés par le court séjour de Raid à l'hôpital, leur retour chez eux et le temps nécessaire pour se remettre physiquement et mentalement du traumatisme qu'ils avaient vécu. Ils avaient supplié leurs amis de leur laisser un peu de temps avant de se réunir, c'est pourquoi ils ne savaient toujours pas comment ils avaient retrouvé le limier. Ils s'étaient contentés de l'avoir à leurs côtés. Désormais, il était temps d'écouter leurs amis leur raconter ce qu'il s'était passé après leur enlèvement.

Au lieu de s'allonger dans son panier, Duke était monté sur le canapé. Il s'assit à côté de Raid, la tête sur les genoux de son maître, pendant que Khloe se blottissait contre ce dernier.

Leurs amis avaient pris possession de tous les fauteuils et meubles disponibles pour s'asseoir. Ils avaient également installé les chaises de la cuisine et les autres étaient assis par terre autour du canapé. Tony divertissait Marissa dans le jardin. Zeke et Tal se tenaient près de la porte du fond, gardant un œil sur eux tandis qu'ils jouaient.

Regardant autour d'elle, Khloe eut à nouveau les larmes aux yeux. Jamais elle ne se serait attendue à rencontrer des gens qui compteraient autant pour elle. Elle était chanceuse et elle le savait.

— Bon, comme vous le savez, une fois que tout le monde a su que Duke avait disparu, la ville entière était sur ses gardes, expliqua Caryn. Peu après que l'homme de main de Garcia eut appelé le restaurant pour donner un faux témoignage, un couple s'est promené dans le quartier de Ziegler.

— Ils ont entendu un hurlement déchirant qui provenait de chez lui, dit Bristol, reprenant le cours du récit. D'après eux on aurait dit un animal qu'on torturait. Alors ils ont fait ce que tout le monde aurait fait dans cette situation... ils ont appelé Simon.

— Simon s'est rendu chez Ziegler et entre-temps pas mal de monde s'est rassemblé devant, dit Elsie avec excitation. Le chef de la police a toqué à la porte et personne n'a répondu. Mais les hurlements se sont accentués. Il a envoyé Miguel à la clinique vétérinaire pour demander à Ziegler ce qu'il se passait.

— Évidemment, Ziegler a vu que ça sentait mauvais et a menti comme un arracheur de dents, ajouta Brock. Il a dit qu'il ne savait pas du tout de quoi ils parlaient. Ce qui était stupide de sa part. S'il avait simplement tout avoué il aurait sans doute encore sa clinique et ne serait pas en train de quitter la ville la queue entre les jambes.

Khloe sourit en imaginant la description de Brock.

— Pour résumer, dit Lilly, Simon s'est introduit chez Ziegler et ils ont retrouvé Duke dans la salle de bains.

— Duke ne supporte pas les espaces confinés, dit sèchement Raid.

Tout le monde éclata de rire.

— Oui, évidemment. Il avait fait caca partout dans la pièce et avait marché dedans, dit Bristol en souriant. Quand Simon a ouvert la porte de la salle de bains, Duke s'est précipité dehors et a failli le renverser, le pauvre. Puis pour montrer qu'il était heureux d'être libre, Duke a fait le tour de la maison en s'assurant de mettre ses empreintes partout.

— J'ai appris à mes dépens que lorsqu'il est stressé, il a tendance à se laisser aller, dit Raiden une fois que tout le monde eut cessé de rire. Je pense que son premier propriétaire le gardait enfermé. Il ne supporte plus d'être enfermé dans une pièce.

— Eh bien, même si tous ceux qui se trouvaient devant chez Ziegler étaient soulagés de voir Duke, ils étaient aussi furieux. Tout le monde voulait des réponses, dit Rocky. Je vous jure que le temps que Simon et les témoins arrivent à la clinique, c'était pratiquement la cohue. Quand on lui a posé la question, Ziegler a dit qu'il avait trouvé Duke en train d'errer au bord de la route et qu'il l'avait récupéré pour le garder en sécurité.

— Bien sûûûr, dit Finley d'un ton sarcastique. Il l'a récupéré, n'a dit à personne, genre à Raid par exemple, qu'il avait retrouvé le chien, l'a enfermé chez lui, puis est parti travailler comme si tout allait bien.

— Je ne dis pas que quelqu'un a cru à son histoire, c'est seulement ce qu'il a raconté, dit Rocky avec un sourire.

— Les gens étaient tellement choqués que le vétérinaire ait enlevé l'un des héros de cette ville qu'ils ont commencé à annuler leurs rendez-vous dans sa clinique, dit Lilly. À la fin de la journée, il avait quasiment perdu tous ses clients.

— D'après ce que j'ai entendu, il est parti vivre chez son frère près de Washington, dit Tal.

— Bon débarras, dit Heather avec véhémence, elle qui était *rarement* en colère. Je pense que cette ville a subi assez d'enlèvements comme ça, qu'il s'agisse de personnes ou d'animaux.

— C'est clair ! dit Bristol avec ferveur.

Tout le monde acquiesça.

— Tu penses que Duke s'est échappé tout seul ou que

l'homme de main de Garcia y est pour quelque chose ?
demanda Ethan.

Raid haussa les épaules.

— Je ne sais pas. Duke n'a jamais été du genre à vagabon-
der, mais s'il en a l'occasion et s'il repère une piste, ce n'est pas
impossible. Dans tous les cas, ça n'a pas d'importance. Je ne
savais même pas que Garcia ou que quelqu'un bossant pour lui
était là. Il a clairement profité de la situation et a fait ce qu'on
lui avait demandé.

— Et Garcia est vraiment hors d'état de nuire ? Il ne
reviendra pas ? demanda Finley.

Raid s'arrêta un instant avant d'acquiescer.

— Il ne sera plus jamais un problème pour Tonka ou moi,
ni pour ceux que l'on aime, plus jamais.

— Parce que son bateau a pris feu et qu'il a été pris dans
l'incendie, dit Elsie, visiblement sceptique.

— C'est ça, dit Raid avec un visage impassible.

Khloe savait ce qu'il s'était réellement passé car Raid le lui
avait expliqué, un soir, à l'hôpital quand ils n'étaient que tous
les deux. Il avait avoué que même s'il n'aurait pas pu faire ce
qu'avait fait Tonka, il ne le blâmait pas. Garcia avait fait vivre
un enfer à Tonka et cela avait affecté tous les aspects de sa vie
depuis. Il était également très reconnaissant envers son ami qui
s'était assuré que Khloe et lui soient désormais en sécurité.

— Eh bien, bon débarras, dit Caryn. Et pareil pour le
docteur Ziegler. Khloe... tu vas réussir à gérer l'affluence ?

Khloe haussa les épaules.

— Je vais essayer. Afton et mes autres assistants sont
géniaux. Ils s'occupent des interventions classiques, comme
des piqûres et des examens. Dès que c'est plus grave, c'est moi
ou ma nouvelle associée qui nous en occupons. Et cette amie
qui vient de Norfolk gère déjà très bien la clinique.

— Elle a vraiment accepté ton offre au bon moment, dit
Bristol.

— Donc... Garcia n'est plus un problème, Ziegler n'est plus qu'un mauvais souvenir... et les frères Mather ? demanda Ethan.

Khloe fronça les sourcils.

— Je ne sais pas trop. Je n'ai pas vu Jason ou Scott récemment, mais ça ne m'étonnerait pas qu'ils débarquent quand je m'y attends le moins.

— Ils ne le feront pas, dit Raid avec une telle conviction que Khloe se tourna vers lui en plissant les yeux.

— Qu'est-ce que tu as fait ?

— Ce que ferait n'importe qui qui souhaite vivre une vie paisible avec la femme qu'il aime, dit Raid en lui serrant l'épaule.

Khloe aurait pu jurer que toutes les personnes présentes dans la pièce se penchèrent soudain en avant, impatientes d'en apprendre plus.

— Raiden Walker, je n'ai pas enduré tout ça, c'est-à-dire : me faire renverser, suivre une rééducation toute seule, emménager dans une ville où je ne connaissais personne, commencer un travail qui m'était inconnu, me faire houspiller par *toi* tous les jours à la bibliothèque, devoir aller au tribunal en ayant l'impression d'être l'*accusée*, voir mes amies se faire kidnapper ou violenter, voir mes secrets révélés à tout le monde en ville, tomber amoureuse, me faire enlever, pour *enfin* respirer et commencer une vie avec la personne avec laquelle j'ai toujours été censée être pour finalement devoir m'inquiéter que tu te fasses arrêter et que tu ailles en prison après avoir commis un délit contre ce connard et ses frères qui me harcèlent sans raison valable !

Sa voix n'avait pas cessé de monter dans les aigus, mais elle s'en fichait. Elle était sérieuse. Khloe avait l'impression que tout s'apaisait *enfin* et elle n'avait surtout pas envie que Raid s'attire des ennuis à cause d'elle.

Raid éclata de rire, tout comme ses amis – les hommes – et

cela exaspéra encore plus Khloe. Elle se redressa, comptant bien lui dire à nouveau ce qu'elle pensait, mais il l'attira contre lui.

— Chhhhut. Ne t'énerve pas, Khloe. Je n'ai pas honte d'avouer que j'avais de grands projets pour Alan et ses frères. Je comptais faire appel à un contact dans le Colorado pour faire passer un message à des types qui étaient derrière les barreaux avec Alan… le genre d'hommes qui se seraient assurés qu'il n'avait pas intérêt à s'en prendre à toi. Et que s'il ne rappelait pas ses frères, sa vie en prison serait encore plus difficile qu'elle ne l'était déjà.

— Et ? demanda Khloe lorsque Raid se tut.

— Finalement, nous n'avons rien eu à faire. Mon contact m'a dit que les gars qu'il connaissait en prison n'ont même pas eu le temps de lui parler avant qu'Alan Mather ne fasse ce qu'il fait de mieux : il a énervé la mauvaise personne. Il a été tué il y a six jours en s'en prenant bêtement au membre d'un gang haut placé qui purgeait une peine dans le même bloc cellulaire. D'après ce que j'ai compris, il a été poignardé dans le cœur et s'est vidé de son sang en quelques minutes.

— Putain ! chuchota Khloe.

— Et ses frères ? demanda Elsie. Ils ne vont pas être encore plus énervés ?

— Je le craignais aussi, mais le membre de ce gang a plein d'amis à l'extérieur et visiblement, ils ont transmis un message aux frères. À moins qu'ils ne veuillent finir comme Alan, ils n'ont pas le droit d'approcher Fallport ni Khloe, dit Raid en haussant les épaules.

— Pourquoi est-ce qu'un gang quelconque en aurait quelque chose à faire de Khloe ? demanda Heather. Sans vouloir te vexer, dit-elle rapidement après avoir réalisé que ce qu'elle avait dit pouvait être mal interprété.

— Ce n'est pas grave, je me suis demandé la même chose, la rassura Khloe.

— Je ne pense pas vraiment que ce soit pour Khloe, dit Raid. Les détails de l'affaire et les raisons pour lesquelles Alan t'en voulait autant ont fait le tour de la prison... et c'était justement de ça qu'Alan et le membre du gang *discutaient* avant qu'il ne meure. Apparemment, même les pires criminels ont des animaux qu'ils aiment. Je suppose qu'ils sont prêts à faire des pieds et des mains pour protéger ceux qui les aident.

— Waouh, dit Caryn. Je ne sais pas si je dois être impressionnée ou effrayée.

— Impressionnée, dit fermement Finley.

— Bien, donc personne d'autre ne devrait être tapi dans l'ombre pour essayer de te faire du mal, dit Lilly d'un ton décidé. Et cela vaut aussi pour nous autres... à moins que quelqu'un n'ait envie de se confier ? C'est le moment. Quelqu'un a un ou une ex qui risque de les espionner ? Des affaires qui ont mal tourné et vous vous êtes attirés les foudres d'un monstre ? Peut-être un lien avec la mafia russe dont nous ne sommes pas au courant ?

Tout le monde s'esclaffa et secoua la tête.

— Tant mieux. Donc la chose la plus stressante dont nous devons nous soucier est de ne pas travailler trop dur. Et peut-être que Bigfoot débarque en ville, énervé parce que son existence paisible dans nos montagnes a été perturbée.

Ethan leva les yeux au ciel, mais tous les autres éclatèrent de rire.

Khloe écouta ses amis plaisanter avec un sourire aux lèvres. C'était ce dont elle avait toujours rêvé. Des amis avec lesquels elle pouvait rire, pleurer et sur qui compter sans l'ombre d'un doute.

Raid se pencha et l'embrassa sur le haut de la tête avant qu'elle ne lève les yeux vers lui.

— Ça va ? demanda-t-il doucement.

— Super, dit-elle.

— Tu veux bien m'épouser ? lâcha-t-il.

Khloe le fixa du regard un instant.

— Quoi ? *Sérieux* ?

Il rougit.

— Oui. Je n'avais pas vraiment prévu de faire ça maintenant, mais je t'aime tellement et je me suis dit que si je te posais
la question à un moment où tu étais détendue et heureuse, il y
aurait plus de chances que tu dises oui.

— C'est une blague. Tu penses vraiment que je pourrais te
dire non ?

Raid haussa les épaules.

Ignorant leurs amis, Khloe se mit à genoux sur le canapé.
Elle avait très envie de se mettre à califourchon sur lui, mais
avec sa jambe qui n'était pas encore totalement guérie, ce
n'était pas une bonne idée. Elle prit son visage dans ses mains
et se pencha.

— Je t'aime, Raid. Tellement que ça me fait flipper. Si tu
n'avais pas été avec moi dans l'océan, j'aurais abandonné
quelques minutes avant l'arrivée des secours. Tu me donnes
envie d'être une meilleure personne. Tu me rends plus *forte*. La
façon dont tu me regardes me donne l'impression que je peux
tout faire. Être qui je veux. J'ai envie d'être l'Anis de ton Bjorn.
J'ai envie de conquérir les gnolls et les ogres, de jeter des sorts
et qu'on vive heureux pour toujours.

Elle entendit que Lilly demandait à tout le monde de se
taire, mais elle ignora leur public.

Raid ne dit rien pendant un instant, puis l'attrapa par la
taille et l'attira vers lui, la faisant basculer en arrière sur ses
genoux. Duke grogna car il avait été bousculé, mais lorsqu'il
réalisa que le visage de Khloe était tout près de sa langue, il
profita de la situation.

Khloe hurla lorsque Duke la lécha comme pas possible.
Elle riait encore lorsque Finley vint à sa rescousse et tira Duke
hors du canapé.

Raid était penché au-dessus d'elle, son visage à quelques

centimètres du sien. Il avait une main derrière sa tête et l'autre autour de sa taille, la maintenant en équilibre.

— C'est un oui ? demanda-t-il.

Khloe sourit.

— Ça dépend.

Raid fronça les sourcils.

— De quoi ?

— De si tu vas m'obliger à enfiler une grosse robe blanche bouffante et à souffrir avec un mariage très formel.

Elle lut le soulagement dans les yeux de Raid.

— Tu auras le mariage que tu souhaites. Tant que tu es ma femme au bout du compte, je m'en fiche.

— Je veux une fête. Une *énorme* fête. Je veux qu'on célèbre la vie. La mienne, la tienne, celle de Duke et de tout le monde, lui dit Khloe. On a tous traversé des épreuves assez difficiles cette année et je pense que nous avons besoin de lâcher prise et de célébrer le fait que l'amour triomphe toujours du mal.

Elle entendit tout le monde les acclamer et crier dans la pièce, mais Khloe n'avait d'yeux que pour Raid.

— Marché conclu, chuchota-t-il. Je n'aurais jamais cru que ma vie serait ainsi. Qu'une personne aussi incroyable et belle que toi me choisisse.

— Je te choisis, Raid. Aujourd'hui, demain et pour toujours.

— Je t'aime.

— Et moi aussi je t'aime, répondit-elle.

Ils s'embrassèrent tandis que leurs amis commençaient déjà à organiser la fête du siècle à Fallport.

ÉPILOGUE

Khloe était assise à une grande table sur la terrasse arrière de Bristol et Rocky, et souriait devant le chaos absolu qui régnait autour d'elle. Ces quinze dernières années, ils avaient connu d'innombrables hauts et bas, mais elle ne changerait rien pour autant.

Rocky et Bristol avaient agrandi la grange, la terrasse, construit une piscine et ajouté trois chambres à leur maison déjà parfaite. C'était l'endroit où tout le monde se retrouvait. En été, Khloe était là presque tous les jours, entre deux gardes à sa clinique vétérinaire. Comme il y avait désormais trois vétérinaires dans la région, personne n'était submergé de patients, et chacun de ses collègues avait beaucoup de temps libre pour profiter de la vie à Fallport.

Il y avait eu les festivals de Pickleport, les expositions de Bigfoot, les expositions d'art de Bristol Wingham-Watson, et beaucoup de rires et de sourires.

L'avant-dernier fils d'Elsie et Zeke tentait actuellement de maîtriser les plus jeunes enfants qui couraient dans le jardin comme s'ils venaient de recevoir une injection de caféine. La fille aînée de Finley et Brock regardait *Frozen IV* avec d'autres enfants. Elle s'était portée volontaire non pas parce qu'elle aimait le film d'animation, mais parce qu'elle pouvait flirter avec son petit ami par texto pendant que les enfants qu'elle était censée surveiller étaient distraits.

Khloe était surprise de se souvenir de tous les prénoms des enfants. Leur groupe s'était tellement élargi au fil des années qu'ils avaient parfois l'impression de gérer une garderie.

Elsie et Zeke avaient eu quatre enfants, en plus de Tony ; Rocky et Bristol en avaient eu un... Samantha avait été une véritable surprise et même s'ils n'avaient pas été certains de vouloir des enfants, Sam était une bénédiction dont ils ne pouvaient se passer. Drew et Caryn n'avaient pas voulu d'enfants, mais ils gardaient toujours les plus petits et se portaient volontaires pour emmener les plus grands en camping, ainsi que pour les divertir à la caserne, où Caryn passait une grande partie de son temps.

Brock et Finley avaient fini par avoir trois enfants, et Tal et Heather avaient deux enfants biologiques, en plus de Marissa, qui était actuellement à l'université avec l'objectif de devenir un agent du FBI spécialisé dans la recherche d'enfants kidnappés et disparus.

Et puis il y avait Lilly et Ethan. Il leur avait fallu deux longues années frustrantes et souvent douloureuses avant de pouvoir à nouveau concevoir... mais après avoir eu Brandon, Khloe avait l'impression que Lilly n'avait jamais cessé d'être enceinte.

Chaque année, pendant les cinq années suivantes, elle avait enchaîné les grossesses. Les filles n'avaient pas cessé de la taquiner en disant qu'elles ne se souvenaient plus de ce à quoi elle ressemblait sans son ventre de femme enceinte.

Khloe et Raid en avaient beaucoup parlé et avaient finalement décidé qu'il n'était peut-être pas question pour eux d'avoir des enfants. Ils avaient tous les deux plus de quarante ans lorsqu'ils s'étaient mariés et aucun d'eux n'avait envie d'avoir la soixantaine avec des enfants encore à l'école.

Mais la vie avait une drôle de façon de faire voler en éclat nos certitudes.

Khloe était à Richmond pour une conférence vétérinaire, se détendant à l'hôtel après une longue journée lorsque les informations à la télévision avaient attiré son attention.

C'était le début du mois de décembre et les fêtes approchaient. Un journaliste interviewait un garçon qui devait avoir environ dix ans, en lui demandant ce qu'il voulait pour Noël. Sa réponse avait failli lui briser le cœur.

Il avait répondu que tout ce qu'il voulait, c'était un endroit sûr pour que ses trois sœurs puissent y dormir.

C'est ainsi qu'avait commencé une aventure de trois ans pour rencontrer Joaquin et ses sœurs, pour se qualifier comme parents d'accueil et enfin pour les adopter. C'était fou et tous les jours, Khloe était reconnaissante que Raid n'ait pas bronché lorsqu'elle était revenue de son séjour et lui avait annoncé qu'elle voulait accueillir quatre enfants chez eux pour éventuellement les adopter.

Alors désormais, Raid et elle étaient les parents de Joaquin, dix-sept ans, Lateesha, quatorze ans, Tasha, onze ans, et Diamond, neuf ans. La vie n'avait pas été facile pour ces enfants, mais Khloe espérait que depuis qu'ils vivaient à Fallport elle était un peu plus douce.

Et Raiden, malgré ses inquiétudes, s'était avéré être un père excellent. Il était là pour leurs enfants, quels que soient leurs besoins. Il n'avait pas peur de discuter de leurs émotions avec eux, de leur parler de sa propre enfance et de leur faire comprendre qu'ils pouvaient s'adresser à lui en cas de problème ou d'inquiétude.

Et le fait de le regarder jouer à D&D avec Tasha, faisait fondre le cœur de Khloe. La petite fille de onze ans s'avérait être une joueuse acharnée, et le lien qui l'unissait à Raid était d'autant plus spécial qu'ils partageaient le même amour du jeu.

L'année dernière, sans crier gare, Joaquin s'était approché de Khloe dans leur cuisine et l'avait longuement serrée dans ses bras – ce qui était très inhabituel pour l'adolescent taciturne – et l'avait remerciée d'avoir offert à ses sœurs un endroit sûr pour dormir.

Mais aujourd'hui était un jour spécial. Chaque année, ils se réunissaient tous pour célébrer la mémoire de l'enfant qui n'était pas avec eux physiquement mais qui serait toujours dans leurs cœurs.

Lorsqu'Elsie avait proposé d'organiser une fête pour le premier enfant de Lilly et Ethan, celui qui n'était jamais venu au monde, tout le monde avait été un peu mal à l'aise avec l'idée. Ils ne savaient pas comment Lilly le prendrait. Mais à leur grande surprise, Lilly avait pleuré, ravie qu'ils souhaitent faire quelque chose pour ce bébé qui lui manquait tous les jours.

La première année, le jour où il aurait dû naître, elles avaient donc organisé une petite fête. En gros, les filles se réunissaient et buvaient – du moins celles qui n'étaient pas enceintes ou en train d'allaiter – pendant que les hommes gardaient un œil sur elles. Depuis, ces fêtes avaient évolué pour devenir ce qu'elles étaient aujourd'hui. Une occasion pour les adultes, de se retrouver et de discuter pendant que les quelque deux douzaines d'enfants couraient et passaient du temps avec leurs *cousins*.

— C'est l'heure, dit Elsie en sortant de la maison avec un petit cupcake.

Rocky se servit de ses doigts pour siffler bruyamment, appelant tous ceux qui étaient dans le jardin.

En attendant, Zeke sortit avec les enfants qui étaient restés à l'intérieur pour regarder le film.

Dix-neuf enfants, moins Tony et Marissa qui étaient à l'université, étaient réunis sur le porche. Elsie, Bristol, Caryn, Finley, Heather et Khloe étaient assises autour de la table avec Lilly à la place d'honneur. Leurs hommes se tenaient tous derrière elles, les soutenant silencieusement comme ils l'avaient toujours fait et le feraient toujours.

Elsie plaça le cupcake devant Lilly, puis alluma la bougie.

— Nous voulons souhaiter un très joyeux anniversaire au premier né de Lilly et Ethan. Tu n'as jamais été oublié et tu ne le seras jamais. Tu étais désiré, et tellement aimé. Joyeux anniversaire.

Les mots changeaient un peu chaque année, et ils étaient prononcés à tour de rôle, mais le sentiment était le même. Ce bébé qui n'avait jamais eu la chance de respirer. Qui n'avait pas réussi à atteindre son premier jour sur terre, avait été désiré. Il leur avait manqué. Il était important.

Lilly prit une grande inspiration et Ethan se pencha pour lui murmurer quelque chose à l'oreille. Elle acquiesça et souffla la bougie. Puis elle pencha la tête en arrière et Ethan l'embrassa sur les lèvres.

Il y eut un court – très court, vu le nombre d'enfants qu'il y avait dans leur famille désormais élargie – moment de silence, puis l'une des filles de Finley cria :

— C'est l'heure du gâteau !

Tout le monde rit. Elle n'avait pas tort. Après avoir soufflé l'unique bougie sur le petit cupcake, ils s'attaquaient traditionnellement au gâteau gigantesque que Finley préparait chaque année. Et chaque année, elle semblait faire mieux que la précédente. Celle-ci ne fit pas exception à la règle. Brock arriva sur le porche avec un énorme gâteau dans les mains.

Il le tint en l'air, faisant durer l'instant alors que tout le monde le découvrait pour la première fois, puis il le posa avec force.

Khloe éclata de rire avec les autres. Au fil des ans, le thème de Bigfoot semblait revenir sans cesse... au grand désespoir de

Lilly. Elle était venue en ville à cause de la créature légendaire, mais elle disait qu'il était devenu lassant de toujours le voir et entendre parler de lui.

Finley avait utilisé de la pâte à sucre pour décorer le gâteau avec un Bigfoot géant. Sauf qu'il ne se cachait pas dans les bois, comme la plupart des gens l'imaginaient. Celui-ci avait un chapeau de fête sur la tête, un nœud papillon autour du cou et tenait des banderoles dans les mains. Il arborait un grand sourire et était entouré d'écureuils, de cerfs, de mouffettes et même d'un ours. Apparemment, il y avait une fête dans la forêt à laquelle seuls les animaux étaient invités.

Khloe était impressionnée par le talent artistique de Finley. Elle s'était améliorée d'année en année depuis qu'elle avait ouvert sa boulangerie, et ses gâteaux étaient toujours très demandés à Fallport.

Après avoir serré Lilly dans ses bras, Khloe se retira pour laisser les enfants accéder à la table et au fabuleux gâteau. Elle sentit Raid passer un bras autour de sa taille. Ils avaient tous les deux la cinquantaine, presque soixante ans, et il ne s'était pas passé un seul jour au cours des quinze dernières années sans que son mari ne lui dise à quel point il l'aimait.

Ils avaient tous les deux quelques cheveux gris, et même si Raid s'en plaignait, Khloe pensait secrètement que ces touches d'argent dans sa barbe et ses cheveux roux le rendaient encore plus beau.

— Tu es prête à rentrer ? chuchota-t-il dans son oreille.

Khloe frissonna en se tournant vers lui pour le regarder.

— Oui.

— Je vais t'en mettre plein la vue ce soir, ma belle, dit-elle.

— C'est une menace ? demanda-t-elle avec un sourire.

— Une promesse, lui dit-il.

Il resserra son emprise puis leva la tête jusqu'à ce qu'il croise le regard de Drew.

— On va y aller.

— Allez-y. Amusez-vous bien tous les deux. Caryn et moi on veillera à garder vos enfants éveillés jusqu'à tard dans la nuit, à leur donner du sucre et des conneries, et à les ramener épuisés et de mauvaise humeur avant qu'ils ne soient surexcités le lendemain matin.

Khloe gloussa et Raid lança un regard noir à son ami.

— T'as pas intérêt, l'avertit-il.

Caryn s'approcha et poussa Drew avec son épaule.

— On ne fera pas ça, promit-elle. Certes ils risquent de veiller un peu plus tard que d'habitude, mais je m'assurerai de leur faire manger au moins un légume et je les amènerai peut-être au nouveau parcours d'obstacles derrière le garage pour qu'ils soient plus que prêts à s'écrouler d'ici la fin de la soirée.

— Merci Caryn ! dit Khloe.

Puis elle souffla un baiser à chacun de ses enfants, leur lança un regard appuyé qu'elle avait perfectionné avec le temps, l'air de dire *Soyez sage* et attira Raid vers l'avant de la maison.

— Allons-y. J'ai envie de voir si tu peux joindre l'acte à la parole, le taquina-t-elle.

— C'est parti.

— C'est parti, acquiesça Khloe.

* * *

Deux heures plus tard, Khloe se pencha en avant et écouta attentivement tandis que le Maître de Donjon prenait la parole. Anis avait reçu quelques coups, mais Bjorn avait utilisé plusieurs sorts et l'avait soignée. Maintenant, ils étaient à la poursuite du raton laveur survivant, qui avait disparu dans une série de tunnels.

— Vous marchez dans le tunnel, vous empruntez une portion qui fait à peu près la longueur d'un terrain de football, il y a de l'eau sous vos pieds et il fait très froid. De temps en temps, quelque chose frôle vos chevilles et ça pue la charogne. Un brouillard s'est formé et vous avez du mal à voir loin devant vous.

— Merde, j'aime pas ça, dit Khloe à Raid.

Elle se tourna vers l'écran d'ordinateur et demanda à la MD :

— Il y a quelque chose autour de nous ? Comme une porte ou bien le tunnel mène à une intersection ?

— Lancez le dé pour y voir plus clair, dit la MD.

Khloe ramassa son dé à vingt faces et le laissa tomber dans sa tour à dés. Lorsqu'il s'immobilisa au fond de la boîte, elle vérifia le nombre sur le dé et son score de perception sur sa feuille.

— Douze, informa-t-elle la MD.

Cette dernière inspecta ses notes.

— Dans le rayon d'action de votre torche, vous ne voyez aucun virage devant vous. Il n'y a pas non plus de porte en vue.

— Donc ça veut dire que le raton laveur est venu par là, dit calmement Raid.

— À moins qu'on ait manqué une porte à cause de la brume, se renfrogna Khloe.

— On continue à avancer, dit Raid.

— Très bien, dit Khloe, se tournant à nouveau vers l'écran. On continue d'avancer, dit-elle à la MD.

— OK. D'ici quarante mètres, vous découvrez un bloc de pierre sur le sol.

— On le voit bien ? Je croyais qu'on avait de l'eau jusqu'aux pieds, dit Raid.

— Il fait environ trente-huit centimètres de large et cinquante centimètres de haut. Il est fait d'un matériau différent de celui du tunnel qui vous entoure, dit calmement la MD.

— Il est au milieu du tunnel ? Ou contre le mur ? demanda Khloe.

— Contre le mur.

— Je peux le déplacer, ou il est trop lourd ? demanda Khloe en s'installant au bord de son siège.

Au fil des ans, elle en était venue à aimer D&D. Il y avait toujours quelque chose de différent à conquérir et elle devait utiliser son cerveau autant que ses pouvoirs magiques pour rester en vie.

— Lancez le dé pour évaluer votre force, lui dit la MD.

Khloe saisit rapidement son dé et le lança, mais sans la tour cette fois-ci. Il rebondit autour du plateau et s'arrêta sur vingt.

— Vingt ! cria Khloe.

Elle ignora le rictus de Raid. Il était toujours amusé de la voir aussi excitée lorsqu'ils jouaient.

— Oui, tu peux le repousser sans trop de problèmes.

— OK, j'ai envie d'examiner la pierre.

— Vous ne trouvez rien qui ne sorte de l'ordinaire.

— Huuuuuum. OK, c'est peut-être une sorte de marqueur alors. Bjorn et moi on voudrait vérifier s'il y a des portes secrètes. On veut examiner les murs.

— Lancez le dé pour investiguer, dit la MD.

— On va laisser le nain s'en occuper cette fois-ci, dit Raid en souriant avant de lancer le dé. Quinze.

— Vous ne trouvez rien de particulier le long des murs.

— Mince, dit Khloe en soufflant. Il doit forcément y avoir quelque chose. Sinon, le bloc de pierre ne serait pas autant mis en évidence. Et le plafond ?

— Ni toi ni Bjorn ne pouvez atteindre le plafond. Il est à trente centimètres de ta portée et encore plus pour Bjorn.

— Ah ah ! s'exclama Khloe. Je parie que cette pierre n'est pas un marqueur, mais une marche ! Je grimpe dessus pendant que Bjorn me stabilise et je commence à fouiller le plafond.

Le MD leva les yeux et sourit à la caméra.

— Tu fouilles un peu lorsque soudain, une partie du toit se déplace. Tu as trouvé un panneau qui peut être soulevé.

— Fais attention, l'avertit Raid.

Mais Khloe avait joué assez de fois pour savoir qu'elle ne devait pas se précipiter. Certains des scénarios imaginés par d'autres MD étaient extrêmement précaires, et elle avait failli mourir à de nombreuses reprises. Et il aurait été dommage que le personnage créé par Raid meure après avoir tous deux passé tant de temps à développer ses compétences et ses forces.

— Je déplace le panneau très lentement et prudemment. Est-ce que je peux voir quelque chose ?

— Ta tête est toujours en dessous du niveau de l'ouverture, mais tu peux voir une sorte de lumière d'un côté.

— Et si je soulève Bjorn pour qu'il y voie plus clair ?

— D'accord, vous changez de place et tu le hisses dans la cavité...

— Non, attendez ! s'exclama Raid. Elle me soulève juste assez pour que ma tête soit au niveau de l'ouverture. Je ne suis pas complètement dans l'autre pièce.

— OK, Bjorn, tu vois un autre tunnel qui ressemble beaucoup à celui que vous venez de traverser, mais il ne va que dans une direction. Il y a une porte à une quinzaine de mètres, et tu peux voir des traces de pas qui partent de l'endroit où ta tête dépasse, jusqu'à la porte.

— Oui ! s'exclama Khloe.

Raid se tourna vers elle et sourit.

— Je suis toujours étonné de voir que tu aimes vraiment ce jeu, dit-il doucement.

Khloe posa la main sur la cuisse de Raiden et la serra. Elle l'avait rassuré à plusieurs reprises au fil des ans en lui disant qu'elle ne jouait pas à D&D uniquement pour lui plaire. Elle aimait découvrir les indices et les mystères et voir ce que leurs personnages pouvaient accomplir ensemble.

Le fait d'avoir des enfants avait limité le temps qu'ils pouvaient passer à jouer, mais lorsqu'ils y parvenaient, elle s'amusait autant que la première fois.

Plusieurs heures plus tard, le mystère du raton laveur étant résolu, et Bjorn et Anis étant soulagés d'avoir survécu pour relever un autre défi et jouer un autre jeu à l'avenir, Khloe ne pouvait s'empêcher de sourire tandis que son mari l'entraînait dans l'escalier menant à leur chambre.

Après s'être préparée pour aller au lit et s'être glissée à côté de Raid, Khloe se mit à califourchon sur lui, souriant en sentant son sexe grandir contre elle.

— Tu es fatigué ? demanda-t-elle.

— J'ai l'air d'être fatigué ? rétorqua Raid, resserrant ses mains sur sa taille.

— Je vérifiais juste, dit-elle en descendant le long de son corps, un autre sourire étirant ses lèvres.

Une heure plus tard, elle se blottit contre Raid en essayant de reprendre son souffle. Raid n'était peut-être plus capable d'avoir plus d'un orgasme en faisant l'amour, mais il s'assurait toujours qu'elle soit satisfaite au moins deux fois.

— Raid ? demanda Khloe.

— Oui, chérie ?

— Je t'aime.

— Et je t'aime aussi, la rassura-t-il.

— À quelle heure Caryn ramène les enfants à la maison demain ?

— Aucune idée.

— Je ferais mieux de me lever et d'aller vérifier l'emploi du temps pour savoir ce que les enfants ont de prévu, dit Khloe en se mettant en mouvement.

— Non, dit Raid en secouant la tête. Il est tard. On est bien. Le chien dort. On pourra vérifier l'emploi du temps demain. Dors, Khloe.

Elle sourit.

— Très bien.

— Très bien, répéta Raid.

Il ne lui fallut pas longtemps pour que son souffle devienne régulier et qu'il relâche son étreinte.

Trente minutes plus tard, Khloe était toujours éveillée. Elle aurait dû dormir. Il se faisait tard et leurs enfants allaient être excités demain, voulant leur raconter à quel point ils s'étaient amusés avec Tante Caryn et Oncle Drew tout en leur expliquant dans les moindres détails les activités qu'ils avaient faites.

Soupirant, Khloe quitta le lit et ramassa son peignoir chaud et moelleux qu'elle avait laissé tomber sur le sol avant de se glisser sous les couvertures un peu plus tôt.

Elle se dirigea vers la fenêtre et regarda le paysage sombre. La lune était pleine ce soir et, par conséquent, Khloe pouvait voir tout le long de leur allée jusqu'à la route, et la forêt au-delà, où Raid avait passé tant de temps.

Instinctivement, Khloe regarda à gauche, vers le coin de leur chambre que Duke avait occupé pendant tant d'années. Il n'était plus là désormais, il était mort paisiblement dans son sommeil, mais pas un jour ne s'écoulait sans que Khloe ou Raid ne pensent à lui. Il ne pourrait jamais être remplacé, mais la coonhound qu'ils avaient acquise peu de temps avant la mort de Duke faisait de son mieux pour combler sa terrible absence.

Elle apprenait encore à devenir un chien renifleur, mais son énergie et son enthousiasme lui avait déjà permis de retrouver une douzaine de randonneurs disparus.

Mais Callie n'était pas Duke. Elle adorait les caresses, les gens, mais préférait dormir dans son panier, l'endroit où elle se sentait en sécurité, plutôt que dans la chambre avec Raid et elle. Au début, ils avaient dû s'y habituer, mais ils avaient fini par s'adapter à sa personnalité.

Khloe se tenait à la fenêtre, réalisant à quel point elle était chanceuse depuis longtemps... avant de froncer les sourcils lorsque quelque chose attira son regard. Elle se pencha en avant, son front touchant presque la vitre et essaya de comprendre ce qu'elle voyait.

Au loin, entre les arbres de l'autre côté de la route se trouvait ce qui semblait être... une personne. Non, pas une personne. Peut-être un ours ?

Mais les ours ne marchaient pas sur leurs pattes arrière.

Khloe cligna des yeux et secoua la tête avant de plisser des yeux pour trouver une explication censée. La... chose dans les bois se tourna vers elle un moment, regardant en direction de la maison avant de disparaître entre les arbres.

— Qu'est-ce que tu regardes comme ça ? demanda Raid, quelques secondes avant de passer un bras autour d'elle et de poser son menton contre sa tête.

Khloe se tourna et regarda son mari avec de grands yeux.

— Tu ne me croirais pas si je te le disais.

— Essaie quand même.

— Je suis sûre d'avoir vu Bigfoot.

Les lèvres de Raid tressautèrent.

— Ah oui ? C'était peut-être juste un raton laveur.

— Ne te moque pas de moi Raid. Je sais ce que j'ai vu !

— Hum, je crois que ton cerveau est bloqué en mode D&D. Allez, viens te recoucher. Il est super tard et on va devoir se lever bien avant d'être prêts quand Caryn reviendra avec nos petits.

Elle laissa Raid la raccompagner jusqu'au lit aimant comment il se blottissait toujours contre elle lorsqu'ils étaient sous les couvertures. Il l'entoura de son bras et l'embrassa doucement derrière l'oreille.

— Dors, ma chérie.

— J'ai vraiment vu Bigfoot, lui dit-elle, voulant à tout prix qu'il la croie.

— Laisse-moi deviner... au moins deux mètres de haut, des cheveux noirs et bruns, et qui marchait sur le bord de la route ?

Khloe s'appuya sur son coude et se tourna pour le regarder.

— Oui !

— Moi aussi je l'ai déjà vu, lui dit-il de façon très nonchalante.

— Oh, mon Dieu, Raid ! Pourquoi tu n'as rien dit avant ? demanda-t-elle.

Il haussa les épaules.

— J'ai de la peine pour lui. Depuis que cette émission a été diffusée il y a plusieurs années, on le traque sans relâche. Je me suis dit que j'allais le laisser tranquille.

Khloe se rallongea et se blottit contre le torse de Raid.

— Oui... je comprends. Mais quand même ! Tu aurais dû me le dire.

— Tu m'aurais cru ? demanda-t-il, légèrement endormi.

Khloe eut envie de lui dire que oui, mais elle n'en était pas certaine.

— Je t'aime Khloe. Il n'y a que *nous* pour avoir cette conversation, comme si on avait simplement vu Davis, vu qu'il avait l'habitude de se faufiler dans la forêt avant.

Son mari n'avait pas tort. Davis Woolford, le vétéran anciennement sans-abri, avait déménagé à Washington, D.C., et avait réussi à devenir l'un des nombreux boulangers travaillant à la Maison-Blanche. Il revenait à Fallport de temps en temps, et tout le monde était ravi de voir à quel point il avait réussi. Il avait suivi une thérapie, s'était marié et avait maintenant deux enfants. Il était aussi fier de Fallport que Fallport était fier de lui. Il avait laissé ses problèmes derrière lui et s'était construit une vie dont il était fier.

— Je n'arrive pas à croire que je viens de voir Bigfoot, chuchota Khloe.

— Je peux te montrer un autre truc grand et poilu si tu veux, lui dit Raid.

Khloe gloussa et lui enfonça un coude dans le ventre.

Raid rit à son tour.

— Raiden ?

— Oui ?

— Je t'aime.

— Heureusement, puisque tu m'as épousé. Maintenant, chut et laisse-moi dormir un peu.

Khloe sourit et soupira de contentement. Elle s'endormit dans les bras de son mari... rêvant que Bigfoot s'alliait à Anis pour vaincre Saltborn le Géant de Pierre, qui avait rattrapé les éclaireurs troglodytes et était venu massacrer leur groupe de chasseurs.

* * *

Merci d'avoir lu la série *Sauvetage à Eagle Point* ! J'ai adoré l'écrire et c'était un réel plaisir de me retrouver dans la petite ville de Fallport ! La prochaine étape pour moi est de reprendre là où j'ai commencé... avec les Navy SEALs en service actif ! Le premier livre, *Un protecteur pour Remi*, met en scène non seulement un sauvetage en mer, mais aussi un enlèvement (deux choses que j'adore écrire parce qu'elles permettent à l'héroïne d'avoir peur, mais d'être forte. Elle fait de son mieux pour survivre tout en étant un peu aidée par le héros !). Merci à toutes et à tous pour votre soutien et je vous invite à continuer de lire mes livres !

NOTES

Chapitre Quatre

1. Autocuiseur multifonction.

Chapitre Cinq

1. Référence à *Little Orphan Arnie*.

Chapitre Quatorze

1. Tonka est une société américaine de jouets, connue pour ses camions miniatures.

Chapitre Vingt

1. Unité d'hélicoptères de l'US Army.

DU MÊME AUTEUR

Autres livres de Susan Stoker

Sauvetage à Eagle Point

Un sauveteur pour Lilly

Un sauveteur pour Elsie

Un sauveteur pour Bristol

Un sauveteur pour Caryn

Un sauveteur pour Finley

Un sauveteur pour Heather

Un sauveteur pour Khloe

Le Fruit du Hasard

Le Protecteur

L'Aristocrate (1 Juin)

Le Héros (11 Août)

Le Bûcheron (1 Décembre)

Le Refuge

Un soutien pour Alaska

Un soutien pour Henley

Un soutien pour Reese

Un soutien pour Cora

Un soutien pour Lara

Un soutien pour Maisy (1 Oct)

Un soutien pour Ryleigh

Forces Très Spéciales : Alliance

Un protecteur pour Remi (2 Juillet)

Un protecteur pour Wren (5 Nov)

Un protecteur pour Josie (4 Mar)

Un protecteur pour Maggie

Un protecteur pour Addison

Un protecteur pour Kelli

Un protecteur pour Bree

Silverstone

Pour la confiance de Skylar

Pour la confiance de Taylor

Pour la confiance de Molly

Pour la confiance de Cassidy

Delta Force Deux

Un refuge pour Gillian

Un refuge pour Kinley

Un refuge pour Aspen

Un refuge pour Jayme

Un refuge pour Riley

Un refuge pour Devyn

Un refuge pour Ember

Un refuge pour Sierra

Hawaï : Soldats d'élite

Un paradis pour Élodie

Un paradis pour Lexie

Un paradis pour Kenna

Un paradis pour Monica

Un paradis pour Carly

Un paradis pour Ashlyn

Un paradis pour Jodelle

Mercenaires Rebelles

Un Défenseur pour Allye

Un Défenseur pour Chloé

Un Défenseur pour Morgan

Un Défenseur pour Harlow

Un Défenseur pour Everly

Un Défenseur pour Zara

Un Défenseur pour Raven

Ace Sécurité

Au Secours de Grace

Au Secours d'Alexis

Au Secours de Bailey

Au Secours de Felicity

Au Secours de Sarah

Forces Très Spéciales Series

Un Protecteur Pour Caroline

Un Protecteur Pour Alabama

Un Protecteur Pour Fiona

Un Mari Pour Caroline

Un Protecteur Pour Summer

Un Protecteur Pour Cheyenne

Un Protecteur Pour Jessyka

Un Protecteur Pour Julie

Un Protecteur Pour Melody

Un Protecteur pour l'avenir

Un Protecteur Pour Les Enfants de Alabama

Un Protecteur Pour Kiera

Un Protecteur Pour Dakota

Forces Très Spéciales : L'Héritage

Un Sanctuaire pour Caite

Un Sanctuaire pour Brenae

Un Sanctuaire pour Sidney

Un Sanctuaire pour Piper

Un Sanctuaire pour Zoey

Un Sanctuaire pour Avery

Un Sanctuaire pour Kalee

Un Sanctuaire pour Jane

Delta Force Heroes Series

Un héros pour Rayne

Un héros pour Emily

Un héros pour Harley

Un mari pour Emily

Un héros pour Kassie

Un héros pour Bryn

Un héros pour Casey

Un héros pour Wendy

Un héros pour Mary

Un héros pour Macie

Un héros pour Sadie

Un héros pour Annie

<u>Autre</u>

Un moment suspendu : Recueil de nouvelles

<u>AUDIO</u>

Un paradis pour Élodie

À PROPOS DE L'AUTEUR

Susan Stoker est une auteure de best-sellers aux classements du New York Times, de USA Today et du Wall Street Journal. Elle a notamment écrit les séries Badge of Honor: Texas Heroes, SEAL of Protection et Delta Force Heroes. Mariée à un sous-officier de l'armée américaine à la retraite, Susan a vécu dans tous les États-Unis, du Missouri jusqu'en Californie en passant par le Colorado, et elle habite actuellement sous le vaste ciel du Tennessee. Fervente adepte des fins heureuses, Susan aime écrire des romans où les sentiments laissent place au grand amour.

http://www.StokerAces.com

facebook.com/authorsusanstoker

x.com/Susan_Stoker

instagram.com/authorsusanstoker

goodreads.com/SusanStoker